AF498242

Louis Weinert-Wilton

Der Drudenfuß
(Ein Weinert-Wilton-Krimi)

e-artnow 2018

Louis Weinert-Wilton
Die weisse Spinne (Ein Scotland Yard-Krimi)

Louis Weinert-Wilton
Die Königin der Nacht: Kriminalroman

Levin Schücking
Märtyrer oder Verbrecher? (Krimi-Klassiker)

Louis Weinert-Wilton
Weinert-Wilton-Krimis: Der schwarze Meilenstein, Die chinesische Nelke,
Die Panther, Die Königin der Nacht, Die weiße Spinne, Der Drudenfuß &
Teppich des Grauens

Artur Landsberger
Bankhaus Reichenbach (Historischer Kriminalroman)

Siegfried Bergengruen
Die Puppen des Maharadscha (Mystery-Krimi)

Louis Weinert-Wilton
Der Teppich des Grauens (Spionage-Thriller): Kriminalroman

Louis Weinert-Wilton
Der schwarze Meilenstein (Kriminalroman)

Hugo Bettauer
Der Frauenmörder

Moritz Wilhelm Sophar
Dunkle Taten (Kriminalroman)

Louis Weinert-Wilton

Der Drudenfuß (Ein Weinert-Wilton-Krimi)

e-artnow, 2018
Kontakt: info@e-artnow.org

ISBN 978-80-268-6409-7

Inhaltsverzeichnis

1

Wenige Minuten, bevor der Dampfer Folkestone–Boulogne an einem unfreundlichen Oktobermorgen in den Kanal stach, tauchte noch eine hohe Gestalt aus dem dichten Nebel an der Pier und steuerte gemessenen Schrittes dem Laufsteg zu.

Der Mann hatte den Kragen seines Trenchcoats hochgeschlagen und die Mütze tief in die Stirn gedrückt, so daß von seinem Gesicht nichts zu sehen war, aber einer der beiden überwachenden Kriminalbeamten hob doch hinter ihm rasch den Kopf und ließ mit verkniffenen Augen einen leisen, gedehnten Pfiff hören.

»Etwas Besonderes?« flüsterte sein neuer Kollege mit lebhafter Neugier, der andere zuckte jedoch nur mit den Achseln, und erst als das Wasser unter den Schrauben des Dampfers zu rauschen begann, verstand er sich zu so etwas wie einer Erklärung.

»Es scheint so«, murmelte er wichtig. »Wir kennen ihn schon über ein Jahr, und er nimmt immer die Route Folkestone – Boulogne, obwohl sie gerade nicht die kürzeste und angenehmste ist. Wahrscheinlich hat er seine Gründe dafür. – Der Inspektor, der eine Nase für solche Dinge hat, nennt ihn den ›Sturmvogel‹, denn sooft er hier auftauchte, gab es in Kürze eine große Sache.«

Es dauerte diesmal genau dreiundzwanzig Tage, bis der geheimnisvolle Reisende in Folkestone den Fuß wieder an Land setzte, aber der Kriminalbeamte konnte mit seinem Kollegen nur einen raschen Blick wechseln, denn es hieß die Augen offenhalten. Es war einer der großen Zeeland-Dampfer aus Vlissingen, der angelegt hatte, und über den Steg schlängelte sich eine lange Kolonne von Passagieren, was um diese Jahreszeit eine Seltenheit war.

Mrs. Joanna Lee deutete mit ihrer kleinen, fleischigen Hand, an der einige sehr kostbare Steine blitzten, flüchtig auf eine Reihe von Koffern und wandte sich dann sofort wieder an ihren Begleiter. Sie wünschte nicht, daß die Bekanntschaft mit dem eleganten Mann, der sich ihrer bereits in Genf und nun auch während der gemeinsamen Heimfahrt in so zuvorkommender Weise angenommen hatte, schon in Folkestone oder auf einem der Londoner Bahnhöfe ihr Ende fände, und war entschlossen, dies Mr. Bayford möglichst deutlich zu verstehen zu geben. Sie war seit acht Jahren Witwe, in jeder Beziehung unabhängig, und der Herr mit dem Monokel hatte auf sie einen ganz außerordentlichen Eindruck gemacht.

Sie blinzelte unter den etwas schweren Lidern schmachtend zu ihm auf und dämpfte ihre tiefe Stimme zu einem lockenden Gurren.

»Ich danke Ihnen herzlichst für alle Ihre liebenswürdigen Bemühungen und Aufmerksamkeiten, die mir die letzten Wochen so angenehm gestaltet haben – und auch für Ihr Interesse an unserer Sache. Was wir anstreben, ist wirklich der Unterstützung wert, und ich möchte Ihnen darüber gerne noch mehr mitteilen. Wir haben in Genf eine Reihe von Beschlüssen gefaßt, die dem verbrecherischen Treiben bald ein Ende bereiten werden. Wenn es Sie nicht langweilt, könnten wir darüber –«

»Das würde mich sehr freuen, Mrs. Lee. Es ist dies keine bloße Redensart«, versicherte er, »und mein Interesse entspringt auch nicht müßiger Neugierde, sondern wirklicher Anteilnahme an Ihren Bestrebungen. – Man sollte es nicht für möglich halten, daß es so etwas heute noch gibt, und es ist einfach die Pflicht eines jeden, mit dazu beizutragen, daß dem Mädchenhandel endlich das Handwerk gelegt wird.«

»Ich empfange Montag und Freitag«, hauchte sie, indem sie ihm ihre Karte reichte, »aber für meine Freunde bin ich auch sonst zu sprechen, wenn sie sich telefonisch ansagen.«

Der Herr mit dem Monokel neigte verbindlich den Kopf und war bereits im Begriff, der so zuvorkommenden Frau zu versichern, daß er das Vorrecht ihrer Freunde in Anspruch nehmen werde, als ihn plötzlich ein beklemmendes Gefühl unruhige Umschau halten ließ…

Dicht neben ihm stand an der Barriere ein hochgewachsener Mann in einem Trenchcoat und blickte, die Arme verschränkt, teilnahmslos auf das Getriebe in der Halle. Er hatte die Mütze so tief ins Gesicht gezogen, daß zwischen dem Mantelkragen und dem Mützenschirm nur das starke, glatte Kinn und der von zwei scharfen Linien umrissene, bartlose Mund zu sehen waren, und Mr. Bayford begriff nicht, weshalb ihm die Nähe dieses Fremden mit einemmal solches Unbehagen verursachte. Er war ihm in den letzten drei Wochen in Genf und nun während der Rückfahrt wiederholt begegnet, ohne das geringste Interesse an ihm zu nehmen, und auch der andere hatte ihm nie irgendwelche Aufmerksamkeiten geschenkt. Der Mann von einigen dreißig Jahren schien nach seinem Äußeren und seinem Auftreten irgendein vornehmer Globetrotter zu sein, der für seine Umgebung nichts übrig hatte.

Auch jetzt hielt er sich abseits und wartete gelassen, bis er mit seinem Gepäck an die Reihe kam, aber Mr. Bayford gab etwas auf sein äußerst empfindliches Ahnungsvermögen, das ihn noch selten getäuscht hatte.

Eben als er an der Seite der strahlenden Mrs. Lee zu dem bereitstehenden Zug schritt, tauchte der Fremde plötzlich unmittelbar vor ihnen wieder auf und zog langsam die Hand aus der Tasche.

Die Bewegung geschah ganz unauffällig, aber für den mißtrauischen Mr. Bayford hatte sie etwas Absichtliches und Herausforderndes.

Im nächsten Augenblick bemerkte er auch schon das kleine gefaltete Papier, das zu Boden fiel, und, geschickt, wie er in solchen Dingen war, hatte er bereits beim nächsten Schritt den Fuß darauf gesetzt.

An dem Wagen gab es zunächst eine ziemlich lebhafte allgemeine Verabschiedung, deren Mittelpunkt die stattliche Mrs. Lee war, und ihr Begleiter hatte die Ehre, hierbei einigen der namhaftesten Führerinnen der englischen Frauenfürsorge vorgestellt zu werden. Aus den hastig und abgerissen hin- und herfliegenden Worten erfuhr er auch, daß der auf der Tagung in Genf beschlossene einheitliche Kampf gegen den Mädchenhandel nach Erledigung der notwendigen Vorarbeiten sofort aufgenommen werden sollte und daß Mrs. Joanna Lee zur Präsidentin des Komitees ausersehen war.

Alle diese Dinge nahmen den höflichen und geschmeidigen Mr. Bayford derart in Anspruch, daß er nicht dazu kam, sich das Papier, das er auf dem Bahnsteig mit einem raschen Griff aufgelesen hatte, näher anzusehen. Es steckte noch immer in seinem Handschuh, und der Zug war bereits längst in voller Fahrt, als der hagere Herr mit dem Monokel endlich Gelegenheit fand, es unauffällig zu entfalten.

Es war ein vom Rand einer Zeitung abgerissener Streifen, und während ihn Mr. Bayford spielend mit den Fingern glättete, flogen seine unruhigen Augen hastig und verstohlen über die weiße Fläche.

Was er fand, enttäuschte ihn zunächst, ließ ihn aber nach einigen Sekunden der Überlegung um so fassungsloser zurück.

Das Papier enthielt nichts anderes als ein flüchtig hingeworfenes Pentagramm – einen Drudenfuß –, aber die Finger Bayfords zitterten leicht, als er es mechanisch wieder zusammenfaltete, und Mrs. Lee fand nach einer Weile, daß ihr bisher so unterhaltender und aufmerksamer Begleiter plötzlich sehr einsilbig und zerstreut geworden war.

Der Mann, der ihm den Drudenfuß in den Weg geworfen hatte, war für ihn plötzlich zu einer wichtigen Persönlichkeit geworden, denn je länger er darüber nachdachte, desto unwahrscheinlicher schien es ihm, daß es sich hier um einen harmlosen Zufall handelte. Ganz abgesehen davon, daß ihn sein oft bewährter Instinkt so nachdrücklich vor dem Manne in dem Trenchcoat gewarnt hatte, war das Zeichen, das dieser ihm hatte zukommen lassen, nicht alltäglicher Art. Man kritzelt nicht zufällig gerade ein Pentagramm auf einen Streifen Papier und läßt es nicht gerade einem der beiden unter Hunderttausenden vor die Füße fallen, für die ein Drudenfuß einiges zu bedeuten hatte.

Mr. Bayford war sehr gedankenvoll und sehr ernst gestimmt, als er vor der Station ein Taxi nahm und seine Wohnung angab. Den zudringlichen Zeitungsjungen, der ihm mit seiner monotonen Litanei bis auf den Tritt des Wagens verfolgte, bemerkte er nicht einmal.

2

»Verdammter Idiot«, stieß einige Stunden später Allan Ferguson erregt hervor, als Mr. Bayford seinen wichtigen Bericht eben mit der interessanten Episode von dem Drudenfuß eingeleitet hatte.

»Wie konntest du den Burschen aus den Augen lassen! – Weißt du, was das heißt?«

Der Ton und die Ausdrucksweise paßten weder zu der würdevollen Erscheinung des Sprechers noch zu dem luxuriös ausgestatteten Privatkontor, aber Bayford nahm sie mit unerschütterlicher Ruhe hin. Er putzte mit dem feinen Seidentuch umständlich an seinem Monokel und stäubte dann noch einige Aschenflöckchen von seinem tadellosen Anzug, bevor er erwiderte: »Das kann heißen, daß wir eines Tages um rund zweihunderttausend Pfund und um das Doppelte an Dollars reicher oder ärmer sein werden...«

»Hol dich der Teufel!« fauchte der andere unfreundlich, indem er mit schweren Schritten auf dem dicken Teppich auf und ab stapfte und verstört an seiner erloschenen Zigarre biß. »Zunächst denke ich nicht an das Geld, sondern daran, daß uns die Geschichte den Hals kosten kann...«

»Von solchen Dingen spricht man nicht«, verwies ihn sein Teilhaber tadelnd und schlug gemächlich ein Bein über das andere. »Es ist auch wirklich noch lange kein Grund vorhanden, gleich das Schlimmste zu befürchten.« Er begann mit der Fußspitze zu wippen, und die kleinen Augen unter den schütteren farblosen Brauen hefteten sich starr auf das rote Gesicht Fergusons. »Was ist denn eigentlich los?« fuhr er überlegen und geschäftsmäßig fort. »Schön, es ist plötzlich jemand aufgetaucht, der von dem Drudenfuß und was damit zusammenhängt einiges zu wissen scheint, und das kann uns nicht gerade angenehm sein. Wir sind nun so lange hinter der Sache her und haben dabei so viel aufs Spiel gesetzt, daß uns eine Einmischung nicht passen kann. Wir müssen sie uns aber auch nicht gefallen lassen, und allein kann der Mann unmöglich etwas beginnen. Die Zeichnung haben wir, und die Karte...«

»Ja, die Karte...«, murmelte Ferguson und hob ratlos die breiten Schultern. »Gut, daß du mich daran erinnerst. – Es war auch diesmal wieder nichts. Der Nachlaß ist in alle Winde verstreut worden, und wer weiß, wohin das Kartenblatt, das ja an sich wertlos ist, mit dem übrigen Kram verschleppt wurde. Und ob es überhaupt noch existiert. – Von dem Drudenfuß kann eigentlich nur der gewisse Dritte wissen«, flocht er plötzlich ein, und seine Stimme klang trocken und heiser. »Er hat die Zeichnung einen Augenblick in der Hand gehabt, bevor...«

»Der gewisse Dritte? – Möglich. Ich habe auch schon daran gedacht.« Bayford strich sich gelassen über die lange, schmale Nase und zog die hellen Brauen hoch. »Anstatt einfach zuzuschlagen, hättest du damals eben schießen sollen. Er hat sich's ja auch nicht überlegt.« Bayfords Gesicht verzog sich zu einer leichten Grimasse, während er nach der tiefgefurchten Narbe blickte, die auf der wohlgenährten Wange des anderen bis zum Ohr lief. »Man soll in solchen Dingen nie etwas halb tun, das ist immer gefährlich. – Wenn ich damals den Revolver nicht dummerweise beiseite gelegt hätte...«

»Der Teufel mag immer gleich an alles denken«, knurrte Ferguson aufgeregt und ärgerlich. »Es hat auch gar keinen Zweck, jetzt lange darüber zu reden, was wir damals hätten tun sollen. Die Bescherung ist nun einmal da, und wir müssen uns unserer Haut wehren. Wenn der Bursche die alte Geschichte aufrührt, kann es uns übel ergehen.«

»Vierzehn Jahre sind eine sehr lange Zeit«, erklärte Bayford bedächtig. »Und wenn es schon damals verdammt schwer gewesen wäre, uns etwas nachzuweisen, so ist es heute geradezu unmöglich. Dazu gehören Zeugen, und die gibt es bis auf den einen nicht. Und dieser eine hat nur gesehen, daß wir von einem Toten ein Papier an uns nahmen, was an sich kein Verbrechen ist. Von dem, was früher geschehen war, kann er kaum wissen, denn es ging ja so Hals über Kopf und so lärmend zu, daß man verrückt werden konnte. Eine scheußliche Nacht.« Er schüttelte sich leicht und machte eine kleine Pause, um sich eine frische Zigarre anzuzünden, während Ferguson mit gesenktem Kopf unruhig auf und ab lief. »Wenn mich etwas bedenklich machen könnte, so wäre es der fabelhafte Blick, den der Mann haben muß. Nach so vielen Jahren jemand wiederzuerkennen, dem man einziges Mal für wenige Minuten gegenübergestanden hat und noch dazu unter derartigen Verhältnissen, dazu gehört allerhand. Vergiß übrigens nicht, daß wir nach unseren völlig einwandfreien Papieren zu der fraglichen Zeit in Argentinien gewesen sind. – So«, schloß er entschieden, indem er das Monokel aus dem Auge beförderte und mit einem flinken Taschenspielergriff auffing, »und nun wollen wir abwarten, was der Drudenfuß eigentlich bedeuten sollte. Dann werden wir ja sehen.« Er räkelte sich in dem tiefen Klubsessel noch bequemer zurecht und sah Ferguson erwartungsvoll an. »Was machen die Geschäfte?«

»Das möchte ich dich fragen«, meinte dieser lebhaft. »Wie war es?«

»Wie ich es mir gedacht habe«, erklärte Bayford leichthin. »Zunächst einmal sündhaft teuer, und sonst viel Geschrei und nichts dahinter. Eine Menge von schönen Reden und Entschließungen, aber nichts Bedenkliches. Wenn es in diesem Tempo weitergeht, können wir in aller Ruhe und Beschaulichkeit alte Herren werden.«

»Um so besser. Es wäre ein furchtbarer Schlag gewesen, wenn uns gerade jetzt das Geschäft gestört worden wäre.« Er beugte sich dicht zu dem interessierten Mr. Bayford, und obwohl sie völlig ungestört waren, dämpfte er seine Stimme zu einem kaum vernehmbaren Flüstern. »Ich habe ungefähr dreihundert Ballen versandbereit und wollte nur deine Nachricht abwarten, bevor ich die Depeschen loslasse.«

»Laß sie ruhig los«, warf sein Teilhaber ein, und Ferguson machte sich an seinem Schreibtisch zu schaffen. Er rückte etwas von dem Tisch ab, faßte nach der Platte, und im selben Augenblick sprang mit einem federnden Geräusch in der ganzen Länge eine etwa fünf Zentimeter tiefe Lade hervor. »Da sieh her«, sagte er selbstbewußt und deutete auf die farbige Weltkarte, die den Boden bedeckte, »so arbeite ich. Wo die Fähnchen sind, werden die Transporte gesammelt«, fuhr er eifrig erklärend fort, »und wenn die Ware eingeschifft ist, kommt der Wimpel auf die betreffende Schiffahrtslinie. Dabei ist aus jedem Fähnchen zu ersehen, wieviel Ware da ist und von welcher Sorte, denn ich halte alles täglich auf dem laufenden.«

»Sehr nett«, meinte Bayford zurückhaltend, »aber wenn zufällig einmal ein anderer seine Nase in die hübsche Spielerei stecken sollte ...«

»Ausgeschlossen«, erklärte Ferguson mit einem breiten Grinsen, indem er die Lade wieder zurückspringen ließ und auf den Tisch klopfte. »Die Sache ist gesichert, und wenn ungeschickt daran herummanipuliert wird, tritt Kurzschluß ein. Dann gibt es in dem Fach nur ein Häufchen Asche. Alles ist genau ausprobiert und ganz zuverlässig.«

Mr. Bayford, der kaum mehr zugehört hatte, sagte jetzt lebhaft: »Übrigens, das Reisegeld, mit dem du mich ausgestattet hast, war etwas knapp, und du mußt zweihundert Pfund zulegen. Allein die Blumen für Mrs. Lee haben mich einige tausend Francs gekostet. Es waren aber auch geradezu märchenhafte Orchideen darunter. Ich konnte ihr doch nicht gut Gänseblümchen schicken, obwohl –«

»Mach für mein gutes Geld nicht auch noch schlechte Witze«, fiel ihm der geizige Ferguson ins Wort. »Was geht mich deine Mrs. Lee an?«

»Sehr viel, mein Lieber«, gab Bayford kühl zurück, indem er in seiner Aktentasche zu kramen begann. »So viel, daß du morgen zwei Schecks auf je hundert Pfund an sie überweisen wirst – einen von dir, den andern von mir. Hier hast du die Adresse. Dafür werden Mr. Allan Ferguson und Mr. Joe Bayford die Ehre und das Vergnügen haben, dem Komitee zur Bekämpfung des Mädchenhandels anzugehören. Es ist bereits alles geregelt.«

Er klemmte mit ernstem Gesicht das Monokel ins Auge, und sein Teilhaber starrte ihn sekundenlang an, als ob er ein Wundertier wäre. Dann bekam der große, starke Mann plötzlich einen Lachanfall, der ihm fast den Atem benahm, und Bayford mußte ihm hilfreich den breiten Rücken klopfen.

»Siehst du, so arbeite ich«, sagte nach einer weiteren Viertelstunde Bayford, indem er ein Bündel Banknoten lässig in die Westentasche schob. »Die Verbindung ist einfach unbezahlbar, und ich glaube, wir können nun sogar das hiesige Geschäft ruhig aufnehmen. Ich habe dir schon oft gesagt, daß hier das Geld auf der Straße liegt. Und wenn jemals Gefahr drohen sollte, so erfahren wir davon jedenfalls rechtzeitig.«

Der tüchtige Ferguson war neuen Geschäften nie abgeneigt, aber diesmal hob er mit einer raschen, abwehrenden Gebärde die Hand.

»Hier mache ich keine Geschäfte«, erklärte er entschieden, aber Bayford, der bereits an der Tür stand, zuckte nur mit den Achseln.

»Du wirst sie machen, und ich glaube, daß ›Tausendundeine Nacht‹ ein recht ergiebiges Arbeitsfeld sein wird. Mrs. Smith ist eine verständige Person, und ich werde sie noch heute vorsichtig vorbereiten. Du kannst mich gegen elf Uhr dort erwarten.«

Er nickte seinem Teilhaber flüchtig zu, und dieser erhob sich, um den Riegel, den er der Sicherheit halber vorgelegt hatte, zurückzuschieben.

Der Korridor des großen Geschäftshauses lag um diese Stunde bereits ruhig und menschenleer, aber kaum hatte Ferguson einen Blick in das Halbdunkel getan, als er blitzschnell den Kopf duckte und mit verstörten Mienen auf den Boden starrte.

Zwei Schritte vor der Schwelle prangte, mit dicken Kreidestrichen aufgetragen, ein Drudenfuß, und der Anblick war für den großen, starken Mann so erschreckend, daß er mit zitternder Hand an dem Türgriff Halt suchen mußte.

Nur Bayford behielt seine Fassung und stieß lediglich einen leisen Pfiff durch die Zähne, als er mit der Sohle seines Schuhs an dem unheimlichen Zeichen zu wischen begann. »Gut«, murmelte er mit einem etwas krampfhaften Lächeln, »nun wissen wir wenigstens, woran wir sind.« Er tastete unauffällig nach seiner Gesäßtasche und warf seinem völlig fassungslosen Teilhaber einen vielsagenden Blick zu. »Der Mann scheint es plötzlich sehr eilig zu haben, und wir werden bei der ersten Gelegenheit die Ungeschicklichkeit gutmachen müssen, die du vor vierzehn Jahren begangen hast.«

3

Der schmächtige, blasse Maurice Rosary hatte an diesem Nachmittag eine jener geheimnisvollen Aufforderungen erhalten, die ihn immer etwas aus dem Gleichgewicht brachten, da sie stets ein gutes Geschäft bedeuteten und außerdem eine gewisse Romantik in das ewige Einerlei seiner arbeitsreichen Tage woben.

Moritz Rosenkranz aus Polen war vor zwei Jahrzehnten auf seiner Wanderung in die Welt irgendwie in London hängengeblieben und hatte hier Wurzel gefaßt. Er besaß in Stratford einen kleinen, peinlich sauberen Trödlerladen mit einem festen Kundenstamm, seinen weit einträglicheren Erwerb aber bildeten gelegentliche Vermittlergeschäfte, denn er besorgte einfach alles. Sammler, die nach irgendeinem Unikum jagten, kleine Unternehmungen, die ihre billige Ramschware loswerden wollten, Theater, die irgendein altes oder besonderes Requisit benötigten, wandten sich an Mr. Rosary, und der tüchtige Mann trieb gegen eine äußerst bescheidene Provision auf, was man brauchte. Dieses Tagewerk war nicht sehr ereignisreich und aufregend, und wenn es dabei einmal eine wesentlichere Episode gab, so blieb diese in dem Gedächtnis von Mr. Rosary unauslöschlich haften.

Wie beispielsweise jener Abend vor ungefähr achtzehn Monaten, an dem man ihn in einem Auto abgeholt hatte und er zu jener seltsamen neuen Geschäftsverbindung gekommen war. Rosary war damals höflichst ersucht worden zu sagen, ob er über das oder jenes oder über diesen oder jenen etwas wisse, und Mr. Rosary gab ebenso höflich Auskunft. Er wußte viel, kannte das London der Reichen wie die Elendsviertel und hatte seine Beziehungen zu den Fremdenkolonien. Wenn er etwas nicht wußte, so konnte er es innerhalb vierundzwanzig Stunden erfahren – erschöpfend und in allen Einzelheiten unbedingt zuverlässig. Sein Auftraggeber konnte mit ihm zufrieden sein, und Mr. Rosary war auch zufrieden. Jedesmal hatte er für seinen Zeitverlust eine Summe erhalten, wie er sie sonst in Monaten nicht verdiente.

Heute war es zum sechstenmal, daß er sich zu einem dieser lohnenden Gänge anschickte.

Als der blasse Mann mit dem schütteren schwarzen Bart an der letzten Tür vorüberkam, tat sich diese plötzlich auf, und aus dem Lichtschein tauchte ein Mädchenkopf hervor.

»Oh, Mr. Rosary, Sie gehen...«, sagte eine frische Stimme entschuldigend und etwas enttäuscht. »Ich dachte, Sie...«

Rosary blieb stehen und zog höflich den Hut. Er war gegen alle Leute zuvorkommend, aber bei der Miss vom ersten Zimmer links – er wußte ihren Namen nicht, wie hier überhaupt kaum einer den andern kannte – kam ihm das von Herzen. Sie hatte, wenn sie an ihm vorüberhuschte, auf seinen Gruß stets ein freundliches ›Guten Abend, Mr. Rosary‹ – zu einer andern Tageszeit hatte er sie noch nie gesehen –, und sie schien ihm auch so ganz anders als die übrigen Leute, die im Hause wohnten, obwohl... Aber Mr. Rosary kümmerte sich nicht um Dinge, die ihn nichts angingen.

»Wenn Sie etwas brauchen sollten, Miss«, beeilte er sich zu versichern, »so habe ich Zeit, sehr viel Zeit sogar.«

Das etwas grell bemalte Gesicht in der Türspalte bekam einen spitzbübisch verlegenen Ausdruck, und die Stimme klang schüchtern und zaghaft.

»Wenn ich Sie um etwas Brennspiritus bitten dürfte...«

»Schon gemacht«, erklärte der gefällige Mann beflissen, war bereits wieder bei seiner Wohnungstür und kehrte nach wenigen Minuten mit einer säuberlich in Papier gehüllten Flasche wieder zurück.

Eine schlanke weiße Mädchenhand nahm sie in Empfang.

»Danke schön, Mr. Rosary. Sie sind riesig nett.« In die großen strahlenden Augen kam plötzlich ein übermütiges Leuchten, und das Lächeln um den grellroten Mund wurde noch liebenswürdiger. »Würden Sie eine Tasse Tee mit mir trinken?«

Der schmächtige Mann wich jäh einen Schritt zurück und hob mit einem entsetzten, scheuen Blick abwehrend die Hand. Sein Erschrecken war so eindeutig und komisch, daß das Mädchen in ein leises, belustigtes Lachen ausbrach.

»Sie können ruhig hereinkommen, Mr. Rosary; ich werde Ihnen nicht zu nahetreten. – Nur eine Tasse Tee, wenn Sie mögen.« In der nächsten halben Stunde war dem bescheidenen Mann so verwunderlich und so wohl zumute, wie noch nie in seinem Leben. Er saß an einem sauber gedeckten Tischchen und trank Tee, wie er noch keinen gekostet hatte – eine Tasse und dann noch eine, die ihm von schlanken, gepflegten Fingern mit glänzenden Nägeln vorgesetzt wurden. Dazu knabberte er bereits an dem dritten Stückchen knusprigen Zwiebacks, der auf der Zunge zerging und nach köstlichen Gewürzen schmeckte. Nach jedem Schluck tupfte sich Mr. Rosary mit seinem Taschentuch fein säuberlich den krausen Bart ab, und er hielt die feine Tasse, die unter Brüdern gut ihre fünfzehn Schillinge wert war, genauso zierlich mit den Fingerspitzen, wie die schöne junge Dame ihm gegenüber.

Kurz und gut, es war ein sehr gemütlicher Plausch, bei dem der schüchterne Mann immer mehr auftaute, und je länger er das prächtig gebaute Mädchen mit den blitzenden Augen ansah, desto wärmer wurde ihm ums Herz.

»Sie haben sich so schön gemacht, daß Sie wohl ins Theater gehen oder ins Kino«, sagte er plötzlich, aber sie verneinte sofort entschieden, und Mr. Rosary bekam mit zarten Fingern einen leichten Nasenstüber.

»Fehlgeraten – ich gehe tanzen.«

»Tanzen? Auch ein schönes Vergnügen«, meinte er, indem er bedächtig nickte, aber seine Begeisterung schien doch nicht allzugroß zu sein. »Sie sind wohl eingeladen zu einem Ball?«

»Was Ihnen nicht einfällt! Bälle sind langweilig. Ich gehe ins ›Tausendundeine Nacht‹«, vertraute ihm das Mädchen an. »Dort ist es weit lustiger, und man sieht etwas.«

Das Mädchen setzte sich wieder, und Mr. Rosary atmete auf und wischte sich mit seinem geblümten Taschentuch die heiße Stirn. Sein Gesicht war plötzlich sehr ernst und sein Blick unsicher.

»Ins ›Tausendundeine Nacht‹, so...«, murmelte er. »Ein schönes Lokal und viel Leute.« Er ließ seinen dünnen Bart langsam durch die Finger gleiten und räusperte sich. »Ich habe einige Male hineingesehen«, fuhr er dann zögernd fort, »so, wie unsereiner eben zu so etwas kommt, und man staunt, was es da an Pracht und Herrlichkeit gibt. – Und diese Menschen! Weiße, braune, gelbe und sogar schwarze.« Er zog die Schultern ein, und sein scheuer Blick streifte das Mädchen, das ihm lächelnd und nickend zuhörte. »Angst und bange könnte einem werden, denn wie leicht kann da etwas geschehen... Es gibt viele schlechte Männer, Miss, und eine schöne junge Dame kann nicht vorsichtig genug sein.«

Seine gutturale, weiche Stimme war immer eindringlicher geworden, aber er hatte mit seiner Warnung keinen Erfolg. Das Mädchen kicherte leise, und plötzlich schnellte es hoch und hielt ihm ihren wunderbaren bloßen Arm dicht vors Gesicht. Dann bog sie ihn mit einem Ruck im Ellbogen ab und tippte stolz auf die Muskeln, die am Oberarm hervorgetreten waren.

»Oh, ich bin vorsichtig«, versicherte sie verschmitzt. »Und das hier genügt auch für einen Schwarzen. – Greifen Sie einmal!« Der schmächtige Mann kam der Aufforderung höchst zaghaft nach und legte vorsichtig einen Finger auf den Oberarm, aber damit war das Mädchen nicht zufrieden.

»Drücken Sie – recht fest«, gebot sie, und Mr. Rosary gehorchte, soweit er es vermochte.

»Großer Gott!« stieß er überrascht hervor, als er wie auf Marmor griff, aber gleich darauf ließ er einen leisen Laut des Schreckens hören und fuhr mit den Händen in die Luft, weil der weiße Arm mit einer blitzschnellen Bewegung gegen seinen Magen fuhr.

»Wenn wir nicht so gute Freunde wären, wären Sie jetzt für eine halbe Stunde erledigt«, sagte das Mädchen unter belustigtem Kichern, und auch Mr. Rosary kicherte, aber etwas krampfhaft, weil es kein Spaß gewesen wäre, wenn der weiße Arm mit den gespannten Muskeln ihn getroffen hätte...

Von Zeit zu Zeit tauchte auf der Themse ein kleiner Dampfer mit silbergrauem Rumpf und weißem Schornstein auf, der in irgendeinem versteckten Winkel festmachte und dort oft wochenlang lag. Einmal kam er von Erith herauf, das nächste Mal von Mortlake herunter, und selbst die kundigsten Hafenleute und Schiffer wußten nicht, was sie aus dem Ding machen sollten. Er führte weder Passagiere noch Ladung, und der baumlange, ausgedörrte Steuermann mit dem feuerroten Bart und der junge Heizer mit dem Bulldoggengesicht waren die unzugänglichsten Burschen, die das dreckige Wasser je getragen hatte.

An diesem Tag war der graue Dampfer kurz vor Einbruch der Dämmerung drüben in Bermondsey erschienen und hatte in aller Stille unterhalb der Tower-Brücke angelegt. Die Luft war so dick, daß man sie wie einen gelben Sack vor den Augen hatte, und sooft sich Steve Flack über den nach vorne starrenden roten Bart strich, tropfte dieser wie ein nasser Strumpf. Das war für den Steuermann eine hochwillkommene Gelegenheit, nach und nach alle seine kräftigen und phantasievollen Flüche auf den verdammten Nebel anzubringen und sich dadurch halbwegs bei Laune zu erhalten.

Als er sich überzeugt hatte, daß die Trossen festsaßen, kroch er in die kleine Kajüte, und bald darauf erklang das regelmäßige harte Klopfen der Knöchel auf die Tischplatte.

Kurz nach acht Uhr – draußen war bereits die Nacht heraufgezogen – warf der Steuermann die Karten auf den Tisch, daß sie nach allen Richtungen spritzten, und hielt dem andern gebieterisch die lediglich aus Knochen, Haut und Sehnen bestehende Hand hin.

»Gib mir meine sieben Pence zurück, Patrick«, sagte er. »Du bist zwar der Sohn meiner Schwester, die eine ehrliche Frau war, aber sonst bist du der niederträchtigste und filzigste Schotte, der mir je untergekommen ist. – Glaubst du, ich habe nicht bemerkt, daß du alle Asse mit Pech beschmiert hast, damit sie an deinem verdammten Daumen klebenbleiben?«

Der Bursche mit dem Bulldoggengesicht zählte, wie immer, seinen Gewinn gehorsam wieder auf den Tisch, und der Rotbart strich das Geld versöhnt und befriedigt ein. Dann schlüpfte er in sein Ölzeug und drückte sich draußen an den Kamin, um mit gespannten Sinnen in die Finsternis zu lauschen.

Nach einer knappen Weile schwankte das Boot wie unter einem leichten Stoß, und dicht vor Steve tauchte ein grauer Schatten aus der Dunkelheit.

Der Steuermann fuhr mit der Rechten an den Südwester und turnte dann hinter dem Ankömmling den Gang hinunter. Die ohnehin nicht sehr geräumige Kabine sah aus wie ein Verschlag, da sie durch eine übermannshohe Wand in zwei Abteilungen geschieden war, von denen die vordere außer einem einfachen Stuhl überhaupt keinen Einrichtungsgegenstand enthielt. In der Holzwand befand sich eine schmale Tür, durch die man in den dahinterliegenden Raum gelangte, aber auch hier gab es nur einen kleinen Tisch, eine einfache Bettstelle und eine Art Truhe. In der Mitte der Trennungswand war ein viereckiges Gitter ausgeschnitten, wie man es in alten Beichtstühlen findet, und jede der beiden Abteilungen war durch eine spärliche Öllampe erleuchtet.

Der Mann warf mit einer raschen Bewegung den schweren Mantel und die Kappe ab und trocknete sich umständlich die Hände. Er war groß und breitschultrig, aber dabei von einer federnden Gelenkigkeit, die allen seinen Bewegungen etwas Stoßartiges gab. Das Gesicht mit dem Bronzeton erhielt durch das männliche Kinn und die zwei scharfen Linien, die von den Nasenflügeln zu den Mundwinkeln liefen, einen etwas harten Ausdruck, und die durchdringenden Augen unter den dunklen Brauen verschärften ihn noch. Der Mann mochte Ende der Dreißig sein, und seine tadellose Erscheinung bildete einen auffallenden Gegensatz zu der Dürftigkeit des Raumes.

Steve stand mit vorgestrecktem Bart und mit dem Ölhut in der Rechten und wartete, bis der Herr das Wort an ihn richten würde.

»Alles in Ordnung?« fragte dieser endlich, und der Steuermann konnte seine längst vorbereitete Meldung anbringen.

»Sehr wohl, Sir. – Schiff frisch kalfatert, Maschine in Stand. Von Greenwich herauf bei Nordnordwest und schlechter Sicht.«

»Ohne Aufsehen?« forschte der andere, indem er eine Zigarette anbrannte und dann das Gitter in der Holzwand eingehend in Augenschein nahm.

»Immer fein zwischendurch wie ein Fisch«, versicherte Flack mit seiner hohlen Stimme, und der Herr nickte befriedigt.

»Wie lange haben wir uns eigentlich nicht gesehen?« fragte er.

»Drei Monate und fünf Tage«, kam es prompt und etwas vorwurfsvoll zurück. »Eine verdammt lange Zeit, Sir, wenn man zwischendurch nichts anderes tun darf, als Karten spielen und Fische fangen.«

Über das strenge Gesicht flog ein flüchtiges Lächeln.

»Dafür wird es vielleicht jetzt wieder wochenlang Arbeit geben.« Er griff in die Westentasche, zog ein gefaltetes Papier hervor und reichte es dem Steuermann, der mit gierigen Fingern danach fuhr. »Vor allem kümmern Sie sich ein bißchen um die beiden Leute, deren Adressen ich Ihnen hier aufgeschrieben habe. Nicht zu auffällig, denn es sind sehr gerissene Gentlemen, und es genügt vorläufig, wenn Sie sie kennenlernen. Das Weitere wird sich dann schon ergeben. Und wenn der Mann hier gewesen ist, den ich erwarte, werde ich vielleicht noch einige Aufträge für Sie haben. – Sorgen Sie dafür, daß er heil an Bord und unbehelligt wieder aus diesem unsicheren Winkel herauskommt.«

»Sehr wohl, Sir«, versicherte der Rotbart dienstbeflissen, und der große Herr nickte zufrieden. Als sich Steve aber durch die niedrige Tür schob, hatte jener für ihn noch eine sehr eindringliche Weisung.

»Mit der Polizei halten wir es wie immer. Wenn sie aber auf Ihren schönen roten Bart doch irgendwie aufmerksam werden sollte, müssen Sie dichthalten.«

Mr. Rosary hatte von der letzten Busstation noch gute zehn Minuten zu gehen, und der Weg durch dieses Viertel war um diese Stunde und bei dem dichten Nebel nicht gerade angenehm. Aber der schmächtige Mann biß die Zähne zusammen und huschte wie ein wesenloser Schatten durch die Nacht. Er lief bald links, bald rechts, bald in der Mitte der winkligen Gassen, denn jeder Tritt und jedes Geräusch ließen ihn vorsichtig ausbiegen.

Schon mußte er nach seinem sicheren Ortssinn fast am Ziel sein, als sein eiliger Lauf durch einen festen Griff jäh gehemmt wurde. Bevor er noch dazu kam, den entsetzten Schrei auszustoßen, der sich auf seine Lippen drängte, vernahm er eine wohlbekannte hohle Stimme und sah die kantigen Umrisse eines in die Luft starrenden Bartes vor sich, der ihm in diesem Augenblicke der herrlichste Bart der Welt dünkte.

»Menschenskind«, sagte Steve, »kommen Sie 'ran. Wenn ich Sie nicht lotse, steuern Sie in Ihrer Einfalt direkt auf den Themsegrund, und der Herr kann bis zum Jüngsten Tag auf Sie warten.«

Eine Weile später stand Mr. Rosary in dem vorderen Abteil der kleinen Kabine, hielt den steifen Hut an die Brust gepreßt und machte zunächst eine ehrerbietige Verbeugung gegen das Gitter in der Wand.

Er kannte sich hier bereits aus, und als ihn eine höfliche Stimme hierzu aufforderte, nahm er gehorsam auf der Kante des Stuhles Platz. Es saß nun dicht vor dem Gitter, aber hinter den Holzstäben war bei der spärlichen Beleuchtung nicht einmal ein Schatten des Sprechers wahrzunehmen.

»Sie sind ein Mann, der London gründlich kennt und viel von dem weiß, was unter der Oberfläche vorgeht«, sagte die Stimme hinter der Wand. »Besonders die verschiedenen Geschäfte, die betrieben werden, dürften Ihnen wenigstens vom Hörensagen bekannt sein«, fuhr die Stimme unbeirrt fort, »und darüber möchte ich Sie heute um eine Auskunft ersuchen: Wie ist das mit dem Mädchenhandel? Gibt es hier so etwas? Oder kennen Sie vielleicht den einen oder andern, von dem man sagt, daß er mit diesen Dingen irgendwie in Verbindung steht?« Der Frager verstummte, und in dem niedrigen Raum herrschte sekundenlang tiefes Schweigen. Rosary rückte unruhig auf seinem Stuhl hin und her, und seine Finger zupften nervös an dem dünnen Bart. Das Unternehmen, über das der Herr etwas erfahren wollte, war Rosary immer so schrecklich erschienen, daß er davon nicht einmal etwas hätte hören wollen. Nur was seine scharfen Augen zufällig beobachtet hatten, wußte er, und was er wider Willen hier und dort in flüchtigen Andeutungen aufgefangen hatte. Es war nicht viel, aber sogar davon zu sprechen scheute er sich, und erst ein drängendes »Nun?« konnte ihm die Zunge lösen.

Rosary rückte unruhig auf seinem Stuhl hin und her, und seine Finger zupften nervös an dem dünnen Bart.

»Ich habe gehört«, sagte er zögernd und vorsichtig, indem er sich die feuchte Stirn wischte, »daß es so etwas geben soll. Einmal haben neben mir zwei Spaniolen davon gesprochen, weil sie nicht ahnten, daß ich sie verstehe, und ein anderes Mal habe ich von einem Lokal gehört, wo solche Leute zusammenkommen sollen.«

»Welches Lokal soll das sein?« kam es gespannt hinter der Wand hervor, aber der Mann auf dem Stuhl wiegte bedenklich mit dem Kopf.

»Sir«, meinte er unentschlossen, »soll ich Ihnen mit einer Auskunft dienen, von der ich nicht weiß, ob sie reell ist? Es wird so viel geredet, daß man nicht wissen kann, was wahr ist und was nicht, obwohl...«

Er brach ab und wiegte wiederum den Kopf, blickte aber dann plötzlich nach dem Gitter, weil er dort ein leises Geräusch vernahm. Durch die Stäbe kam ein starkes Kuvert zum Vorschein, und die Stimme sagte höflich: »Für Ihre Bemühungen und den unangenehmen Weg, den Sie gehabt haben.«

Mr. Rosary griff mit seiner schmalen blassen Hand rasch zu, und während er den Umschlag in der Innentasche seines langen Überrockes barg, wurde er mit einemmal sehr gesprächig.

»Was heißt ›Bemühungen‹ und ›unangenehmer Weg‹! Mein ganzes Leben möchte ich solche Bemühungen und solche Wege haben«, versicherte er und sah sich dann vorsichtig in dem winzigen Raum um, bevor er seinen Mund dicht an das Gitter brachte und seine Stimme zu einem geheimnisvollen Flüstern dämpfte. »Sir, ich will nichts gesagt haben, aber sehen Sie doch selbst einmal, was sich in der Bar tut, die ›Tausendundeine Nacht‹ heißt und in Summers Town ist, und vielleicht werden Sie erfahren, was Sie zu wissen wünschen.«

»Also ›Tausendundeine Nacht‹«, wiederholte die Stimme des andern mechanisch und setzte hinzu: »Summers Town. – Ich danke Ihnen.«

Das war die gewöhnliche Verabschiedung, und der schmächtige Mann schnellte von seinem Stuhl auf, um seine ehrerbietigen drei Verbeugungen gegen die Wand zu machen, aber schon nach der ersten wurde er unterbrochen.

»Noch einen Augenblick. – Ich würde ein Mädchen brauchen, das in diesem oder einem ähnlichen Lokal verkehrt und das Sie als zuverlässig empfehlen könnten. – Sie verstehen?«

Mr. Rosarys Augen blitzten nach dem Gitter, und seine Rechte fingerte lebhaft an den Barthaaren.

»Und ob ich verstehe, Sir! – Ein schönes Mädchen, ein braves Mädchen, ein anständiges Mädchen...« Er geriet immer mehr in Eifer, und alle seine Gliedmaßen waren in Bewegung. »Habe ich. Sie werden zufrieden sein, Sir. – Geradezu eine feine Dame...«

»Das muß sie gerade nicht sein«, kam es kühl zurück. »Aber verständig, verschwiegen und auch mutig.«

Der gute Mr. Rosary war so entzückt, daß er ganz vergaß, was sich gehörte und ein leises Kichern hören ließ.

»Mutig?« Er schnellte seinen rechten Arm vor und deutete am Oberarm eine Kugel von der Größe eines Fußballs an. »Wenn ich nicht ihr Freund wäre, so wäre ich jetzt ein toter Mann«, fügte er vertraulich hinzu. »Sie schlägt einmal mit der Hand zu, und man ist erledigt, wie sie sagt. – Das mit der feinen Dame aber ist so: Wenn Sie sie anschauen, Sir, so sieht sie aus wie ein gewöhnliches Mädchen, aber wenn Sie mit ihr Tee trinken und sprechen, so ist sie eine feine Dame; und wenn sie vielleicht auch keine feine Dame, sondern nur ein gewöhnliches Mädchen ist, so –«

»Ist sie jedenfalls ein Wunder, das man sich ansehen muß«, schnitt die Stimme hinter der Wand seine begeisterte Erklärung ab, und Mr. Rosary nickte befriedigt.

»Tun Sie das, Sir, und ich glaube, Sie werden zufrieden sein.«

»Wo ist sie zu finden?«

»Zu finden ist sie in meinem Hause, im Flur die erste Tür links«, beeilte sich der schmächtige Mann zu erklären, »aber nur so gegen Abend. Was sie sonst den ganzen Tag über macht, weiß ich nicht, aber dann geht sie tanzen. Und wenn Sie sie vielleicht noch heute zu sprechen wünschen, so ist sie gerade im ›Tausendundeine Nacht‹. Sie hat einen roten Turban auf dem Kopf und ein rotes Kleid und einen feinen roten Mund. Und Augen hat sie so –«

»Gut«, sagte der Herr, »wir werden sehen. – Und nun nur noch eine Kleinigkeit, dann werde ich Sie nicht länger aufhalten. – Kennen Sie vielleicht zwei Männer namens Bayford und Ferguson?«

Das war eine einfache, geschäftsmäßige Frage, und Mr. Rosary konnte sie ebenso einfach und geschäftsmäßig beantworten.

»Und ob ich sie kenne! – Mr. Bayford ist ein feiner Gentleman mit einem Monokel, und man sagt, daß er der Teilhaber von Mr. Ferguson ist, Mr. Ferguson aber handelt an der Börse, und zwar in Papieren, die nicht immer gut sein sollen. Außerdem soll er noch ein großes Überseegeschäft haben, aber man weiß nicht, womit. Man weiß überhaupt nicht so recht, wie man mit ihm dran ist. Ich habe vor einigen Tagen mit ihm auch sozusagen in Geschäftsverbindung gestanden und mich gewundert, was der Mann für Passionen und Sorgen hat.«

Er fand die Sache zu nichtig, um weiter darauf einzugehen, aber dem andern schien daran gelegen zu sein.

»Worum handelt es sich, wenn man fragen darf?«

»Gewiß dürfen Sie fragen«, meinte Rosary lebhaft und zuvorkommend. »Worum hat es sich auch schon gehandelt? – Ausgerechnet um alte Landkarten, die ich mit anderem Trödelkram aus dem Nachlaß einer verstorbenen Dame im Clapham gekauft habe. Sie sollen ihrem Neffen gehört haben, der im Kriege gefallen ist. – Und für diese Karten hat mir Mr. Ferguson zwanzig Pfund geboten. Was soll man dazu sagen?«

»Haben Sie sie ihm verkauft?« klang es hastig hinter der Wand hervor, aber Mr. Rosary schüttelte etwas wehmütig mit dem Kopfe.

»Wenn ich sie noch gehabt hätte, hätte ich sie ihm verkauft«, erklärte er mit einem leichten Seufzer. »Aber ich hatte sie bereits einem hohen General gebracht, der in der Zeitung ankündigte, daß er für jede Landkarte aus dem Krieg fünf Schilling bezahle, und er hat mir auch wirklich vierzig Schillinge bar auf den Tisch gelegt. Wie ich dann gekommen bin, ihn zu bitten, mir die Karten wieder zu verkaufen gegen einen anständigen Profit, ist er sehr unfreundlich geworden und hat gesagt, ich solle schauen, daß ich weiterkomme, denn er brauche die Karten. Und ich bin wieder gegangen, denn ich habe eingesehen, daß ein hoher General so etwas wirklich brauchen kann, während es für einen Geschäftsmann, wie Mr. Ferguson, doch zu gar nichts nütze ist –«

»Welcher General war das?« forschte die Stimme hinter dem Gitter lebhaft.

»Sir Humphrey Norbury«, gab der schmächtige Mann betrübt zurück. »Mein ganzes Leben lang werde ich mir den Namen merken, weil es ein so schlechtes Geschäft war.«

»Das kann man heute noch nicht sagen«, tröstete ihn der fremde Herr, aber erst einige Wochen später sollte Rosary daraufkommen, welch eine gescheite und wahre Bemerkung das gewesen war.

»Halte endlich die Klappe oder mach, daß du fortkommst«, schrie Mrs. Polly Smith verzweifelt und erbost, indem sie vor dem Spiegel heftig mit dem Fuß stampfte.

Sie war eben im Begriff, zu dem übrigen kostbaren Schmuck ein Paar ebenso kostbarer Ohrgehänge anzulegen, als ihr die Geduld riß, weil der semmelblonde, dickliche Mr. Smith seit einer halben Stunde mit schiefem Kopf und gespitzten Lippen in einem Fauteuil lümmelte und bald einen einzelnen Ton, bald eine ganze Tonleiter vor sich hinpfiff.

»Was ist dir schon wieder nicht recht?« fuhr er auf, und seine pathetische, ölige Stimme bebte vor Empörung. »Willst du den Künstler in mir wirklich ganz töten? Soll das köstliche Geschenk der göttlichen Musik, das mir in die Wiege gelegt wurde, verkümmern und verderben, weil du leider keinen Sinn dafür hast?«

»Nimm den Mund nicht so voll«, gab sie gereizt zurück, »denn deine albernen Redensarten verfangen bei mir nicht. Verkümmern und verderben würdest du, wenn du von deiner göttlichen Musik leben müßtest. Wenn einer ein zweibeiniges Geschöpf um sich haben will, das den ganzen Tag piepst und trällert, so kauft er sich einen Kanarienvogel oder einen Zeisig. Nur ihr Musikanten macht so ein Wesen aus der Geschichte, weil ihr sonst zu nichts zu gebrauchen seid ...«

»Das sagst du mir«, empörte sich Mr. Smith, »der ich bereits mit sechs Jahren Konzerte gegeben habe?« Aber Mrs. Smith hob ungerührt die stark gepuderten, bloßen Schultern.

»Wenn du mit sechs Jahren, anstatt Konzerte zu geben, wie andere gesunde und vernünftige Kinder in der Nase gebohrt hättest, so wäre vielleicht etwas aus dir geworden. So aber lungerst du den ganzen Tag müßig herum und malträtierst einem die Ohren.«

»Malträtierst einem die Ohren ...!« Seine Stimme überschlug sich, und sein Blick war so verschwommen, als ob er durch eine dicke Schicht von Aspik käme. »Weil man ständig übt, um das Gedächtnis aufzufrischen und auf der Höhe zu bleiben. Wenn ich daran denke, wie man mich in Amerika gefeiert hat ...«

Er gab dem bequemen Fauteuil einen Tritt, legte den Kopf schief, maß Mrs. Smith mit einem vernichtenden, glasigen Blick und ging wiegenden Schrittes ab.

Mrs. Smith legte befriedigt das zweite Ohrgehänge an und fühlte sich einigermaßen erleichtert. Die schlechte Laune, unter der sie seit einigen Tagen litt, kam daher, daß ihr Freund ihr untreu geworden war, und so wenig eine derartige Episode in dem bewegten Leben von Mrs. Polly früher bedeutet hatte, jetzt war das immerhin eine unangenehme Sache. Nicht, daß Mrs. Smith gerade sentimental veranlagt gewesen wäre und sich auf den einen kapriziert hätte, aber einen Freund mußte man haben, wenn man mit Mr. Smith verheiratet war. Dessen Lebens- und Gefühlsäußerungen beschränkten sich lediglich auf Essen, Trinken, Schlafen und Musizieren. Ein Grammophon mit Pfeif- und Flüsterplatten hätten den gleichen Zweck erfüllt, ohne so anspruchsvoll zu sein. Für Mrs. Polly bedeutete dieser Gatte allerdings keine sonderliche Enttäuschung. Sie hatte den musikbesessenen Mann geheiratet, als sie entschlossen war, sich ins bürgerliche Leben zurückzuziehen und hier ihren regen und tüchtigen Erwerbssinn zu betätigen.

Schließlich und endlich war eine Tanzbar mit entsprechender Aufmachung auch eine Art Kunstetablissement und noch dazu eines, mit dem man Geld verdienen konnte.

Nur in der allerersten Zeit war es zu einem kleinen Zwischenfall gekommen, den Mr. Smith verursacht hatte. Um dem Unternehmen seiner Frau eine besondere Note zu geben, hatte er sich entschlossen, in das Programm einige wertvolle musikalische Nummern aufzunehmen, die er selbst am Klavier zum Vortrag bringen wollte.

Nach der ersten Viertelstunde aber erscholl hier und dort ein energisches Räuspern, und von irgendwoher erklang sogar ein schriller Pfiff, nach weiteren fünf Minuten setzte ein allgemeines Trampeln ein, und als der weltentrückte Mr. Smith auch diese bedenklichen Sturmzeichen überhörte, kamen nach weiteren fünf Minuten zuerst Bananen und dann plötzlich Gläser und Flaschen geflogen ...

Seit jenem Tage mied Mr. Smith das Lokal und überließ es seiner Frau, hier den Ton anzugeben. Mrs. Polly tat dies in großer Abendtoilette und mit sehr viel Takt und Umsicht. Sie war eine große, schlanke Brünette von einigen vierzig Jahren, die sich bei diskreter Beleuchtung noch immer sehen lassen konnte, und wenn sie hie und da einmal in das Tanzparkett hinabstieg, stellte sie selbst weit jüngere Frauen in den Schatten. Von einer der kleinen, völlig abgeschlossenen Logen aus überwachte sie Nacht für Nacht den Betrieb, und ihr Freund hatte ihr über dieses ewige Einerlei bisher hinweggeholfen.

Nun allerdings waren für die vereinsamte Frau diese Nächte eine Qual, und der unternehmende Mr. Bayford hätte für die Zwecke, die er im Auge hatte, keinen günstigeren Zeitpunkt finden können.

Er erschien in seiner vornehmen Hagerkeit etwas vor elf Uhr und schlenderte gelassen zwischen den Tischen hindurch, um nach Ferguson Ausschau zu halten. Als er ihn nirgends entdecken konnte, stieg er die kleine Treppe zu dem Logengang hinauf und stand nach wenigen Schritten vor Mrs. Smith, die eben die Portiere ihrer Loge zurückschlug.

Einige Augenblicke später saß Bayford mit Mrs. Smith an der Logenbrüstung und warf einen flüchtigen Blick auf das Getriebe im Barraum. Das Tanzparkett war ziemlich geräumig, vermochte aber die Paare doch kaum zu fassen, und auch die Tische waren dicht besetzt.

»Sie haben die gesamte Konkurrenz geschlagen, und ich kann das verstehen«, stellte er anerkennend fest, um vorsichtig auf jene Sache zu kommen, die ihn eigentlich hergeführt hatte. »Es ist hier wirklich dafür gesorgt, daß alle Sinne auf ihre Rechnung kommen: Der märchenhafte Rahmen mit der stimmungsvollen Beleuchtung, das bunte Menschengemisch aus aller Welt, die diskrete und doch so aufreizende Musik —«

»Die schönen Frauen...«, flocht Mrs. Smith mit einem schalkhaften Lächeln nachträglich ein, aber Mr. Bayford sah sie seltsam an und legte seine Hand leicht auf ihre Rechte.

»Dafür hat man in Ihrer Nähe kein Auge«, entgegnete er leise, und Mrs. Polly war so verwirrt, daß sie ganz vergaß, ihm die Hand zu entziehen. Aber dann fand sie doch, daß Mr. Bayford etwas zu stürmisch ins Zeug ging und sah verlegen zur Seite.

»Wie gefällt Ihnen die Rote?« fragte sie hastig, um über den erregenden Augenblick, der ihr noch zu verfrüht schien, hinwegzukommen, und Bayford folgte mit höflicher Gleichgültigkeit ihrem Blick.

Im Arme eines zu eleganten Mannes mit glänzendem dunklem Scheitel tanzte unter ihnen eben ein Mädchen vorüber, ganz dazu angetan, selbst in diesem Milieu sofort die Aufmerksamkeit auf sich zu lenken.

Ein Körper von vollendeten Formen, schmiegsam und federnd, die Haut von blendender Frische und jede Bewegung von wunderbarer Grazie. Dazu das sinnliche Rot des einfachen, aber geschmackvollen Kleides und unter dem glatt anliegenden Turban, der das Haar völlig verdeckte, ein Paar große, seltsam schillernde Augen, die bald den Tänzer anblitzten, bald herausfordernd nach links und rechts flogen. Das Gesicht fein geschnitten, aber von einer gewissen Frechheit des Ausdrucks, der durch die leicht vibrierenden Nasenflügel, vor allem aber durch die aufdringliche Schminke noch unterstrichen wurde.

»Nun?« forschte Mrs. Smith mit etwas spitzem Munde, da Bayford die Erscheinung nun doch etwas länger verfolgte, als dies ihr notwendig erschien, aber dieser wandte sich ihr mit einem unbefangenen Lächeln zu und begann umständlich sein Monokel zu putzen.

»Anscheinend eine sehr draufgängerische Halbweltdame«, stellte er leichthin fest, und Mrs. Polly schien von dem Urteil befriedigt zu sein.

»Wie überhaupt das meiste, was Sie hier sehen«, erklärte sie mit einem, leichten Achselzucken. »Leider. Aber man kann sich sein Publikum nicht aussuchen. Übrigens« – sie beugte sich etwas näher zu ihm und dämpfte ihre Stimme zu einem vertraulichen Flüstern – »dürfte sich das Schicksal der Roten rasch erfüllen, denn sie ist in üble Hände geraten. Der Mann, mit dem sie am meisten tanzt, hat einen auffallend großen Verbrauch an Frauen, die dann alle plötzlich von der Bildfläche verschwinden. Die Rote ist ungefähr bereits die zehnte innerhalb von wenigen Wochen, an die er sich herangemacht hat, und man munkelt natürlich allerlei...«

Sie drückte sich nicht näher aus, sondern beschränkte sich auf einen vielsagenden Blick, aber Mr. Bayford verstand sie sofort und klemmte mit besonderer Sorgfalt das Glas wieder ins Auge. Mrs. Smith hatte ihm soeben das Stichwort gegeben, dessen er bedurfte, und er konnte nun das Eisen schmieden.

»Schließlich ein Geschäft wie jedes andere. Nur ein Ausgleich zwischen Angebot und Nachfrage, den man nicht allzu sentimental oder philiströs beurteilen darf. Zumeist handelt es sich ja ohnehin um Existenzen, die früher oder später so oder so unter die Räder kommen würden. Vielleicht geraten manche dieser Wesen dadurch sogar in weit bessere Verhältnisse, als sie sie früher gekannt haben. Vom Standpunkt der landläufigen Moral betrachtet, ist die Geschichte natürlich schrecklich, aber wie viele andere Geschäfte sind ebenso unmoralisch, ohne daß darum solche ein Lärm gemacht würde! – Jedenfalls verdient der Mann nach dem, was Sie mir gesagt haben, seine zweihunderttausend französische Francs im Jahr...«

»Zweihunderttausend Francs...!« entfuhr es der erstaunten Mrs. Polly, und der Herr mit dem Monokel nickte gelassen. Mrs. Polly saß starr und stumm, und ihre Finger spielten nervös mit den blitzenden Ringen. Sie war eine so geschäftstüchtige Frau, daß sie von Geld nicht hören konnte, ohne sofort Berechnungen anzustellen, und die Zahlen, die Mr. Bayford eben so ganz beiläufig genannt hatte, machten ihr den Kopf ordentlich wirbelig. Sie mußte einige Male an ihrem Sektglas nippen, um mit dem interessanten Rechenexempel fertig zu werden, und das Ergebnis machte sie etwas ungerecht und undankbar.

»Ein besseres Geschäft als eine Bar«, lispelte sie mit einem leichten Seufzer und einem ratlosen Blick auf Bayford, der ihr recht gab.

»Allerdings... Aber eine Bar, die sich auch auf diese – sagen wir Vermittlung – verlegen würde, wäre natürlich ein noch weit einträglicheres Unternehmen. – Ganz abgesehen davon, daß sie das Material nicht erst mühsam hier und dort zusammensuchen müßte, sondern in reichster Auswahl ständig bei der Hand hätte, könnte sie auch...«

Der Herr mit dem Monokel brach seine interessanten theoretischen Erwägungen zur größten Enttäuschung von Mrs. Smith mitten im Satze ab, um lebhaft in das Parkett zu winken.

»Wenn Sie gestatten, bringe ich also Ferguson herauf«, wandte er sich dann verbindlich an Mrs. Polly, und diese nickte mit einem etwas zerstreuten Lächeln. Sie war eine kluge, feinhörige Frau, und Bayfords Andeutungen hatten bei ihr eine verständnisvolle Aufnahme gefunden.

Sie kannte den Mann nicht näher und wußte nicht, welche Geschäfte er betrieb, aber jedenfalls spielte er eine gewisse gesellschaftliche Rolle und verfügte über die notwendigen Mittel hierzu. Das war für Mrs. Smith die Hauptsache. Sie war von einer unersättlichen Geldgier besessen, die sich in ihrem Betrieb in Wucherpreisen und in ihrem Haushalt in kleinlichem Geiz äußerte. Der arme Mr. Smith war auf ein Taschengeld angewiesen, das das Einkommen eines kleinen Angestellten kaum überstieg, und selbst Mrs. Polly wunderte sich zuweilen, wie er bei seinen Ansprüchen damit sein Auskommen finden konnte. Aber das war schließlich seine Sache. Mrs. Smith mußte vor allem für ihr Alter sorgen, und dafür schien ihr kein Betrag ausreichend.

»Ich habe den Köder bereits ausgeworfen«, sagte unten Bayford zu seinem verdrießlich dreinschauenden Teilhaber, »und ich glaube, sie hängt auch schon daran. Nun lasse ich sie zappeln, und dann werden wir ja sehen. Du hast bei der Sache nichts anderes zu tun, als den Mund zu halten und deine Visage in liebenswürdige Falten zu legen.«

5

In einer Loge gegenüber jener von Mrs. Smith saß seit einer Viertelstunde ein Herr und blickte durch den winzigen Spalt in der Gardine in den Barraum.

Es kamen immer wieder Leute, die nicht gesehen werden oder ungestört bleiben wollten, und das geschulte Personal hatte strenge Weisung, derartigen Wünschen in jeder Hinsicht Rechnung zu tragen.

Als der Kellner die bestellten Platten mit Sandwiches und Konfekt sowie eine Flasche serviert hatte, traf er daher Anstalten, sich sofort wieder diskret zurückzuziehen, aber ein kurzer Wink hielt ihn zurück.

»Glauben Sie«, sagte der große Herr, indem er zwei Finger in die Westentasche schob, »daß die Dame in Rot einer Einladung Folge leisten würde? Und würden Sie die Liebenswürdigkeit haben, ihr diese zu überbringen? – Ich möchte aber nicht, daß die Sache irgendwelches Aufsehen erregt.«

Der Kellner verbeugte sich devot, um den Geldschein in Empfang zu nehmen.

Es dauerte fast eine halbe Stunde, denn zunächst tanzte die Rote ununterbrochen, und dann nahm sie wieder der Herr mit dem glänzenden Scheitel in Beschlag. Er schien nach seiner dunklen Hautfarbe, vor allem aber nach seiner Aussprache ein Ausländer zu sein, und in seinem ganzen Gehaben lag eine aufdringliche Süßlichkeit.

»Wollen wir nicht doch einmal das Lokal wechseln?« fragte er lebhaft, indem er etwas ungeduldig nach der Uhr blickte. »Wenigstens für heute. Es ist erst kurz nach Mitternacht, und wir können uns noch verschiedenes ansehen«, fuhr er drängend fort, aber das Mädchen schüttelte mit einem herausfordernden Lächeln energisch den Kopf.

»Mir gefällt es hier sehr gut, und ich bleibe«, erklärte sie entschieden, »aber Sie brauchen sich deshalb nicht abhalten zu lassen. Wenn Sie sich woanders besser amüsieren...«

Er machte eine rasche, unwillige Kopfbewegung, und in seinen Augen blitzte es ärgerlich auf, aber dann bekam sein Gesicht sofort wieder seinen schwermütigen, schmachtenden Ausdruck.

»Wie können Sie so etwas denken?« flüsterte er vorwurfsvoll, und sein starrer Blick schien das Mädchen hypnotisieren zu wollen. »Wo Sie doch wissen, daß für mich jede Minute, die ich in Ihrer Nähe sein darf, kostbar ist. – Wie oft habe ich Ihnen das schon gesagt!«

»Gesagt haben Sie es mir schon«, gab die Schöne lachend zurück, »aber ich fliege nicht auf solche Redensarten.«

»Was soll ich denn noch tun, damit ich Sie von meinen ehrlichen Absichten überzeuge?« seufzte er verzweifelt. »Leider habe ich meine Papiere nicht bei der Hand, sonst wäre alles in vierundzwanzig Stunden erledigt. – Aber ich werde Ihnen einen Vorschlag machen«, fuhr er überlegend fort, »gegen den Sie hoffentlich nichts einzuwenden haben werden. Ich selbst muß wegen der wichtigen großen Geschäfte, von denen ich Ihnen bereits sprach, leider noch einige Wochen in Europa bleiben, meine Schwester jedoch tritt bereits in der nächsten Zeit die Rückreise nach Argentinien an. Ich erwarte stündlich eine Nachricht von ihr aus Paris. – Wenn Sie wirklich etwas für mich übrig haben und meine Frau werden wollen«, fuhr er eindringlich fort, »werde ich Sie ihrer Obhut anvertrauen. Sie wird Sie in Ihre neue Heimat bringen und Ihnen bei den Vorbereitungen für unsere Hochzeit und bei der Einrichtung unseres Hausstandes an die Hand gehen. Sie haben ja, wie Sie mir sagten, auf niemand Rücksicht zu nehmen, und es wäre mir eine große Beruhigung, Sie in meiner Familie geborgen zu wissen. Ich selbst könnte mich Ihnen ohnehin hier in den kommenden Wochen nicht so widmen, wie ich es möchte. – Was sagen Sie dazu?«

»Gut«, sagte sie endlich bedächtig, »darüber können wir sprechen, aber Sie müssen mir alles genau auseinandersetzen, denn so ohne weiteres geht man doch nicht in die Fremde. – Ich bin bisher noch nicht einmal aus London herausgekommen.«

»Gewiß«, stimmte er eifrig und sichtlich erleichtert zu, indem er sich mit dem bunten Seidentuch über die Stirn fuhr. »Sobald meine Schwester eintrifft, werde ich Sie mit ihr bekannt machen, und ich bin überzeugt, daß Sie aneinander Gefallen finden werden.« Er sah wieder einmal nervös auf die Uhr und nagte dann unschlüssig an den etwas vollen Lippen.

»Verzeihen Sie, aber in der Hoffnung, daß Sie mich begleiten würden, habe ich leider eine sehr wichtige Besprechung mit einem Geschäftsfreund vereinbart. Die Angelegenheit wird mich jedoch nicht länger als ungefähr eine Stunde in Anspruch nehmen. Versprechen Sie mir wenigstens, hier auf mich zu warten...«

»Eine Stunde?« fragte sie leichthin. »Warum nicht. Die Sache kommt ja hier jetzt erst in Schwung.«

Der Kellner aus dem Logengang wartete noch einige Minuten, bevor er sich seines Auftrages entledigte. Er tat dies unauffällig, aber auch ohne sonderliche Umstände.

»Ein Gast in der letzten Loge rechts würde sich sehr freuen, wenn Sie ihm Gesellschaft leisten würden«, flüsterte er, indem er sich an ihrem Tisch zu schaffen machte. »Es ist ein wirklich vornehmer Herr... Darf ich bestellen, daß Sie kommen?«

Die Rote überlegte einen Augenblick, dann neigte sie leicht den Kopf, und der Kellner tat einen letzten ordnenden Griff an dem Tischtuch.

»Ich werde Sie oben erwarten«, hauchte er, »damit Sie nicht fehlgehen. Der Herr wünscht kein Aufsehen.«

Fünf Minuten später schlüpfte das Mädchen geschmeidig durch die Portiere, blieb aber abwartend stehen. Der Raum war so winzig, daß er mit dem Tischchen und den beiden Sesseln gerade nur für zwei Personen Platz bot, und die magische Beleuchtung von oben war mehr stimmungsvoll als praktisch. Sie vermochte nur die Umrisse einer hohen Männergestalt wahrzunehmen und die Konturen eines energisch geschnittenen Gesichtes. Der Mann war in einem einfachen dunklen Straßenanzug, aber in seiner Erscheinung lag etwas, das sie sofort empfinden ließ, daß er nicht zu den Kreisen gehörte, die in der Bar ein- und ausgingen.

Das überraschte sie und machte sie so unsicher, daß sie unwillkürlich nach dem schweren Vorhang im Rücken tastete, um schleunigst wieder zu entwischen, aber in derselben Sekunde schob sich der Mann mit einer raschen Bewegung zwischen sie und den Ausgang.

Eine gedämpfte Stimme sagte mit kühler Höflichkeit: »Ich danke Ihnen, daß Sie gekommen sind. Wollen Sie bitte Platz nehmen und mir ein Viertelstündchen schenken. Da ich Ihnen keine Unannehmlichkeiten bereiten möchte, wird es vielleicht am besten sein, wenn wir die Loge geschlossen lassen.« Er sprach etwas von oben herab und mit einer Bestimmtheit, die jeden Widerspruch ausschloß, und das Mädchen gehorchte in ihrer Befangenheit völlig willenlos. Erst als sie saß und er ihr artig die Platten zuschob und ein Glas Sekt eingoß, fand sie sich wieder und suchte nun den Eindruck ihrer früheren Verschüchterung durch ausgesprochene Derbheit zu verwischen.

»Was wünscht der Herr von mir?« fragte sie in einem geradezu schauderhaften Dialekt und legte dabei ihre silberne Handtasche so nachdrücklich auf den Tisch, daß es einen dumpfen Klang gab. Sie schien darüber zu erschrecken und nahm die Tasche rasch wieder auf, während der Herr sich ihr gegenüber setzte.

»Nichts, was Sie irgendwie besorgt machen müßte«, erklärte er gelassen. »Ich möchte nur ein Weilchen mit Ihnen plaudern.«

»Wenn Sie sonst keine Wünsche haben, das kann gemacht werden«, lachte sie und nippte an dem Glase, »aber Sie müssen losschießen, damit ich weiß, auf welche Art von Unterhaltung Sie hinauswollen.«

»Schön, darüber werden Sie sofort im klaren sein. – Sie sind mir empfohlen worden...«

Die Rote machte eine so hastige Bewegung, daß das Tischchen ins Wanken geriet, und ihre Überraschung war so groß, daß sie einige Augenblicke kein Wort hervorbrachte.

»Empfohlen...? Ich – Ihnen...?« murmelte sie endlich verständnislos. »Sie wollen mich wohl zum besten halten?«

»Weder das eine noch das andere«, erhielt sie zur Antwort.

»Sie sind mir als zuverlässig bezeichnet worden, und –«

»Von wem?« fiel sie mit großer Hast ein, erhielt aber nur ein kurzes Kopfschütteln.

»Das tut nichts zur Sache. Jedenfalls gebe ich etwas auf das Urteil der betreffenden Person, denn sonst hätte ich Sie nicht erst bemüht. – Das, worum ich Sie bitten möchte, setzt ein gewisses gegenseitiges Vertrauen voraus. Auf meiner Seite ist es vorhanden – es fragt sich nur noch, wie Sie darüber denken.«

»Worüber?« fragte sie leichthin, indem sie unter halbgeschlossenen Lidern jeden Zug des ernsten Männergesichts forschend prüfte.

»Nun, über eine Art Geschäft.« Er machte eine kleine Pause, und sie war so gespannt, daß sie nicht bemerkte, wie seine Finger flüchtig über ihre silberne Tasche strichen. »Sie hätten mich täglich darüber zu unterrichten, was Sie hier oder in irgendeinem anderen ähnlichen Etablissement, in das ich Sie bitten würde, erleben, aber Sie dürften mir weder Schauergeschichten erzählen noch etwas verschweigen. – Hier fängt unser Geschäft an, Vertrauenssache zu werden.«

»Sie sind von der Polizei...«, murmelte sie tonlos, und das dünne Lächeln, das um seinen Mund huschte, benahm ihr fast den Atem.

»Wenn ich von der Polizei wäre, Miss«, erwiderte er bedächtig, »so würde ich von Ihnen wahrscheinlich zunächst eine kleine Aufklärung verlangen: Sie schleppen in Ihrer Tasche einen sehr handlichen Browning – fünf Millimeter Kaliber – herum, und das ist kein alltägliches Requisit für eine Dame...«

»Dann sind Sie vermutlich Reporter eines großen Blattes, das sich für eine bestimmte Seite dieses Milieus interessiert«, setzte sie ihm mißtrauisch geworden zu und geriet dabei so in Eifer, daß sie plötzlich ein sehr gewähltes Englisch sprach, das den Mann sekundenlang aufhorchen ließ.

»Auch in dieser Beziehung kann ich Sie beruhigen«, sagte er dann. »Ich habe in meinem Leben noch nie ein Wort geschrieben, das für den Druck bestimmt gewesen wäre, und denke auch nicht daran.«

Diese Antwort machte sie völlig ratlos, war ihr aber auch eine gewisse Beruhigung. Wenn der Fremde weder von der Polizei noch von der Presse war, hatte sie kaum etwas zu befürchten, und wenn sie noch etwas bedrückte, so war es lediglich die seltsame Empfehlung, die er erwähnt hatte. Sie wußte niemand, der über sie Auskunft hätte geben können, außer... Über diesen wichtigen Punkt mußte sie Klarheit haben.

»Dann verstehe ich nicht, was Ihnen unser Geschäft nützen könnte«, sagte sie mit einem Achselzucken und wieder ganz in ihrer früheren Art, »aber wenn Sie so darauf versessen sind, sollen Sie Ihren Willen haben. Nur muß ich zuerst erfahren, wer von mir zu Ihnen gesprochen hat – damit ich mir wenigstens so beiläufig denken kann, was hinter der Geschichte steckt – und auch hinter Ihnen«, fügte sie hinzu, indem sie eine Zigarette zwischen die knallroten Lippen schob und mit großer Umständlichkeit anzündete. »Ich springe nicht blind in so etwas hinein.«

Der Herr betrachtete die gepflegten Finger, die das Streichholz hielten, und überlegte so lange, daß die Rote ungeduldig wurde.

»Wenn Sie nicht Farbe bekennen wollen, so kann ich ja gehen, ich bin hier, um zu tanzen und mich zu unterhalten, aber nicht, um mit Ihnen meine Zeit zu vertrödeln.«

Es klang sehr derb und energisch, und sie machte auch tatsächlich Miene, sich zu erheben, aber er hielt sie durch einen leichten Griff zurück.

»Eigentlich haben Sie recht, und vielleicht ist es auch zweckdienlicher, wenn ich Ihre Frage beantworte. Es könnte sein, daß...«

Er dachte sekundenlang nach, sprach aber dann nicht weiter, sondern gab ihr kurz und sachlich Auskunft.

»Es war ein Mann namens Rosary, den Sie ja wohl kennen werden.«

»Rosary...«, wiederholte sie überrascht und gedehnt und brach dann unvermittelt in ein so übermütiges Kichern aus, daß ihr ganzer geschmeidiger Körper in Bewegung geriet. »Der liebe gute Rosary...« Sie beugte sich plötzlich lebhaft über den Tisch, und zum erstenmal hatte der Herr die großen schillernden Augen dicht vor sich. »Ich bitte Sie, was hat er Ihnen von mir erzählt?« drängte sie begierig. »Das müssen Sie mir sagen...«

Sie war so in Eifer, daß sie ihre Hand vertraulich auf die seine legte, und er vermied es, sie auch nur durch die leiseste Bewegung darauf aufmerksam zu machen.

»Mr. Rosary darf ich natürlich nicht blamieren«, meinte sie. »Das hat er nicht verdient. Wenn Sie daher glauben, daß ich die Richtige bin, können wir ja die Geschichte probieren.« Sie warf den Kopf zurück, und ihr Gesicht hatte wieder den frechen, etwas spöttischen Ausdruck, den sie meistens zur Schau trug.

»Ich soll Ihnen also täglich haargenau erzählen, was unsereiner hier erlebt und was man zu hören bekommt…«

»Gleichgültig von wem«, ergänzte er mit leichtem Nachdruck. »So zum Beispiel auch von dem dunklen Herrn, in dessen Gesellschaft ich Sie vorhin gesehen habe.«

»Haben Sie ihn bemerkt?« fragte sie lebhaft. »Ein fescher Mann, nicht wahr? Und riesig unterhaltend. Dazu will er mich auch noch wirklich heiraten.«

Es war nicht zu entnehmen, ob ihre Begeisterung echt oder ironisch war, und als sie den Blick ihres Gegenübers forschend auf sich ruhen fühlte, streckte sie die feine Nase herausfordernd in die Luft.

»Und Sie?« fragte er nach einer kleinen Pause.

»Ich?« Sie begann plötzlich wieder zu kichern, wurde aber sofort wieder ernst und setzte eine sehr kühle, geschäftsmäßige Miene auf. »Aber so haben wir nicht gewettet. Für nichts und wieder nichts. Erst möchte ich einmal hören, was für mich bei dem Handel herausschaut.«

»Wollen Sie mir, bitte, Ihre Ansprüche nennen«, schlug er zuvorkommend vor, aber die Rote hatte ein Angebot erwartet und geriet in Verlegenheit. Schließlich kam ihr jedoch ein rettender Einfall.

»Von Geschäften verstehe ich nicht viel, und Sie könnten mich übers Ohr hauen. Es wird besser sein, wenn ich erst meinen Freund Rosary frage. Der kennt sich in solchen Dingen besser aus. Aber ich glaube«, fuhr sie lebhaft fort, »wir werden schon einig werden, und deshalb möchte ich wissen, wie Sie sich die Sache eigentlich vorstellen. Wollen Sie jeden Tag hierherkommen, oder wo kann ich Sie sonst finden, wenn es einmal etwas Besonderes gäbe?«

»Das alles werde ich Sie durch Rosary wissen lassen, wenn es Ihnen recht ist«, sagte er, und sie nickte eifrig, denn dieser Vorschlag zerstreute ihre letzten Bedenken.

»Gewiß paßt es mir«, versicherte sie, indem sie sich erhob.

»Aber nun muß ich wieder hinunter, denn mein Anbeter dürfte bald zurückkehren, und er ist schrecklich eifersüchtig.«

»Wie weit sind Sie mit ihm?« fragte der Herr vor ihr, und sie bemerkte erst jetzt, daß sie den Kopf sehr weit zurückneigen mußte, um in sein ernstes Gesicht blicken zu können.

»Wir erwarten die Ankunft seiner Schwester«, erklärte sie wichtig, aber mit einem eigenartigen Unterton. »Er wird mich ihr vorstellen, und dann fahren wir zusammen über den großen Teich.«

Sie legte ihre schmale Rechte in die Hand, die sich ihr entgegenstreckte, und fühlte sich länger festgehalten, als dies gerade notwendig war.

»Ich bin Rosary sehr dankbar, daß er unsere Bekanntschaft vermittelt hat«, sagte der Herr höflich, »und Sie müßten es eigentlich auch sein.«

»Ich?« meinte sie schnippisch. »Wieso?«

»Weil ich vermute, Miss« – die Stimme des Fremden klang plötzlich so seltsam, daß ein leichtes Frösteln über den frischen Mädchenkörper lief –, »daß Sie ein Spiel treiben, dessen Gefahren Sie unterschätzen und bei dem Ihnen mein Beistand vielleicht nützlicher sein wird als Ihre hübsche Pistole…«

Die Rote machte sich mit einem Ruck los und huschte schattengleich durch die Portiere, während der einsame Gast durch den winzigen Spalt sinnend nach der erregten Mrs. Smith, dem höflichen Mr. Bayford und dessen einsilbigem Teilhaber hinüberblickte.

6

Etwa eine halbe Stunde später sah Mr. Bayford plötzlich auf die Uhr und zog die Brauen hoch.

»Bereits einige Minuten nach eins«, stellte er überrascht fest. »Wir haben Sie ganz ungebührlich lange in Anspruch genommen, Mrs. Smith.«

Mrs. Polly, deren Augen seltsam glänzten und die von einer quecksilbrigen Lebhaftigkeit war, schien nicht dieser Meinung zu sein.

»Sie werden doch nicht schon gehen wollen?« fragte sie enttäuscht, indem sie den Mund zu einem leichten Schmollen verzog und den Herrn mit dem Monokel mit einem heißen Blick streifte.

»Ich habe mit Ferguson leider noch einige sehr dringende geschäftliche Dinge zu ordnen«, sagte er bedauernd, »aber wenn Sie gestatten...«

»Es wird mir ein besonderes Vergnügen sein«, versicherte Mrs. Polly lebhaft und verbindlich und wußte es dann so einzurichten, daß sie dem Herrn mit dem Monokel noch einige bedeutsame Worte zuflüstern konnte.

»Sie müssen nun täglich kommen«, schloß sie, »ich bin immer allein und brauche Ihren Rat und Beistand...« Mrs. Smith schlug mit einem glücklichen, verträumten Lächeln den Vorhang zurück.

Daher war diesmal sie die erste, die den leuchtenden weißen Drudenfuß auf dem roten Läufer vor der Loge zu sehen bekam, und sie hob mit einem unwilligen Kopfschütteln die bloßen Schultern.

»Man sollte nicht glauben, daß erwachsene Leute an solch kindischem Unfug Gefallen finden«, meinte sie, und Bayford stimmte ihr mit einem etwas verzerrten Lächeln bei.

Ferguson aber starr wieder völlig verstört nach dem Pentagramm, das er an diesem Abend zum zweitenmal auf seinem Weg fand, und sein Teilhaber mußte ihn mit einem harten Griff unter dem Arm fassen, um ihn wieder zu sich zu bringen.

»Du bist die erbärmlichste Memme geworden, mit der ich es je zu tun hatte«, zischte Bayford, als sie aus dem Portal auf die breite Straße traten. »Ein paar Kreidestriche genügen, um dich ins nächste Mauseloch zu jagen.«

»Hol's der Teufel«, knurrte der große, starke Mann heiser, indem er scheu nach allen Seiten Umschau hielt, »da muß einer ja verrückt werden. Sich vorzustellen, daß der Kerl ununterbrochen hinter uns her ist und daß man auf Schritt und Tritt über dieses verdammte Zeichen stolpern soll. Das kann doch nicht so weitergehen...«

Er wischte sich schwer atmend den Schweiß von der Stirn, aber der andere hatte nur ein leichtes Achselzucken.

»Warum nicht, wenn es ihm Spaß macht? Je länger er sich mit diesen Mätzchen begnügt, desto besser für uns. Einmal werden wir ihn dabei vielleicht doch zu fassen bekommen...« Er machte eine kleine Pause und wurde sehr nachdenklich. »Das eben jetzt«, fuhr er dann mit verkniffenen Lippen fort, »war allerdings ein freches Stückchen, und...« Er blieb stehen und tippte Ferguson mit dem Finger auf die breite Brust. »Die Sache mit Mrs. Smith ist so gut wie gemacht. Man muß ihr nur bei der Einführung etwas an die Hand gehen, und das werde ich übernehmen. Dafür partizipiere ich aber an diesem Geschäft ausnahmsweise mit sechzig Prozent. Und in die übrigen vierzig mußt du dich mit Mrs. Smith teilen...«

»Mich laß dabei überhaupt ganz aus dem Spiel«, knurrte Ferguson hitzig und bissig. »Du wirst mit dieser gefährlichen Sache keine Ruhe geben, bis wir die Spürhunde auf den Fersen haben. Gerade jetzt, wo wir so etwas weniger denn je brauchen können. – Ich habe wahrhaftig schon an der Geschichte mit dem verdammten Drudenfuß genug.«

»Gut, daß du mich erinnerst«, sagte Bayford leichthin, »darüber haben wir eigentlich auch noch zu sprechen. – Sieh zu, daß wir die Karte in die Hand bekommen, bevor der andere sie uns wegschnappt. Aber« – er sah seinen Teilhaber von der Seite an, und seine Stimme bekam einen unangenehmen Klang – »ehrliches Spiel, mein Lieber, sonst –«

»Was soll das heißen?« brauste Ferguson auf, aber der andere klopfte ihm gelassen auf die Schulter.

»Genau das, was du dir denkst – also, beschleunige die Sache. Ich werde dich gegen Abend anrufen.«

Sie waren bei dem Taxistand an der Ecke des großen Häuserblocks angelangt, und Ferguson stieg in eines der Taxis.

»Kann ich dich ein Stück mitnehmen?« fragte er höflich, aber Bayford lehnte ab.

»Danke, ich habe eine andere Richtung und möchte mich noch ein bißchen auslaufen. – Du solltest dir übrigens auch etwas mehr Bewegung machen – dein Blut wird zu dick.«

Ferguson zog mit einem unverständlichen Gemurmel den Schlag krachend zu, und der Herr mit dem Monokel blickte dem Wagen eine Weile gedankenvoll nach.

Der Nebel hatte etwas nachgelassen, und der dünne gelbe Dunstschleier, der noch immer zwischen den Häusern flimmerte, gewährte immerhin einige Sicht.

Mr. Bayford griff unauffällig nach der Hüfte, um die Rechte dann rasch in seiner Manteltasche zu bergen und langsam den Weg wieder zurückzuschlendern, den er mit seinem Teilhaber gekommen war.

Er nahm die Sache mit dem Drudenfuß keineswegs so leicht, wie er sich den Anschein gab, aber er wollte den ohnehin bereits völlig eingeschüchterten Ferguson durch seine Besorgnisse nicht noch kopfloser machen. Wenigstens einer von ihnen mußte kühle Überlegung und eiserne Nerven bewahren, denn der geheimnisvolle Fremde, der so plötzlich aufgetaucht war, bedeutete zweifellos eine ernste Gefahr. Das bewies die Zähigkeit, mit der er sofort ihre Spur aufgenommen und die heimtückische Art, wie er sich innerhalb weniger Stunden auf allen ihren Wegen in Erinnerung gebracht hatte.

Das Gefühl, unter ständiger Überwachung zu stehen, war für Bayford eigentlich das unangenehmste an der Geschichte, denn bei seinen augenblicklichen großen Plänen, die sich so vielversprechend anließen, paßte es ihm absolut nicht, daß ihm jemand derart auf die Finger sah.

Deshalb war er jetzt zurückgeblieben, um vielleicht die eine oder die andere wichtige Beobachtung zu machen. Er war überzeugt, daß irgendwo in der Nähe ein Paar scharfe Augen auf ihm hafteten, und er wandte alle möglichen Schliche an, um diesen Schatten aus seinem Hinterhalt zu locken und zu überrumpeln.

Bayford war ein Mann von Mut und raschen Entschlüssen, und er hatte eben aus Belgien ein sehr nettes, zierliches Ding mitgebracht, das fast lautlos, aber mit überraschender Wirkung funktionierte. Wenn der Herr vom Bahnsteig in Folkestone eine kleine Unvorsichtigkeit begehen sollte ...

Aber sooft Mr. Bayford auch mit einem Ruck stehenblieb oder sich blitzschnell umwandte und eilig die Richtung wechselte – außer harmlosen Passanten, die unbeirrt ihr Ziel verfolgten, kam ihm niemand zu Gesicht, obwohl er den Häuserblock zweimal umkreiste und sich dann noch eine Weile gegenüber dem Portal der Bar im Dunkeln herumdrückte.

Der Mann mit der dunklen Gesichtsfarbe und dem glänzenden schwarzen Scheitel, den die Rote erwartete, hatte es sehr eilig, zurückzukommen, weil er von seinen Geschäften etwas länger in Anspruch genommen worden war.

Er war äußerst schlechter Laune, denn man hatte ihn eben wieder einmal übers Ohr gehauen und um wenigstens die Hälfte seines wohlverdienten Anteils geprellt. Der Chef, für den er arbeitete und zumindest ein halbes Leben im Zuchthaus riskierte, war ein ausgemachter Schurke, aber er konnte nicht an ihn heran, um die Rechnung einmal gründlich auszugleichen. Der Mann verstand es, sich in einem geheimnisvollen Dunkel zu halten und seine Werkzeuge dadurch doppelt gefügig zu machen. Bloß ein einziges Mal hatte der ›Schlepper‹ durch einen eigenartigen Zufall den Schatten des rätselhaften ›Padischah‹ zu sehen bekommen, aber so deutlich er sich in jenem Augenblick auch einige auffallende Einzelheiten seiner Erscheinung eingeprägt hatte, dieses Wissen war ihm bisher von keinerlei Nutzen gewesen.

Er bog eben mit verbissenen Zähnen um eine Ecke und war kaum mehr als dreihundert Schritte vom ›Tausendundeine Nacht‹ entfernt, als eine Gestalt, quer über die Gasse kommend, seinen Weg kreuzte und dann knapp vor ihm dieselbe Richtung nahm.

Er achtete auf den eilig Voranschreitenden anfangs nicht, aber plötzlich fiel ihm dessen eigenartiger Gang auf und eine wiederholte, ganz seltsame Kopfbewegung. Einen Augenblick machte er betroffen halt und nahm noch einmal das Bild des Ahnungslosen auf, dann spannte sich sein geschmeidiger Körper, und mit wenigen lautlosen Sprüngen war er dicht hinter dem anderen.

Eine Überrumpelung konnte ihm vielleicht volle Gewißheit bringen.

»Aga«, stieß er kurz und scharf hervor, und das Losungswort des Tages tat seine Wirkung: Der Mann vor ihm warf blitzschnell den Kopf herum, um im nächsten Augenblick auch schon zu einer wilden Flucht anzusetzen.

Aber sein Verfolger war schneller und drückte ihn bereits beim vierten Sprung an die Wand.

»Einen Augenblick, Sir«, sagte er mit schneidender Höflichkeit. »Ich habe bereits so lange den lebhaften Wunsch, Sie näher kennenzulernen, daß ich mir diese Gelegenheit nicht entgehen lassen möchte...«

Er bemühte sich, dem von ihm Gestellten ins Gesicht zu sehen, aber dieser hatte mit einem raschen Griff den Hut tief in die Stirn gedrückt und den Nacken gebeugt.

»Lassen Sie mich ungeschoren, oder ich rufe die Polizei«, stieß er ängstlich und heiser hervor, aber der ›Schlepper‹ dachte nicht daran.

»Wenn Sie die Polizei bemühen wollen, bitte sehr«, meinte, er ironisch. »Auch das ist ein Weg, Ihre Personalien festzustellen, für die ich mich nun einmal interessiere, aber unter alten Bekannten ist diese Vermittlung eines Dritten eigentlich überflüssig, und ich werde mir daher gestatten...«

Ehe der andere noch dazu kam, die überraschende Bewegung abzuwehren, riß er ihm den Hut vom Kopf und starrte gespannt in das blasse, wutverzerrte Gesicht, das er plötzlich vor sich hatte...

In seinen Mienen malte sich ungläubiges Staunen, und er trat unwillkürlich einen Schritt zurück, um sich zu überzeugen, daß seine Augen ihn nicht täuschten.

»Oh, Mr....«, murmelte er fassungslos, aber dieses Mister war das letzte Wort, das über die etwas wulstigen Lippen des Herrn mit dem glänzenden schwarzen Scheitel kam.

Der Mann an der Wand fuhr mit der Rechten blitzschnell von unten nach oben, und der ›Schlepper‹ warf die Arme mit einem dumpfen Röcheln in die Luft und fiel zu Boden...

Erst nach langen Minuten tauchte dicht neben dem leblosen Bündel ein riesenhafter, hagerer Schatten aus dem Grau der Nacht, und ein Kopf mit einem kantigen, vorstrebenden Bart beugte sich prüfend über das fahle Gesicht mit den starren Augen.

Dann verschwand diese Gestalt geisterhaft, wie sie gekommen war, und wiederum verstrich eine geraume Weile, bis der gellende Alarmruf eines entsetzten Passanten durch die menschenleere, stille Gasse hallte...

Etwa um dieselbe Zeit fuhr Mrs. Smith von der Bar zu ihren Wohnräumen hinauf. Der Abend war für sie so ereignisreich gewesen, daß sie das Bedürfnis nach Ruhe hatte, um mit ihren Gefühlen und Plänen ins reine zu kommen.

7

Nach dem ersten Frühstück um acht Uhr zwanzig Minuten pflegte General Humphrey Norbury den Rapport abzuhalten und gleichzeitig den Tagesbefehl für ›Falcon Lair‹ auszugeben.

›Falcon Lair‹ war ein vornehmer alter Landsitz in Middlesex, etwa vierzehn Meilen von London, mit einem riesigen Park, in dem es sogar einen ganz ansehnlichen Teich gab. Für Sir Humphrey jedoch war es vor allem ein Stabsquartier, das durch militärische Disziplin, Ordnung und Pünktlichkeit in Gang gehalten werden mußte.

Als der knorrige alte General im vorletzten Kriegsjahr wegen einer dummen Kugel im Knie für immer hatte heimkehren müssen, hatte er dem neuen Leben eine Weile fremd und äußerst übellaunig gegenübergestanden. Aber jetzt hatte er wieder die gewohnte, streng soldatische Atmosphäre um sich und konnte sogar infolge eines glücklichen Einfalls nicht nur wie früher mit einer Division, sondern mit ganzen Armeen disponieren.

Alles hatte in dem täglichen Beschäftigungsplan seine genau bestimmte und befristete Zeit, und zunächst einmal kam der Rapport.

»Alles da?« fragte General Norbury, und sein knochiges, gesundes Gesicht unter dem sorgfältig gescheitelten silberweißen Haar erstarrte zu einem grimmigen Ernst, als ob er im Begriff stünde, über eine endlose Front ein gewaltiges Donnerwetter niederprasseln zu lassen.

In Wirklichkeit bestand ›alles‹ heute bloß aus der Hausdame, Mrs. Chilton, der sich an besonders kritischen Tagen auch der Diener Tim, der Pförtner und der Gärtner, die Köchin und zuweilen sogar die beiden Küchenmädchen beigesellen mußten.

»Zu Befehl, General«, meldete Tim mit der krampfhaften Miene eines eingeschüchterten Rekruten, obwohl er bereits vierzig Jahre auf dem Buckel und in drei Weltteilen recht blutige Kämpfe mitgemacht hatte.

»Mrs. Chilton.« Bei der letzten Silbe riß er vorschriftsmäßig die Tür auf, und in der nächsten Sekunde rauschte die Hausdame mit einem abgemessenen »Guten Morgen, Sir Humphrey« herein.

Alles, was sie tat, war gegen das Reglement von ›Falcon Lair‹.

Sie hatte nicht hereinzurauschen, sondern mit genau vorgeschriebenen Schritten durch die Tür hereinmarschiert zu kommen, und sie hatte nicht ›Guten Morgen, Sir Humphrey‹, sondern einfach ›Guten Morgen, General‹ zu sagen.

Aber Mrs. Chilton war nun einmal ein völlig undiszipliniertes Element, obwohl ihr verstorbener Gatte zu den glänzendsten Stabsoffizieren der Armee gehört hatte. Sir Humphrey begriff diesen ungeheuerlichen Gegensatz nicht und bekam stets einen furchtbaren Wutanfall, aber seit einem gewissen Tag ließ er seine Empörung nicht mehr allzu laut werden.

»Mrs. Chilton«, begann er streng, »auf dem Frühstückstablett hat heute wieder einmal die Milchkanne links statt rechts gestanden, und der Speck war geschnitten wie Hundefutter. Erteilen Sie der Köchin einen Verweis – das nächste Mal setzt es zehn Tage Stubenarrest. – Hat mein Neffe etwas von sich hören lassen?«

»Nein, Miss Sibyl hat wieder nicht telefoniert«, bekam er mit einem gewissen kampfbereiten Nachdruck zur Antwort, und in derselben Sekunde fuhr der alte Haudegen schon mit krebsrotem Kopf herum.

»Ich habe Sie nicht nach Miss Sibyl gefragt, Mrs. Chilton«, donnerte er, »sondern nach meinem Neffen. Und Sie haben mir darauf zu antworten, wonach ich Sie frage, verstanden?«

Die Frau mit den leichten Silberfäden in dem dunklen Haar und den ernsten Augen war keineswegs eingeschüchtert.

»Gut, dann werde ich nächstens auf diese Frage überhaupt schweigen. – Ich habe Ihnen schon mehrmals erklärt, Sir Humphrey, daß ich das, was Sie treiben, gelinde gesagt, für einen Unfug halte. Wenn Gott ein Mädchen geschaffen hat, soll man nicht mit aller Gewalt einen Jungen daraus machen wollen. – Das ist mehr als Unfug – das ist ein Frevel...«

»Und was Sie reden, ist Unsinn«, zeterte der erboste General. »Ob Junge oder Mädchen – damit hat Gott gar nichts zu tun, sondern die Biologie, oder wie die Sache sonst heißt. Informieren Sie sich darüber, bevor Sie mir widersprechen...«

»Da gibt es nichts zu informieren«, gab Mrs. Chilton bockbeinig zurück. »Miss Sibyl ist eine junge Dame und kein junger Mann, und Sie versündigen sich an ihr, wenn Sie sie hier in Hosen herumlaufen lassen. – Schließlich soll sie doch einmal heiraten.«

»Kümmern Sie sich nicht um Dinge, die Sie nichts angehen«, schrie er wütend. »Ich habe Sie als Hausdame engagiert und nicht als Gouvernante, denn von Erziehung verstehen Sie nichts. Wenn es nach Ihnen ginge, würden Sie jede menschliche Wesen schon in den Windeln zu einem zimperlichen alten Weib –«

»Und Sie würden durchwegs feuerspeiende Landsknechte auf die Menschheit loslassen«, gab Mrs. Chilton unerschrocken zurück.

Von pünktlich acht Uhr fünfzig Minuten bis zum Lunch betrieb General Norbury mit Tim als Generalstabschef, Adjutanten und Ordonnanz Strategie, das heißt, so weit war die Sache eigentlich noch nicht gediehen. Vorläufig waren erst drei bis zur Decke reichende Stöße von Spezialkarten aufzuarbeiten, und das erforderte Zeit. Die Blätter mußten nach Fronten, Abschnitten und nach den jeweiligen Geschehnissen geordnet werden, um für die große Arbeit, die sich Sir Humphrey vorgenommen hatte, brauchbar zu sein.

In einer Nacht, in der das verdammte Knie sich besonders bösartig gebärdet hatte, war dem General nämlich plötzlich die Erkenntnis gekommen, daß der Weltkrieg 1914-1918 viel zu lange gedauert hatte, und er war sofort entschlossen, den Ursachen auf den Grund zu gehen und zu beweisen, daß die Geschichte ganz gut in ebenso vielen Monaten wie Jahren hätte erledigt werden können, wenn man es geschickter und energischer angepackt hätte.

Kurz, General Norbury war im Begriff, den ganzen Krieg an seinem Schreibtisch noch einmal von vorn zu beginnen, und wenn er das Kartenmaterial in Ordnung hatte, konnte es losgehen.

Tim hatte das vorgesehene tägliche Arbeitspensum mit dem Zollstab genauestens abzumessen, aber heute geriet er dabei in Verlegenheit.

»Herr General«, meinte er zaghaft und ratlos, »diesmal ist die Tasche von dem Antiquitätenhändler mit darunter. – Geht das Ganze mit auf die fünfzehn Zoll, oder soll ich die Karten herausnehmen?«

»Drin lassen, Tasche mit abmessen«, entschied Sir Humphrey kurz, und Tim brachte den Stoß angeschleppt und balancierte ihn auf dem Schreibtisch sorgfältig aus. Zuoberst lag eine sehr abgenützte Kartentasche aus Kalbleder, und der alte Herr machte sich an dem Verschluß zu schaffen.

In diesem Augenblick klingelte das Telefon vom Pförtnerhäuschen, und Tim nahm den Hörer auf.

»Herr General, dienstlicher Besuch«, erklärte er. »Oberst Oliver Passmore.«

»Vorlassen!« befahl Sir Humphrey plötzlich sehr eifrig, indem er sich mit einem Ruck in seinem Stuhl aufrichtete, und »Vorlassen« gab der erleichterte Tim durch das Telefon weiter. Dann mußte er seinem Herrn eine Liste reichen, und nachdem dieser nach kurzem Suchen laut und vernehmlich »Passmore, Oliver – Oberst zur Wiederverwendung« verlesen hatte, fügte er hinzu: »Reglementmäßiger Empfang.«

›Reglementmäßiger Empfang‹ bedeutete bei einem Besuch im Oberstenrang, daß Tim zunächst einmal weiße Handschuhe anzuziehen und dann nebst dem obligaten Whisky mit Soda die Zigarren und Zigaretten in der Silberdose bereitzustellen hatte; weiter war der große rote Plüschfauteuil an den Schreibtisch zu rücken. Generale erhielten noch ein rotes Plüschkissen und einen ebensolchen Fußschemel untergeschoben und Zigarren und Zigaretten in der Golddose. Schließlich mußte der Diener seinen Herrn kerzengerade aufrichten, was bei dem lahmen Bein und der Ungeduld Sir Humphreys etwas umständlich und nicht gerade ungefährlich war.

Fünf Minuten später flog die Tür auf, und das Herz des alten Soldaten begann schneller zu schlagen.

Der Mann, der da mit festem Schritt und in tadelloser militärischer Haltung hereinkam, gefiel ihm außerordentlich. Genauso hatte er selbst vor etwa dreißig Jahren ausgesehen, wenn der andere auch vielleicht um einen Zoll größer sein mochte. Aber darauf kam es nicht an.

»Guten Morgen, General!« grüßte der Besucher respektvoll.

»Guten Morgen, Oberst«, erwiderte Sir Humphrey sehr höflich, indem er einladend auf den roten Fauteuil wies. »Ich freue mich, Sie kennenzulernen.«

Dann gab er Tim einen Wink, sein steifes Bein hochzulegen, und fiel in den Lehnstuhl zurück.

Oberst Passmore kam mit soldatischer Kürze und Geradheit sofort auf den Zweck seines Besuches zu sprechen.

»Man hat mir mitgeteilt, General, daß Sie sich mit einer großen wissenschaftlichen Arbeit über den Krieg beschäftigen...«

»Sehr groß und sehr wissenschaftlich«, bekräftigte Sir Humphrey geheimnisvoll und wichtig, und der Oberst neigte verständnisvoll den Kopf, bevor er fortfuhr.

»...und daß Sie zu diesem Zweck alte Frontkarten benötigen. Da ich nun zufällig noch über eine große Anzahl hiervon verfüge, erachte ich es als meine Pflicht, Ihnen diese zur Verfügung zu stellen.«

Er öffnete seine dicke Aktenmappe, und General Norbury strahlte über das ganze Gesicht. Vor ihm saß ein Mann, der ihm Karten brachte, die, wie er mit einem raschen Blick feststellte, vorschriftsmäßig zusammengelegt, einen Stoß von mindestens dreißig Zoll ergaben.

»Sehr liebenswürdig und kameradschaftlich, Oberst«, dankte er, indem er dem Gast das Tischchen mit dem Whisky und den Zigarren zuschob und nach der Pfeife Nummer zwei griff. »Natürlich brauche ich Karten. Je mehr Karten, desto besser. – Und außerdem« – das, was er sagen wollte, war so bedeutsam und vertraulich, daß er die borstigen Brauen hochzog und die Stimme dämpfte –, »was man hat, kann kein anderer bekommen.« Er begann verschmitzt zu schmunzeln und ließ einen befriedigten Blick über die hohen Kartenstöße in der Ecke gleiten. »Ich habe nämlich den Verdacht«, fuhr er dann mit bedenklichem Ernst fort, »daß mir irgend jemand mit meiner Idee zuvorkommen will. Ich habe wegen der Karten zuviel annonciert, und die Sache hat sich wahrscheinlich herumgesprochen. Jedenfalls sind nun auch andere Leute dahinterher. Da habe ich unlängst von einem Antiquitätenhändler einige Karten gekauft« – er schlug mit der Hand kräftig auf die zuoberst liegende Tasche –, »aber schon wenige Tage später wollte er sie wieder zurückhaben. Um fünf Pfund, wo ich ihm doch nur ein paar Schillinge dafür gezahlt habe. – Da muß etwas dahinterstecken.«

»Dürfte ich sie mir einmal ansehen?« fragte Oberst Passmore mit höflichem Interesse und bekam auch schon die Tasche in die Hand gedrückt.

»Natürlich dürfen Sie. Ich bin selbst neugierig, was drin ist, aber es muß alles streng der Reihe nach gehen. – Wird erst heute numeriert und eingereiht.«

Der Besucher war bereits dabei, die einzelnen auf Leinen aufgezogenen Blätter flüchtig durchzusehen, aber erst bei einem der letzten machte er eine Bemerkung.

»Jener englisch-amerikanische Frontabschnitt, wo im vierten Kriegsjahr der katastrophale Durchbruch erfolgte –«

»Ha«, meinte Sir Humphrey überrascht, »da haben wir's! Also, ein sehr kostbares Stück. Habe damals leider weiter nördlich gestanden, aber auch wir haben ihn zu spüren bekommen.«

Der Oberst blickte aus halbgeschlossenen Augen auf die mit bunten Zeichen bemalte Karte.

»Ich bin dabei gewesen«, erklärte er schlicht und begann die Leinenblätter langsam wieder in die Tasche zu packen. »Es war wohl einer der schlimmsten Tage. Die Offensive kam ganz unvorbereitet und setzte um vier Uhr morgens mit einem bis hinter unsere Linien reichenden Trommelfeuer ein. Um sechs Uhr abends waren alle Reserven aufgebraucht und alle Stellungen zerschossen, und bei Einbruch der Dunkelheit begann der Rückzug. Das heißt, einen Rückzug konnte man das schon nicht mehr nennen, denn alle Verbände waren völlig aufgelöst, und auch die kleinsten Abteilungen wurden durch das ununterbrochene, mörderische Artilleriefeuer auseinandergesprengt. Schließlich trachtete jeder für sich zu entkommen, denn der Feind drängte nach, und unsere nächsten Stellungen lagen ungefähr fünfundzwanzig Meilen zurück.«

»Sehen Sie«, triumphierte der General, der aufgeregt und gespannt zugehört hatte, »das ist das, was ich eben beweisen will. Der Krieg hätte nie so lange dauern können, wenn nicht solche Dinge vorgekommen wären. Man durfte sich nicht überrumpeln lassen und dann Hals über Kopf zurückgehen, sondern die Parole mußte vom ersten Tage an lauten: ›Vorwärts!‹

Sie müssen wiederkommen, Oberst«, fuhr er fort, und es klang mehr wie ein Befehl als wie eine Einladung. »Nachdem Sie Oberst zur Wiederverwendung sind, haben Sie ja Zeit. Ich kann mir vorstellen, daß Ihnen die Soldatenspielerei nicht mehr gefallen wollte, nachdem Sie das wirkliche Kriegshandwerk kennengelernt hatten. Wäre mir auch so gegangen…«

Er merkte plötzlich, daß sein Besuch mit lebhaftem Interesse und einem etwas betroffenen Ausdruck in dem ernsten Gesicht nach einem Bild auf dem Schreibtisch starrte, das einen jungen Mann im Reitanzug und mit unternehmend in den Nacken geschobenen Hut darstellte.

Dieses Interesse machte Sir Humphrey mit einem Male äußerst unruhig und befangen, und es fiel ihm unwillkürlich die Auseinandersetzung ein, die er eben mit der disziplinlosen Hausdame gehabt hatte. Er fuhr mit dem Ellbogen rasch an den aufgestapelten Kartenstoß, und dieser purzelte polternd auf das Foto. Der Oberst sprang beflissen auf, um den Schaden gutzumachen, aber der General hielt ihn mit auffallender Hast zurück.

»Bemühen Sie sich nicht, bitte… Und wie gesagt, ich erwarte Sie recht bald wieder. Kommen Sie zum Lunch, und dann können wir im Park angeln. Ich habe im Teich Hechte bis zu zwanzig Pfund.«

Als Oberst Passmore die schnurgerade Allee zum Parktor zurückschritt, war er sehr zufrieden, aber auch sehr nachdenklich. Die Angelegenheit, die ihn hergeführt hatte, hätte keine raschere und günstigere Erledigung finden können, als dies eben binnen kaum einer Viertelstunde geschehen war; die wichtige Karte mit den fünf roten Kreuzen ruhte wohlgeborgen in seiner Tasche, und er hatte nun in dem Spiel mit den Herren Bayford und Ferguson den entscheidenden Trumpf in der Hand.

Aber mehr als diese Sache beschäftigte ihn das Bild, das er vor wenigen Minuten gesehen hatte. Er kannte dieses Gesicht, und er hatte auch in der ersten Sekunde gewußt, wo es ihm begegnet war, aber er scheute sich unwillkürlich, diesen Gedanken auf dem Boden von ›Falcon Lair‹ auszudenken.

Er war noch etwa zwanzig Schritte von dem großen Gittertor entfernt, als dieses sich in seinen Angeln drehte und gleich darauf ein kleiner Chrysler in voller Fahrt in den Park bog und vor dem Garagenbau gegenüber dem Pförtnerhause stoppte.

Der Schlag flog auf, und heraus kam eine schlanke Mädchengestalt in einem kostbaren Autopelz.

Ihr erster Blick galt dem fremden Wagen, der unweit von dem ihren hielt, dann wandte sie sich zur Allee, aber schon nach dem ersten Schritt stockte ihr Fuß, und die junge Dame und Oberst Passmore starrten einander sekundenlang an…

Dann hob der Herr langsam die Hand nach dem Hut – die junge Dame aber wandte sich wie der Blitz und stürmte über den Rasen.

Erst hinter dem nächsten deckenden Gebüsch wagte sie haltzumachen und Atem zu schöpfen. Ihr hübsches Gesicht glühte, und in ihren großen, schillernden Augen spiegelte sich Unbehagen.

»Eine nette Bescherung«, sagte sie halblaut und schlug langsam den Weg nach dem Hause ein.

»Miss Sibyl«, empfing sie die Hausdame mit freundlichem Vorwurf, »Sie haben uns diesmal drei Tage ohne jede Nachricht gelassen. Sir Humphrey ist bereits sehr ungeduldig und besorgt gewesen.«

»Ungeduldig, das glaube ich, aber besorgt wohl kaum«, meinte das junge Mädchen mit einem verschmitzten Lächeln und zog Mrs. Chilton etwas ungestüm mit in ihr Zimmer. Sie mußte schleunigst wissen, was der Mann, dem sie eben begegnet war, in ›Falcon Lair‹ gewollt hatte und ob etwas Besonderes in der Luft lag.

»Übrigens hat der Onkel gerade Besuch gehabt. – Wer war das?«

Die Frage klang so ganz nebensächlich, aber Miss Sibyl mußte sich eine Erkältung zugezogen haben, da ihre Stimme sehr belegt war, und die mütterliche Hausdame bekam es mit der Angst zu tun.

»Ich weiß es nicht. Der Pförtner hat den Herrn angemeldet, und Tim ließ ihn ein«, beeilte sie sich zu erklären.

»Ich habe heute Ihretwegen mit Sir Humphrey wieder eine Auseinandersetzung gehabt«, sagte sie. »Sie wissen ja, wie ich über diese Maskerade denke...«

»Weiß ich«, bestätigte Sibyl etwas zerstreut. »Und wahrscheinlich hat er Sie deshalb wieder einmal zum Tode verurteilt...«

Trotz ihrer Sorgen war ihr der Gedanke so komisch, daß sie zu lachen begann. »Arme Mrs. Chilton«, prustete sie. »Sie haben es gewiß nicht leicht. – Aber«, fuhr sie plötzlich ernster werdend fort, »Sie sollten für diese Schwäche Onkel Humphreys etwas mehr Verständnis aufbringen. Mein armer Pa hat ihn mit der Nichte arg enttäuscht, und ich muß das nach Kräften gutmachen. Das werden Sie doch verstehen.«

Mrs. Chilton verstand das nicht. »Sie werden bald vierundzwanzig Jahre alt, Miss Sibyl«, erinnerte sie mit Nachdruck, und die junge Dame schnitt eine bedenkliche Grimasse.

»Also fast schon eine alte Schachtel«, meinte sie mit einem tiefen Seufzer. »Wie rasch doch die Zeit vergeht.«

»Sie sollten das nicht so leicht nehmen«, fuhr die Hausdame hartnäckig fort. »Ich habe Sir Humphrey erklärt, daß die Art und Weise, wie er seine Verpflichtungen Ihnen gegenüber auffaßt, unverantwortlich ist. Man überläßt ein junges Mädchen nicht sich selbst, weil man die verrückte Idee hat, daß dieses Mädchen eigentlich ein Junge hätte sein sollen. Wenn ich mir vorstelle, daß Sie in dem großen Stadthaus so ganz allein und unbeaufsichtigt leben...«

»Stellen Sie sich das nicht ärger vor, als es ist, liebe Mrs. Chilton«, antwortete Sibyl. »Erstens bin ich kein Baby mehr, wie Sie ja selbst eben angedeutet haben, zweitens bin ich nicht allein und drittens bin ich nicht unbeaufsichtigt. Fred paßt auf, daß keine Einbrecher ins Haus kommen, und chauffiert, und Phenny kocht und wacht darüber, daß ich mich ordentlich aufführe. Sie hat mir den Hausschlüssel versteckt, und ich mußte mir heimlich einen nachmachen lassen, weil es doch etwas zu unbequem ist, immer über die Mauer zu klettern.«

»Entsetzlich!« murmelte die Hausdame. »Ganz so, wie ich es mir gedacht habe. – Ich möchte wissen, was Sie so viel zu tun haben.«

»Sagen Sie das nicht«, verwahrte sich Miss Sibyl und trommelte auf ihren Stiefelschäften. »Ich bin Mitglied von ungefähr zwanzig wohltätigen Vereinen, und vom Säugling bis zum Greis am Stabe wird alles von mir betreut, was sich nur betreuen läßt. Das heißt, ich zahle meinen Beitrag und gehe in die Sitzungen. Die Sitzungen sind das Netteste dabei, denn da hört man so komische Sachen. – Und zu alledem habe ich augenblicklich auch noch etwas ganz Besonderes vor. Etwas Sensationelles. Wenn Sie davon hören werden, werden Sie Augen und Ohren aufreißen, liebe Mrs. Chilton.«

Mrs. Chilton riß schon jetzt Augen und Ohren auf und verlangte nichts mehr zu hören. Selbst wenn Sir Humphrey sie wirklich an die Wand stellte und die Pistole aus seiner Schreibtischlade auf sie abfeuerte, wie er schon oft gedroht hatte, mußte die Sache ein Ende haben...

Vorläufig war General Norbury für die nächsten Stunden bei glänzendster Laune und nichts weniger als blutdürstig.

»Junge«, hatte er gesagt, als Sibyl stramm und vorschriftsmäßig in sein Zimmer marschiert war, »du machst dich ein bißchen rar, aber ich kann das verstehen. Es ist nichts los hier draußen, und wenn das verwünschte Bein nicht wäre und meine wichtige Arbeit, säße ich schon längst bei dir.«

Diese Aussicht hatte für die junge Dame in Breeches und Reitstiefeln nichts Verlockendes, und sie beeilte sich daher, für alle Fälle vorzubeugen.

»Das wäre nichts für dich, Onkel. Zum Arbeiten braucht man Ruhe. Ich weiß das von mir, denn« – das Mädchengesicht wurde so ernst und feierlich, daß Sir Humphrey interessiert aufhorchte – »ich arbeite auch.«

»Etwas Militärisches?« fragte der General lebhaft.

»Nein«, gab Miss Sibyl geheimnisvoll zurück. »Aber die Leute werden kopfstehen, wenn sie es lesen werden.«

Die junge Dame erhielt einen freundschaftlichen Schlag aufs Knie, daß es nur so klatschte, denn Sir Humphrey war vor Begeisterung ganz aus dem Häuschen.

»Natürlich! – Ganz so, wie bei mir. Bist ein Prachtjunge. – Bist du schon weit?« fügte er dann etwas kleinlaut hinzu.

Sibyl blies den Rauch der Zigarette gedankenvoll zur Decke und schüttelte den Kopf.

»Ich sammle erst Material. Und das ist nicht so einfach.«

»Natürlich nicht«, bestätigte der General eifrig. »Ich kenne das. Es wird vielleicht drei Jahre dauern, bis ich mit meinem Material fertig bin.«

»Nun, drei Jahre zwar nicht«, meinte das junge Mädchen etwas zurückhaltend, »denn die Sache ist höchst aktuell, aber immerhin... Dafür werde ich mir von der betreffenden Zeitung auch mindestens fünf Pfund für jeden Artikel zahlen lassen. – Oder vielleicht sogar zehn Pfund.«

»Zehn Pfund«, rief der General bewundernd, und diesmal mußte das eigene gesunde Knie an seine strahlende Laune glauben. »Zehn Pfund! – Für etwas Geschriebenes.« Aber plötzlich kam ihm ein Verdacht, und er fragte hilfsbereit: »Brauchst du Geld?«

Sie machte eine gleichgültige Handbewegung, und Sir Humphrey war etwas enttäuscht.

»Komisch«, sagte er. »Als ich so alt war wie du, habe ich immer Geld gebraucht und jeden Verwandten angepumpt, der mir in den Weg kam.«

Miss Sibyl überhörte die deutliche Aufforderung, die in diesen Worten lag und fand es an der Zeit, endlich das zu erfahren, was ihr keine Ruhe ließ. Vorläufig schien zwar der Besuch des Fremden noch kein Unheil angerichtet zu haben, aber sie mußte unbedingt wissen, wer er war und was ihn nach ›Falcon Lair‹ geführt hatte.

»Oberst Passmore hat mir Karten gebracht«, erklärte der General bereitwillig und unbefangen. »Und dann haben wir über den Krieg geplaudert. – Ein strammer Soldat«, fügte er begeistert hinzu, »und ein vollendeter Gentleman. Ich habe ihn auch eingeladen, mich öfter zu besuchen.«

Die junge Dame hatte die Hände in den Hosentaschen und sah höchst gleichgültig drein, die Sache gefiel ihr jedoch nicht.

»Wenn ich Ihnen sage, Inspektor, daß es Mr. Flack war, so können Sie mir's glauben.« Der wohlgenährte Wachtmeister zog den Rock über dem vorquellenden Bäuchlein stramm, denn er kam sich in diesem Augenblick ungeheuer wichtig vor, da man ihn aus seinem Bezirk nach Scotland Yard zitiert hatte. »Ich sehe weder Gespenster, noch trinke ich, und ich habe Mr. Flack sehr gut gekannt.«

Inspektor Miles rückte auf seinem knarrenden Rohrstuhl unruhig hin und her und war so interessiert, daß er seine Glatze unausgesetzt statt mit dem stumpfen mit dem gespitzten Ende des Tintenstiftes kraute.

»Wie war das also?« flüsterte er gespannt. »Und wo und wann?«

»Etwa fünfunddreißig Minuten nach ein Uhr. Ich hatte die Runde, und pünktlich um halb zwei war ich bei den Gaswerken gewesen. Dann ging ich die Straße hinunter und bog bei der Bar ›Tausendundeine Nacht‹ um die Ecke. Nach etwa vierzig Schritten höre ich plötzlich ein eiliges Getrampel, und im selben Augenblick schießt auch schon eine Gestalt, die sich dicht an den Häusern hielt, an mir vorüber. Der Mann keuchte furchtbar, aber bevor ich mich umsehen kann, springt schon ein zweiter von der anderen Seite der Gasse herüber und dem ersten nach. – Und dieser zweite war Mr. Flack, Sir, darauf kann ich jeden Eid ablegen. Wenn einer so ein Gestell hat, ist er nicht zu verkennen. Und dann der Bart! Wie eine Fahne hat er in die Luft gestanden ...«

»Wie weit war er hinter dem andern?« wollte Miles begierig wissen.

»Kaum zehn Schritte. Und bei seinen langen Beinen und seinem Tempo müßte er ihn eigentlich erreicht haben ...«

»... müßte er ihn eigentlich erreicht haben«, wiederholte der Inspektor gedankenvoll, indem er eine große Spirale auf seinen Schädel malte. »Sehen Sie, das ist es! Aber wir haben keine Meldung – gar nichts.« Er zog noch eine Linie vom Scheitelbein bis zur Stirn, dann neigte er wehmütig die tätowierte Glatze und knackte mit den Fingern.

»Sie können gehen, Wachtmeister«, sagte er, aber dieser hatte ein leichtes, respektvolles Lächeln im Gesicht.

»Sie haben den ganzen Kopf blau gemalt«, glaubte er den Vorgesetzten aufmerksam machen zu müssen.

Mr. Miles winkte gleichgültig ab. »Wir werden, fürchte ich, bei der Geschichte noch grün und gelb werden«, murmelte er ergeben, und der schlichte Wachtmeister, der ihn nicht verstand, bemerkte eifrig: »Sehr wohl, Sir.«

Ein nächtlicher Messerstich, mit dem ein ziemlich übel beleumdeter Ausländer um die Ecke gebracht wurde, war für Scotland Yard gerade kein besonders aufregender Fall, aber die Meldung des Wachtmeisters, der Mr. Flack in der Nähe des Tatorts gesehen haben wollte, hatte das Victoria Embankment nervös gemacht.

Steve Flack war ein Name, den man hier mit sehr gemischten Gefühlen hörte, denn er bedeutete immer eine Fülle von Arbeit, von der man letzten Endes nichts hatte. Alle die großen Fälle der letzten Zeit hatten so wie diesmal begonnen. Eines Tages war Mr. Flack hier und dort gesehen worden, und dann war es Schlag auf Schlag losgegangen. Lauter geheimnisvolle Geschichten, mit denen man nichts Rechtes anzufangen wußte, bis plötzlich eine Anordnung aus dem Ministerium auf den Tisch flatterte und die Verhaftungen einander nur so jagten. Die Polizei brauchte bloß die fetten Fische herausklauben, die ein anderer ins Netz gejagt hatte, und dieser andere war zwar nicht Steve Flack, aber unbedingt hatte dieser dabei die Hände mit im Spiel. Deshalb war man auf Mr. Flack trotz aller Beziehungen sehr übel zu sprechen.

Der Rotbart aber scherte sich den Teufel darum. Er saß eben in einem äußerst vornehmen Arbeitszimmer in der Kensington Park Road und schluckte, während er sprach, mit Wohlbehagen den Rauch einer dicken kohlschwarzen Zigarre. Wann und wo der Rauch, den er geräuschvoll in dicken Schwaden aufnahm, aus Steve Flack wieder herauskam, blieb ein Rätsel. Jedenfalls hinderte er ihn nicht am Sprechen.

»Sir«, sagte er zu Passmore, der mit undurchdringlichem Gesicht ein kurzes Dolchmesser betrachtete, »das war eigentlich eine ganz einfache Sache. Sie hatten mir den dunklen Gentleman, der mit der Roten tanzte, ans Herz gelegt, und als er aufbrach, bin ich ihm nach. Er hat es verdammt vorsichtig angestellt, aber als er in das Haus in Lambeth schlüpfte, war ich keine fünf Schritte hinter ihm. Da er den Wagen warten ließ, konnte die Sache kaum lange dauern, und richtig war er auch schon nach etwa einer halben Stunde wieder da, und ich auf meinem Rad hinter ihm drein.«

»Die Waffe hatte der andere weggeworfen?« fragte der Oberst plötzlich unvermittelt, und der Steuermann des grauen Dampfboots geriet einigermaßen in Verlegenheit. Er strich den roten Bart bis in die Höhe der gewaltigen Nase und ließ ein längeres Räuspern hören.

»Sozusagen, Sir«, erklärte er dann vorsichtig. »Wie ich ihm die Finger um das Gelenk legte, hat er das Messer plötzlich fallen lassen...«

»Und Sie wissen bestimmt, daß Sie sich nicht geirrt haben?«

»Nicht in der Person und nicht in allem andern, was ich Ihnen berichtet habe«, versicherte Steve und stieß plötzlich einen Teil des Rauchs aus, den er genießerisch angesammelt hatte. »Es ist der Mann, den ich Ihnen genannt habe. Ich bin heute morgen drei Stunden herumgerannt, um das festzustellen, und was sie miteinander gesprochen haben, stimmt auch aufs Wort. – Jetzt werde ich mich in dem Hause in Lambeth umsehen...«

»Jetzt werden Sie sofort diese Botschaft Rosary zustellen lassen«, sagte Passmore mit Nachdruck, indem er ihm einen verschlossenen Umschlag reichte, »und dann aufs Boot zurückkehren. Ich werde heute wahrscheinlich etwas früher kommen und eine Aufgabe für Sie haben, die wichtiger ist als alles andere.«

Oberst Passmore spielte noch einige Minuten nachdenklich mit dem Dolchmesser, das ihm Steve Flack hinterlassen hatte, dann warf er es plötzlich mit einem eigentümlichen Lächeln in eine Lade und machte sich mit etwas anderem zu schaffen.

Er entnahm seiner Mappe eine abgegriffene Spezialkarte und richtete seine Aufmerksamkeit auf eine Stelle, die fünf flüchtig hingeworfene rote Kreuze aufwies. Dann legte er ein Pergamentpapier auf, kopierte die fünf Punkte und verband diese durch ein Pentagramm.

Es fiel etwas unregelmäßig aus, aber am meisten interessierte ihn das mittlere Fünfeck, das er eine Weile durch eine scharfe Lupe betrachtete. Es wurde nach den Schichtenlinien und der Schraffierung von einer steilen, waldbestandenen Mulde durchschritten, und der Oberst zirkelte bedachtsam daran herum. Hierauf suchte er aus einem Stoß anderer Karten ein Blatt heraus, das er eine Weile prüfte und es sodann zunächst mit verschiedenen farbigen Zeichen versah.

Als er damit fertig war, studierte er neuerlich eingehend das Terrain und schob dann, mehrmals prüfend und messend, das Pergamentblatt darüber. Endlich schien er gefunden zu haben, was er suchte, denn er zeichnete auf die zweite Karte dieselben fünf roten Kreuze, die die erste aufwies.

Sie ergaben, wie er nochmals feststellte, genau die gleiche Verbindungsfigur, und der Mittelpunkt wies fast die gleiche Terraingestaltung auf, nur war er ungefähr um zweieinhalb Meilen nach Südwesten verschoben.

Der Oberst barg die erste Karte mit dem Pergamentpapier in einem kleinen Tresor in der Täfelung seines Arbeitszimmers, die zweite steckte er zu sich.

Die Angelegenheit mit dem Drudenfuß konnte nun ins Rollen kommen, aber sie beschäftigte ihn bei weitem nicht so, wie die andere Aufgabe, die er vor sich hatte. Die alte Geschichte war ihm eigentlich nur ganz zufällig aufgestoßen, als er unterwegs das Glück gehabt hatte, nach langen Jahren dem Mann mit dem Fuchsgesicht wieder zu begegnen, aber es schien, als ob er dadurch auch noch auf andere, ihm augenblicklich weit wichtigere Spuren gelenkt worden wäre. Schon der erste Tag seiner Beobachtung hatte ihn mit der Entdeckung recht interessanter Verbindungen überrascht, und was ihm eben der tüchtige Flack berichtet hatte, bot die erste wertvolle Handhabe. Nur die Zusammenhänge waren ihm noch nicht ganz klar, aber diese ließen sich nun wohl ohne sonderliche Schwierigkeiten feststellen.

Jedenfalls handelte es sich um ein höchst gefährliches Wespennest, und Oberst Passmore dachte mit großer Besorgnis an das Mädchen, das er für seine Zwecke geworben hatte. Der Pakt tat ihm bereits seit vielen Stunden leid, denn er mußte befürchten, daß er ihm mehr zu schaffen machen würde als alle die rätselhaften Dinge, vor die er sich gestellt sah.

10

Mr. Bayford war spät zu Bett gegangen und hatte sehr unruhig geschlafen, aber als er sich gegen elf Uhr an den Frühstückstisch setzte, war ihm die schlechte Nacht nicht anzusehen.

Die kleine Etagenwohnung, die er bewohnte, war recht zweckmäßig, denn sie besaß außer dem Haupteingang noch eine Tür auf einen kleinen Hof, der mit einem Haus in der gegenüberliegenden Quergasse in Verbindung stand, und sogar noch einen dritten nach dem Nachbargebäude, aber er vermied es, je einen anderen Eingang zu benützen als seine eigene Haustür. Nur Besucher kamen bei Tag zuweilen von gegenüber, aber auch das geschah nur dann, wenn der Herr mit dem Monokel hie und da einmal ganz besondere Dinge vorhatte.

Diesmal war es der ›verliebte Lord‹, wie er in seinem Freundeskreis genannt wurde, der mit sichtlicher Vertrautheit durch die Höfe schlenderte und die schmale Hintertreppe zu Mr. Bayford eilig hinaufstieg.

»Hier haben Sie mich – ich stehe ganz zu Ihren Diensten«, sagte er erwartungsvoll, als er dem Hausherrn am Frühstückstisch gegenübersaß, aber Bayford ließ sich Zeit. Er besah sich zunächst den etwas blaß und müde aussehenden jungen Mann mit kritischen Blicken und erst, als er festgestellt hatte, daß dessen Schuhwerk, die Krawatte und sogar die Wäsche mit der unterstrichenen Eleganz nicht ganz harmonieren wollten, glaubte er die heikle Sache vorsichtig anschneiden zu dürfen.

»Es scheint Ihnen nicht besonders gut zu gehen«, meinte er offen und mit einer gewissen Anteilnahme, und der andere schüttelte mit einem krampfhaften Grinsen den blonden Kopf.

»Nicht gut ist zu euphemistisch, lieber Mr. Bayford. Sagen Sie miserabel. Seit der dummen Geschichte kann ich auf keinen grünen Zweig mehr kommen.«

Bayford nickte nachdenklich und strich mit den Fingerspitzen über den dichten rötlichen Schnurrbart.

»Soviel ich mich erinnere, waren es vier Frauen, die behaupteten, daß Sie sich mit ihnen verlobt hätten, und es handelte sich um einige tausend Pfund.«

»Ich bitte Sie – verlobt!« brauste er ärgerlich auf. »Sehe ich so spießerhaft aus, daß ich mich gleich verloben würde? Und noch dazu viermal? – Es waren ganz gewöhnliche Bekanntschaften.«

»Und seither gehen die Geschäfte schlecht?« erkundigte sich Bayford.

Tyler schwieg und schnippte nervös an seiner Zigarette, und Bayford überließ ihn eine Weile seinen unangenehmen Gedanken.

»Ich möchte Ihnen gerne wieder auf die Beine helfen«, sagte er dann bedächtig, »und deshalb habe ich Sie gerufen. Aber ich gestehe Ihnen offen, daß mir die Sache nicht gefällt. Wenn ich mit dem Mann nicht in anderweitiger Geschäftsverbindung stünde, hätte ich sogar die Vermittlung abgelehnt. Und wenn Sie nein sagen, so kann ich es verstehen...«

»In meiner Lage sagt man nicht nein«, erklärte Tyler grinsend. »Wenn die Geschichte halbwegs lohnend ist...«

»Sehr lohnend sogar. Und in gewisser Beziehung nichts Neues für Sie.«

Mr. Bayford brach seine vorsichtigen Andeutungen vorläufig ab, aber der junge Mann, der ihnen gespannt gefolgt war, bedurfte keiner weiteren Erklärung.

»Ist es für den ›Padischah‹?« fragte er nach einer Pause mit gedämpfter Stimme.

Die verständnislose Miene Bayfords war zu echt, um gemacht zu sein. »Den ›Padischah‹? Wer soll das sein?«

»Der Mann, für den der Argentinier gearbeitet hat, der heute nacht erstochen wurde. – Haben Sie nicht davon gelesen?«

»Nur ganz flüchtig«, erklärte der Herr mit dem Monokel leichthin, um sofort wieder auf seine frühere Frage zurückzukommen.

»Wer ist der ›Padischah‹?«

»Man nennt ihn so. Wie er in Wirklichkeit heißt und wer er ist, weiß wohl niemand. Aber er ist der einzige Mann in London, der dieses Geschäft im großen betreibt, und der Argentinier war sein tüchtigster ›Schlepper‹.«

»Möglich, daß es der ›Padischah‹ ist«, meinte Bayford, der plötzlich sehr nachdenklich geworden war. »Ich bin in solchen Dingen nicht indiskret, denn ich liebe es auch nicht, wenn man sich um mich und meine Geschäfte kümmert. – Was mich interessiert, ist nur Ihre Antwort. Wenn sie ›ja‹ lauten sollte, werden Sie wahrscheinlich das weitere noch heute hören.«

»Natürlich lautet sie ›ja‹«, gab der junge Mann entschieden zurück, indem er sich unternehmend aufrichtete. »Man wird gleich ein anderer Mensch, wenn man solch eine Aufgabe vor sich hat, und ich glaube, Ihr Auftraggeber wird mit mir zufrieden sein.«

Auch Bayford war zufrieden. Er hatte einen Mann gewonnen, der für seine Zwecke ganz hervorragend geeignet war, und außerdem hatte er zum erstenmal von dem ›Padischah‹ gehört, mit dem er vielleicht rechnen mußte.

Kurz nach Mittag schickte sich der Herr mit dem Monokel an, noch einen Weg zu machen, aber in der offenen Wohnungstür hielt er mit einem jähen Ruck und einem halblauten Fluch inne. Der Anblick des verwünschten Drudenfußes war ihm zwar seit gestern nichts Neues mehr, aber es verursachte ihm doch großes Unbehagen, als er ihn plötzlich dicht vor seiner Schwelle sah. Einen Augenblick dachte Bayford daran, doch einmal einen anderen Ausgang zu wählen, aber dann schritt er entschlossen die Treppe hinab und trat auf die Gasse.

Unter den wenigen Menschen, die er erblickte, war jedoch auch nicht eine verdächtige Figur; trotzdem verbrachte er erst mehr als eine Stunde in einem kleinen Restaurant mit dem Lunch, bevor er das Lokal unauffällig verließ und auf dem Umweg über Chelsea nach Kensington fuhr.

Mrs. Estrella Melendez bewohnte dort eine Villa, die durch einen ausgedehnten Garten von der Außenwelt vornehm Distanz hielt. Vornehm und geschult war auch das Personal, und das ganze Haus zeigte luxuriösen Reichtum, der sich allerdings nicht gerade geschmackvoll breitmachte.

Die Besitzerin dieses mit kostbaren Teppichen ausgelegten und mit Kunstschätzen aller Art wahllos vollgestopften Heims war eine große Frau von etwa vierzig Jahren mit Doppelkinn und müden schwarzen Augen, die von bläulichen Schatten untermalt waren. Mrs. Melendez behauptete, spanischer Abkunft zu sein, aber dafür war ihr Teint etwas dunkel und die Halbmonde ihrer Fingernägel etwas zu irisierend. Sie verlebte einige Monate des Jahres in London, hatte aber in Argentinien große Besitzungen. Mr. Bayford wurde in einem prunkvollen Raum empfangen. Mrs. Melendez hatte einen Stoß von Papieren vor sich, schob ihn aber hastig beiseite und begrüßte den Mann mit dem Monokel mit lebhafter Herzlichkeit.

»Sie haben sich lange nicht sehen lassen«, stieß sie etwas kurzatmig hervor, »aber ich habe gehört, daß Sie in Genf waren. – Sie sehen, man erfährt alles. – Nun?«

In ihrer Frage lag eine sehr dringliche Wißbegierde, aber Bayford begnügte sich mit einem feinen Lächeln.

»Sie hatten ja selbst zwei äußerst gewandte und verständige Leute dort, Mrs. Melendez, und ich werde Ihnen kaum Neues berichten können. Es war auch gar nicht aufregend.«

»Das hat man mir auch gesagt«, erklärte sie, indem sie befriedigt die qualmende Zigarre aufnahm und zwischen die dicken Lippen schob. »Einige kleine Scherereien mag es ja vielleicht in der nächsten Zeit geben, aber solche Dinge muß man mit in Kauf nehmen. Sie sind sehr tüchtig, Mr. Bayford, Mrs. Lee ist eine sehr wertvolle Bekanntschaft, und ich wäre Ihnen dankbar, wenn Sie mich auf dem laufenden hielten. – Schließlich sind wir ja Verbündete.«

Bayford fand, daß die so schwerfällig aussehende Frau zumindest ebenso tüchtig war wie er, und ihr so eingehendes Wissen um seine Angelegenheiten berührte ihn nicht gerade angenehm. Aber er lächelte verbindlich und dachte, daß dies der richtige Augenblick war, die wichtige Frage anzubringen, die ihn hergeführt hatte.

»Was wissen Sie vom ›Padischah‹, Mrs. Melendez?«

»Glauben Sie«, fragte sie vorsichtig ausweichend, »daß aus der Geschichte von heute nacht Unannehmlichkeiten entstehen werden? – Haben Sie etwas gehört?«

»Nein«, gab Bayford zurück. »Ich interessiere mich nur persönlich für den Mann, weil« – er ließ das Monokel fallen und fing es mit einem geschickten Griff wieder auf – »man seine Konkurrenten doch eigentlich kennen muß ...«

»Er ist nicht Ihr Konkurrent«, meinte sie leichthin. »Er arbeitet nur hier und kommt Ihnen also nicht ins Gehege.«

»Aber ich ihm«, erklärte Bayford mit Nachdruck. »Wenigstens habe ich die Absicht, wenn Sie mich dabei unterstützen wollen.«

»Geschäft ist Geschäft«, sagte sie gleichmütig. »Jedenfalls würde ich lieber mit Ihnen arbeiten als mit dem ›Padischah‹, denn der Mann gefällt mir nicht. Zu unserem Geschäft gehört ein gewisses Vertrauen, und dazu muß man einander kennen. Der Bursche spielt Verstecken. Und wenn die Sache mit ihm nicht so glatt ginge ...«

Sie biß mit ihren starken Zähnen eine frische Zigarre ab, und Bayford beeilte sich, ihr Feuer zu reichen.

»Glauben Sie, daß es sich lohnen würde?« wollte er wissen.

»Unbedingt. Es gibt hier eine Unmenge wertvoller Ware, und ich habe Transportmöglichkeiten, die fast ohne jedes Risiko sind. Dabei haben wir augenblicklich eine Konjunktur wie noch nie.«

Mrs. Melendez sprach mit der Nüchternheit eines gewiegten Geschäftsmannes und paffte dabei ununterbrochen. »Der Genfer Rummel hat die Leute drüben weit nervöser gemacht als uns hier, und jeder möchte sich schleunigst eindecken. Was ich nicht für mich selbst brauche, wird mir förmlich aus den Händen gerissen.« Sie begann unter ihren Papieren zu kramen und raffte ein dickes Bündel zusammen, das sie dem aufmerksamen, hageren Herrn unter die Augen hielt. »Da sehen Sie: alles Aufträge, die noch laufen. Ich könnte zehnmal soviel brauchen, als mir zur Verfügung steht.«

Sie erinnerte sich plötzlich an etwas und wurde noch eifriger. »Sagen Sie Ferguson, daß er seine Lieferungen beschleunigen soll. Er ist ein etwas langweiliger Patron, das ist sein einziger Fehler. Sonst versteht er etwas von der Sache – aber trotzdem würde ich lieber mit Ihnen allein zu tun haben.«

»Wir würden uns gewiß ausgezeichnet verstehen«, versicherte er nachdrücklich. »Im übrigen geht das hiesige Geschäft zum größten Teil auf meine Rechnung, und ich werde es daher selbst leiten. – Kann ich also mit Ihnen rechnen, wenn es soweit ist?«

Sie legte die Zigarre beiseite und reichte ihm die große, fleischige Rechte. »Selbstverständlich. Legen Sie sich nur ordentlich ins Zeug, denn je rascher wir arbeiten, desto besser. Um den ›Padischah‹ kümmern Sie sich vorläufig nicht, wenn er Ihnen aber Schwierigkeiten bereiten sollte, so lassen Sie es mich wissen. Schließlich hängt der Mann doch von mir ab, und ich werde ihn schon zu finden wissen. – Vergessen Sie aber dafür nicht Mrs. Lee.«

Bayford vergaß sie nicht, sondern fuhr sogar direkt von Kensington zum Berkeley Square.

Er hatte sich bereits am Vormittag telefonisch angesagt, fand aber die stattliche Witwe ungemein beschäftigt.

Wie Mrs. Melendez empfing ihn Mrs. Lee hinter einem Stoß von Papieren, und wenn sie dabei auch nicht Zigarren rauchte, so entwickelte sie doch dieselbe Betriebsamkeit.

»Ich freue mich, daß Sie so bald Wort gehalten haben«, flötete sie mit schmachtendem Ausdruck in den farblosen Augen. »Es kommt mir erst jetzt zum Bewußtsein, wie schön die letzten Wochen waren ...«

Sie brach mit einem Seufzer ab und senkte verschämt den Blick, um ihn dann vielsagend wieder zu heben und in neckischer Befangenheit fortzufahren.

»Und mit solchen Dingen im Kopf soll man arbeiten – und wie arbeiten. Wir haben bereits heute vormittag das Komitee gebildet, und da man mir die Ehre erwies, mich zur Präsidentin zu wählen, mußte ich sofort mit den in Betracht kommenden Behörden in Fühlung treten. Ich war im Ministerium des Innern und bei Scotland Yard ...«

»Es tut mir leid, daß ich Ihnen dabei nicht irgendwie dienlich sein konnte«, sagte der Herr mit dem Monokel mit ehrlichem Bedauern, und sie belohnte ihn dafür mit einem dankbaren Lächeln.

»Mir auch«, versicherte sie lebhaft, und in ihrem zufriedenen Gesicht malte sich ein leichter Unmut. »Ich habe nämlich wieder einmal die Erfahrung machen müssen, daß man uns Frauen in solchen Dingen nicht genügend ernst nimmt. Man hat mir zu verstehen gegeben, daß Maßnahmen gegen den Mädchenhandel höchstens für die Dominions und die Kolonien in Betracht kämen, da wir im Lande selbst von diesem Treiben völlig verschont seien. – Das ist ja möglich, aber dann wird unser Komitee seine segensreiche Wirksamkeit eben auf die bedauernswerten Dominions und Kolonien erstrecken...«

Mr. Bayford hörte sehr aufmerksam zu, und auch in der folgenden Stunde, in der sie ihm mehr persönliche Dinge anvertraute, konnte Mrs. Lee klopfenden Herzens feststellen, daß dieser elegante, bestrickende Mann von feinfühligem Verständnis war. Den verbissenen Fluch, den er ausstieß, als er an der Schwelle des vornehmen Hauses abermals fast über einen Drudenfuß stolperte, konnte Mrs. Lee natürlich nicht hören.

11

Seit Anbruch der Dunkelheit lauschte Mr. Rosary angespannt, um im Flur das Öffnen der Tür gegenüber zu hören, aber seine Ausdauer wurde auf eine harte Probe gestellt. Es war bereits sieben Uhr vorbei, und noch immer war von dem Mädchen nichts zu sehen und zu hören. Dabei hatte er wiederum eine der geheimnisvollen Botschaften in der Tasche, und diese betraf diesmal nicht nur ihn, sondern auch seine Hausgenossin.

Der schmächtige Mann schlürfte in seiner bescheidenen Kammer aufgeregt hin und her, denn um halb zehn sollte er an Ort und Stelle sein, und der Weg dahin war weit.

Endlich – nach einer weiteren halben Stunde – vernahm er zu seiner Erleichterung, wie drüben der Schlüssel im Schloß gedreht wurde, aber taktvoll, wie er war, wartete er noch eine Weile, bevor er leise an die Tür klopfte.

Trotzdem kam er noch zu früh; als er dann eingelassen wurde, traf er seine Nachbarin bereits wieder in dem Turban und dem roten Kleid, wie am Tag vorher. Sie empfing ihn auch genauso freundlich, und das beruhigte Mr. Rosary etwas. Er wußte nicht, ob sie die Bekanntschaft des Herrn bereits gemacht hatte und wie er seinen Auftrag loswerden sollte.

»Entschuldigen Sie, Miss«, begann er zaghaft und vorsichtig, »aber ich habe mir gedacht, daß Sie vielleicht nicht abgeneigt sein würden, einen netten kleinen Verdienst so nebenbei mitzunehmen. Die Zeiten sind nicht gut, und ein paar Pfund mehr in der Tasche können niemand schaden. – Dabei ist es ein anständiges Geschäft«, fuhr er hastig und bereits etwas beredter fort, »und ein sicheres Geschäft. Bar auf die Hand...«

Das Mädchen hörte ihm lächelnd zu, aber es schien heute etwas zerstreut und war bei weitem nicht so übermütig wie gestern.

»Richtig, Sie haben mich ja so warm empfohlen, und ich muß Ihnen danken«, sagte sie und reichte ihm ihre schmale Hand, in die er schüchtern die Fingerspitzen legte.

»Haben Sie mit ihm gesprochen?« fragte er lebhaft.

»Jawohl«, bestätigte sie. »Sehr lange sogar. Und Sekt haben wir auch zusammen getrunken.«

»Sekt haben Sie zusammen getrunken...! Da haben Sie ihn also sozusagen von Angesicht zu Angesicht gesehen?« Er konnte es nicht fassen und wiegte ununterbrochen den Kopf hin und her.

»Er muß großes Vertrauen zu Ihnen haben, Miss...«

»Nur, weil Sie so nett von mir gesprochen haben«, lachte sie auf, und in ihre schillernden Augen kam plötzlich wieder das übermütige Leuchten. »Ich habe ihm auch gesagt, daß Sie mein Freund sind und daß ich mich mit Ihnen beraten werde. Wegen des Honorars oder wie man das nennt...«

Der schmächtige, blasse Mann fühlte wieder festen Boden unter den Füßen.

»Man kann sagen Honorar, und man kann Provision sagen, je nachdem«, erklärte er eifrig. »Sie werden ja wahrscheinlich kleine Auslagen haben für eine Fahrt hierhin und dorthin, und Sie werden Ihr schönes, teures Kleid abnützen und die Schuhe...«

»Was glauben Sie also, daß ich verlangen soll?« fragte sie begierig.

Mr. Rosary begann mit halbgeschlossenen Lidern und gefurchter Stirn gewissenhaft zu kalkulieren. Aber dann zog er die dünnen Brauen hoch und sah das erwartungsvolle Mädchen wohlwollend an.

»Wenn ich Ihnen raten soll, Miss«, erklärte er bedächtig, »so verlangen Sie gar nichts, sondern sagen einfach: ›Nach Belieben, Sir.‹ Er ist ein gerechter Mann und ein nobler Mann, und Sie werden gewiß zufrieden sein.«

Er zog hastig eine unförmige Taschenuhr unter seinem Überrock hervor, und nachdem er einen Blick darauf geworfen hatte, sagte er nervös: »Es wäre bereits höchste Zeit zu gehen.«

»Gemacht«, sagte sie, stülpte mit einem geschickten Griff einen Hut über den Turban und schlüpfte in einen Mantel.

Mr. Rosary mußte mit seiner Begleiterin heute den Weg auf das Boot allein finden, und er atmete sehr erleichtert auf, als er die Planken unter sich hatte.

Der Mann mit dem roten Bart war aber auch hier nicht zu sehen, sondern es empfing sie ein breitschultriger Bursche, der die eingedrillte Weisung herunterleierte.

»Der Herr kommt zuerst dran. – Die Miss möchte so lange in der andern Kajüte warten.«

Er schubste das Mädchen vorsichtig, aber ohne viel Umstände durch eine niedrige Tür, und wenige Augenblicke später saß Rosary, bescheiden und dienstbereit wie immer, wieder vor dem Gitter.

»Haben Sie das Mädchen mitgebracht?« war die erste Frage, die an sein aufmerksames Ohr schlug, und er warf sich in die Brust. »Natürlich habe ich sie mitgebracht. Wenn Sie etwas zu befehlen haben, Sir –«

»Gut«, schnitt ihm die Stimme hinter der Holzwand das Wort ab. »Dafür erhalten Sie von mir jetzt die Karte, für die Ihnen Mr. Ferguson zwanzig Pfund geboten hat. Wenn es halbwegs möglich ist, händigen Sie ihm diese noch heute ein. Sie können ihn ja von unterwegs anrufen, und wenn er zu Hause ist, wird er gewiß auf Sie warten.«

»Und er wird mir so viel bezahlen?« hauchte Rosary aufgeregt. »Ganze zwanzig Pfund?«

»Wenn Sie es klug anstellen, auch noch mehr«, erklärte der Herr bestimmt, und der fassungslose Mann griff mit zitternder Hand nach dem Leinwandblatt, das nebst dem üblichen Briefumschlag durch das Gitter geschoben wurde.

Weit weniger bescheiden als ihr Begleiter trat einige Minuten später das junge Mädchen in den Raum.

Die Rote sah sich erst neugierig in dem vorderen Verschlag um, dann kam sie dicht an das Gitter und blinzelte in die andere Abteilung, worauf sie sich ziemlich geräuschvoll auf den Stuhl fallen ließ und mit den Füßen zu scharren begann.

»Ein verdammt ungemütliches und muffiges Loch«, äußerte sie laut, indem sie die Nase in die Luft streckte und beleidigt herumschnupperte. »Machen Sie es mit Ihrem Hokuspokus kurz, denn lange halte ich es hier nicht aus.« Sie warf gebieterisch und erwartungsvoll den Kopf zurück, und als es hinter der Wand noch immer still blieb, fing sie an, einen Gassenhauer zu trällern. Aber dann wurde sie plötzlich höchst unwirsch und trommelte mit der geballten Hand an das Holz. »He, Sie – wachen Sie auf! Wenn Sie dösen wollen, bin ich hier überflüssig.«

Sie sprang tatsächlich so energisch auf, daß der Sessel mit lautem Gepolter umkippte und wandte sich zur Tür, aber die ruhige, kalte Stimme, die nun endlich erklang, ließ, sie doch innehalten.

»Sind Sie noch immer bereit, mitzumachen?«

»Was fragen Sie so albern?« stieß sie grob hervor. »Wäre ich sonst gekommen?«

»Auch wenn der bewußte Herr für immer ausbleiben sollte?« kam es wieder hinter der Wand hervor, und sie stutzte einen Augenblick, denn in dem Ton der Frage lag etwas, das sie eigentümlich berührte, aber dann zuckte sie kurz mit den Achseln und ließ ein freches Lachen hören.

»Hat man ihn ins Loch gesteckt?«

»Nein, etwas noch Unangenehmeres: Er hat einen tödlichen Messerstich abbekommen, als er gestern nacht zu Ihnen zurückkehren wollte …«

Das Mädchen verharrte sekundenlang wie versteinert, dann machte sie einige fahrige Bewegungen, und ihre Stimme klang plötzlich unsicher und tonlos.

»Wieso …? Von wem …?«

»Das vermag ich Ihnen nicht zu sagen. Es ist auch weiter nicht von Belang und nichts Außergewöhnliches. In dieser Gesellschaft muß man auf derartige Dinge gefaßt sein. – Darauf möchte ich Sie nochmals aufmerksam machen«, schloß die Stimme mit besonderem Nachdruck, aber die Rote hatte ihre derbe Gelassenheit bereits wiedergewonnen.

»Das können Sie sich ersparen«, erwiderte sie kurz. »Das weiß ich selbst. Sagen Sie mir lieber, weshalb Sie mich den weiten Weg in diese Rattenkammer herzitiert haben, und was es mit dem da ist.« Sie machte mit Daumen und Zeigefinger der Rechten sehr deutlich die Bewegung des Geldzählens und blickte unverschämt nach dem Gitter. »Schließlich habe ich ja Auslagen …«

»Bitte, nennen Sie mir Ihre Ansprüche«, kam es mit geschäftsmäßiger Höflichkeit zurück.

»Geben Sie mir zunächst einmal nach Belieben, Sir. Wenn es zu wenig ist, werde ich mich schon melden.«

Sie griff hastig nach dem Umschlag, der aus dem Gitter kam, wandte sich ab und begann begierig den Inhalt zu zählen.

»Für den Anfang sehr anständig«, meinte sie dann und ließ das Päckchen in ihrer Manteltasche verschwinden. »Wenn Sie so nobel sind, werden wir gute Freunde bleiben. – Also, was soll ich heute tun?«

»Wie immer ins ›Tausendundeine Nacht‹ gehen. Das Weitere wird sich ergeben.«

»Werden Sie auch dort sein?« fragte sie neugierig.

»Das weiß ich noch nicht. Falls Sie mir aber etwas Besonderes mitzuteilen haben sollten, so stecken Sie, wo immer Sie auch sein mögen, eine dieser Nadeln an den Turban oder an Ihren Hut.«

Durch das Gitter kam ein kleiner Karton, der etwa zwei Dutzend Nadeln enthielt, die die Form von glitzernden Pfeilen hatten.

Die Rote betrachtete sie kritisch und rümpfte die Nase.

»Staat kann man mit dem Zeug gerade nicht machen«, meinte sie enttäuscht. »Eine einzige, aber mit einem ordentlichen Stein wäre mir lieber gewesen.«

»Flack«, schärfte Oberst Passmore dem Rotbart einige Minuten später ein, »Sie lassen das Mädchen nicht aus den Augen. Weder in der Bar noch auf dem Heimweg. Daß Sie sie nicht gesehen hat, wird Ihnen Ihre Aufgabe erleichtern, aber machen Sie es nicht zu auffällig, denn sie ist sehr vorsichtig und schlau.«

»Sehr wohl, Sir«, sagte Steve eilig.

12

»Nun«, fragte Bayford, als er sich an diesem Abend gegen zehn Uhr bei seinem Teilhaber einstellte, »wie steht die Sache mit der Karte?«

Ferguson war, wie zumeist, brummiger Laune, und daß der andere schon wieder mit dieser Geschichte begann, stimmte ihn nicht freundlicher.

»Ich habe dir doch schon gesagt«, knurrte er mit einem hastigen, mißtrauischen Blick, »daß wir ihr weiter nachlaufen müssen, aber augenblicklich habe ich wichtigere Dinge zu tun.«

»Ich wüßte nicht, welche anderen Dinge wichtiger sein könnten«, gab der Herr mit dem Monokel gelassen, aber hartnäckig zurück. »Den Betrag, um den es dabei geht, trägt unser armseliges Geschäft selbst in zwanzig Jahren nicht. Es war gerade ein Tag, wie wir ihn uns nicht besser wünschen konnten, da die Kassen frisch gefüllt waren. Wenn wir die Kleinigkeit in der Tasche haben, haben wir für immer ausgesorgt.«

»Wenn... wenn...«, äffte ihn der gereizte Ferguson nach. »Das weiß ich auch. Aber das kann noch eine gute Weile dauern, und bis dahin muß ich zunächst ans Geschäft denken. Gerade jetzt, wo wir soviel Geld darin stecken haben und es sozusagen um alles geht.«

Bayford schien sich durch diese vorwurfsvolle Eindringlichkeit überzeugen zu lassen.

»Ich war heute bei der ›dicken Zigarre‹«, sagte er. »Sie drängt, daß die Ware baldigst geliefert wird. Wie steht es eigentlich damit?«

»Wie ich dir schon sagte – ausgezeichnet.« Ferguson begann plötzlich sehr lebhaft und mitteilsam zu werden. »Ich erwarte nur noch einige Ergänzungen, die bereits unterwegs sind, dann kann die Sache losgehen. Die Schiffe, die Papiere und was sonst noch notwendig ist, sind besorgt, und sogar die Depesche habe ich bereits abgefaßt.« Er klopfte stolz und befriedigt auf seinen Schreibtisch.

Mr. Bayford hatte für die Tüchtigkeit seines Teilhabers nur ein flüchtiges Nicken, weil seine Gedanken schon wieder eine andere Richtung gingen.

»Du hast wohl auch noch nie von dem ›Padischah‹ gehört? Der Mann soll hier in unserer Branche arbeiten und sehr hübsch verdienen.«

»Soll er«, meinte Ferguson mit einem verdrießlichen Achselzucken. »Du weißt, wie ich über das hiesige Geschäft denke.«

»Trotzdem werden wir es schon heute aufnehmen«, erklärte der Herr mit dem Monokel bestimmt, »und du wirst einiges Kapital investieren müssen. Alles andere übernehme ich selbst. – Wegen des Anteils, der auf jeden von uns entfallen soll, haben wir ja bereits gesprochen.«

Der andere machte eine ärgerliche Kopfbewegung, aber in diesem Augenblick schrillte das Telefon, und er griff rasch nach dem Hörer.

Plötzlich malten sich in Fergusons Gesicht Überraschung und Unruhe, und sein scheuer Blick glitt blitzschnell nach seinem Teilhaber.

»Ja – Ferguson«, murmelte er hastig ins Telefon. »Ja, natürlich...« Er wurde immer erregter und rückte nervös auf seinem Stuhl hin und her. »Selbstverständlich können Sie kommen. Ja, ich werde Sie erwarten. – Ja. – Sofort...«

Er legte rasch auf, atmete tief und fuhr sich mit dem Handrücken über die feuchte Stirn. Dann begann er mit den dicken Fingern auf die Tischplatte zu trommeln.

»Du gehst in die Bar?« fragte er nach längerem Räuspern unbefangen.

»Natürlich. Ich muß dort die Dinge in das richtige Geleise bringen. Vorläufig arbeitet der ›verliebte Lord‹ für uns, aber ich habe ihn selbstverständlich darüber im unklaren gelassen, wer sein Auftraggeber ist.« Bayford zerdrückte umständlich seine Zigarette und erhob sich. »Du scheinst noch Besuch zu erwarten«, meinte er harmlos.

»Ja«, gab Ferguson mit griesgrämigem Gesicht zu und wurde plötzlich wieder sehr gesprächig. »Eine alte Börsenbekanntschaft, die furchtbar zudringlich ist. Der Mann hat mir einmal etwas zu verdienen gegeben und ist nun nicht loszubekommen. Wahrscheinlich wird er mir wieder eine faule Sache vorschlagen.«

Er hatte es sehr eilig, seinen Teilhaber an die Tür zu bringen, aber dort hielt er Bayford doch noch einen Augenblick zurück. »Nichts Neues vom Drudenfuß?« fragte er hastig und besorgt.

»Nein«, log Bayford mit gelassenem Gesicht. »Heute bin ich völlig ungeschoren geblieben. – Vielleicht war das Ganze wirklich nur ein alberner Schreckschuß.«

»Hoffentlich«, stieß Ferguson erleichtert hervor, und seine strahlende Miene gab dem anderen ebensoviel zu denken wie das eigenartige Telefongespräch, das er vor wenigen Minuten mit angehört hatte.

Der Herr mit dem Monokel stieg sehr langsam die Treppe hinab, blieb unter dem Portal eine Weile überlegend stehen und wechselte dann rasch nach der anderen Straßenseite hinüber, wo er nach wenigen Schritten in einem Torbogen Aufstellung nahm. Er mußte länger als eine Viertelstunde warten, bis eine schmächtige Gestalt in großer Eile angetrabt kam und schattengleich in Fergusons Haus verschwand – und eine weitere Viertelstunde, bevor der Mann mit dem langen, enganliegenden Überrock und dem niedrigen steifen Hut wieder erschien und im Licht der nächsten Straßenlampe hastig und verstohlen einige Geldscheine zählte…

Mr. Bayford wandte keinen Blick von dem unscheinbaren Mann, er nahm sich sogar die Mühe, Mr. Rosary zu folgen, bis dieser das Tor des schmutzigen Hauses in Stratford aufschloß.

An diesem Abend machte die Rote in der Bar die Bekanntschaft von Miss Betsey Harper, die sich kurzerhand an ihr Tischchen setzte.

Miss Harper führte sich mit einer regelrechten Vorstellung ein und legte dabei sehr viel Gespreiztheit und Selbstbewußtsein an den Tag. Und damit die andere von ihr ja sofort den richtigen Begriff bekäme, ließ sie es an vertraulicher Mitteilsamkeit nicht fehlen.

»Sie haben wohl nichts dagegen, Miss«, sagte sie, indem sie ihr blondes Puppengesicht eifrig mit Puderquaste und Lippenstift bearbeitete, »daß ich mich ein Weilchen hier niederlasse? Ich bin zum erstenmal in diesem Lokal, weil man mir gesagt hat, daß es hier sehr nett sein soll. – Sind Sie auch in Stellung, Miss?«

»Ja«, erklärte die Rote. »Verkäuferin in einem Modegeschäft.«

»Das merkt man sofort«, meinte Miss Harper verbindlich. »Sie haben eine wunderbare Haltung und sehr viel Schick. Das ist mir auf den ersten Blick aufgefallen, und…«

Sie sprach nicht zu Ende, sondern schnellte hastig auf, denn in diesem Augenblick präsentierte sich der ›verliebte Lord‹ mit einer sehr korrekten Verbeugung, die eigentlich der Roten galt. Aber Miss Harper nahm das nicht so genau, sondern beeilte sich, den gebotenen Arm zu erhaschen und den Tänzer eiligst auf das Parkett zu ziehen.

Als das Paar nach einigen Runden wieder erschien, kam die Rote an die Reihe, und Mr. Tyler, der bereits seit dem Nachmittag seine genauen Instruktionen hatte, begann langsam das Eisen zu schmieden. Er hatte für weibliche Schönheit ein sehr empfängliches und sicheres Auge, und die beiden Mädchen ohne jegliche Begleitung schienen ihm ein vielversprechender Anfang. Als sie wieder zu dritt auf der Estrade saßen, spielte er den aufmerksamen Tischherrn, ließ den beiden Mädchen eisgekühlten Fruchtsaft servieren und bot ihnen Zigaretten an. Dabei wurde er nicht müde, ihnen mit schmachtenden Augen allerlei Artigkeiten zu sagen.

»Ich schätze mich sehr glücklich, daß ich Ihnen Gesellschaft leisten darf«, versicherte er. »Schon auf den ersten Blick sind mir die Damen aufgefallen, und ich habe sie für Tänzerinnen gehalten. – Stimmt das?«

Miss Harper schlug die blauen Puppenaugen nieder und ließ einen leichten Seufzer hören, die Rote aber stieß eine dicke Rauchsäule aus den gespitzten Lippen und nickte lebhaft.

»Bei mir stimmt es«, behauptete sie ernsthaft. »Ich kann mich nach rückwärts wie ein Taschenmesser zusammenklappen und dabei einen Teller auf der Nase balancieren. Dazu schlage ich mit den Händen Tambourin.«

»Großartig«, meinte der begeisterte Mr. Tyler. Nur die Blondine rümpfte etwas die Nase und gab neuerlich einen schmachtenden Seufzer von sich.

»Wenn meine verstorbenen Eltern für meine Wünsche Verständnis gehabt hätten«, flüsterte sie vorwurfsvoll, »wäre ich heute unbedingt beim Theater. Man hat mir schon als Kind gesagt, daß ich ganz bedeutendes Talent hätte, und ich bin überzeugt, daß ich mit meiner Figur und meiner Begabung manche große Künstlerin in den Schatten stellen könnte…« Sie senkte bescheiden den Blick und errötete geschmeichelt, als der Herr ihr lebhaft zustimmte.

»Sicherlich. Ich finde, daß die Damen« – Miss Harper war zwar etwas pikiert, daß er immer in der Mehrzahl sprach, lauschte aber doch erwartungsvoll – »geradezu für die Bühne bestimmt sind. Ich verstehe etwas von der Sache, komme viel herum und sehe viel, bin aber noch selten so auffallend hübschen Erscheinungen begegnet. Und ich überlege eben…«

Er brach nachdenklich ab, aber die Blondine vermochte ihre hoffnungsfreudige Spannung nicht zu meistern.

»Sind Sie vielleicht vom Theater?« fragte sie hastig.

»Nicht so ganz«, erklärte Mr. Tyler, »aber, wie gesagt, ich verstehe etwas davon, denn zuweilen manage ich aus Passion irgendeine solche Sache. So habe ich vor zwei Jahren eine Tournee nach Japan geführt, und eben jetzt verhandle ich mit Amerika, dem Land der unbegrenzten Möglichkeiten, wie man es nennt. – Ich bin gerade mit den letzten Vorarbeiten beschäftigt.«

Miss Harper fuhr mit der Zungenspitze nervös über die Lippen und rückte unruhig hin und her, und sogar die Rote wurde plötzlich äußerst lebendig.

»Das wäre etwas für mich«, platzte sie begierig heraus und klopfte dem Herrn vertraulich auf die Schultern. »Einmal ein bißchen andere Luft um die Nase zu kriegen und etwas von der Welt zu sehen!«

»Glauben Sie wirklich, daß Sie mich brauchen könnten?« hauchte auch die Blondine rasch, um ja nicht ins Hintertreffen zu geraten, und der gefällige Mr. Tyler legte seine Hände beschwichtigend auf die bloßen Mädchenarme zu seiner Rechten und Linken.

»Deshalb habe ich ja davon zu sprechen begonnen. Die Damen sind das, was ich bisher vergeblich gesucht habe: Die große Attraktion. Der Clou meines Programms.«

»Mit dem Taschenmesser, dem Teller und dem Tambourin?« fragte die Rote etwas unsicher. »Mehr kann ich leider nicht…« Der Herr hob mit einem nachsichtigen Lächeln die Schultern und neigte mit einem vielsagenden Lächeln den Kopf gegen die beiden Mädchen, aber die Blondine vermochte vor Erregung vorläufig keinen Laut hervorzubringen. Sie griff mit zitternder Hand nach ihrem Glas, um sich die Lippen anzufeuchten, die Rote jedoch war mit Fassung und praktischer Gründlichkeit bei der Sache.

»Wann soll es also losgehen?« fragte sie kurz und bestimmt. »Man muß doch das eine oder das andere besorgen, wenn man gleich um die ganze Welt herum will.«

Das blasse Gesicht des jungen Mannes wurde etwas bedenklich und zurückhaltend.

»Wenn die Damen sich wirklich entschließen wollten mitzutun, so müßten sie sich bereits für die nächsten Tage reisefertig machen. Ich hoffe noch in dieser Woche mit der Zusammenstellung des Ensembles fertig zu werden, und dann erfolgt sofort die Einschiffung. Die notwendigen Proben werden unterwegs abgehalten werden oder vielleicht auch erst drüben, da sie ja nicht viel Zeit in Anspruch nehmen. Es wird sich also darum handeln« – Mr. Tyler zog die Brauen hoch und präsentierte neue Zigaretten –, »ob die Damen sich hier so rasch losmachen können und ob sie überhaupt von ihren Verwandten…«

»Ich kann tun, was ich will«, versicherte die Blondine eifrig, »ich stehe ganz allein.«

Auch die Rote machte eine kurz abtuende Handbewegung.

»Nach mir kräht auch kein Hahn«, sagte sie. »Und wenn es notwendig ist, kann ich sofort mein Bündel schnüren.«

Der junge Mann war von dem Gehörten so befriedigt, daß er nach der Bedienung Umschau hielt, um für die neugebackenen Tänzerinnen eine weitere Erfrischung zu bestellen, aber der Kellner wurde eben von einem höchst kritischen und ungemütlichen Gast in Anspruch genommen.

»Der Whisky, den Sie mir bringen, wird von Glas zu Glas scheußlicher«, grollte Steve Flack mit seiner hohen Stimme. »Solange er wie Brennspiritus geschmeckt hat, habe ich nichts gesagt, aber jetzt schmeckt er bereits wie Benzin, und das vertrage ich nicht. Ich bin kein Auto. Sagen Sie Ihrer Barmadam, daß ich beim nächsten Glas explodiere, wenn es wieder von dieser verdammten Sorte sein sollte, und dann wird es hier nichts zu lachen geben…«

Es verkehren auch derartige Gäste im ›Tausendundeine Nacht‹, und das Personal hatte den Auftrag, sie besonders zuvorkommend zu behandeln.

Der Steuermann des grauen Themsebootes erhielt in wenigen Minuten einen schottischen Whisky, wie er sonst nur in den Logen serviert wurde. Dann zündete er sich eine neue Zigarre an und blickte aus seinem versteckten Winkel behaglich und harmlos durch den Raum. Auch zur Loge von Mrs. Smith vermochte Flack hinaufzusehen, aber die Gardinen waren heute dicht zugezogen, und nur zuweilen erschien eine Hand, um für Sekunden einen winzigen Spalt zu öffnen. Nachdem er festgestellt hatte, daß es bald die Hand von Mrs. Smith, bald jene von Mr. Bayford war, interessierte ihn die Sache nicht weiter.

Mrs. Smith und Mr. Bayford hatten sich bereits in jeder Hinsicht gefunden.

Sie hatten heute sofort dort begonnen, wo sie gestern geendet hatten, und infolge der Enge des Raumes hatte Mrs. Polly plötzlich schwer atmend in den Armen des Herrn mit dem Monokel gelegen.

Nun saßen sie Hand in Hand und sprachen von dem, was für gesetzte, vernünftige Leute schließlich doch die Hauptsache ist, nämlich von ihrem Geschäft.

»Du hast nichts anderes zu tun, meine Teure«, setzte ihr Bayford zärtlich auseinander, »als mich auf die weiblichen Gäste, die für uns in Betracht kommen, aufmerksam zu machen. Das ist ja für dich ein leichtes, da du die Leute täglich beobachten kannst.«

»Dazu wirst du ja auch Gelegenheit haben«, warf sie etwas mißtrauisch ein, und er beeilte sich, dies durch ein lebhaftes Nicken zu bestätigen.

»Gewiß, natürlich«, versicherte er, »das heißt, wenn mich nicht gerade andere besonders wichtige und unaufschiebbare Dinge in Anspruch nehmen. Schließlich kann ich ja Tyler nur bis zu einer gewissen Grenze selbständig handeln lassen.«

»Du wirst vielleicht mit so einem Mädchen ein Verhältnis anfangen«, schmollte sie ängstlich besorgt, und der gekränkte Bayford sah sie zunächst vorwurfsvoll an, zog sie sodann aber in stummer, überschwänglicher Beteuerung an sich.

Mr. Smith, der in diesem ungeeigneten Augenblick die Portiere zurückschlug, mußte sich mit seiner Kurzsichtigkeit erst in dem Halbdunkel einigermaßen zurechtfinden, aber bevor er noch soweit war, bekam er bereits zu hören, daß er durchaus ungelegen kam.

»Was gibt's?« fragte die überraschte Mrs. Polly in ihrem bedrohlichsten Tonfall, wobei sie auch schon die Gardinen zum Barraum zurückschlug. Dann machte sie eine flüchtige Handbewegung gegen den blinzelnden Mr. Smith, sagte kurz: »Mein Mann« und harrte mit gerunzelten Brauen ungeduldig, was Mr. Smith als Entschuldigung für sein Eindringen anzuführen habe.

Er schien aber nichts anzuführen zu haben.

»Das ist ja etwas ganz Neues, daß du dich hier blicken läßt«, sagte sie spitz, »und ich bin davon gar nicht entzückt. Du weißt wohl warum. Es sind immer einige Leute hier, die damals dabei waren, und es ist mir peinlich, daß man sich über dich lustig macht.« Sie ließ einen streng prüfenden Blick an ihm hinabgleiten, und ihre Stimme wurde womöglich noch schneidender. »Außerdem bist du nicht einmal angezogen. Das wollen wir denn doch nicht einführen. – Verzeihen Sie, Mr. Bayford«, wandte sie sich mit einem leuchtenden Augenaufschlag an ihren Besucher, »aber mein Mann muß in allem etwas bevormundet werden. Außer Noten kann er leider nichts behalten.«

Mr. Smith neigte den Kopf mit dem flaumigen, schütteren Blondhaar ein wenig zur Seite und spitzte die Lippen, als ob er pfeifen wollte.

»Meine Frau ist auf meine Kunst schlecht zu sprechen«, sagte er mit seiner gurgelnden Stimme, indem er bescheiden auf dem Stuhl Platz nahm, den ihm Bayford höflich zurechtschob, »aber für mich bedeutet sie alles. Vielleicht haben Sie bereits gehört, daß ich schon als Knabe öffentlich aufgetreten bin und später in Amerika die triumphalsten Erfolge gehabt habe.«

Dieser exaltierten, schwulstigen Beredsamkeit ihres Gatten war die Geduld Mrs. Pollys nicht gewachsen.

»Ich hoffe, daß du nicht heruntergekommen bist, um uns mit solchen Angebereien zu unterhalten«, unterbrach sie ihn scharf, und Mr. Smith starrte sie erst einen Augenblick völlig entgeistert an, um dann in eine verlegene Fahrigkeit zu verfallen.

»Nein«, stotterte er, indem er den Blick hastig und unstet durch die Bar schweifen ließ. »Aber ich habe den ganzen Abend gespielt, und da ich starke Kopfschmerzen verspürte, dachte ich –«

»Wenn du Kopfschmerzen hast, so nimm ein Beruhigungsmittel oder eine Kompresse und leg dich zu Bett. Jedenfalls ist die Bar kein geeigneter Aufenthalt bei einem derartigen Zustand.«

»Gewiß«, gab er zerstreut zu, ohne den suchenden Blick vom Barraum zu wenden, »das empfinde ich jetzt auch. Aber ich wollte nur ein wenig aus den gewohnten vier Wänden herauskommen.«

»Ja, du bist überhaupt ein Prachtexemplar von einem Mann!« stellte seine Frau verächtlich fest. »Also, sieh zu, daß du schleunigst zur Ruhe kommst. Wenn ich dich heute wieder klimpern hören sollte ...«

»Nein, heute nicht«, versicherte Mr. Smith eifrig. »Das war gestern nur ausnahmsweise, weil ich gerade einen Tag besonderer Inspiration hatte. Ich habe vier volle Stunden am Klavier gesessen.«

»Trottel!« murmelte Mrs. Polly zwischen den Zähnen, und als Mr. Smith verschwunden war, fügte sie nach einem tiefen Seufzer vernehmlicher hinzu: »Nun wirst du mich wohl verstehen ...«

Mr. Bayford verstand sie und bemühte sich, sie ihren Jammer wenigstens für eine Weile vergessen zu machen ...

Der bedauernswerte Mr. Smith benützte in seiner Zerstreutheit nicht die kleine Seitentreppe, über die er herabgekommen war, sondern ging langsam den Logengang entlang und stieg dann sogar die wenigen Stufen zu dem Entree hinunter. Er war ängstlich bemüht, nicht gesehen zu werden, und es kam ihm sehr zustatten, daß er sich in den verschiedenen Nebenräumlichkeiten auskannte. Er schlüpfte durch einige schmale Gänge und Türen und gelangte endlich in eine kleine Geschirrkammer an der Stirnseite des Saales, durch deren lose drapiertes Innenfenster er die ganze Bar überblicken konnte.

Er schien an dem Treiben sehr großes Interesse zu finden, denn es verfloß mehr als eine Viertelstunde, ohne daß er sich von seinem Beobachtungsposten gerührt hätte.

Plötzlich neigte er den Kopf mit einem Ruck zur Seite und drückte die kurzsichtigen Augen noch dichter an die Scheibe. Er hatte Mr. Bayford entdeckt, der aus der Loge heruntergekommen war und eben einen flüchtigen Blick in das Parkett tat. Er ließ die tanzenden Paare einige Minuten an sich vorüberziehen und wandte sich bereits wieder zum Gehen, als ihn Mr. Tyler eilig einholte.

»Ich wollte Ihnen nur danken«, flüsterte dieser hastig. »Wie Sie sehen, bin ich bereits installiert, und ich glaube, das Geschäft läßt sich gut an.«

Der Herr mit dem Monokel machte ein sehr kühles Gesicht und übersah sogar die Hand, die ihm der andere entgegenstreckte.

»Ich freue mich, daß ich Ihnen helfen konnte«, sagte er gemessen, »aber weiter möchte ich mit der Sache wirklich nichts zu tun haben. Ich glaube, ich habe Ihnen dies bereits erklärt.«

Er nickte dem jungen Mann kurz zu, und der ›verliebte Lord‹ sah ihm verdutzt nach. Dann zuckte er gleichmütig mit den Achseln, straffte mit einem Ruck Weste und Frack und schritt, jeder Zoll ein Gentleman, über die Estrade, um wieder zu seinen Damen zu kommen.

Mr. Smith verfolgte ihn von seinem Versteck aus Schritt für Schritt, aber plötzlich fuhr sein schiefer Kopf mit einer blitzartigen Bewegung des Schreckens zurück, und gleich darauf huschte ein flüchtiger Schatten durch die Gänge, die hinter dem Barraum verliefen.

Es war drei Uhr morgens, als Mr. Tyler sich erbötig machte, seine ermüdeten Damen nach Hause zu bringen.

»Meinetwegen müssen Sie sich nicht bemühen«, erklärte die Rote, »ich habe nur ein paar Schritte«, und sie blieb trotz allen Drängens dabei, was Miss Harper, die der Sicherheit halber den Arm des jungen Mannes ergriffen hatte, sehr anständig fand.

»Dann sehen wir uns aber jedenfalls morgen zuverlässig hier wieder«, versicherte sich Mr. Tyler äußerst dringlich.

13

Die enge Gasse in Lambeth verlief dicht an der Themse, und von einigen der schmutzigen Hinterhöfen führten ausgetretene, glitschige Stufen bis an den Fluß. Es war kurz nach Mitternacht, als an dem einen Ende der Gasse ein winziger Lichtpunkt auftauchte und längs der winkligen Häuserfront herunterkam. Etwa in der Mitte machte er halt und verschwand nach wenigen Sekunden in dem Dunkel eines Tores, das sich lautlos aufgetan hatte. Der große Mann, der seit fast einer Stunde regungslos in einer der Mauernischen schräg gegenüber gelehnt hatte, hob den Kopf, und sein Blick flog spähend über die wenigen Fenster der Baracke. Es waren zur ebenen Erde zwei, in dem niedrigen Stockwerk vier, aber davor lagen morsche, rissige Holzladen.

Plötzlich zeichnete sich oben auf dem letzten schmalen Rechteck ein fadendünner, trüber Schein ab, und der Mann wechselte eilig auf die andere Gassenseite. Er wußte, daß die Querlatten an der Tür säuberlich durchgesägt waren und daß man mit ihnen sogar den sorgfältig geölten Riegel in Bewegung setzen konnte, denn er hatte sich bereits eine Weile in dem Hause umgetan. Nur die alte, knarrende Holzstiege war seinem Vorhaben nicht günstig, und als er sie erreicht hatte, hielt Oberst Passmore einen Augenblick lauschend inne. Eine einzige ungeschickte Bewegung oder ein dummer Zufall konnten alles verderben, und deshalb hatte er diese Arbeit nicht einmal dem tüchtigen Steve überlassen wollen. Und er wünschte vor allem einmal selbst zu sehen, was es mit dem Hause, zu dem Flack dem Argentinier in der gestrigen Nacht gefolgt war, für eine Bewandtnis hatte.

Was er bisher in einer knappen halben Stunde gesehen hatte, enttäuschte ihn einigermaßen, denn es bot nicht den geringsten Anhaltspunkt. Die niedrigen, mit dicker Staubschicht überzogenen Stuben waren völlig kahl und leer, und nur ein Raum im Oberstock wies Anzeichen gelegentlicher Benutzung auf. Hier stand auch ein Sessel, und auf einem Kamin befand sich sogar ein Telefonapparat ältesten Systems, der anscheinend in der Eile eines Umzuges hier vergessen worden war. Aber Passmore hatte sich überzeugt, daß er mit einer Leitung in Verbindung stand, die hinter dem Kamin verlief, und wenn auch kein Anschluß zu erreichen war, so blieb die Sache immerhin auffällig.

Eng an die Mauer gedrückt, begann der Oberst Stufe für Stufe zu nehmen, und es ging leichter, als er befürchtet hatte. Es war in dem baufälligen Gemäuer auch gar nicht so totenstill, denn bei jedem lebhafteren Windhauch knarrte das ganze ausgetrocknete Gebälk.

Passmore glitt auf seinen dicken Gummisohlen so dicht heran, daß er das Auge an den Spalt zu legen und den ganzen Raum zu überblicken vermochte.

Der behäbige, kleine Mann, der vor ihm gekommen war, saß mit dem Rücken zur Tür, paffte aus einer kurzen Pfeife und schien mit einer Überraschung nicht im mindesten zu rechnen. Sooft er die Pfeife aus dem Mund nahm, räusperte er sich laut und umständlich, und zuweilen blickte er ungeduldig nach seiner Taschenuhr und dann nach dem Kamin, wo das Telefon neben einer Kerze stand. Sein wohlgenährtes Gesicht wurde immer verdrießlicher, und schließlich begann er irgend jemand halblaut zu verwünschen.

Eben im besten Zuge, wurde er durch ein ganz leises Anschlagen der Telefonklingel unterbrochen und lief mit seinen kurzen Beinen beflissen zum Kamin.

»Pyramide«, raunte er in die Muschel, »Nummer eins.«

Die Antwort kam nicht aus dem Apparat, sondern von irgendwo aus dem Zimmer selbst, und einen Augenblick strengte sich Passmore an, den zweiten Mann, der mit hohler Stimme sprach, zu entdecken.

»Bis zum nächstenmal gilt ›Segelschiff‹. – Sagen Sie Zwei und Fünf, daß sie die Ware morgen nach Greenhithe bringen sollen, und um zwölf Uhr nachts kann Nummer zwei sein Geld holen, um halb eins der andere. Schärfen Sie ihnen aber ein, daß sie pünktlich zu sein haben, denn ich will nicht, daß die Leute einander begegnen. – Haben Sie sich alles gemerkt?«

»Jawohl, ›Padischah‹«, versicherte der kleine Dicke mit erhitztem Gesicht, und die seltsame Stimme setzte neuerlich ein.

»Für Nummer Drei müssen Sie sofort einen brauchbaren Ersatz einstellen. ›Tausendundeine Nacht‹ darf nicht unbearbeitet bleiben, denn es ist zu wertvolles Material dort. Besonders die Rote von Nummer Drei. Ich fürchte, daß sie in andere Hände fällt, wenn wir nicht rasch handeln.«

In der Stimme des Unsichtbaren klang deutlich seine lebhafte Besorgnis wider, und jedes Wort vibrierte erregt durch den Raum.

»Ich werde morgen Nummer Vier und Fünf in die Bar schicken«, beeilte sich der Mann am Telefon zu erwidern. »Sie sind unsere geschicktesten Lockvögel, und die Weiber fliegen nur so auf sie.« Er machte eine kleine Pause und räusperte sich.

Dann folgte wieder eine Frage, »in der Bar ist heute der ›verliebte Lord‹ aufgetaucht. – Wissen Sie davon?«

»Natürlich«, erwiderte der Dicke selbstbewußt. »Ich habe ihn ja mit eigenen Augen gesehen. – Er scheint wieder einmal das Verlobungsfieber zu haben, denn er hatte gleich zwei Mädchen bei sich. – Die eine war die Rote von Nummer Drei«, fügte er vielsagend hinzu.

»Glauben Sie nicht, daß er sich diesmal auf etwas anderes verlegt haben könnte, das uns angeht?« kam es bedeutsam zurück, und in den Mienen des Dicken spiegelte sich sekundenlang nachdenkliche Betroffenheit.

»Verdammt«, stieß er dann hervor, »es könnte sein. Er hat das Zeug dazu, und ich habe selbst schon oft an ihn gedacht. – Aber für wen? Unsereiner müßte das doch merken. Bis jetzt hat sich niemand in unser Geschäft gemischt, und ich möchte es auch keinem geraten haben«, zischte er zwischen den Zähnen, und in seinem behäbigen Gesicht stand plötzlich ein tückischer Ausdruck, der im nächsten Augenblick noch schärfer wurde.

»Kennen Sie Ferguson and Bayford?« fragte die Stimme weiter, und Nummer Eins vergaß in seiner Erregung, daß er am Telefon sprach, und ließ einen leisen, gedehnten Pfiff hören.

»Ferguson and Bayford?« wiederholte er überrascht und mit eigenartigem Nachdruck. »Ob ich sie kenne. Die Burschen mögen es noch so gerieben anstellen, etwas sickert doch immer durch. Ich weiß«, fuhr er mit wichtigtuender Vertraulichkeit fort, indem er unwillkürlich seine Stimme dämpfte und sich ganz dicht an die Muschel neigte, »daß sie mit der ›dicken Zigarre‹ zu tun haben, aber ich habe mich bisher nicht weiter darum gekümmert, weil es hieß, daß sie nur im Ausland arbeiten, und das konnte uns schließlich gleich sein.« Er brach lebhaft atmend ab, aber diesmal schwieg die Stimme so lange, daß er schließlich einige Male »Hallo« in den Apparat rief.

»Nummer Eins, kann ich mich wirklich auf Sie verlassen?« bekam er endlich zu hören. »Auch wenn es um eine ernstere Sache gehen sollte? Eine von jenen, die Ihre Spezialität sind – Sie wissen doch…

Es war diesmal der dicke, kleine Mann, der eine geraume Weile brauchte, bevor er eine Antwort fand. Er stand geduckt am Kamin, und seine Augen flogen scheu in dem Raum umher, als ob er befürchtete, daß die Worte, die die Stimme eben gesprochen hatte, jemand gehört haben könnte.

»Sie können auf mich rechnen, ›Padischah‹«, stieß er dann hart und heiser hervor. »Ich weiß, was ich Ihnen schuldig bin, und es kann mir auch nicht gleichgültig sein, wenn uns jemand das Geschäft verdirbt. Sagen Sie mir, was zu geschehen hat, und es wird geschehen. – Deshalb brauchen Sie mich nicht erst an gewisse Dinge zu erinnern«, schloß er mürrisch.

»Gut, wenn es soweit ist, werden wir darüber sprechen«, entschied der Unsichtbare kurz. »Also bis morgen ›Segelschiff‹, und besorgen Sie genauestens alles, was ich Ihnen aufgetragen habe. – Ende.«

Die letzten Worte hallten noch in dem Zimmer nach, als der Mann auch schon den Hörer auflegte, den Hut herunterriß und mit dem Handrücken über die schweißtriefende Stirn fuhr.

Oberst Passmore stand sprungbereit an der Tür, um rechtzeitig das Feld zu räumen, aber vorher wollte er sich Nummer Eins doch erst einmal näher besehen, und der Dicke machte ihm dies nicht sonderlich schwer. Er war von dem vielen Sprechen und der Aufregung so durstig geworden, daß er noch im Kerzenlicht eine umfangreiche Flasche aus der Tasche zog und einen sehr langen Schluck tat. Dann stopfte er seine Pfeife, zündete sie an und ließ den ersten gierigen Zügen neuerlich eine ansehnliche Menge Alkohol folgen.

Passmore stand mit der Hand an der Waffe keine fünf Schritte von ihm, als der Mann aus dem Zimmer trat, aber Nummer Eins fühlte sich in dem alten Bau so sicher, daß er erst an der Stiege seine Taschenlampe anknipste und dann hinabging.

Den über einem kleinen Wandgesims geschickt eingebauten Lautsprecher zu finden, fiel dem Oberst trotz der schlechten Beleuchtung nicht schwer, aber der Leitung nachzugehen, war eine Arbeit für den geschickten Patrick.

Dieser besorgte sie schon am folgenden Morgen sehr gründlich, indem er mit allen möglichen Werkzeugen ausgerüstet ganz öffentlich durch die Gasse eilte. Man hielt ihn für einen Mann von der Speicher-Gesellschaft und schenkte ihm weiter keine Aufmerksamkeit, aber trotzdem ging er, als er in den Höfen die Mauern absuchte, etwas unauffälliger zu Werke.

»Ich habe nur zwei Abzweigdosen finden können«, meldete er dem Oberst, als dieser am Abend auf dem silbergrauen Boot erschien. »Sie sind beide dicht nebeneinander in die Hofmauer eingelassen, und wahrscheinlich wird hier die Verbindung hergestellt.«

Passmore nickte nur flüchtig und nahm sich dann Steve Flack vor, der heute einen rauhen Hals zu haben schien, weil er ununterbrochen würgte und sich räusperte. Aber schließlich mußte er doch einmal mit der Farbe heraus.

»Und wenn Sie mich mit dem Kopf ins Kielwasser hängen, Sir«, gestand er völlig geknickt, »ich habe die Rote wahrhaftig verloren. Alles ging den ganzen Abend wie am Schnürchen, und auch auf dem Heimweg war ich eine ganze Weile flott hinter ihr drein. Aber plötzlich huschte sie um eine Ecke, und als ich hinkam, sah ich gerade noch, wie sie in ein Auto schlüpfte, das im selben Augenblick auch schon davonschoß.« Er machte eine Pause und bog seinen Bart mit einem mißmutigen Ruck nach unten, daß man förmlich die Haare knistern hörte.

»Von heute an, Sir, sage ich nichts mehr gegen das Benzin, selbst wenn man es mir zum Trinken vorsetzt, wie gestern in der Bar, denn es ist etwas an der Sache...«

Eine halbe Stunde später war Steve Flack wieder einigermaßen getröstet, weil er nun wußte, wie er es anzustellen hatte, und weil er den Anker lichten und eine kleine Fahrt die Themse hinauf machen durfte.

Sicht gab es natürlich nicht, aber auf einmal streckte der Steuermann den Bart in den Wind und deutete mit dem langen, dürren Zeigefinger voraus.

»Dort drüben, Sir, kommt die Gasse. – Wollen wir hier festmachen oder am anderen Ufer?«

»Hier«, entschied Passmore, und einige Minuten später lag das Boot an einem morschen Landesteg, und während sich Patrick bemühte, das Feuer unter dem Kessel zu dämpfen, kroch Flack in seine Sonntagskluft, um in der Bar wiederum seines Amtes zu walten.

Gegen elf Uhr verließen auch der Oberst und der Heizer das Boot und verloren sich in der Dunkelheit der Ufergassen.

Erst gegen zwei Uhr morgens blinkte auf dem Deck wieder ein winziges Licht auf, und Oberst Passmore lehnte sich an den warmen Kessel, um seine feuchten Sachen zu trocknen. Gleich darauf kam auch Patrick angestapft und stellte sich in Positur.

»Ich habe ihn gesehen, Sir«, meldete er aufgeregt. »Er ist mit einem Kahn von oben gekommen, auf den Stufen des fünften Hauses ausgestiegen und hat dann von den zwei Abzweigdosen Drähte zu einem Schuppen im dritten Hause gezogen. Dort hat er fast zwei Stunden gesessen und hat einige Male gesprochen. Und dann ist er mit dem Kahn wieder stromauf gefahren.«

»Stimmt«, sagte der Oberst, indem er zu Patricks Vergnügen einen alten Kupferkessel auf die glühende Kohle setzte, und eben, als das Aroma des feinen Tees durch den warmen Raum zog, stellte sich auch der Steuermann ein. Er schien noch um einen Kopf gewachsen, und sein Bart starrte geradezu himmelan.

»Park Lane«, meldete er wichtig. »Das Haus gehört Sir Humphrey Norbury...«

»Stimmt«, bemerkte Oberst Passmore wiederum höchst lakonisch, indem er einige Schluck Tee nahm und einladend auf eine Flasche deutete. »Wir fahren jetzt wieder hinunter, und um sieben Uhr wecken Sie mich. – Gute Nacht!«

14

Mr. Tyler nahm es mit seinem neuen Beruf sehr ernst und hielt sich auch an jene seiner Instruktionen, die etwas zeitraubend und nicht gerade unterhaltend waren.

»Wenn es soweit ist, setzen Sie sich mit der Leiterin des Mädchenheims in Greenhithe in Verbindung...«, lautete eine dieser Weisungen, und da der ›verliebte Lord‹ bereits soweit zu sein glaubte, unternahm er um die Mittagsstunde diese umständliche Fahrt.

Das Heim lag ungefähr eine Meile abseits des Ortes, und für die Außenwelt war davon nicht viel mehr zu sehen als eine hohe, brüchige Gartenmauer, die mit ihrer rückwärtigen Front bis dicht an die Themse reichte. Das langgestreckte, einstöckige Wohnhaus lag in der Mitte des Gartens, und Mr. Tyler mußte eine geraume Weile in dem unfreundlichen Novemberwetter ausharren, bevor sich das Pförtchen in dem Zufahrtstor auftat.

Dann schritt er durch ein ungepflegtes, mit Obstbäumen und Rasen bestandenes Gartenstück dem Hause zu, das mit seiner fensterlosen Schmalseite gegen den Weg stand.

»Sie sind mir bereits angekündigt worden, Mr. Manchester«, empfing ihn Mrs. Deborah Owen mit der ganzen Würde ihrer steifen Persönlichkeit, indem sie ihn unbefangen bei jenem Namen nannte, den er als Einführungswort aufgekritzelt hatte.

»Allerdings hatte ich Sie nicht so bald erwartet«, fügte sie mit einem erwartungsvollen Blick hinzu und sah dann auf das stattliche Kreuz nieder, das an goldener Kette auf ihrer hageren Brust baumelte.

»Ja«, meinte der junge Mann offenherzig und selbstbewußt, »es ist ziemlich schnell gegangen. – Ich hoffe Ihnen schon in den allernächsten Tagen zwei Damen bringen zu können.«

Die würdige Leiterin des Mädchenheims faltete die dürren Hände und neigte zustimmend den Kopf mit dem glatt zurückgestrichenen grauen Haar.

»Ausgezeichnet. – Meine neuen Gäste pflegen um diese Jahreszeit zwischen acht und zehn Uhr abends einzutreffen«, erklärte sie, »und finden immer alles vorbereitet. – Wollen Sie mir, bitte, nun sagen, für welchen Beruf die Damen bestimmt sind.«

»Für eine Tanzgruppe, die nach Südamerika geht.«

Mr. Tyler glaubte seinen Worten besonderen Nachdruck geben zu müssen, aber Mrs. Owen hob leicht die Hand und lächelte dünn.

»Also Gruppe A«, sagte sie verständnisvoll. »Das ist wichtig, denn jeder Gast soll hier sofort den passenden Anschluß und die entsprechende Beschäftigung finden. Das heimelt an und beugt unangenehmen Zwischenfällen vor. Es sind bei mir die Artistinnen völlig unter sich, in einer zweiten Abteilung die Erzieherinnen und sonstigen Anwärterinnen auf Intelligenzberufe, und die dritte Gruppe bilden jene Mädchen, die eine niedrigere dienende Stellung anstreben. Diese Einteilung hat sich sehr bewährt, und es geht alles seinen geregelten Gang.«

»Die Damen werden wohl nicht lange hierbleiben?« erkundigte sich Tyler für alle Fälle, und Mrs. Owen gab ihm bereitwilligst Auskunft.

»Das nächste Schiff geht genau heute in einer Woche. Wenn Sie sich beeilen, treffen Sie es also besonders günstig. – Ich muß Sie nur noch bitten, mir den Tag durch einen kurzen Anruf bekanntzugeben, damit ich alles vorbereiten kann. Mit Einbruch der Dunkelheit lassen wir nämlich im Garten unsere Hunde los«, fügte sie mit gedämpfter Stimme hinzu, indem sie wieder einmal nach ihrem Kreuz blickte. »Es sind sehr bösartige Tiere, aber sie sind leider notwendig, da das Heim so vereinsamt liegt und keinen männlichen Schutz hat...«

Mr. Tyler empfand ein leichtes Frösteln im Rücken und empfahl sich etwas hastig, worauf Mrs. Owen wieder an die Beschäftigung ging, in der sie sein Besuch unterbrochen hatte.

Sie nahm von einem ganz ansehnlichen Päckchen Brief um Brief, schnitt den Umschlag auf und las sie sorgfältig.

Diese Lektüre war sehr wichtig, denn sie unterrichtete die tüchtige Leiterin des Mädchenheims über die Verhältnisse, die Wesensart und die Gedanken ihrer Pensionärinnen. Deshalb liebte es Mrs. Owen, wenn die jungen Damen vor ihrer Ausreise in die weite Welt Verwandten und Bekannten gegenüber noch recht mitteilsam wurden. Irgendwelche Unannehmlichkeiten konnten aus dieser Korrespondenz nicht erwachsen, denn sie wanderte aus den Händen der würdigen Frau auf dem kürzesten Weg in den Kamin, das Portogeld aber in ihre Tasche.

Es war dies eine von den bescheidenen Nebeneinnahmen, die sich Mrs. Owen zu schaffen wußte, denn sie ehrte jeden Penny, obwohl sie von der ›dicken Zigarre‹, wie Mrs. Melendez in den eingeweihten Kreisen genannt wurde, für die musterhafte Leitung des Heimes eine ganz nette Summe bezog.

Nach einer langjährigen Irrfahrt von Gefängnis zu Gefängnis hätte sich die würdige Dame keinen beschaulicheren Hafen wünschen können als das einsame Haus in Greenhithe, in dem alle ihre menschenfreundlichen Triebe auf ihre Rechnung kamen.

15

Bayford beschäftigte sich an diesem Tag sehr viel mit seinem Teilhaber.

Er traute grundsätzlich niemand, am allerwenigsten aber Ferguson. Und die Sache mit jener Terrainkarte war überhaupt zu wichtig, als daß er sie ihm hätte allein überlassen wollen. Besonders jetzt, wo es nach seinem sicheren Gefühl um die letzte Entscheidung ging. Das Auftauchen des Dritten, der um den Drudenfuß wußte, gebot Eile, und das Verhalten Fergusons ließ ihm besondere Vorsicht geraten erscheinen. Vor allem wollten Bayford das Telefongespräch, das er mit angehört hatte, und der späte Besuch, der diesem gefolgt war, nicht gefallen, und er war entschlossen, der Sache auf den Grund zu gehen.

Bevor er das Haus verließ, setzte er sich noch mit Mrs. Lee in Verbindung, um ihr einen guten Morgen zu wünschen und nach ihrem Befinden zu fragen.

Die Präsidentin des Komitees zur Bekämpfung des Mädchenhandels war von dieser Aufmerksamkeit so entzückt, daß sie eine volle Viertelstunde süß und neckisch in den Apparat gurrte.

Bayford schnitt ein wütendes Gesicht, aber plötzlich wurde er sehr aufmerksam.

»Seit gestern werde ich ununterbrochen von der Presse überlaufen«, sagte Mrs. Lee, und sogar durch den Draht war zu hören, wie wichtig sie sich dadurch vorkam. »Die Herren wollen alles mögliche wissen, und es ist oft schwer, eine Antwort zu finden. Dabei habe ich aber etwas äußerst Interessantes erfahren: Einem großen Blatt sind sensationelle Enthüllungen über das Treiben der Mädchenhändler in London angeboten worden. – Was sagen Sie dazu? Das wäre natürlich Wasser auf unsere Mühle.«

»Von wem?« fragte Bayford nach einem kurzen Räuspern, aber Mrs. Lee konnte seine lebhafte Wißbegierde nicht ganz befriedigen.

»Das weiß man nicht. Der Betreffende hat vorerst unter einer Deckadresse angefragt, welches Honorar man ihm zahlen wolle. Er könnte den ersten Artikel bereits in einigen Tagen liefern. Natürlich hat das Blatt in Anbetracht der Wichtigkeit der Sache eine sehr nette Summe geboten, und man hat mir versprochen, mich in den Bericht noch vor der Veröffentlichung Einsicht nehmen zu lassen. – Aber darüber können wir nachmittag plaudern, wenn Sie mir das Vergnügen machen wollen. Wir werden ganz allein sein«, deutete die Witwe schamhaft und vielverheißend an, und Bayford warf mit einem leisen Fluch den Hörer in die Gabel.

Ein Alarm in der Presse war eine sehr gefährliche Sache und konnte aus einem Sandkorn eine verheerende Lawine machen.

Mr. Bayford speiste etwas sorgenvoll und mit wenig Appetit in einem eleganten kleinen Lokal nächst dem Grosvenor Square und war so mit seinen Gedanken beschäftigt, daß er seiner Umgebung nicht die mindeste Aufmerksamkeit schenkte.

Erst als er bei der Zigarette angelangt war, ließ er den Blick mechanisch und gelangweilt durch den Raum gehen, aber schon nach wenigen Sekunden hielt er mit überraschten, starr geweiteten Augen inne...

An einem Tische schräg gegenüber saß der geheimnisvolle Fremde vom Bahnsteig in Folkestone, schien aber weder die Überraschung noch das Interesse des andern zu teilen. Er widmete seine ganze Aufmerksamkeit lediglich dem Lunch, und selbst als er das aufgeregte, herausfordernde Benehmen des Herrn mit dem Monokel nicht mehr übersehen konnte, hatte er dafür nur einen verständnislosen, befremdeten Blick.

Bayford war ein Mann von raschen Entschlüssen und kaltblütigem Wagemut. Seit Tagen hatte er diese Begegnung herbeigesehnt, und wenn sie ihm auch unter anderen Verhältnissen erwünschter gewesen wäre, wollte er sie doch nicht ungenützt vorübergehen lassen. Vielleicht war gerade dieser Ort, der beiden Teilen größte Zurückhaltung auferlegte, für die erste Auseinandersetzung am günstigsten, und Mr. Bayford zögerte nicht lange, sie herbeizuführen.

»Es kommt mir vor«, sagte er wenige Minuten später unverfroren, indem er sich ohne weitere Umstände an dem Tisch niederließ, »als ob wir uns über irgend etwas auszusprechen hätten. – Ich stehe Ihnen zur Verfügung.«

Im Gesicht Oberst Passmores zuckten nur die scharfen Linien um die Mundwinkel, und Bayford verfolgte dieses Spiel mit einiger Besorgnis. Er hatte zum erstenmal Gelegenheit, sich den Mann, der ihn mit dem verwünschten Drudenfuß verfolgte, näher anzusehen, und der Eindruck, den er empfing, war nicht gerade ermutigend. Er konnte nicht feststellen, ob dieses energische Gesicht jenem Dritten gehörte, der ihm und Ferguson vor vierzehn Jahren so ungelegen in die Quere gekommen war, aber er fühlte, daß er vor diesem Gegner auf der Hut sein mußte.

Das veranlaßte ihn, zunächst einmal den Ton zu ändern. »Es ist sonst nicht meine Art, auf diese Weise Bekanntschaften zu schließen«, meinte er etwas von oben herab, da der andere sein unangenehmes Schweigen nicht aufgeben wollte, »aber Sie haben mich ja dazu herausgefordert.«

»Wodurch?« fragte Passmore rasch und scharf, und Bayford hatte sofort das Empfinden, daß dies eine etwas heikle Frage war.

»Wollen wir doch das Versteckenspielen sein lassen«, wich er vorsichtig aus. »Sie wissen sehr gut, was ich meine, aber ich zerbreche mir vergeblich den Kopf, was Sie zu Ihrer seltsamen Kinderei veranlaßt und welchen Zweck Sie damit verfolgen. Und deshalb möchte ich diese günstige Gelegenheit benützen; um von Ihnen Aufklärung zu fordern.«

Er nahm eine sehr gebieterische Pose an, und seine kleinen Augen blitzten herausfordernd, vermochten aber dem Blick, dem sie begegneten, nicht standzuhalten.

»Und wenn ich es ablehne, mich mit Ihnen darüber zu unterhalten?« forschte der Oberst gelassen.

»Dann werde ich Sie dazu zu zwingen wissen«, stieß Bayford hitzig hervor. »Und ich werde auch Mittel und Wege finden, Ihrem Treiben ein Ende zu machen. Wenn ich Sie einmal dabei fasse…«

Passmore schüttelte leicht den Kopf, und die Linien um seinen Mund begannen geradezu aufreizend zu spielen.

»Sie werden mich nicht fassen«, versicherte er überzeugt. »Es würde meine Pläne sehr stören„ wenn Ihnen etwas zustoßen sollte, denn ich benötige Sie für eine etwas peinlichere Prozedur. Ebenso Ihren Freund Ferguson, der ja nun endlich die wichtige Karte in Händen hat…«

Der Herr mit dem Monokel hörte von allem nur die letzte Bemerkung, die seinen längst gehegten Verdacht zu bestätigen schien und ihn so außer Fassung brachte, daß er sich eine bedenkliche Blöße gab.

»Woher wissen Sie das?« entfuhr es ihm, aber noch mit demselben Atemzug fügte er grinsend hinzu: »Vielleicht gelingt es mir, auf diese Weise herauszubekommen, welcher verrückten Idee ich Ihre zudringliche Aufmerksamkeit zu danken habe.«

Oberst Passmore lächelte unangenehm und spielte angelegentlich mit seiner Zigarette.

»Meines Erachtens wäre es aussichtsreicher und weniger umständlich«, meinte er leichthin, »wenn Sie Ferguson ersuchten, Ihrem Gedächtnis etwas nachzuhelfen. Er hat ja seinerzeit dabei einen kleinen Denkzettel abbekommen, und da er außerdem jetzt endlich so weit ist, den Nutzen aus dieser alten Geschichte ziehen zu können, dürfte er…«

Diese neuerliche Anspielung auf die Niedertracht seines Teilhabers ließ Bayford den letzten Rest seiner Selbstbeherrschung verlieren.

»Zum Teufel, reden Sie klar und deutlich«, fuhr er dem andern heftig ins Wort. »Was soll das für eine alte Geschichte sein und was soll ich damit zu tun haben? Ich bin nicht gesonnen, mich auf Schritt und Tritt belästigen zu lassen, weil es in Ihrem Kopf nicht ganz richtig zu sein scheint.« Er lehnte sich plötzlich zurück und sah den Oberst mit einem höhnischen Lächeln lauernd an. »Im übrigen – warum nehmen Sie nicht die Hilfe der Polizei in Anspruch, wenn es sich um eine bedenkliche Sache handelt und Sie soviel davon wissen?«

»Das wäre das Letzte, was ich tun möchte«, gab Passmore zu, und diese Antwort ließ den Herrn mit dem Monokel erleichtert aufatmen.

Daß der Mann ihm gegenüber ähnlich dachte, war ihm sehr angenehm zu hören und gab ihm seine Überlegenheit wieder. Wenn jener bloß irgendwelche erpresserischen Absichten verfolgte, sollte er üble Erfahrungen machen, und Bayford fand es angezeigt, ihn dies wissen zu lassen.

»Ich hoffe, daß Sie mich verstanden haben«, sagte er ernst und eindringlich, indem er Anstalten traf, sich zu erheben. »Sie sind an den Unrechten gekommen. Wir haben nichts miteinander zu schaffen, und ich verbitte mir jede weitere Belästigung. Beschmieren Sie meinetwegen alle Ihre Wände mit Ihrem albernen Pentagramm, aber nicht meine Wege. – Es ist dies ein sehr freundschaftlicher Rat, und Sie sollten ihn befolgen.«

Er nickte kurz von oben herab, und Oberst Passmore tat das gleiche von unten hinauf, hob aber dabei leicht die Hand, so daß Mr. Bayford unwillkürlich noch einen Augenblick verharrte.

»Ein Rat ist des andern wert«, bekam er zu hören, »und der meine ist genauso ernst und ehrlich gemeint wie der Ihre: Nennen Sie die Pentagramme nicht albern, denn an dem Tage, an dem es mir paßt, werden Sie in diesem Drudenfuß mit dem Kopf hängen bleiben. Und spinnen Sie mit den bewußten Millionen keine zu hochfliegenden Zukunftspläne, denn Sie werden wenig davon haben.«

»Ausgezeichnet«, sagte Bayford spöttisch, »aber lassen Sie das gefälligst meine Sorge sein. Mit Geld ist immer etwas anzufangen.«

»Wenn man innerhalb der nächsten drei Monate auf eine gewisse Falltür gestellt wird, sehr wenig«, widersprach der Herr vom Bahnsteig in Folkestone nachdrücklich, und der bestürzte Mr. Bayford empfand den Blick, der auf ihm ruhte, womöglich noch peinlicher als die unangenehme Voraussage.

Als Oberst Passmore eine halbe Stunde später in seine Wohnung zurückkehrte, fand er auf dem ersten Treppenabsatz den Steuermann vor, der mit seiner kurzen Pfeife das ganze Haus vollräucherte.

»Sie ist knapp nach eins ausgefahren, Sir«, meldete dieser. »Ich habe mich an den Pförtner herangemacht, und der hat gesagt, sie wäre nach ›Falcon Lair‹.«

Passmore warf einen raschen Blick nach der Uhr. Die Nachricht bot ihm eine Gelegenheit, die er unbedingt ausnützen wollte. Die junge Dame hatte zwar einen Vorsprung von ungefähr einer Stunde, aber es war kaum anzunehmen, daß sich ihr Aufenthalt draußen auf eine so kurze Zeit beschränken würde.

Glücklicherweise stand sein Wagen vor dem Haus, da er noch einige Wege hatte machen wollen, und während er rasch entschlossen wieder hinabstieg, erteilte er Flack in seiner kurzen abgehackten Art einige Weisungen.

»Wir fahren um zehn Uhr abends wieder nach Lambeth hinauf. Im Laufe des Nachmittags wird ein Mann ein Kästchen hierherbringen, das Ihnen mein Diener aushändigen wird. Patrick soll für eine möglichst lange Bambusstange sorgen. – Sie selbst gehen wiederum in die Bar, und wenn das Mädchen einen der Pfeile anstecken sollte, so benachrichtigen Sie mich sofort. Die Hauptsache aber ist, daß sie unbehindert zu ihrem Auto gelangt. Dafür müssen Sie sorgen. – Es wird in den nächsten Tagen voraussichtlich zu sehr ernsten Dingen kommen, aber ich weiß, daß ich mich auf Sie verlassen kann.«

Passmore schlug in den Vororten und auf der Landstraße ein förmliches Renntempo ein, aber erst, als er gegenüber dem Pförtnerhause von ›Falcon Lair‹ den kleinen Chrysler erblickte, erhielt er die Gewißheit, daß er nicht zu spät gekommen war.

Es fragte sich nun nur noch, wie er aufgenommen werden würde und ob er die junge Dame, die ihm bei seinem ersten Besuch so überraschend in den Weg gelaufen war, zu Gesicht bekommen sollte. Er erschien ohne jede Anmeldung und sogar ohne jeden plausiblen Grund, aber dafür konnte schließlich das Steckenpferd des Generals herhalten, dem er mit einigen besonderen Kriegsepisoden aufwarten wollte.

Im übrigen kamen ihm diesmal ganz besondere Umstände zu Hilfe. Da der Pförtner trotz seines sehr beträchtlichen noch abzusitzenden Zimmerarrests zur Hochzeit eines Verwandten beurlaubt war und der Diener gemächlich in London herumflanierte, um für seinen Herrn die vorschriftsmäßige Tabakmischung zu besorgen, wurde Passmore in der Halle von einem Stubenmädchen empfangen, das seine Karte sehr zaghaft und mit sichtlicher Bestürzung entgegennahm. Die junge Person war bereits so weit militärisch gedrillt, daß sie ahnte, daß dies eine gefährliche Sache war, aber noch zu wenig, als daß sie wußte, wie sie sich reglementmäßig zu verhalten hatte.

Sie lief daher vorsichtshalber zunächst zu Mrs. Chilton, die kaum einen Blick auf die Karte geworfen hatte, als sie auch schon äußerst lebendig wurde.

»Führen Sie den Herrn in den kleinen Salon«, ordnete sie etwas aufgeregt an. »Ich komme sofort.«

»Das ist ein überraschendes Zusammentreffen, und ich freue mich wirklich sehr«, sagte Passmore überaus herzlich, und Mrs. Chilton hatte feuchte Augen, weil verschiedene Erinnerungen in ihr aufstiegen.

»So ändern sich die Zeiten«, meinte sie mit einem ergebenen Seufzer. »Als wir zusammen in Indien waren, hätte ich mir das nie träumen lassen. Aber uns Offizierswitwen bleibt ja meistens nichts anderes übrig, als irgendwo Unterschlupf zu suchen.«

»Ich habe von dem Tode Ihres Gatten mit aufrichtiger Trauer gehört, Mrs. Chilton. Er war mir ein sehr wohlwollender Vorgesetzter, für den ich die herzlichste Verehrung empfand, und es beruhigt mich, Sie im Hause Sir Humphreys zu wissen.«

Passmore sprach mit warmem Mitgefühl, und um den Mund der Hausdame begann es bedenklich zu zucken; bei seinen letzten Worten aber flog ein herbes Lächeln über ihr noch immer hübsches Gesicht.

»Man soll nicht undankbar sein«, meinte sie, »aber Ihnen kann ich es ja offen sagen: Ich hätte es besser treffen können.« Sie spielte nervös mit den Fingern, denn die Gelegenheit, einem alten Freund ihr Herz ausschütten zu können, war zu verlockend, und sie erlag ihr schließlich auch. »Es gehört nämlich eine ungeheure Geduld dazu, mit dem General auszukommen«, platzte sie erbittert heraus. »Launen und Schrullen sind ja bei alten Leuten verständlich und verzeihlich, aber alles hat seine Grenzen; und schließlich ist es doch gewiß nicht zuviel verlangt, wenn ich als Frau behandelt werden will und nicht als Rekrut. Sir Humphrey kennt da jedoch keinen Unterschied. Nicht einmal bei Miss Sibyl...«

Der Oberst hatte für die bitteren Klagen von Mrs. Chilton innigste Anteilnahme, war aber dabei doch etwas zerstreut, weil er befürchten mußte, die Begegnung, wegen der er gekommen war, zu versäumen. Nun war jedoch plötzlich ein Name gefallen, der seine Aufmerksamkeit erregte.

»Eine Verwandte?« fragte er unbefangen.

»Ja, seine Nichte«, erklärte die Hausdame. »Die Tochter seines verstorbenen Bruders. Aber wenn Sie es mit ihm nicht für immer verderben wollen«, fuhr sie mit einem ärgerlichen Lachen fort, »müssen Sie glauben, daß sie sein Neffe ist. Davon geht er nun einmal nicht ab.« Mrs. Chiltons Züge wurden immer schärfer, und der lang angesammelte Groll in ihr kam zu einem unhemmbaren Ausbruch. »Darüber gräme ich mich noch weit mehr als über alles andere, denn er ist im Begriff, das Leben eines schönen und wirklich herzensguten Mädchens gründlich zu verpfuschen – wenn es nicht schon geschehen ist...«

»Oh«, warf Passmore aufs höchste betroffen ein.

Mrs. Chilton nickte entschieden. »Jawohl. Es klingt zwar wie ein Frevel – aber der General ist zu früh aus dem Kriege heimgekommen. Das Kind war damals eben erst zehn Jahre alt, und anstatt es im Pensionat zu lassen, hat er selbst die Erziehung in die Hand genommen; nämlich was er unter Erziehung versteht. Sogar für einen wirklichen Jungen wäre das wohl etwas zuviel des Guten gewesen.«

Mrs. Chilton hatte das Gefühl, daß sie doch etwas zu weit gegangen war und brach unvermittelt ab, aber der Oberst schien nicht darauf zu achten, sondern schreckte erst nach einer Weile aus seiner ernsten Nachdenklichkeit auf.

»Die junge Dame lebt also hier?«

»Was fällt Ihnen ein!« spottete die empörte Frau. »In dieser Beziehung ist der General sehr rücksichtsvoll. ›Falcon Lair‹ ist zu langweilig für einen Jungen!‹ – ›Jugend muß sich austoben‹ – und was dergleichen Redensarten mehr sind. – Ich bitte Sie, bei einem Mädchen von dreiundzwanzig Jahren!« Mrs. Chilton faltete die Hände und seufzte bekümmert. »Sie kommt meist nur über Tag für einige Stunden. – Eben sitzt sie wieder beim Onkel, raucht Zigaretten und tut wirklich so, als ob sie ein Junge wäre.«

»Da dürfte Sir Humphrey wohl für mich kaum Zeit haben«, forschte Passmore, und die Hausdame bestätigte zuerst seine Befürchtung.

»Jedenfalls werde ich Sie anmelden«, meinte sie aber dann entschlossen.

Mrs. Chilton ließ ihren Blick noch einige Sekunden sehr nachdenklich auf dem großen Mann ruhen und ging dann mit einem höchst seltsamen Lächeln ab, das sogar noch auf ihrem Gesicht lag, als sie nach kurzem Klopfen das Arbeitszimmer des ›Oberkommandierenden‹ betrat.

16

In der nächsten Sekunde lächelte sie allerdings schon nicht mehr.

»Dreißig Tage Stubenarrest!« donnerte ihr der General wutentbrannt entgegen. »Wenn ich Besuch habe, ist für jedermann der Eintritt verboten.«

»Nehmen Sie, bitte, Platz, liebe Mrs. Chilton«, sagte Sibyl mit einem vergnügten Augenzwinkern. »Onkel hat es heute wieder einmal arg im Knie, und das kann den vollendetsten Gentleman unverdaulich machen.«

Sir Humphrey zerkaute irgend etwas im Munde und ließ dann ein unentschlossenes Räuspern hören.

»Was ist los?« knurrte er endlich verdrießlich.

»Oberst Passmore möchte Ihnen seine Aufwartung machen.«

Die junge Dame in Breeches schnellte jäh auf dem Stiefelabsatz herum, und der General richtete mit einem Ruck den Oberkörper stramm auf.

»Oberst Passmore...so...so..., wiederholte er etwas kleinlaut und sah höchst unschlüssig drein.

»Ich werde dich allein lassen«, kam ihm Sibyl mit lebhafter Bereitwilligkeit entgegen und war fast schon an der Tür, als ein gebieterisches »Du bleibst!« sie innehalten ließ.

In diesem kritischen Augenblick hatte Mrs. Chilton die Kühnheit, ihre Meinung zu äußern. »Miss Sibyl tut wirklich am besten, wenn sie geht. In diesem Aufzug...«

»Mrs. Chilton hat ganz recht«, sagte Sibyl entschieden. »Ich werde mich umkleiden...«

Ihre Stimme und ihr Blick wirkten auf das stürmische Gemüt Sir Humphreys wie Öl auf eine hochgehende See. Er riß nur heftig an seinem Kragen und sah sich etwas rat- und hilflos um.

»Reglementmäßiger Empfang«, knurrte er dann wenig zuversichtlich, begann aber sofort zu strahlen, als das junge Mädchen gleich den richtigen Sessel heranschob und mit dem ersten Griff die vorgeschriebenen Zigarren und Zigaretten fand.

Es war alles tadellos, und Sibyl erhielt einen anerkennenden Klaps, was die Hausdame aufs tiefste empörte.

»Ich will hoffen, Sir Humphrey«, stieß sie entsetzt hervor, »daß Sie sich in Gegenwart des Besuches nicht so gehen lassen...«

»Schweigen Sie!« gebot der General erbost. »Wie können Sie reden, ohne gefragt zu sein? – Sie haben jetzt Handschuhe anzuziehen und den Oberst vorschriftsmäßig anzumelden.«

Das war zuviel für Mrs. Chilton. Sie öffnete einige Male den Mund, aber erst nach einer Weile war sie so weit, sprechen zu können.

»Das werde ich nicht tun«, erklärte sie herausfordernd. »Ganz abgesehen davon, daß ich als Hausdame und nicht als Diener engagiert bin, möchte ich Sie vor Oberst Passmore auch nicht gerne lächerlich machen. Er ist ein Gentleman«, bemerkte sie mit Nachdruck, »und wir kennen uns von früher her. Es hat eine Zeit gegeben, da ich durch die Stellung meines Mannes seine Kommandeuse war...«

An das Ohr des alten Soldaten schlug ein Wort, mit dem er etwas anzufangen wußte. ›Kommandeuse‹ – ja, diesen Begriff kannte er. Es war ganz ausgeschlossen, daß eine ehemalige Kommandeuse einen ehemaligen Untergebenen anmeldete.

Sir Humphrey war ein gerechter Mann, und wenn er unrecht hatte, so gab er das ohne weiteres zu. Er verbeugte sich ritterlich.

»Entschuldigen Sie, Mrs. Chilton«, sagte er höflich, um sofort weniger höflich hinzuzufügen: »Das hätten Sie aber gleich sagen können...«

Der Empfang Passmores vollzog sich diesmal nicht so zeremoniell wie bei seinem ersten Besuch.

»Ich mache mir Vorwürfe, daß ich Sie derart in Ihrer Bequemlichkeit störe«, begann der Oberst zögernd, aber der alte Herr wehrte lebhaft ab.

»Machen Sie sich keine Vorwürfe. Wenn dazu Grund vorhanden wäre, würde ich das schon selbst besorgen. Aber ich habe Sie eigentlich schon gestern erwartet. – Warum sind Sie nicht gekommen? Sie gefallen mir, denn mit Ihnen kann man vernünftig reden. Ich habe zwar einige alte Freunde, die mich zuweilen aufsuchen, mit denen ist jedoch nichts mehr anzufangen. Der eine schläft immer ein, sowie er sich in den Lehnstuhl setzt, und der zweite bringt jedesmal eine neue Krankheit mit. Von solch einer Gesellschaft hat man nichts, wenn man sich selbst noch jung und frisch fühlt.«

Oberst Passmore beschloß, die damit in Fluß geratene Unterhaltung auf gut Glück fortzuführen.

»Ich habe zu meiner großen Freude eben Mrs. Chilton nach langen Jahren in Ihrem Hause wiedergetroffen. Ihr Gatte war vor dem Krieg mein Kommandeur in Indien, und sie ist eine sehr feine Dame ...«

Sir Humphrey bewegte den Unterkiefer und ließ seine lebhaften Augen etwas befangen hin- und hergehen.

»Allerdings«, gab er reserviert zu, »fein und gebildet, gewiß. – Aber schrecklich undiszipliniert. Wenn ich eine Frau gehabt hätte ...« Er sprach nicht zu Ende, sondern sprang in einem plötzlichen Entschluß unvermittelt vom Thema ab. »Sie werden mit uns den Tee nehmen, Oberst. Mit mir und ...« Die weiteren Worte verschluckte er, weil er sich noch nicht darüber klar war, wie er seinen Neffen, der eigentlich ein Mädchen war, einführen sollte.

Er war es auch dann nicht, als Miss Sibyl Norbury, ein Bild strahlender mädchenhafter Frische, mit der Sicherheit einer Dame von Welt auf der Szene erschien.

»Oberst Oliver Passmore«, stellte der General mit Kommandostimme vor, und seine Stimme ging dann in ein unverständliches Murmeln über, worauf er sich mit dem Taschentuch erleichtert die Stirn trocknete.

»Oberst Passmore ist mein Freund«, erklärte Sir Humphrey mit krampfhafter Gesprächigkeit. Die Frauenkleider, in denen sein Neffe steckte, irritierten ihn, und die ganze Situation paßte ihm überhaupt nicht so recht. »Er hat mir vor einigen Tagen Karten gebracht. Sehr wichtige Karten für mein Werk.« Er erinnerte sich plötzlich, blinzelte seinem Gast verschmitzt zu und deutete mit dem Daumen auf Sibyl, die diese Einleitung mit einiger Besorgnis verfolgte. »Das Schreiben scheint übrigens in der Familie zu liegen«, fuhr er mit strahlender Vertraulichkeit fort. »Der Junge hat nämlich auch so etwas vor und wird sich die Geschichte sogar bezahlen lassen ...«

»Darf man fragen, womit Sie sich beschäftigen?« erkundigte sich Passmore höflich, und das junge Mädchen nickte höchst unbefangen.

»Mit einigen sozialen Fragen. Aber der Onkel macht zuviel Wesen aus der Sache. Ich weiß ja noch nicht, ob etwas daraus wird.«

»Sie sammelt erst Material«, warf Sir Humphrey eifrig ein. »So wie ich ...«

»Wenn ich Ihnen dabei zur Hand gehen könnte ...?« erbot sich der Oberst zuvorkommend, aber sie lächelte etwas überlegen und schüttelte den hübschen Kopf.

»Das sind alles Dinge, von denen Sie kaum etwas verstehen dürften«, meinte sie heiter. Säuglingspflege, Mutterschutz, Wöchnerinnenheime ...«, zählte Sibyl bedächtig an den gepflegten, schlanken Fingern auf. »Frauenarbeit in den Fabriken ...«

»Mädchenschutz«, erlaubte sich Passmore leichthin einzuflechten, aber Sibyl Norbury sah ihn harmlos an und verneinte entschieden.

»Das ist eine Sache für würdige ältere Damen«, meinte sie und zeigte die wundervollen Zähne unter den frischen Lippen, »denn dazu muß man wohl über einige Erfahrungen verfügen. – Und ich habe eigentlich noch so wenig vom Leben kennengelernt ...«

»Sie ist nämlich ganz allein in der Stadt«, erklärte der General etwas schuldbewußt, »aber das ist immer noch unterhaltender als hier draußen in unserer Gesellschaft. – Falls es Ihnen paßt, Oberst«, fügte er eifrig hinzu, »könnten Sie hie und da einmal mit ihr bummeln gehen. Wenn ich mobiler wäre, würde ich es selbst tun«, versicherte er, »denn ich habe mein Leben lang immer gerne gebummelt. Das erhält jung.«

»Mit Vergnügen«, beeilte sich Passmore zu bemerken und heftete seine ernsten Augen auf Sibyl, die hastig die Augen niederschlug.

Als Oberst Passmore volle zwei Stunden später ›Falcon Lair‹ verließ, war er noch ernster und nachdenklicher als nach seinem ersten Besuch, und auch Miss Sibyl saß sehr verträumt und wortkarg dem Onkel gegenüber.

Sie blieb noch eine Weile, und bevor sie ging, schlüpfte sie in das Zimmer der Hausdame, um sich von dieser mit ganz besonderer Herzlichkeit zu verabschieden.

Zwischen Tür und Angel fragte sie dann so ganz nebenbei: »Sie kennen Oberst Passmore schon von früher, liebe Mrs. Chilton?«

In dem Gesicht der würdigen Dame zeigte sich wieder das seltsame Lächeln, das sie seit einigen Stunden gefunden hatte.

»Jawohl, Miss Sibyl. Er war damals noch sehr jung, aber trotzdem schon einer der tüchtigsten und beliebtesten unserer Offiziere…«

Der Wagen mit Miss Sibyl am Steuer hatte kaum das Parktor passiert, als sich in ›Falcon Lair‹ geradezu unerhörte Dinge abspielten.

Erstens drang Mrs. Chilton neuerlich unangemeldet und sogar ohne auf ihr Klopfen eine Aufforderung abzuwarten in das Zimmer Sir Humphreys, zweitens ließ sie sich dort, ebenfalls unaufgefordert, einfach nieder, und drittens begann sie zu sprechen, bevor der General noch dazu kam, ihr die fürchterlichen Strafen entgegenzudonnern, die auf alle diese schweren Verbrechen standen.

»Sir Humphrey«, sagte sie fest und entschlossen, »es liegt nun an Ihnen, ob ich meine Koffer packe, und zwar diesmal für immer. Ich bin eine Frau und habe als solche ein gewisses Verantwortlichkeitsgefühl und auch offene Augen. Es gibt jetzt für Ihre Nichte eine Chance, wie sie sich nicht besser treffen kann. Wenn Sie diese Chance durch Ihre Halsstarrigkeit zunichte machen, so verdienen Sie, daß man Sie an die Wand stellt. – Miss Sibyl und Passmore wären ein prächtiges Paar, und je rascher die Sache geht, desto früher können Sie in Ihren alten Tagen etwas um sich haben, dem Sie nicht erst Hosen anziehen müssen, um einen Jungen daraus zu machen. Sie verstehen mich? – Überlegen Sie es sich also und kommen Sie zur Vernunft.«

Es war die längste und unverschämteste Rede, die General Norbury in seinem Leben zu hören bekommen hatte.

17

Mr. Bayford war kein Freund ungeklärter Verhältnisse, und nachdem er die Dinge mit seinem kühlen, praktischen Verstand überdacht hatte, führte er den weiteren halben Nachmittag verschiedene kurze und ihrem Wortlaut nach völlig belanglose Telefongespräche.

Als letzten rief er Ferguson an, um ihm mitzuteilen, daß er sich in einer halben Stunde bei ihm einfinden werde, aber sein Teilhaber war von dem angekündigten Besuch nicht sehr erbaut.

»Wenn es sehr dringend ist – meinetwegen«, brummte er verdrossen. »Es wäre mir aber lieber, du kämst später, denn ich bin eben dabei, das große Geschäft abzuschließen, und da muß ich den Kopf beisammen haben.«

»Es ist sehr dringend«, betonte der Herr mit dem Monokel und schickte sich auch gleich darauf an, die Wohnung zu verlassen.

An der Tür leerte er gewohnheitsmäßig den Briefkasten, aber das einfache Geschäftskuvert, das er vorfand, hatte für ihn kein sonderliches Interesse.

Selbst dann nicht, als er den mit einer alten Schreibmaschine auf einen formlosen Zettel unbeholfen und fehlerhaft hingeschriebenen Inhalt las.

›Lassen Sie sofort von dem neuen Geschäft, wenn Ihnen Ihr Leben lieb ist.‹

Einen Augenblick dachte er an den Mann, der ihm an diesem Tage so unerfreuliche Dinge in Aussicht gestellt hatte, aber dann sagte er sich, daß dies eine ganz andere Sache war, die man auf die leichte Schulter nehmen konnte. Von solchen abgedroschenen Phrasen hatte er sich nicht einmal in seinen Anfängen ins Bockshorn jagen lassen.

Ferguson hatte daher wenig Glück, als er mit vorwurfsvoller Theatralik sofort auf eine fürchterliche Drohung zu sprechen kam, von der er allmählich auf seine erhöhten Ansprüche übergehen wollte.

»Du brauchst darüber nicht so viele Worte zu machen«, unterbrach ihn Bayford schon nach den ersten aufgeregten Sätzen, »denn ich habe den gleichen Wisch bekommen. Es ist schade, damit die Zeit zu verlieren. Wenn der Konkurrenz nichts Besseres einfällt, um uns aus dem Feld zu schlagen, kann sie mir leid tun. Die Antwort wird sie schon heute abend erhalten, denn mit dem ›verliebten Lord‹ werden nun noch fünf andere Leute in der Bar für uns arbeiten. – Aber um dir das zu sagen, bin ich eigentlich nicht hergekommen, denn das mache ich alles in Ruhe allein und so ganz nebenbei. Jedenfalls bleibt mir noch genügend Zeit, mich nun ernstlich mit den Nachforschungen nach der bewußten Karte zu beschäftigen...«

Ferguson warf seinen wuchtigen schwarzen Kopf herum, und sein feistes Gesicht war noch um einen Ton röter als sonst.

»Fängst du schon wieder an?« knurrte er unwillig. »Ich habe dir doch bereits hundertmal gesagt, daß die Sache im Zuge ist. So etwas läßt sich nicht übers Knie brechen, und du wirst mit deiner verwünschten Ungeduld höchstens noch alles verderben.«

»Du hast sie also noch immer nicht?« fragte Bayford leichthin, aber sein Teilhaber begann höchst aufgeregt zu werden.

»Du hast sie also noch immer nicht?« äffte er ihn nach. »Was ist das für eine alberne Frage? Wenn ich sie bereits hätte, wüßtest du natürlich davon. Ich habe in den letzten Tagen überhaupt nichts mehr darüber gehört.«

»Hast du wenigstens die Adressen der beiden Antiquitätenhändler?« forschte Bayford hartnäckig weiter, und der andere fuhr sich verzweifelt durch das dichte Haar.

»Die Adressen der Antiquitätenhändler!« stöhnte er. »Wozu? Wenn sie etwas erreicht haben, werden sie sich schon selbst melden.«

»Ich habe heute eine sehr interessante Persönlichkeit kennengelernt«, sagte Bayford plötzlich, ohne seinen Rundgang zu unterbrechen, und Ferguson ergriff lebhaft die Gelegenheit, um von dem heiklen Thema abzukommen.

»Wen?«

»Den Drudenfußmann, den bewußten Dritten, wenn du willst«, erklärte Bayford etwas ungeduldig. »Es muß unbedingt dieser Dritte sein, denn er hat ausdrücklich von dem Denkzettel gesprochen, den du abbekommen hast.«

»Was hat er gesagt?« stammelte Ferguson, als ob ihm die Kehle zugeschnürt wäre. »Was will er?«

»Er hat gesagt« – der Herr mit dem Monokel sprach mit einer Gelassenheit, als ob es sich um die belangloseste Sache von der Welt handelte –, »daß ich innerhalb von drei Monaten auf die Falltür gestellt werden würde. – Das gilt natürlich auch für dich, mein Lieber, aber diese Prophezeiung ist bei weitem nicht so unangenehm, wie das, was er offenbar beabsichtigt. Er weiß entschieden mehr von der Geschichte, als wir dachten und will daraus auf irgendeine Weise Kapital schlagen.«

Der massive Mann am Schreibtisch atmete erleichtert auf. Er war mit den Jahren nicht nur dick und bequem, sondern auch furchtsam und feige geworden.

»Also ist er nicht von der Polizei?« fragte er zu seiner Beruhigung noch ausdrücklich, und die bestimmte Antwort seines Teilhabers brachte ihn wieder vollends ins Gleichgewicht.

»Nein, nicht von der Polizei. – Ein Oberst im Ruhestand. Er wohnt in der Kensington Park Road, und das Weitere wird sich finden.«

»Diese Sorge werden wir also wohl bald los sein«, meinte Ferguson grinsend, indem er sich mit etwas zittrigen Händen eine Zigarre anzündete.

Er war wirklich so erschöpft, daß ihm die Worte nur stoßweise über die Lippen kamen, aber Bayford kannte keine Rücksicht.

»Und das andere Geschäft jenseits des Kanals...«, meinte er hartnäckig.

»Jawohl... natürlich«, stimmte sein geplagter Teilhaber lebhaft zu. »Eine derartige Sache kann ich schon noch leisten, aber diese Transporte in allen Weltteilen zusammenzustellen, in Bereitschaft zu halten und alles zum Klappen zu bringen, das kostet hier etwas.« Er seufzte tief auf und tippte sich mit dem dicken Zeigefinger an die Stirn, und selbst der oberflächliche Mr. Bayford sah dies nicht nur ein, sondern fand zum erstenmal sogar warme Worte der Anerkennung.

»Nach dem, was du mir unlängst gezeigt hast, begreife ich das vollkommen«, sagte er. »So umständlich habe ich mir die Sache nie vorgestellt, und es ist wirklich genial, wie du alles angelegt hast. Und interessant. Leider war ich damals in Eile, aber vielleicht läßt du mich jetzt noch einmal einen Blick darauf tun...« Er schien das selbstverständlich zu finden, denn er saß bereits wißbegierig am Schreibtisch, aber Ferguson zögerte diesmal, und in seinen Augen lag forschendes Mißtrauen. So eitel er auf seine Spielerei war und so gerne er sonst viel Wesens davon machte, augenblicklich wußte er wieder einmal nicht, was der andere mit seinem plötzlich erwachten Interesse bezweckte.

Dann aber fiel ihm ein, was es sein konnte, und für den Bruchteil einer Sekunde zuckte es höhnisch um seine dicken Lippen.

»Wenn es dir Spaß macht, warum nicht«, meinte er gefällig und begann auch schon mit flinken Fingern an den Schnitzereien des massiven Möbels zu hantieren.

»Eine umständliche Spielerei, was?« fragte er dabei grinsend, »aber eigentlich riesig einfach. Nichts anderes als ein mehrfacher elektrischer Verschluß; die Kontakte müssen jedoch in einer ganz bestimmten Reihenfolge ausgelöst werden, wenn die Leitung unterbrochen werden soll. Und wenn man mit den Kontakten fertig ist, kommt erst die Hauptsache, die eigentliche Ausschaltung.« Er fuhr blitzschnell um die Platte herum, und die flache Lade sprang auch schon heraus. »Wenn ich jetzt auf einen andern Knopf gedrückt hätte«, erklärte er grinsend, »so hätte es einen Kurzschluß gegeben, und alles wäre beim Teufel.«

Bayford hatte das Monokel abgenommen, und seine kleinen Augen umfaßten mit einem raschen Blick den ganzen Inhalt des Faches. Dreiviertel desselben nahm die große, mit Fähnchen besteckte Weltkarte ein, die auf einer mit dünnen Drähten überspannten Asbestplatte ruhte, und daneben lagen wohlgeordnet einige kleine Bücher und Päckchen von Schriftstücken.

»Hier hast du unser ganzes Archiv«, bemerkte Ferguson wichtig, indem er der Reihe nach auf die betreffenden Papiere deutete. »In dem roten Notizbuch ist der genaue Schlüssel enthalten, in dem schwarzen die Liste aller unserer Agenten; außerdem habe ich darin sämtliche Überseefirmen gesammelt, die sich mit unserem Geschäft befassen, falls einmal unsere Verbindung mit der ›dicken Zigarre‹ aufhören sollte. Weiter sind hier die vereinbarten Preislisten, und hier habe ich bereits die Depeschen für das laufende Geschäft vorbereitet. Wenn ich sie aufgegeben habe, werde ich erleichtert aufatmen.«

»Wirklich großartig«, gab Bayford zu, ohne den noch immer fieberhaft suchenden Blick aus der Lade zu heben.

»Und du bist überzeugt, daß dieses Fach unbedingt zuverlässig ist?« Bayford beschäftigte sich umständlich mit seinem Monokel. »Es sind äußerst wichtige und gefährliche Dinge, und vielleicht wären sie in deinen Wohnräumen besser aufgehoben.«

»In meiner Wohnung habe ich überhaupt keinen Ort, um so etwas aufzuheben«, erklärte Ferguson leichthin. »Durchwegs einfache Schlösser, denen man mit dem erstbesten Dietrich zu Leibe rücken kann.«

Die seltsame Wißbegierde Bayfords war noch immer nicht befriedigt. »Und die Bücher?«

»Die findest du dort in der Kasse.« Ferguson deutete auf das altmodische Stahlungetüm, und in seinem Gesicht erschien wieder das unangenehme Lächeln. »Ganz, wie es sich in einem soliden Geschäftshause gehört. Willst du sie vielleicht auch ansehen?«

Der Herr mit dem Monokel deutete durch eine leichte Handbewegung an, daß ihn das nicht interessiere.

»Du hast einen neuen Lüster«, bemerkte er flüchtig.

Sein Teilhaber nickte. »Ja. – Ein geradezu fabelhafter Gelegenheitskauf. Ich habe kaum ein Drittel von dem gezahlt, was das gediegene Stück wert ist, und dabei hat der Mann nicht nur den alten Lüster mit in Zahlung genommen, sondern auch die Montage kostenlos besorgt.«

Ferguson ließ nach dem Abgang seines Teilhabers noch eine Weile verstreichen, dann verriegelte er wiederum die Tür und machte sich neuerlich an seinem Schreibtisch zu schaffen.

Die so schwer zu entdeckende und noch schwerer zu öffnende Lade hatte noch ein Geheimfach für sich, und so klein es war, barg es doch ein Vermögen.

Der Mann mit dem breiten, runden Rücken schätzte, daß das schmutzige, zusammengefaltete Leinwandblatt, über das seine dicken Finger fast liebkosend strichen, mindestens eine Viertelmillion Pfund wert war, und bei solch einem Preis hörten Rücksichten und Bedenken auf.

Ferguson war lange nicht so bedürfnislos und ohne Leidenschaften, wie er sein gegenwärtiges Leben eingerichtet hatte, und wenn er seit Jahren in zäher, skrupelloser Arbeit nur dem Geld nachjagte, so trieben ihn hierzu die üppigen phantastischen Träume an, in denen er sich hinsichtlich der Tage gesicherten Reichtums erging.

Diese Träume hatten Ferguson schon in seiner Jugend geplagt, und er war darüber als kleiner Bankbeamter gestrauchelt. Man hatte ihn aber samt seiner Beute schon nach wenigen Stunden gefaßt, und als er sich wieder frei bewegen konnte, waren ihm nur seine Träume geblieben.

Um diese Zeit hatte er den gleichgesinnten, unternehmungslustigen Bayford kennengelernt, und der Krieg hatte sie beide als Freiwillige nach Europa herübergewirbelt.

Aber weder er noch Bayford waren für den Schützengraben besonders eingenommen, sondern sie wußten es so einzurichten, daß sie, immer brüderlich vereint, in der weit sichereren und bequemeren Etappe herumlungern konnten. Dabei ergab sich auch immer wieder Gelegenheit zu einem einträglichen kleinen Geschäft, und beide stellten fest, daß sie einander mit ihren Fähigkeiten in wunderbarer Weise ergänzten. Ferguson hatte die feine Nase und Bayford die notwendige Umsicht und Tatkraft.

So war es denn auch in jener entscheidenden Nacht Ferguson gewesen, der auf den Einfall kam, daß mit der versprengten großen Regimentskasse, in deren Bedeckung eben zwei verheerende Volltreffer gefahren waren, etwas anzufangen wäre, und Bayford hatte diesen Plan für gut befunden.

Der verwundete Offizier, der allein von der Eskorte übrig geblieben war, hatte ihre Hilfe dankbar angenommen, und im Schweiße ihres Angesichts hatten die beiden nach seiner Anweisung die mächtigen Truhen in einem höhlenartigen Spalt einer tiefen Geröllmulde geborgen.

Schließlich leuchteten sie mit ihren Taschenlampen dem gewissenhaften Offizier, der auf seiner Karte eine genaue Ortsbestimmung vornahm.

Mochte er nun besonders vorsichtig sein, jedenfalls ging er etwas umständlich zu Werk, indem er auf dem Blatt nicht die Stelle selbst, sondern fünf andere Punkte markierte und diese dann auf einem aufgelegten Pergamentpapier durch ein Pentagramm verband, dessen mittleres Fünfeck das Versteck umschloß.

Bayford und Ferguson sahen ihm hierbei mit gespannter Aufmerksamkeit zu, und ihre Augen führten eine sehr lebhafte und inhaltsschwere Zwiesprache. Aber erst einige hundert Schritte weiter reifte diese zur Tat.

Der Schuß fiel von Bayfords Hand, und der Offizier regte sich noch, als sie sich auch schon über seine Kartentasche machten.

Ferguson hielt bereits das Pergamentpapier in der Hand, und Bayford zerrte an dem dicken Kartenbündel, das nicht aus der Tasche wollte, als er einen kräftigen Fußtritt erhielt, der ihn zur Seite schleuderte.

Der entsetzte Ferguson sah eine hochaufgerichtete Gestalt dicht vor sich, und ganz instinktiv schlug er im Aufschnellen mit seiner kräftigen Faust zu und stürzte dem Genossen nach ins Dunkel. Die Kugel, die er wenige Sekunden später nachgeschickt bekam, streifte bloß seine Wange, aber er hatte damit genug vom Kriege.

Auch Bayford fand selbst den Boden in der Etappe plötzlich zu heiß, und als Begleiter eines Sanitätstransportes landeten beide schon wenige Wochen später in England.

Ein kleines Betriebskapital war vorhanden, und der geschäftstüchtige Ferguson wußte es in allerlei bedenklichen Börsengeschäften gewinnbringend anzulegen. Aber die betrogenen Kunden begannen bald zu meutern und es gab keinen Verdienst auf lange Zeit. Da machte Ferguson eines Tages die Bekanntschaft eines Armeniers und knüpfte durch diesen Beziehungen an, die seinem Sinn für Erwerbsmöglichkeiten so glänzende Aussichten eröffneten, daß er sich mit all seiner Gewiegtheit und Zähigkeit auf die neue Branche verlegte...

Das war nun über zehn Jahre her, und aus kleinen Anfängen war sein Unternehmen in aller Stille zu einem der größten seiner Art geworden. London war hierfür ein äußerst günstiger Platz. Er saß hier abseits des Lärms, der zuweilen wegen des einen oder andern Vorkommnisses entstand, und konnte in aller Ruhe an den Drähten ziehen, die er über die ganze Welt gespannt hatte.

Eine Tagung, die internationalen Maßnahmen zur Bekämpfung des Mädchenhandels galt, hatte ihn etwas bange gemacht, aber noch weit bedenklicher schien ihm der Einfall, den sein Teilhaber in seiner energischen Art auch bereits in die Tat umgesetzt hatte. Das hieß ja, auf einem Pulverfaß mit Feuer spielen.

Es war eine mühselige jahrelange Arbeit gewesen, den Namen des betreffenden Offiziers festzustellen und seinem Nachlaß nachzujagen, um vielleicht der wichtigen Karte doch noch habhaft zu werden. Ohne diesen Behelf war nicht viel Aussicht auf Erfolg, denn sie waren in jener Nacht viele Meilen durch ein unbekanntes Gebiet geirrt, über das ihnen jede Orientierung fehlte.

Aber er, Ferguson, hatte nicht lockergelassen, und daß die wertvolle Karte nun endlich wohlgeborgen in seinem Schreibtisch lag, war ausschließlich sein Verdienst...

Einige hunderttausend Pfund mehr oder weniger waren schließlich keine Kleinigkeit, und auf keinen Fall war ihm die Freundschaft mit seinem alten Genossen soviel wert. Er wollte ihn noch so lange hinhalten, bis er alles in Sicherheit hatte, denn eine Auseinandersetzung schien ihm nicht geraten. Schon jetzt machten ihn die seltsamen Blicke seines Teilhabers zuweilen bange, denn dieser war in den Mitteln zu seinen Zwecken nicht gerade wählerisch.

Der menschenfreundliche Ferguson faltete die Hände über dem Bauch, begann die Daumen zu drehen, und nach einer Weile fielen ihm die dicken Augenlider zu.

In dem Raum herrschte lautlose Stille, aber für ein sehr scharfes, aufmerksames Ohr wäre in genau abgemessenen Zeiträumen ein leises Knacken zu hören gewesen, und jedesmal rückte dabei die Plafondkappe des neuen, prunkvollen Lüsters ein Stück weiter um ihre Achse.

Aber Mr. Ferguson merkte weder von dem einen noch von dem anderen etwas, denn er lebte wieder einmal in seinen Träumen, die nun endlich ihrer Erfüllung entgegengingen...

18

»Ich fürchtete schon, daß Sie überhaupt nicht kämen«, stieß Mrs. Lee mit einem schmachtenden Vorwurf in den farblosen Augen erleichtert hervor, und Mr. Bayford war über seine Unpünktlichkeit selbst ganz verzweifelt.

»Ich war bereits unterwegs«, erklärte er eifrig, »als ich durch einen Geschäftsfreund in Anspruch genommen wurde; und da es sich wirklich um eine dringende Angelegenheit handelte, mußte ich ihm zuhören, obwohl…«

»Das kenne ich. Mein Anwalt sucht sich meist auch immer die ungünstigste Zeit aus, um mich mit derartigen Dingen in Anspruch zu nehmen. Gestern erst mußte ich mit ihm zwischen Tür und Angel über die Anlage von dreißigtausend Pfund verhandeln. Dabei verstehe ich eigentlich gar nichts von Geldsachen…«

Der Herr mit dem Monokel wurde wachsam. »Für eine so rasche Entscheidung ein recht ansehnlicher Betrag«, meinte er bedenklich, aber sie hatte für den Einwand nur eine leichte Handbewegung und eine höchst gleichgültige Miene.

»Oh, zuweilen geht es sogar um noch größere Summen, und es ist heute gar nicht so leicht, Gelder unterzubringen.«

Der Herr mit dem Monokel empfand ein leichtes Schwindelgefühl, und während er mit der einen Hand über seine Stirn strich, suchte seine andere ganz unwillkürlich an der weichgepolsterten Rechten von Mrs. Lee eine Stütze.

Die Witwe legte der Sicherheit halber rasch auch noch ihre Linke darauf, und so saßen sie eine Weile wortlos in ihre Gedanken versunken.

»Ich verstehe«, begann Bayford endlich mitfühlend, »daß ein solcher Besitz manche Sorge bereitet…«

»Besonders einer Frau, die völlig allein steht«, deutete Mrs. Lee nachdrücklich an, und in ihrer zitternden Stimme und ihrem zuckenden Gesicht lag so viel schmerzliche Klage, daß es dem empfindsamen Mann zu Herzen ging.

»Sie Ärmste«, sagte er ergriffen und begnügte sich in seinem warmen Mitgefühl nicht nur mit Worten, sondern legte auch noch seine freie Linke zärtlich unter das Doppelkinn der bedauernswerten Dame.

Mrs. Lee glaubte dabei eine ganz leise, schüchterne Aufforderung zu verspüren, und Mr. Bayford hatte gerade noch Zeit, dicht neben sie zu rücken, um ihren Kopf an seine Schulter zu betten. Dabei warf er einen verstohlenen Blick nach der Uhr und stellte zu seiner Erleichterung fest, daß ihm erfreulicherweise nur noch eine halbe Stunde Zeit blieb.

Die Frau in seinen Armen wußte jedoch diese halbe Stunde gründlich auszunützen.

»Wenn du wüßtest, wie glücklich ich bin…« Mr. Bayford bekam einen schallenden Kuß. »Oh, so glücklich…« Mr. Bayford bekam noch einen Kuß. »Aber ich ahnte, daß es so kommen würde«, gestand sie schamhaft. »Vom ersten Augenblick an. Obwohl du immer so korrekt und zimperlich warst. – Liebst du mich wirklich? Sage es mir und küsse mich…«

Der Herr mit dem Monokel sagte es und küßte sie, obwohl er nicht ganz bei der Sache war.

»Wenn es dir recht ist«, schlug die strahlende Joanna wiederum zwischen zwei ausgiebigen Küssen vor, »können wir unseren näheren Bekannten sofort Mitteilung machen. – Es wird eine Sensation geben…«

Mr. Bayford vermutete dies auch, und eben deshalb erhob er in seiner vornehmen, bescheidenen Art dagegen Einspruch.

»Ich bin nicht dafür, Liebste. – Wenn es nach mir ginge«, fuhr er warm und gefühlvoll fort, »würden wir die Leute mit der vollendeten Tatsache überraschen.«

»Aber möglichst bald!« drängte die schmachtende Witwe verschämt, und der Mann ihres Herzens nickte mit einem vielsagenden Lächeln.

»Sagen wir in zwei bis drei Wochen. So lange brauche ich, um meine Vorbereitungen zu treffen, denn ich möchte, daß wir direkt nach der Trauung für einige Monate irgendwohin in die Welt fahren. – Man wird dann durch keinerlei Verpflichtungen gestört und hat mehr voneinander...«

Die Witwe schmiegte sich mit dankbarer Inbrunst an den rücksichtsvollen Mann, und es dauerte einige Minuten, bis Mr. Bayford wieder loskam.

Da war es glücklicherweise bereits Zeit zum Aufbruch, aber es blieb noch die Sache zu besprechen, wegen der er eigentlich gekommen war.

»Ich finde diese Zeitungsartikel, von denen du mir telefonisch Mitteilung gemacht hast, nicht gerade zweckdienlich«, meinte er leichthin nach einer Weile. »Wenn es hier wirklich so etwas wie Mädchenhandel gibt, würden die betreffenden Kreise dadurch nur gewarnt werden und rechtzeitig ihre Vorkehrungen treffen können. Das wäre nicht im Interesse der Sache, und das Komitee sollte daher eine derartige Veröffentlichung eigentlich zu verhindern trachten. – Du erhältst sie doch auf alle Fälle vorher zur Einsichtnahme?«

»Gewiß«, versicherte Joanna zerstreut, da sie jetzt ganz andere Dinge im Kopf hatte. »Man hat es mir wenigstens bestimmt versprochen. – Natürlich verständige ich dich dann sofort, und wir können uns zusammen damit beschäftigen.«

Sie hängte ihre hundertachtzig Pfund hingebend an seinen Hals und fügte stammelnd hinzu: »Ich wünschte, es wäre schon heute...«

Mr. Bayford wünschte das nicht, denn er hatte in den nächsten Stunden noch weit dringendere Dinge zu erledigen, um seine Vergangenheit abzuschließen und seine Zukunft für alle Fälle sicherzustellen.

19

Vor allem mußte er sich endlich volle Klarheit darüber schaffen, wie es mit der Angelegenheit des Drudenfußes stand. Es ging dabei um ein Vermögen, das er nicht so ohne weiteres preisgeben wollte. Selbst wenn er Mrs. Lee mit ihren Millionen in die Hände bekam, waren die Hunderttausende immerhin noch ein recht netter Zuschuß, und schließlich wollte er auch nicht völlig nutzlos den Kopf riskiert haben.

Gründlich und vorausplanend, wie Bayford war, standen seine Maßnahmen sogar bereits in allen Einzelheiten fest, und als er nach einer nachdenklichen Fahrt gegen acht Uhr abends in einer der dunklen Seitengassen von Stratford das Taxi verließ, wünschte er fast, eine Bestätigung seines Verdachtes zu erhalten. Das konnte die Sachlage nur vereinfachen, da es ihm freie Hand gab, so reinen Tisch zu schaffen, wie er ihn für die völlig veränderten Verhältnisse brauchte.

Bayford glaubte sich nach dem alten Haus, zu dem er dem nächtlichen Besucher Fergusons gefolgt war, leicht zurechtfinden zu können, aber er ging in dem engen, winkligen Viertel eine geraume Weile irre. Die einzelnen Häuserreihen glichen einander bei der spärlichen Beleuchtung zum Verwechseln und ebenso die verwahrlosten Fassaden.

Der Herr mit dem Monokel schlenderte mißmutig seinen Weg weiter, als plötzlich einige Schritte vor ihm eine Frauengestalt auftauchte und eben durch den vollen Schein einer der Straßenlaternen huschte.

Der gleichgültige Blick, den er der Entgegenkommenden geschenkt hatte, wandelte sich jäh, und in der nächsten Minute fühlte sich die schlanke Gestalt durch einen leichten Griff aufgehalten.

»Ich müßte mich sehr irren, mein Kind...«, begann Bayford überrascht und ungemein liebenswürdig, kam jedoch nicht weiter.

»Unbedingt irren Sie sich sehr, wenn Sie zu mir ›mein Kind‹ sagen«, klang es sofort ruhig, aber in gefährlich drohendem Ton zurück; »und wenn Sie mich nicht augenblicklich loslassen...«

Mr. Bayford dachte nicht daran. Er war überzeugt, die aparte Schönheit in Rot aus der Bar vor sich zu haben, und eine günstigere Gelegenheit, sich mit ihr anzufreunden, konnte sich nicht ergeben.

Der Herr mit dem Monokel ließ die schmale Hand, die bisher nicht den geringsten Widerstand geleistet hatte, los und schob dafür seinen Arm in jenen des Mädchens.

»Sie dürfen mir meine Zudringlichkeit nicht übelnehmen«, sagte er selbstsicher, »aber ich bewundere Sie bereits seit langem und schätze mich glücklich...«

»Tun Sie das nicht«, mahnte ihn die ruhige Stimme neuerlich, aber wiederum überhörte er den seltsamen Tonfall, der in den Worten lag, und faßte den Arm noch etwas zärtlicher...

Schon in der folgenden Sekunde gab es in der Killen Gasse einen klatschenden Schlag, dem ein Klirren von Glasscherben folgte, und während eine Gestalt taumelnd an der nächsten Mauer Halt suchte, flog eine andere etwa zehn Schritte weiter in ein Haustor. Mr. Bayford bedurfte einer ziemlichen Weile, um sich zu sammeln, seinen Hut aufzuklauben und ein neues Monokel aus der Westentasche ins Auge zu befördern. Erst als er soweit war, vermochte er einen halblauten Fluch über die Lippen zu bringen, und sein verzerrtes Gesicht verriet, in was seine Bewunderung für die Rote sich gewandelt hatte. Wenn er nicht gewußt hätte, daß ihr Schicksal ohnehin bereits entschieden war...

Für alle Fälle wollte er sich das Haus besehen, in dem sie Zuflucht gesucht hatte – das Weitere würde sich dann bei ruhiger Überlegung schon finden. Bevor er sie der Fürsorge der ›dicken Zigarre‹ überließ, wollte er mit ihr eine Abrechnung machen, die ihm eine gründliche Genugtuung verschaffen sollte. Er schlenderte mit einem tückischen Grinsen die kurze Strecke zurück, und als er sich das unfreundliche Gebäude näher betrachtete, um es sich ja zuverlässig einzuprägen, erkannte er zu seiner großen Überraschung mit einemmal, daß er sich an dem Ziel befand, dem sein Weg eigentlich gegolten hatte. Unmittelbar neben dem Haustor war der kleine Laden mit den zwei Tierköpfen auf dem Treppengeländer, die ihm damals aufgefallen waren, und während er das verwaschene Firmenschild entzifferte, fiel ihm auch der Name wieder ein: ›Maurice Rosary‹.

Rosary hatte wenige Minuten vorher das Tor heftig ins Schloß werfen und eilige Füße über den Flur laufen hören und hatte seine Tür geöffnet, um zu sehen, was da los war. Er gewahrte gerade noch, wie seine Nachbarin mit sichtlicher Hast ihr Zimmer aufschloß, und da ihr Blick dabei gespannt auf das Haustor gerichtet blieb, kam ihm die Sache einigermaßen seltsam vor.

»Was ist geschehen, Miss?« fragte er rasch und besorgt, aber das Mädchen war bereits in der Tür verschwunden und streckte nur das erhitzte Gesichtchen durch einen kleinen Spalt. Trotz des trüben Lichtes bemerkte der schmächtige Mann, daß es noch hübscher war als sonst, obwohl es nicht so schön bemalt war, und daß die Augen wie kostbare Steine funkelten.

»Ich habe da draußen eben einem Mann eine geknallt«, bekam er im Flüsterton eilig anvertraut, wußte aber damit nichts anzufangen.

»Was haben Sie geknallt?«

»Ich habe einem zudringlichen Kerl eine Ohrfeige gegeben.«, kicherte es vergnügt aus dem Spalt, und nun war Mr. Rosary im Bilde.

Rosary empfand eine große Erleichterung, als seine Nachbarin ihm verabschiedend zuwinkte und hinter sich absperrte, und während er lebhaft zurückwinkte, überlegte er blitzschnell, was da zu tun war. Er war nicht gerade ein Held, aber wenn es um dies Mädchen ging, würde er wie ein Löwe kämpfen...

Er eilte in seine Stube, und als er sich, mit einem mächtigen verrosteten Schürhaken bewaffnet, lauschend an die Tür stellte, klopfte zwar sein Herz sehr, aber er war zu allem entschlossen.

Bayford öffnete das Tor und suchte sich zunächst in dem halbdunklen Flur zurechtzufinden. Der Gedanke, in diesen übelriechenden Räumen vielleicht von Tür zu Tür nach dem Antiquitätenhändler suchen zu müssen, hatte nichts Verlockendes und war nicht danach angetan, seine Laune Zu bessern.

Aber diesmal meinte es der Zufall gut mit ihm.

Rosary lugte von seinem Posten sprungbereit nach dem Eindringling aus, aber kaum war er dessen ansichtig geworden, als sich die ängstliche Spannung in seinen Mienen in namenloses Staunen verwandelte.

Er wußte nicht, ob das der geohrfeigte Mann war, aber jedenfalls war es Mr. Bayford, und da gab es kaum eine Gefahr, sondern vielleicht sogar ein Geschäft.

Der gute Mann hatte es plötzlich so eilig, daß er das Eisen in seiner Rechten ganz vergaß und damit in den Flur stürzte.

»Wünschen Sie vielleicht etwas, Sir?« erkundigte er sich beflissen, und der düstere Zug in Bayfords Gesicht machte einem erfreuten Lächeln Platz.

»Das nenne ich Glück«, sagte er. »Gerade Sie wünsche ich mir.«

Rosary wischte umständlich den einzigen Stuhl in seiner Stube ab, bevor er ihn seinem Besucher zurechtschob.

»Es wird mir eine besondere Ehre sein, Ihnen dienen zu können, Mr. Bayford«, versicherte er, und wenn es diesen auch überraschte, mit seinem Namen angesprochen zu werden, so war es ihm doch nicht unangenehm. Daß der Mann ihn kannte, erleichterte die Sache vielmehr, denn es gab ihm einen gewissen Rückhalt.

»Sie sind mir von meinem Teilhaber Ferguson empfohlen worden«, meinte er leichthin. »Ich werde in der nächsten Zeit verschiedenes benötigen, und da mich mein Weg heute gerade hier vorübergeführt hat, wollte ich mich nach Ihnen umsehen.«

Er schwieg und begann sorgfältig an seinem Hut herumzuputzen, der noch hie und da Spuren des Straßenschmutzes aufwies, und der schmächtige Mann schwieg auch. Für seinen hellen Verstand und seine scharfen Ohren stimmte da etwas nicht. Man schrieb ihm, oder man ließ ihn rufen, wenn man demnächst etwas von ihm benötigte, aber man kroch nicht in die schmutzigen Gassen von Stratford, um sich nach ihm umzusehen.

Er beschloß, auf der Hut zu sein, aber solange er nicht wußte, worum es ging, war das eine schwierige Sache.

Der andere begnügte sich vorläufig nur mit allgemeinen Redensarten. »Mr. Ferguson ist mit Ihnen sehr zufrieden gewesen. Dieses Objekt, das Sie ihm vor einigen Tagen besorgten...«

Bayford ließ es bei dieser Andeutung, die er mit einem seltsamen Blick begleitete, bewenden, und Rosary wußte nun, daß es um den Handel mit den Karten ging. Aber dabei hatte der geheimnisvolle große Herr vom Schiff die Hand mit im Spiele gehabt, und über solche Dinge sprach er um keinen Preis.

»Man tut, was man kann«, wich er daher bescheiden aus und konnte nicht verstehen, warum der andere ihn plötzlich so durchdringend ansah und so heftig an den dünnen Lippen nagte, so lange, daß dem armen Rosary förmlich bange wurde. Aber dann fuhr Bayford wieder mit dem Ärmel glättend über den Hut und traf Anstalten zu gehen, obwohl er eigentlich von den Geschäften noch nicht ein Wort gesprochen hatte.

Erst auf der Schwelle kam er kurz darauf zurück. »Ich werde Sie verständigen, wenn ich Sie brauche. Ich möchte, daß Sie mir einige alte Möbelstücke zu einem annehmbaren Preis auftreiben. Hoffentlich stellen Sie mich damit so zufrieden, wie meinen Teilhaber mit der Besorgung der Karte...« Bayford nickte etwas zerstreut und warf dann plötzlich noch eine flüchtige Bemerkung hin, die schon wieder nichts mehr mit dem Geschäft zu tun hatte.

»Sie scheinen eine ausnehmend hübsche Hausgenossin zu haben. Wenigstens ging das Mädchen einige Schritte vor mir hier herein. Groß, schlank, mit einem entzückenden Gesichtchen. Eine geradezu auffallende Schönheit – nicht nur für Stratford.«

Er sah den blassen, schmächtigen Mann fragend an, und dieser verhielt für einen Augenblick den Atem, aber plötzlich begann er lebhaft mit dem Kopf zu nicken und sich den dünnen Bart zu krauen.

»Oh, wir haben viele sehr schöne Mädchen hier herum und auch im Hause«, erklärte er sachverständig. »So wie Sie sie beschreiben, Sir, kann es eine von den fünf Damen sein, die im ersten Stock wohnen, oder eine aus dem zweiten Stock, die auch alle sehr hübsch sind.«

»Sie müssen ja hier in dieser unscheinbaren Bude eine ganze Schönheitsgalerie beisammen haben«, spottete Bayford etwas verdrießlich, wollte aber doch noch einen Versuch machen, über das Mädchen etwas Näheres zu erfahren. »Ich glaube die Betreffende bereits wiederholt in der Bar ›Tausendundeine Nacht‹ gesehen zu haben. Sie trägt stets ein rotes Kleid und einen ebensolchen Turban...«

»Ein rotes Kleid und einen ebensolchen Turban«, echote Rosary mit krampfhafter Lebhaftigkeit. »Gott, was für einen Blick Sie haben, Sir! – Ich habe das nicht bemerkt, obwohl die Damen jeden Tag an mir vorüberkommen, wenn sie ausgehen.« Der bedrängte Mann fühlte, wie sein Hals immer trockener wurde, aber Bayford wandte sich plötzlich nach einem mißtrauischen Blick kurz ab und trat wortlos in den Flur.

Trotz dieser kühlen Verabschiedung ließ Rosary es sich nicht nehmen, seinen Besucher ehrerbietig bis an das Tor zu begleiten, aber als dieses sich geschlossen hatte, war er mit seinen Kräften zu Ende.

20

Für Bayford war sein Teilhaber zu dieser Stunde ein völlig erledigter Mann.

So vorsichtig der verschmitzte Antiquitätenhändler seine Antworten auch gehalten hatte, so stand unbedingt fest, daß Ferguson bereits im Besitz der langgesuchten wichtigen Karte war und daß er ihn darüber zu täuschen versucht hatte.

Noch vierundzwanzig Stunden früher hätte Bayford diese Niedertracht unter vier Augen geregelt, aber heute paßte ihm dieser kurze und einfache Weg nicht mehr. Er war nun aller Rücksichten gegen den langjährigen Genossen entbunden und konnte ohne Bedenken alles so ordnen, wie er es brauchte. Es ging nun nicht mehr um die Karte allein, sondern auch darum, daß Ferguson für seine Zukunft ein unerwünschter Ballast war, der irgendwie über Bord mußte.

Wegen dieses ›irgendwie‹ fuhr Bayford eben jetzt von Stratford geradeswegs hinüber nach Highbury.

Auch diesen Besuch bei Mr. Grubb hatte er in seiner systematischen Gründlichkeit bereits längst vorgesehen, aber nun, da es soweit war, empfand er vor der kommenden Stunde doch einiges Unbehagen. Er war gewiß ein kaltblütiger, abgebrühter Bursche, den niemand und nichts so leicht aus der Fassung zu bringen vermochte, eine Unterredung mit dem ›Mächtigen‹, wie der Mann in Highbury scheu und bewundernd genannt wurde, war jedoch eine ganz besondere Sache.

Grubb, ein entgleister Anwalt, hatte unbestreitbaren Anspruch auf diesen Beinamen, denn er beherrschte das Verbrechertum Londons. Nicht die kleinen Diebe und die armseligen Missetäter, sondern die Größen der Zunft und die schweren Jungen, denen nichts unmöglich war und die vor nichts zurückschreckten. Diese alle waren dem ›Mächtigen‹ untertänig und bis zum letzten Blutstropfen ergeben, weil er sie nach Belieben schützen oder vernichten konnte, und wenn Mr. Grubb die Hand hob, so konnte er damit die schlimmsten Kräfte der Riesenstadt entfesseln.

Als Mr. Grubb selbst die Tür des äußerst vornehmen kleinen Hauses öffnete, war Bayford so betroffen, daß er unwillkürlich zögerte, einzutreten, weil er befürchtete, fehlgegangen zu sein.

Der Mann vor ihm war entschieden kein Diener, entsprach aber auch nicht annähernd dem Bilde, das er sich von dem ›Mächtigen‹ gemacht hatte. Er sah sich einem kaum vierzigjährigen, geschmeidigen Herrn gegenüber, an dem lediglich die von einem dunklen Haarkranz umsäumte, gepflegte Glatze und die tiefliegenden dunklen Augen einigermaßen auffallend wirkten. Er trug einen tadellosen Abendanzug, und Bayford dünkte es unmöglich, daß dies der Mann sein sollte, der so viele schreckliche Verbrechen auf dem Gewissen hatte.

Grubb schien zu ahnen, was in seinem Besucher vorging, denn seine blutleeren Lippen verzogen sich zu einem eigentümlichen Lächeln, und er kam Bayford zu Hilfe.

»Ich pflege meinen Diener und das übrige Hauspersonal nach dem Dinner wegzuschicken«, erklärte er dabei bescheiden, »und muß mich dann immer selbst behelfen. Andererseits hat es aber auch sein Gutes, allein in seinen vier Wänden zu sein. – Darf ich fragen, wer mich Ihnen empfohlen hat?« wollte er wissen.

»Eigentlich niemand«, gestand Bayford und nestelte an seinem Kragen. »Aber ich habe schon sehr viel von Ihnen gehört, und da ich augenblicklich in zwei wichtigen und dringenden Angelegenheiten eines tatkräftigen Beistandes bedarf...«

Er wußte schon wieder nicht mehr weiter und empfand es sehr dankbar, daß der andere einladend auf die zwischen ihnen stehenden Zigarren und Zigaretten wies und ihm in seiner gewandten Art zu Hilfe kam.

»Es handelt sich um eine ernste Differenz mit meinem Teilhaber Allan Ferguson«, begann er hastig und bemühte sich, den unangenehmen Augen auszuweichen, die starr auf ihm hafteten. »Wir sind seit vielen Jahren assoziiert, und unser Geschäft...«

»Wollen Sie sich bitte bei Nebensächlichkeiten nicht aufhalten. Ich bin einigermaßen unterrichtet: Börsen-Transaktionen, hauptsächlich aber ein sehr einträglicher Überseehandel. – Bezieht sich die Differenz, von der Sie sprechen, darauf?«

»Nein«, erklärte der etwas unangenehm berührte Bayford eifrig. »Es geht dabei um eine Sache, die wir zusammen vor vielen Jahren eingeleitet haben und an der ich unbedingt den Hauptanteil hatte. Wir konnten sie jedoch bisher nicht zu Ende führen, da uns hierzu eine sehr wichtige Unterlage fehlte... Nun ist aber, wie ich weiß, Ferguson in den Besitz dieses Papieres gelangt und will mich offenbar bei dem Unternehmen gänzlich ausschalten.«

»Haben Sie mit Mr. Ferguson darüber gesprochen?«

»Das hätte keinen Zweck«, gab Bayford entschieden zurück. »Nach diesem schnöden Vertrauensbruch bleibt mir nichts anderes übrig, als meinen Anspruch auf das Papier in rücksichtslosester Weise durchzuzusetzen.«

Der ›Mächtige‹ zeigte wieder einmal seine Zähne und legte bedächtig die Fingerspitzen aneinander.

»Damit wären wir also, wenn ich Sie recht verstehe, bei unserem Geschäft angelangt. Sie wollen den Spieß umdrehen und nun Ihrerseits die Sache allein machen?«

»Er hat es nicht anders verdient«, warf der entrüstete Bayford ein, und sein Gegenüber stimmte ihm höflich zu.

»Gewiß. Aber zunächst muß ich Sie um die Beantwortung einiger Fragen bitten. – Um was für ein Papier handelt es sich?«

»Um eine einfache Landkarte«, bemerkte der Herr mit dem Monokel leichthin, aber der kahle Kopf seines Gegenübers hob sich mit einem Ruck.

»Eine einfache Landkarte...? So – aus dem Kriege?«

»Ja«, gab er unbefangen zu, um sofort eine halbwegs glaubwürdige Erläuterung daranzuknüpfen. »Die Karte bildet die Unterlage für ein großes Grundstücksgeschäft – ausgedehnte Wälder und wertvolle Steinbrüche...«

»Wieviel ist Ihnen die Karte wert?« bekam Bayford endlich zu hören. »Es wäre völlig zwecklos, wenn Sie mich darüber ungenau informieren würden«, flocht der ›Mächtige‹ leichthin ein, »denn früher oder später würde ich es doch erfahren, und ich liebe solche für beide Teile gleich unangenehmen nachträglichen Auseinandersetzungen nicht. – Nach dem Betrag würde sich dann auch meine Provision richten, über die wir uns natürlich vor allem einig werden müssen. Fünf Prozent sind sofort als Vorschuß zahlbar, der Rest nach Erledigung des Auftrags.«

Bayford war darauf vorbereitet, daß er bei der Sache gehörig würde bluten müssen, und stellte eine eilige Berechnung an.

»Es geht um hundertfünfzigtausend Pfund«, sagte er.

In dem gelben Gesicht erschien nur ein Lächeln. »Wenn Sie von hundertfünfzigtausend sprechen, so sind es gewiß dreihunderttausend. Bei einem solchen Wert begnüge ich mich mit dreißig Prozent, so daß also auf mich Neunzigtausend entfallen würden. Davon wären viertausendfünfhundert Pfund sofort fällig.«

Bayford machten diese Summen wirr im Kopf. Selbst wenn er alle seine Quellen ausschöpfte, vermochte er diese Anzahlung nicht aufzubringen, und woher er die restlichen fünfundachtzigtausend Pfund nehmen sollte, bevor er den Schatz auf dem Kontinent gehoben hatte, war ihm vollends ein Rätsel. Das alles war jedoch erst eine Frage zweiter Ordnung, und Mr. Grubb würde vielleicht darüber mit sich reden lassen. Vor allem handelte es sich darum, Ferguson die kostbare Karte zu entreißen und alles womöglich so einzufädeln, daß... Er wußte nicht, wie er auf diesen wichtigen Punkt zu sprechen kommen sollte, aber es war der ahnungsvolle Mr. Grubb selbst, der ihm später auch dabei wieder zu Hilfe kam.

Vorläufig wartete der ›Mächtige‹ mit höflicher Gelassenheit auf die Entscheidung seines Besuchers, und erst, als dieser bemerkt hatte: »Ich werde mir erlauben, Ihnen im Laufe der nächsten Tage viertausendfünfhundert Pfund zu überweisen«, nahm er wieder das Wort.

»Damit wären wir also über die Bedingungen im klaren. Von meiner Seite wird alles geschehen, die Sache so schnell wie möglich zu erledigen. – Haben Sie irgendeine Vermutung, wo die Karte aufbewahrt sein könnte?«

Nun, da er mit Grubb soweit im reinen war, fühlte sich Bayford mit einemmal sehr erleichtert und zuversichtlich.

»Sie kann sich in Fergusons Schreibtisch im Kontor befinden, über dessen etwas umständlichen Mechanismus ich Sie aber vorher unterrichten muß, oder in dem Tresor, oder Ferguson trägt sie bei sich, was ich sogar für sehr wahrscheinlich halte.«

»Also zwei ganz verschiedene Möglichkeiten«, meinte der andere, ernsthaft überlegend, »die ein ganz unterschiedliches Vorgehen erfordern. – Aber beides müßte wohl gleichzeitig geschehen, wenn wir sichergehen wollen. Über die Einzelheiten wollen wir uns ein andermal unterhalten. Ich pflege mir meine Fälle immer erst im großen zurechtzulegen. – Wenn es Ihnen recht ist, hole ich Sie nach Erhalt des Geldes mit meinem Wagen zu einer Spazierfahrt ab. Ich chauffiere selbst, und Sie können mir dann ungestört alles sagen, was Sie für notwendig halten. – Nur« – Grubb begann plötzlich die Worte nachdenklich zu dehnen, und seine dunklen Augen leuchteten wie Ebenholzkugeln in den tiefen Höhlen – »über eines möchte ich gerne noch Klarheit haben: Wenn nun dabei etwas geschieht...?«

»Wie meinen Sie das?« fragte Bayford mit trockenen Lippen, aber der ›Mächtige‹ hob etwas ungeduldig die Schultern.

»Sie sagten doch selbst, daß Mr. Ferguson vielleicht die Karte bei sich trägt. – Nun, meine Leute sind zwar sehr geschickt und diszipliniert, aber man kann nie wissen, wie so etwas ausfällt. – Ein zu hartnäckiger Widerstand, eine ungeschickte Bewegung...«

Der große Schurke brauchte nicht weiterzusprechen, denn der kleinere hatte ihn mit einemmal verstanden, und Mr. Bayfords Fuchsgesicht war ein einziges kaltes Grinsen.

»Um so besser«, stieß er unüberlegt hervor, und dieser Eifer sollte ihn mit weiteren zehntausend Pfund belasten.

»Gut, daß ich danach gefragt habe«, meinte Mr. Grubb mit mildem Vorwurf. »Warum sollen Sie nicht ganze Arbeit haben, wenn es in einem geht? – Allerdings muß ich unter diesen Umständen meinen Anteil auf hunderttausend Pfund abrunden. Aber diese Kleinigkeit mehr kann Ihnen nichts ausmachen. Dafür haben Sie dann gründlich und für immer Ruhe. – Und was ist es nun mit der zweiten Sache, von der Sie sprachen?«

Bayford kam alles vor wie ein Traum, und seine Bewunderung für den Mann, der so heikle Dinge so spielend und mit so viel Anstand zu erledigen wußte, kannte keine Grenzen.

»Diese Sache hängt mit der ersten eigentlich unmittelbar zusammen«, erklärte er nun bereits völlig rückhaltlos. »Es existiert nämlich noch ein dritter Mann, der um die bewußte Karte und das Geschäft, das damit zusammenhängt, weiß, und dieser belästigt mich.«

»Sie wünschen also, daß er vom Schauplatz verschwindet«, erläuterte der ›Mächtige‹ mit seinem ausgeprägten Sinn für Deutlichkeit. »Ein kitzliger, aber nicht sehr komplizierter Fall. Wer ist der Mann?«

»Ein Oberst Oliver Passmore«, sagte Bayford und sah gleichgültig dem Rauch seiner Zigarette nach. Aber schließlich währte ihm das Schweigen des anderen zu lange, und er wandte ihm befremdet den Blick zu.

Mr. Grubb lag tief in seinem Stuhl und schien innerhalb weniger Minuten ein anderer geworden zu sein. Seine geschmeidige Gestalt war zusammengesunken, seine Augen starrten glanzlos ins Leere, und der kahle Kopf mit dem gelben Gesicht hatte plötzlich etwas von einem Totenschädel. Dann bewegte er die bläulichen Lippen, aber erst nach Sekunden kamen einige Worte.

»Oberst Passmore...Jawohl – ich habe verstanden...«

»Kennen Sie ihn?« forschte Bayford mißtrauisch.

Grubb hatte den Blick zur Decke gehoben, und seine nüchterne Sachlichkeit schien plötzlich einer nachdenklichen Verträumtheit gewichen zu sein.

»Nein«, gab er zerstreut zurück, »ich kenne ihn nicht – aber...« Er ließ seinen gespannten Besucher darüber im unklaren, was dieses ›aber‹ besagen sollte, und zum erstenmal während der ganzen Unterhaltung geschah es, daß seine Augen denen des andern auswichen. Plötzlich richtete er sich jedoch mit einem Ruck auf und war wieder ganz der alte. Nur seine Stimme klang weit weniger kalt und sicher als vordem.

»Es ist mir unangenehm, Ihnen diesen Bescheid geben zu müssen aber ich möchte mir Ihren Fall doch erst nochmals überlegen, bevor ich mich durch eine Zusage binde. Es ist dabei etwas...« Er brach mitten in dem Satz, von dem der bestürzte Bayford endlich eine Erklärung erhoffte, kurz ab und ließ eine peinliche Pause verstreichen, bevor er, diesmal knapp und bestimmt, fortfuhr: »Ich will Ihnen völlig reinen Wein einschenken: Ich mache dieses Geschäft nur, wenn es wirklich etwas ganz Großes ist. Hunderttausend Pfund sind ja ein schöner Betrag, aber in diesem Fall zu wenig. Ich weiß warum. Es müßte mindestens das Doppelte sein – und ich müßte ganz klar sehen, worum es geht, das heißt, ob der Gewinn wirklich greifbar ist und die Mühe und das Risiko lohnt. Wenn Sie mich darüber aufklären und mir dann bis morgen zehn Uhr Bedenkzeit geben, kommen wir vielleicht noch zusammen.«

Er hatte die seltsame Anwandlung von vorhin bereits so weit überwunden, daß er wieder sein überlegenes Lächeln fand. »Sie riskieren dabei gar nichts, denn Verschwiegenheit und Ehrlichkeit sind das einzig Gute an meinem Ruf. – Um Sie nicht unnütz aufzuhalten«, schloß er mit einem Blick nach der Uhr sehr verbindlich, »will ich fünf Minuten warten, damit Sie sich schlüssig werden können.«

Bayford fühlte sich aus allen Himmeln gerissen. Er hatte alles auf dem besten Wege gewähnt und vermochte sich nicht zu erklären, was die plötzliche Sinnesänderung des ›Mächtigen‹ herbeigeführt haben konnte. Es schien irgendwie mit dem geheimnisvollen Dritten zusammenzuhängen, und Bayford verspürte wieder einmal ein höchst unangenehmes Gefühl im Rücken, das ihm keinen Preis zu hoch erscheinen ließ, wenn er dafür die Beihilfe und den Schutz Mr. Grubbs erlangen konnte. Nicht erst fünf, sondern bereits drei Minuten später legte er daher dem mit verkniffenen Augen lauschenden Gentleman im Smoking mit vorsichtig gedämpfter Stimme eine umfassende Beichte ab und hatte für jede interessierte Zwischenfrage des andern eine klare und überzeugende Erläuterung. Er verschwieg nicht das geringste, was zum vollen Verständnis der Sache gehörte, nur über einige bedeutungslose Einzelheiten, ging er hinweg. Davon, wer in der bewußten Nacht den Schuß abgegeben hatte, sowie von dem Tritt in die Rippen sprach er nicht, und auch den Unfug mit dem Drudenfuß und die unangenehme Prophezeiung von der Falltür hielt er nicht für erwähnenswert.

Aber sonst wußte Mr. Grubb nach einer halben Stunde wirklich alles, und er brauchte lange, um damit fertig zu werden.

»Also, rund vierhunderttausend Pfund...«, murmelte er endlich gedankenvoll.

»Gering gerechnet«, bemerkte der ehrliche Bayford eifrig. »Es war nicht nur eine Unmenge Gold in den Truhen, sondern auch Papiergeld von hohen Werten.«

»Das wären also bei Halbpart zweihunderttausend Pfund«, berechnete der andere und nagte überlegend an den Lippen. »Und Sie sind überzeugt, daß alles noch unberührt ist?«

»Ja«, gab Bayford entschieden zurück. »Es war ein geradezu ideales Versteck, auf das kein Zufall führen kann.«

Er grinste befriedigt und sah Grubb erwartungsvoll an, aber dieser spann seine eigenen Gedanken weiter.

»Also Oberst Passmore – glauben Sie nicht, daß er uns zuvorkommen könnte?«

»Nein«, erklärte Bayford ebenso bestimmt wie vorher. »Er hat die Karte nicht, und ohne diese ist nichts anzufangen. Die Gegend war ihm gewiß ebenso fremd wie uns, und außerdem glaube ich nicht, daß er weiß, worum es in Wirklichkeit geht. Er ist ja damals erst aufgetaucht, nachdem alles bereits vorüber war. Er hat wohl nur das Pentagramm in der Hand Fergusons gesehen und versucht nun, aus dieser Wissenschaft irgendwie Kapital zu schlagen.«

»...irgendwie Kapital zu schlagen«, wiederholte der andere leise und in einem eigenartigen Tonfall. »Aber immerhin – zweihunderttausend Pfund...«

Er erhob sich plötzlich mit einem höflichen Lächeln und reichte dem etwas enttäuschten Bayford die Hand.

»Verzeihen Sie, daß ich Sie so lange in Anspruch genommen habe, aber es war notwendig. Morgen Schlag zehn werde ich Sie anrufen und Ihnen ›ja‹ oder ›nein‹ sagen.«

»Hoffentlich ›ja‹«, flüsterte Bayford mit krampfhafter Grimasse.

Mr. Grubb lächelte dünn. »Vielleicht«, sagte er ausweichend, und das war für Bayford ein so schwacher Trost, daß er das Haus in Highbury in noch gedrückterer Stimmung verließ, als er es betreten hatte; und die dicken Kreidestriche eines Drudenfußes, die ihm nach einigen Schritten vom Gehsteig entgegenstrahlten, machten ihn so bestürzt, daß er diesmal sogar das Fluchen vergaß.

Unmittelbar hinter dem Herrn mit dem Monokel kam ein Zeitungsjunge des Weges getrabt, und als er das seltsame Zeichen sah, betrachtete er es aus den Augenwinkeln mit Wohlgefallen. Die Sache hatte ihm anfangs einige Schwierigkeiten bereitet, aber nun hatte er sie bereits so weg, daß er die Striche mit geschlossenen Augen zeichnen konnte.

Während Bayford mit seinen unerfreulichen Gedanken nach Süden fuhr, schlüpfte der Zeitungsjunge in eine Fernsprechzelle und sprach einige Worte in den Apparat, die noch schneller liefen als der Wagen des Herrn mit dem Monokel, denn sie waren bereits in der nächsten Sekunde in einem unscheinbaren Hause nächst dem Home Office, wo sie ein schweigsamer Mann empfing und auf einen der pedantisch zurechtgelegten Zettel übertrug.

21

Die vermummte Gestalt, die sich an der Hofmauer des verlassenen Hauses in Lambeth eine Weile zu schaffen gemacht hatte, war kaum verschwunden, als auch schon eine andere an ihre Stelle trat, die das Dunkel ausgespien zu haben schien.

Patrick hob vorsichtig die Enden des Drahtes auf, den er mit Hilfe einer Bambusstange von dem silbergrauen Boot heraufgelegt hatte, und begann an den beiden Kontakten herumzubasteln. Er war zwar augenblicklich bloß ein schmieriger Heizer auf einem unscheinbaren Kahn, aber das nur, weil es dem gestrengen Bruder seiner seligen Mutter so beliebte. Sonst war er ein sehr geschickter Monteur des Elektrizitätswerkes in Dean.

Patrick verband seinen Draht so kunstgerecht mit den Kontakten, daß die andere Leitung nicht gestört wurde, und kroch dann wieder in seinen versteckten Winkel, um sein Kabel verschwinden zu lassen, wenn es an der Zeit war.

Das silbergraue Boot lag mit gelöschten Lichtern stromabwärts, dicht an der brüchigen Ufermauer, die es fast völlig in ihrem tiefen Schatten barg.

Oberst Passmore saß in seiner Kajüte vor einem kleinen Kästchen, aber vorläufig beschäftigte er sich mit dem Steuermann, der ausgehbereit vor ihm stand.

»Nochmals, Flack, Sie dürfen nur Augen für das Mädchen haben«, schärfte er ihm ein. »Was auch sonst in der Bar geschehen mag, es geht Sie nichts an. Und wenn Sie zufällig dem Mann begegnen sollten, von dem Sie mir das Messer gebracht haben, so tun Sie nichts dergleichen. Diese Geschichte hat Zeit. – Vergessen Sie auch nicht, was ich Ihnen wegen des Pfeiles gesagt habe. Steckt das Mädchen einen solchen an, so gehen Sie zum Eingang, wo Sie links einen Herrn mit einer gleichen Nadel im Knopfloch treffen werden und machen Sie ihn darauf aufmerksam. Er weiß, was er zu tun hat und wo ich zu finden bin.« Der Oberst machte eine leichte verabschiedende Handbewegung. »Das wäre alles. Gute Unterhaltung.«

Es war eine Viertelstunde vor Mitternacht, als Oberst Passmore sich an dem Kästchen zu schaffen machte, aber er mußte eine Weile warten, bevor Leben in die Leitung kam.

Endlich klangen klar und deutlich Worte an sein Ohr, und Patrick hatte seine Sache so gut gemacht, daß er die Stimme im Telefon und jene, die sich des Lautsprechers bediente, genau zu unterscheiden vermochte.

Passmore horchte gespannt auf, und seine Rechte mit dem Bleistift lag auf dem Schreibblock bereit. Es waren jedoch vorläufig nicht allzu bedeutsame Dinge, die er zu hören bekam.

Nummer Eins, der dicke kleine Mann von gestern, meldete sich mit dem Losungswort, und der ›Padischah‹ gab ihm die Parole für den nächsten Tag und fügte dann einige hastige geschäftliche Weisungen hinzu, die den Oberst veranlaßten, hie und da ein Wort zu Papier zu bringen. Es war hauptsächlich von den einzelnen Leuten die Rede, und zweimal fiel der Name Greenhithe und einmal der Ausdruck ›die dicke Zigarre‹. Der Mann sprach abgehackt und zuweilen wie gehetzt und schien sich überhaupt in großer Erregung zu befinden.

Der Oberst vernahm noch die Worte: »Fertigen Sie jetzt die Leute ab. Das Geld befindet sich links unter der Schwelle. Wenn Sie mich brauchen, drücken Sie auf den Knopf. Sonst rufe ich in einer Stunde nochmals. Bis dahin muß die Luft rein sein, denn es ist etwas sehr Dringendes«, dann wurde es in der Leitung mit einemmal still.

Der Lauscher auf dem Boot nahm trotz der langen Zeit, die demnach verstreichen konnte, den Hörer nicht ab, denn vielleicht brauchte der dicke, kleine Mann bei der Abfertigung der bestellten ›Schlepper‹ die geheimnisvolle Stimme wirklich, und eine solche Auseinandersetzung konnte manche weitere wichtige Aufklärung bringen.

Aber die Sache schien glatt gegangen zu sein, und es währte tatsächlich eine volle Stunde, bis der Lautsprecher sich wieder meldete.

»Alles in Ordnung?«

»Jawohl«, gab der Mann am Telefon zurück. »Nummer Fünf hat zwar gemault, aber ich habe ihm gehörig die Meinung gesagt.«

Der Oberst hob jäh den Kopf, und alle seine Sinne schienen sich aufs äußerste anzuspannen.

»Nummer Eins«, hörte er den geheimnisvollen ›Padischah‹ hastig hervorstoßen, »Bayford und Ferguson müssen aus dem Wege. Verstehen Sie mich? Machen Sie es, wie Sie wollen, aber gemacht muß es werden. Schließlich haben Sie ja Erfahrung darin. – Und dann ist noch ein Dritter. Ein Mann mit einem roten Bart, der sich jeden Abend in der Bar ›Tausendundeine Nacht‹ herumtreibt. Lassen Sie alles andere und kümmern Sie sich nur um diese Sache. Vor allem um den Rotbärtigen; der ist mir am wichtigsten. Mehr als ein paar Tage kann ich aber auch bei den beiden anderen nicht warten. Dafür werden Sie für jeden von den dreien, um den ich mich nicht mehr zu sorgen brauche, fünfzig Pfund unter dem Telefon finden. Sie wissen, ich halte Wort – auch bezüglich der paar Zeilen, die ich mit dem bewußten Fläschchen an Scotland Yard schicken würde, wenn Ihnen das lieber sein sollte ...«

Die Drohung in den letzten Worten war nicht zu überhören, und der Mann am Telefon beantwortete sie mit einem wütenden »Hol Sie der Teufel!« Dann schien er Atem zu schöpfen, denn es vergingen einige Sekunden, bevor er heiser weitersprach: »Meinetwegen. – Aber jedesmal fünfzig Pfund haben Sie gesagt. Und das Fläschchen muß ich auch haben. Es ist etwas Besonderes, das es nicht wieder gibt und das sicher arbeitet.«

»Ganz sicher?« fragte der Lautsprecher dringlich.

»Das muß ich doch wissen«, erklärte der andere ungeduldig. »Und, was die Hauptsache ist, es ist nichts nachzuweisen.«

»Sie werden das Fläschchen morgen nacht im Kamin finden«, kam es nach einer Pause zurück. »Also, zuerst der Mann mit dem roten Bart, dann unsere Konkurrenz. Und noch in dieser Woche. – Schluß.«

Oberst Passmore nahm mit einem eisernen Gesicht den Hörer ab, und nur um seine Mundwinkel ging ein leichtes Zucken. Als nach einer Viertelstunde Patrick mit seinem Draht und seiner Stange erwartungsvoll auf dem Boot erschien, bekam er wortlos ein Papier in die Hand gedrückt, das seine empfindlichen Finger sofort als eine Pfundnote erkannten und schleunigst irgendwohin verstauten.

»Wenn Flack zurückkommt«, sagte der Oberst eine kurze Weile später, indem er sich von Deck behende auf die Ufermauer schwang, »so bestellen Sie ihm, daß ich ihn um zehn Uhr in meiner Wohnung zu sprechen wünsche.«

In einem unscheinbaren Hause nächst dem Home Office schlug eine Klingel gedämpft und kurz zweimal hintereinander an, und einer der schweigsamen Männer, die sich in bequemen Stühlen räkelten, eilte zu der dick gepolsterten Tür zur Rechten. Auch die übrigen – in ihrem Äußeren eine recht bunt zusammengewürfelte Gesellschaft – machten sich bereit, da nun jeden Augenblick die Reihe an sie kommen konnte. Wenn Oberst Passmore zu so später Nachtstunde erschien, gab es immer Hochbetrieb.

»Was haben Sie über Nummer Eins in Erfahrung gebracht?« fragte dieser eben, und der Mann, den er zu sich beordert hatte, zog einen vorbereiteten Zettel zu Rate, um ja nichts zu vergessen.

»Er heißt Fred Slater und besaß früher eine Kneipe, hat sie aber durch seine Trunksucht heruntergewirtschaftet. Was er augenblicklich treibt, ist unbekannt, doch wird behauptet, daß er viel Geld verdienen soll. Er hat einen sehr schlechten Ruf, und die Leute, die ihn länger kennen, fürchten sich geradezu vor ihm. Er hat nämlich bei den Matrosen-Fällen eine Rolle gespielt und war damals auch in Untersuchung. Aber man hat ihm nichts beweisen können.«

Passmore dachte einen Augenblick nach. »Bei den Matrosen-Fällen?«

»Vor ungefähr vier Jahren, Sir«, erinnerte der andere. »Damals sind kurz hintereinander Leute – ich glaube, es waren sieben oder acht –, die nach langer Fahrt abgeheuert hatten, in ganz verschiedenen Hafenschenken plötzlich erkrankt und in wenigen Minuten gestorben. Die Todesursache konnte zwar nie zuverlässig festgestellt werden, aber es war verdächtig, daß bei keinem von ihnen ein Penny gefunden wurde, obwohl sie kurz vorher mit vollen Taschen an Land gegangen waren. Schließlich hat man dann Slater festgenommen, weil sich herausstellte, daß er der letzte gewesen war, der mit allen gezecht hatte.«

»Also das…«, sagte Passmore kurz und dem Mann völlig unverständlich. »Bitte, schicken Sie mir Kenny.«

Kenny war der Zeitungsjunge, der es seit dem Tag, an dem er Mr. Bayford bei dessen Rückkehr nach London bis auf den Wagentritt nachgeklettert war, zu einer solchen Vollendung im Zeichnen von Drudenfüßen gebracht hatte. Er war ein sehr aufgeweckter Bursche und mochte vielleicht etwas älter sein, als er aussah.

Der Oberst hatte eine der für ihn hinterlegten Meldungen in der Hand und überflog sie mit sichtlichem Interesse.

»Hat Bayford diese Besuche unmittelbar hintereinander gemacht?« fragte er.

»Jawohl, Sir. Er fuhr von seiner Wohnung zu Ferguson, von dort zu Mrs. Lee, dann zu Rosary und schließlich zu Grubb. – In Stratford kannte ich mich nicht recht aus und dachte zuerst, daß er hinter dem Mädchen her war, aber –«

»Hinter welchem Mädchen?« entfuhr es Passmore überrascht und hastig, und Kenny gab ihm erschöpfende Auskunft.

»Hinter dem Mädchen, das ihm eine Ohrfeige gegeben hat. Ich habe es gesehen und gehört«, fügte er mit sichtlicher Befriedigung hinzu, »und da das Mädchen in das Haus gelaufen war, in dem Rosary wohnt, so wußte ich nicht, woran ich war. Aber dann habe ich mich überzeugt, daß er zu dem Antiquitätenhändler ging.«

Oberst Passmore hatte plötzlich eine scharfe Falte zwischen den Brauen und schien nicht mehr ganz bei der Sache zu sein. Selbst dann nicht, als der dritte Mann ihm weit wichtigere Dinge berichtete.

»Die Anlage in dem neuen Lüster funktionierte tadellos, Sir. Wir haben sie am Nachmittag spielen lassen, während Bayford bei Ferguson weilte, und es sind nicht nur sehr scharfe Bilder geworden, sondern es ist auch jedes Wort deutlich zu verstehen; sogar wie Bayford den neuen Lüster erwähnt und Ferguson ihm von dem wunderbaren Gelegenheitskauf Mitteilung macht.« Der Mann gestattete sich ein befriedigtes Schmunzeln.

22

»Mir scheint, man will uns heute zerreißen«, flüsterte die Rote in einer Atempause der erhitzten Miss Harper zu, und diese lächelte mit ihrem Puppengesicht so geziert, wie es sich für eine angehende große Künstlerin schickte.

»Ja, man fliegt förmlich von einem Arm in den andern. So viele elegante Herren habe ich noch selten in einem Lokal getroffen. Auch hier war es gestern noch lange nicht so unterhaltend. Es muß etwas Besonderes los sein.«

Auch Mr. Tyler sagte sich das, seitdem er an diesem Abend das Parkett von ›Tausendund-einer Nacht‹ betreten hatte, und stürzte nun eilig herbei, um seine Damen wenigstens eine Weile für sich zu haben. Bisher hatte er mit ihnen kaum einige Worte wechseln können, da sie ihm immer wieder von einem der fremden Tänzer entführt wurden, die heute hier plötzlich aufgetaucht waren.

Und dieses Massenaufgebot von tadellosen Gentlemen bereitete ihm Sorge. Er hatte eine scharfe Witterung für seinesgleichen und war auch unterrichtet, daß er Assistenz bekommen sollte, aber der schlanke Mann mit dem schmachtenden Künstlergesicht und der mit der seh-nigen Reiterfigur arbeiteten offenbar gegen ihn. Der erstere schien es auf Miss Harper, der andere auf die Rote abgesehen zu haben, und der ›verliebte Lord‹ war überhaupt noch nicht da-zu gekommen, seine Eisen weiterzuschmieden. Dabei war nach seinem Besuch in Greenhithe eigentlich bereits alles in Ordnung, und es hing nur noch davon ab, wie weit er heute gelangen würde. Jedenfalls wollte er sich gehörig ins Zeug legen.

»Ich freue mich, daß Sie die letzten Abende in London noch so vergnügt verbringen«, sagte er mit einem unbefangenen, verständnisvollen Lächeln. »Es wird nämlich nun bald Ernst, wenn Sie wirklich entschlossen sind...«

Er sah fragend von einer zur anderen und begegnete zwei aufs höchste gespannten Mädchen-gesichtern.

»Natürlich! – Wo ich doch meine Siebensachen schon zusammengepackt habe!« stieß die Ro-te lebhaft hervor.

»Auch ich bin bereits reisefertig«, lispelte Miss Harper, und Mr. Tyler war sich der Verant-wortung, die damit auf ihm ruhte, vollauf bewußt.

»Ich freue mich herzlich«, versicherte er schlicht. »Dann können wir also am besten gleich alles genauestens vereinbaren: Wir haben heute Dienstag, und wenn nicht etwas Unvorherge-sehenes dazwischenkommt, ist für nächsten Montag die Ausreise der Truppe vorgesehen. Aber schon Sonnabend sammelt sich das Ensemble, und ich würde die Damen ungefähr um acht Uhr abholen.« Der ›verliebte Lord‹ zog ein kleines Taschenbuch und machte sich zum Schrei-ben bereit. »Wo, bitte?«

Mr. Tylers Blick ruhte zwar zunächst auf der Roten, aber Miss Harper war die Flinkere. »Ich wohne Chelsea, Flood Street achtzehn«, erklärte sie eifrig und sah zu, ob er die Adresse auch richtig notierte.

»Mich können Sie auch dort abholen«, entschied die andere leichthin. »Das geht dann in einem hin.«

Der ›verliebte Lord‹ freute sich, daß er soweit war, denn in diesem Augenblick erschienen der ›Reiter‹ und der Mann mit dem Künstlerkopf fast gleichzeitig, um ihm die beiden Mädchen neuerlich zu entführen.

Aber diesmal hatte er für die beiden Rivalen nur einen Blick verächtlichen Bedauerns, und er fühlte sich seiner Beute so sicher, daß er sogar einen gemächlichen Rundgang durch die Bar antrat.

In einer versteckten Nische gewahrte er Bayford, der ihn durch eine leichte Kopfbewegung zu sich winkte.

»Hören Sie«, sagte der Herr mit dem Monokel ohne Umschweife, »die Rote in Ihrer Gesell-schaft interessiert mich.«

Tyler machte ein sehr bestürztes Gesicht. »Das paßt mir aber gar nicht«, stotterte er. »Ich habe mir solche Mühe gegeben, und …«

Der andere verzog das Fuchsgesicht zu einem niederträchtigen Grinsen. »Ich will Ihr Geschäft absolut nicht stören. – Wie lange habe ich Zeit?«

»Höchstens bis Freitag«, gab der andere erleichtert und eindringlich zurück, und Bayford verschwand mit einem kurzen, befriedigten Nicken.

In so sorgenvoller Stimmung er auch war, die Sache mit der Roten ließ ihm plötzlich keine Ruhe. Er hatte seinem Geschmack in der letzten Zeit mit Mrs. Lee und Mrs. Smith etwas zuviel zugemutet, und die Ohrfeige hatte noch das übrige dazu getan, um ihn plötzlich lichterloh brennen zu machen. Schließlich war es ganz gut, wenn er in seiner augenblicklichen Laune eine solche Ablenkung hatte. Der Besuch beim ›Mächtigen‹ lag ihm noch immer in den Gliedern, und wenn er daran dachte, daß bis zu dessen Entscheidung noch die ganze Nacht und ein Morgen verstreichen sollten, so graute ihm vor den unerfreulichen Gedanken, die eine so lange Zeit heraufbeschwören konnte.

Dabei war Mrs. Polly heute in einer Verfassung, die ihre Gesellschaft nicht angenehmer machte. Sie hatte plötzlich sehr scharfe Züge, grübelte mit verkniffenen Lippen unablässig vor sich hin und hatte für seine Anordnungen in der Bar, die er ihr durch vertrauliche Andeutungen erläutert hatte, kaum das flüchtigste Interesse. Daß sie sogar nicht einmal nach Zärtlichkeiten Verlangen trug, milderte zwar die Sache, aber als Bayford wieder zu ihrer Loge hinaufstieg, wurde er bei jedem Schritt langsamer und mißmutiger.

Mittlerweile war Polly Smith zu einem Entschluß gekommen.

Eine lächerliche Kleinigkeit hatte sie an diesem Abend in das Arbeitszimmer ihres Mannes geführt, das sie oft monatelang nicht betrat, und diese Kleinigkeit hatte sie eine Entdeckung machen lassen, für die sie keine Erklärung finden konnte, so sehr sie sich auch den Kopf zermarterte. Mit der Aufklärung, die sie von dem völlig verstörten Mr. Smith hierüber erhalten hatte, konnte und wollte sie sich nicht zufrieden geben. Wenn es um Geld ging, war Mrs. Polly nicht mit Ausflüchten abzuspeisen. Und es ging um eine recht ansehnliche Summe.

»Siebenunddreißigtausend und einige hundert Pfund …«, tuschelte sie dem gespannt aufhorchenden Bayford mit großen Augen zu, indem sie ihr Gesicht dicht an das seine brachte.

»Ich glaubte meinen Augen nicht trauen zu dürfen, aber der Kontoauszug der Bank lautet klipp und klar auf seinen Namen, und ich habe ihn für alle Fälle an mich genommen. Ich muß darüber Klarheit haben. Entweder hat er mich bestohlen, obwohl ich das bei einem solchen Betrag doch unbedingt gemerkt haben müßte, oder …«

Die empörte Frau machte eine bezeichnende Geste.

»Lügen. Erst vermochte er überhaupt kein Wort hervorzubringen, dann sprach er von einem Freund, der ihm das Geld anvertraut hätte, und als ich ihn auslachte, behauptete er schließlich, in einer ausländischen Lotterie gewonnen zu haben. Die ganzen drei Jahre hat er mir auf der Tasche gelegen, und während ich mich aufrieb, hat dieser Schmarotzer heimlich ein kleines Vermögen angesammelt. Aber ich werde diese Gelegenheit benützen, um mit ihm eine gründliche Abrechnung zu halten. Er wird mir das, was er mich gekostet hat, ersetzen, und dann werfe ich ihn hinaus. Ich habe ihm das schon angekündigt …«

Mrs. Polly kochte vor Zorn und sah Bayford mit schillernden Augen an, aber dieser war taktvoll genug, sich in eine so intime Familienangelegenheit nicht einzumischen.

»Seltsam, wirklich sehr seltsam …«, murmelte er, und die gründliche Überlegung, die diese Sache erforderte, gab ihm die Möglichkeit, gedankenvoll in die Bar zu blinzeln und die Rote zu suchen.

Nach einigen Minuten gewahrte er sie auch in den Armen des schneidigen Gentleman, und dieser mochte ihm ebensowenig gefallen, wie er Tyler gefiel. Es war da offenbar etwas im Gange, das sein Geschäft und seine besonderen Pläne mit dem Mädchen stören konnte, und er mußte so rasch wie möglich eingreifen.

Der neue Tänzer der Roten benahm sich tadellos, ließ aber keinen Zweifel darüber aufkommen, welch tiefes Interesse er seiner Partnerin entgegenbrachte.

»Sie sind die entzückendste Frau, der ich je begegnet bin«, sagte er begeistert. »Leider aber...«

Sein rassiges Gesicht verzog sich in schmerzlicher Entsagung, seine Tänzerin war jedoch auf Gedankenlesen offenbar nicht eingestellt.

»Was leider?« fragte sie naiv und blitzte ihn an.

»Leider scheinen Sie bereits liiert zu sein«, deutete der Herr mit einem Seufzer und einem verzehrenden Blick an, worauf die Rote noch verständnisloser dreinsah.

»Liiert? Was ist das für ein Wort?«

»Nun, ich meine« – der ›Reiter‹ neigte sein Gesicht dicht zu dem ihren und suchte in banger Frage ihre Augen –, »daß Sie mit jenem Herrn, in dessen Gesellschaft Sie sich befinden...«

Das Mädchen kapierte plötzlich und zeigte ihre wunderbaren Zähne, in einem strahlenden Lächeln.

»Ach so! Sie meinen, daß ich mit ihm ein Verhältnis habe? Warum reden Sie da erst so geschwollen herum? Das mag ich nicht. – Und das mit dem Verhältnis ist nicht so arg«, fügte sie sachlich hinzu. »Wenn es mir nicht mehr paßt, versetze ich ihn.«

»Das beruhigt mich«, gab er mit Wärme zurück.

»Offen gestanden, gefällt mir der Herr nämlich nicht...«

»Und ich?« fragte der ›Reiter‹ erwartungsvoll.

»Sie sind mir vorläufig zu zudringlich«, bekam er zu hören. »Was sonst noch an Ihnen ist, werde ich schon herauskriegen, wenn wir uns erst näher kennenlernen.«

»Geben Sie mir Gelegenheit dazu«, drängte er. »Wenn es Ihnen recht ist, machen wir einmal eine Autopartie.«

»Autofahren ist meine Leidenschaft«, gestand die Rote.

»Morgen«, schlug er ungeduldig vor, aber nach einigem Nachdenken schüttelte sie den Kopf.

»Nein, morgen geht es nicht, da haben wir zu Hause Waschtag. Aber vielleicht übermorgen. – Ich werde es Ihnen schon sagen.«

So gab sich der ›Reiter‹ mit einem dankbaren Händedruck zufrieden und verfiel in eine gefühlvolle Schweigsamkeit, die ihr von seinem beseligten Hoffen sprechen sollte.

Aber die Rote hatte für so empfindsame Dinge kein Verständnis. Sie schwieg zwar auch, ihre Gedanken waren jedoch ganz woanders.

Zum soundsovielten Male an diesem Abend suchten ihre Augen die Loge, um zu erfahren, ob der große Mann, mit dem sie den Pakt geschlossen hatte, anwesend wäre; und zum soundsovielten Male reizte es sie, einen der Pfeile anzustecken, die sie in ihrer umfangreichen silbernen Handtasche mit sich schleppte, aber schließlich fand sie immer wieder, daß die Zeit hierfür noch nicht gekommen war. Sie wollte ganze Arbeit leisten – für seine und ihre Zwecke.

Deshalb strengte Steve Flack vergeblich seine Augen an und war bereits beim sechsten Glas Whisky angelangt, als seine Schutzbefohlene endlich aufbrach. Das war heute schließlich keine so schreckliche Sache gewesen, denn der Whisky war prima.

Wie immer, entschlüpfte die Rote ihrer Begleitung nach einer flüchtigen Verabschiedung, um allein ihres Weges zu eilen, und der unternehmende ›Reiter‹, der kein Auge von ihr gelassen hatte, knüpfte daran besondere Hoffnungen.

Er schoß im Schatten mit lautlosen Sätzen hinter ihr her, und als sie flüchtend um eine Ecke bog, stürmte er blindlings nach, um sie zu fassen...

In der nächsten Sekunde prallte er mit dem Gesicht an ein langes, kantiges Hindernis, und vor seinen Augen tanzten flimmernde Sterne. Er glaubte, an einen Mauervorsprung gerannt zu sein, aber als er endlich etwas zu sehen vermochte, gewahrte er, daß dieser Vorsprung einen vorstehenden viereckigen Bart hatte, der eben anfing, sich zu bewegen.

Der ›Reiter‹ ließ einen grimmigen Fluch hören, aber Steve Flack, ein Fachmann in solchen Dingen, spuckte ihm mitleidig vor die Füße und sagte nichts als: »Waisenknabe.«

Polly Smith hielt den Kontoauszug in Händen und starrte mit verkniffenen Augen auf das Rätsel, das ihr seine Ziffern boten.

37 764...

Trotz ihrer Müdigkeit kam sie von dieser Sache nicht los, und das verbissene Grübeln machte ihr Kopfschmerzen.

Erst nach einer Stunde dachte sie daran, zu Bett zu gehen, und das Beruhigungsmittel, für das immer etwas kalter Tee bereitstand, war ihr heute noch willkommener und notwendiger als sonst...

23

»Mrs. Smith ist heute nacht gestorben«, berichtete Steve Flack am folgenden Vormittag.

Oberst Passmore saß mit unbeweglichem Gesicht und verkrampften Händen in seinen Stuhl zurückgelehnt.

»Was hat es gegeben?« fragte er.

Der Rotbart ließ eine dicke Rauchsäule in seinem Schlund verschwinden und hob die kantigen Achseln.

»Man hat sie tot in ihrem Bett aufgefunden. Eben vor einer knappen Stunde. Als ich zufällig vorüberkam, war die ganze Gasse auf, denn Mrs. Smith war jemand.«

Dann kam Passmore auf die Angelegenheit zu sprechen, wegen der er den Steuermann bestellt hatte und die ihm nun doppelt dringlich schien. Vielleicht wäre vierundzwanzig Stunden später Mrs. Smith auch zu retten gewesen.

»Passen Sie auf, Flack«, sagte er nachdrücklich, »denn es geht nun wieder einmal los. Und wir haben es diesmal mit besonders gefährlichen Burschen zu tun. Ich müßte mich sehr irren, wenn wir nicht auf den ›Mächtigen‹ stoßen sollten, aber vielleicht ist der nicht einmal der Ärgste. – Zunächst werden Sie wohl noch heute nacht oder spätestens morgen die Bekanntschaft eines dicken, kleinen Mannes mit einem Säufergesicht machen...«

»Wird mich sehr freuen«, versicherte Steve, und obwohl sie sich nicht auf einem Schiff, sondern in einem soliden Londoner Wohnhaus befanden, gluckste und gurgelte es irgendwo in dem Raum. »Ich werde –«

»Sie werden«, unterbrach Passmore den zweifellos sehr gewalttätigen Plan des Steuermannes, »nichts anderes tun, als dem Burschen ordentlich auf die Finger sehen. Wahrscheinlich wird er sich mit Ihrem Glas zu schaffen machen...«

Flack hörte intensiv zu, aber so diszipliniert er war, bei diesem Gedanken vermochte er schon wieder nicht an sich zu halten.

»An meinem Glas, Sir?« knurrte er empört. »Das möchte ich ihm nicht geraten haben...«

»Es wird aber doch geschehen. Und Sie werden nichts dagegen tun.«

»Ich soll also daraus weitertrinken?« Steves Mißbehagen stieg aufs höchste.

»Wenigstens müssen Sie so tun. Die paar Tropfen Wasser werden Ihnen auch kaum schaden.«

»Die paar Tropfen Wasser...!« widersprach Flack bockbeinig und ärgerlich. »Wo in dem Zeug, das man vorgesetzt bekommt, ohnehin schon zuviel davon drin ist...«

»Alles das gilt aber erst von heute Mitternacht an«, fuhr der Oberst eindringlich fort. »Wenn Sie, wider Erwarten, bereits früher so etwas bemerken sollten, so hüten Sie sich, auch nur an dem Glas zu nippen. Der Mann mit dem Messer hat Sie in der Bar aufgestöbert und ist auf Sie sehr schlecht zu sprechen.«

Plötzlich schrillte das Telefon, und Passmore hatte auch schon die Muschel am Ohr.

»Jawohl«, sagte er hastig und gespannt und hörte dann mit höflichem Interesse ohne weiteren Einwurf zu. Ein solcher wäre auch unmöglich gewesen, denn General Norbury übermittelte ihm aus ›Falcon Lair‹ etwas, das eine Einladung sein sollte, aber in die gewohnte kurze und bestimmte Befehlsform gekleidet war.

»Sie werden heute mit mir den Lunch einnehmen, Oberst. Das heißt, mit uns. Da der Teufelsjunge seinen Wagen kaputtgefahren hat, bringen Sie ihn bitte mit. Park Lane achtundsiebzig. Es wird pünktlich um halb zwei aufgetragen. Danke, Oberst.«

Passmores militärisches »Sehr wohl, General«, hallte bereits in eine unterbrochene Leitung, denn Sir Humphrey hatte keine Zeit, so selbstverständliche Dinge abzuwarten. Er war seit vierundzwanzig Stunden derart beschäftigt, daß er nicht einmal dazu kam, seine große Arbeit fortzusetzen. Aber diese lief ihm schließlich nicht davon, während das andere...

Die Andeutung von einer gewissen Chance, die Mrs. Chilton in undisziplinierter Weise vorgebracht hatte, hatte den General bereits zwei schlaflose Nächte gekostet, denn etwas war ja daran – vielleicht sogar sehr viel...Er war heute fünfundsechzig und wollte mindestens fünfundachtzig werden, und in diesen zwanzig Jahren mußte er doch unbedingt etwas zu tun haben.

Seine Kriegsgeschichte konnte ihn noch zwei bis drei Jahre in Anspruch nehmen, und das war gerade der richtige Zeitpunkt, um mit der nächsten großen Aufgabe zu beginnen.

Sir Humphrey stellte mit seinem riesigen Bleistift sehr umständliche Berechnungen an und kam immer wieder zu einem Ergebnis, das ihm die verlockendsten Aussichten eröffnete.

Nun saß er seit acht Uhr morgens am Schreibtisch, um die notwendigen Dispositionen nochmals durchzugehen und dann sofort die entsprechenden Befehle zu erlassen.

Um halb zehn Uhr war es so weit, und Tim mußte zunächst die Verbindung mit Sibyl herstellen.

Miss Sibyl schlafe noch, hieß es, aber man werde sie sofort wecken, und Sir Humphrey grinste verständnisvoll. Wenn er als junger Offizier auf Urlaub gewesen war, hatte er auch immer bis in den hellichten Tag hinein geschlafen.

Er strahlte noch mehr, als er das frische »Guten Morgen, Onkel!« vernahm und die neugierige Frage: »Was ist los, daß du mich um Mitternacht anrufst?«

»Racker«, schimpfte er liebevoll. »Wohl ein bißchen die Nacht um die Ohren gehauen? Aber recht hast du. Man muß die Zeit ausnützen. Wenn du erst einmal verheiratet bist, hast du andere Dinge zu tun...«

»Was soll das heißen?« kam es überrascht und mißtrauisch zurück. »Was ist das für ein komischer Einfall? Wer denkt ans Heiraten?«

Die Frage klang so schrecklich eindringlich, daß General Norbury die Verantwortung für diese Idee lieber ablehnte.

»Mrs. Chilton«, stieß er hastig hervor. »Aber jedenfalls kommst du heute zum Lunch«, setzte er hinzu.

»Wer wird dabei sein?« forschte Sibyl, und der General schnitt ein höchst hilfloses Gesicht.

»Wer dabei sein wird?« brüllte er dann unbefangen zurück. »Natürlich ich. Und du. – Und vielleicht Oberst Passmore...«

»Nun, dann hast du ja Gesellschaft, und ich wünsche euch guten Appetit. Ich kann leider nicht hinauskommen, denn ein Stück von meinem Wagen ist gestern an einer Hausecke hängengeblieben.«

»Großartig«, rief er vergnügt. »An einer Hausecke hängengeblieben! – Aber das macht nichts. Kauf dir rasch einen anderen Wagen. Oder Passmore soll dich mit herausbringen. Das ist noch einfacher, und ich werde es ihm sofort sagen...«

Der General fühlte sich zwar nichts weniger als sicher, aber er tat so, denn es stand zuviel auf dem Spiel. Der Erziehungsplan des Großneffen, den er bereits in allen Einzelheiten festgelegt hatte, konnte doch nicht wegen eines kaputten Autos in Frage gestellt werden.

»Also, schau, daß du aus dem Bett kommst und mach dich fertig«, schloß er hastig und bestimmt.

Und unmittelbar nach dieser ersten strategischen Disposition hatte Sir Humphrey die zweite bezüglich Passmores getroffen, und nun kam die dritte an die Reihe. Sie war nicht weniger wichtig als die beiden anderen, und es war deshalb sogar – ein seit einem Jahrzehnt in ›Falcon Lair‹ unerhörter Fall – der Rapport um volle zwei Stunden verschoben worden.

»Mrs. Chilton«, begann der General die Befehlsausgabe und blickte dabei starr zur Seite, um nicht sehen zu müssen, in welch ungehöriger Haltung die Hausdame wieder einmal vor ihm stand, »um halb zwei großes Essen. Gedeck, Speisenfolge und Getränke nach Verpflegungsvorschrift Punkt sechs.«

Mrs. Chilton horchte überrascht auf. Das waren die Bestimmungen für besondere Festlichkeiten, und wenn auch ihre Vorratskammern wohl versehen waren, machte ihr die Sache doch einige Sorgen.

»Wieviel Gedecke?« fragte sie vorsichtig.

»Oberst Passmore, mein Neffe und ich.«

Mrs. Chilton atmete erleichtert auf, denn diese Gäste bedeuteten für sie als Hausfrau keine Gefahr, aber in ihre Augen kam ein seltsam fragender Blick, und der General merkte ihn und wurde in seiner Verlegenheit sofort wieder grob.

»Was gibt es da zu gaffen? Sehen Sie lieber zu, daß alles klappt! – Bleiben Sie!«

Sir Humphrey hatte den Reitstock in der Hand, fuchtelte damit herum und blickte starr auf einen mit riesigen Hieroglyphen bedeckten Zettel.

»Wenn jemand jetzt heiratet«, begann er mit krampfhafter Unbefangenheit, »sagen wir in acht oder vierzehn Tagen – wann kommt dann ein Kind?«

Die Hausdame starrte den General sekundenlang betroffen an.

»Gewöhnlich rechnet man mindestens neun Monate«, erklärte sie mit einem scheuen Blick, und Sir Humphrey schien diesmal einigermaßen zufriedengestellt, denn er brüllte nicht sofort zurück, sondern nahm mit dem Bleistift umständliche Berechnungen vor.

»Das wäre also im August oder September«, erklärte er. »Ganz schöne Monate…«

»Wie meinen Sie das?« fragte die Hausdame vorsichtig, um sich über seinen Zustand klarzuwerden, und er wollte ihr in seiner kurzen Art schon wieder zu verstehen geben, daß sie das nicht zu kümmern habe, als er sich anders besann. Schließlich mußte sie ja für verschiedene Dinge sorgen, von denen er keine Ahnung hatte, und die er daher auch Sibyl nicht hatte beibringen können, die aber wohl notwendig waren.

»Ich meine das so«, setzte er wichtig auseinander, »daß es im August oder September nicht zu heiß und nicht zu kalt ist und daß man sich daher ganz wohl fühlen kann, wenn man um diese Zeit auf die Welt kommt. Und wenn im Frühjahr der Oberstock hergerichtet wird, kann er bis dahin gehörig austrocknen.« Mrs. Chilton hörte mit großen Augen zu, und ihre Besorgnis wich einer strahlenden Überraschung.

»Ist es bereits so weit?« flüsterte sie erregt.

»Nichts ist so weit«, schrie der General ungeduldig. »Wie sollte es so weit sein, wenn sich bisher niemand darum gekümmert hat? – Aber heute werde ich die Sache in die Hand nehmen, und dann wird es sofort so weit sein.«

»So…«, hauchte Mrs. Chilton entgeistert. »Also Sie wollen die Sache in die Hand nehmen…?« stieß sie scharf hervor. »Darum das große Essen! – Gut, daß ich noch rechtzeitig dahintergekommen bin. Sie wären imstande, sich und die arme Sibyl unsterblich zu blamieren und die Geschichte gründlich zu verfahren. – So etwas will ganz anders angepackt sein, und ich kann nicht zugeben, daß Sie mit Ihrer Kasernendiplomatie sich in eine so zarte Angelegenheit mischen. Deshalb werde ich heute zum erstenmal von meinem Recht Gebrauch machen und mir ein Gedeck auflegen lassen. Und wenn Sie während des Lunchs auch nur eine taktlose Bemerkung fallenlassen sollten, Sir Humphrey, werden Sie etwas zu hören bekommen. Sie dürfen nicht glauben, daß Sie mir allzusehr imponieren. Ich habe schon mit dem Prinzen von Wales an einer Tafel gespeist…«

Sibyl war auf dem besten Wege, auf Passmore eine ordentliche Wut zu bekommen. Ihr Plan war eines Morgens geboren worden, und schon am Abend hatte sie ihn ausgeführt. Sie war einerseits erfahren und überlegt genug, um sich über den Ernst dieses Wagnisses nicht zu täuschen, andererseits aber von zu kindlicher Harmlosigkeit, um sich über alle Folgen völlig klar zu sein. Sie sah ein aufregendes, waghalsiges Unternehmen vor sich, das sie reizte, und die Frage, ob es sich für Miss Sibyl Norbury auch schicke, war ihr erst in den letzten Tagen gekommen.

Aber nun war es zu spät. Sie steckte bereits mitten drin, und ganz abgesehen davon, daß ein Zurück die Sache nicht mehr ungeschehen machen konnte, hätte sich ihr Selbstbewußtsein auch nie dazu verstanden. Was immer auch geschehen mochte, sie mußte durchhalten und die Komödie zu Ende spielen. Oberst Passmore machte ihr ja die Sache ziemlich leicht, aber trotzdem konnte sie sich in seiner Nähe eines Gefühls der Unsicherheit und des Unbehagens nicht erwehren, und die dringliche Einladung nach ›Falcon Lair‹ hatte daher für sie nichts Verlockendes.

Noch weniger gefiel es ihr, daß sie nun sogar auch den Weg hin und zurück mit dem Oberst machen sollte, weil ihr eine so alberne Ausrede eingefallen war, und während sie mit großer Hast und besonderer Sorgfalt Toilette machte, grübelte sie angestrengt darüber nach, wie sie sich vielleicht doch noch geschickt aus der Schlinge ziehen könne.

24

Als pünktlich um halb zwölf Uhr der alte Fred steif und feierlich Oberst Passmore anmeldete, war sie zwar fix und fertig und sah entzückend aus, ein rettender Einfall war ihr jedoch nicht gekommen.

»Verzeihen Sie, daß mein Onkel Sie derart in Anspruch genommen hat«, sagte sie mit einer Befangenheit, die zu ihrer sonstigen Art nicht recht passen wollte, ihr aber ausgezeichnet stand. »Leider habe ich es nicht verhindern können.«

Um Passmores Mund zeigte sich ein flüchtiges Lächeln, das sie noch verlegener machte.

»Das freut mich. Das Vergnügen, das mir Sir Humphrey durch seine Einladung bereitet hat, wäre dadurch sehr geschmälert worden.«

Sie sah ihn rasch und verstohlen aus den Augenwinkeln an, um zu ergründen, ob er es wirklich so meinte oder ob das nur eine Redensart war, aber sein Gesicht hatte bereits wieder den kühlen, unverbindlichen Ausdruck, mit dem sie nichts anzufangen wußte.

Das war nicht danach angetan, sie freier und sicherer zu machen, und sie atmete erleichtert auf, als der Oberst schon nach wenigen Minuten auf den Zweck dieses seines ersten Besuches zu sprechen kam.

»Wenn es Ihnen recht ist, Miss Norbury...« Er begleitete seine Worte mit einem kritischen Blick nach der Uhr und zog die Brauen hoch. »Ich möchte kein allzu schnelles Tempo einschlagen, und Sir Humphrey scheint auf Pünktlichkeit zu halten.«

»Und wie!« bestätigte sie und freute sich, wieder einmal ein herzliches Lachen hören lassen zu können. »Wenn wir uns verspäten, gibt es erstens Fasten und zweitens einige Wochen Stubenarrest.«

Sie flog eilig davon, um Hut und Pelz anzulegen, und schon wenige Minuten später öffnete Passmore die Tür zum Fond seiner Limousine, um ihr beim Einsteigen behilflich zu sein.

»Nein«, lehnte sie entschieden ab, »hier hinein bringen Sie mich nicht. Wenn ich mitfahren soll, müssen Sie mir schon vorn neben sich etwas Platz machen.«

Er kam ihrem Wunsch bereitwilligst nach und ging dann um den Wagen herum.

Hierbei glitt sein Blick gewohnheitsmäßig noch einmal über die Bereifung, und ein winziges Stückchen Draht an einem der Hinterräder störte ihn. Als er es mit zwei Fingern aufnahm, wurde er plötzlich stutzig. Der Wagen schien nicht mehr in der tadellosen Verfassung zu sein, in der er sich vor Antritt der Fahrt befunden hatte. Der Benzinbehälter schloß offenbar nicht richtig, und Passmore bemerkte zu seinem Befremden, daß die Kappe nicht völlig eingeschraubt war.

Er machte sich daran, den Fehler mit einigen raschen Griffen zu beheben, aber sein Verdacht war nun einmal rege, und schon in der nächsten Minute machte er eine Entdeckung, die ihn außerordentlich in Anspruch nahm.

Um die ganz lose sitzende Kappe war ein dünner Faden gewickelt, der unter den Wagen lief, und als er ihn aufnahm, kam hinter dem Benzinbehälter eine raketenförmige Hülse zum Vorschein, die an einem zwischen den beiden Hinterrädern gespannten Draht festhing.

Passmore war sich weder über die Art noch über den Zweck dieser eigenartigen Vorrichtung auch nur einen Augenblick im unklaren, und unwillkürlich fiel ihm Bayfords Besuch bei dem ›Mächtigen‹ ein. Mr. Grubbs Leute pflegten mit derartigen Spielereien zu arbeiten, die sehr zuverlässig funktionierten und keine verfänglichen Spuren hinterließen. Wenn der Wagen wenige Meter gelaufen wäre, hätte der Draht schließlich die Zündvorrichtung der Platzpatrone abgezogen und der explodierende Benzintank alles in Stücke gerissen.

»Was haben Sie denn da für ein seltsames Ding?« fragte Sibyl verwundert und machte Miene, nach der Hülse zu greifen, aber er hielt sie hastig zurück.

Sie sah wortlos zu, wie er den Draht und den feuchten Zündfaden um die Hülse wickelte, und erst, als er fertig war und alles behutsam in dem Werkzeugkasten barg, hatte sie eine weitere Frage.

»Man ist wohl hinter Ihnen her?«

Er wich ihrem forschenden Blick aus und zögerte einen Augenblick.

»Es wäre mir lieb, Miss Norbury«, sagte er ohne weitere Erklärung, »wenn Sie in einem anderen Wagen vorausfahren würden. Gestatten Sie, daß ich telefoniere und –«

»Nein«, unterbrach sie ihn kurz und bestimmt, »ich gestatte nicht, daß Sie telefonieren, denn ich werde in keinem anderen Wagen als in diesem und nicht allein, sondern mit Ihnen fahren.«

Im nächsten Augenblick saß sie auch schon wieder mit großer Nachdrücklichkeit auf ihrem Platz, und als Passmores ernstes Gesicht im Wagenschlag erschien, blitzte sie ihn gespannt und unternehmungslustig an.

»Sie brauchen mir nichts zu erzählen, denn ich kann mir denken, was los ist. So etwas ist mein Fall, und Sie dürfen sich auf mich verlassen. Achten Sie nur auf den Weg, das andere werde ich besorgen. Wenn sich eine Nase zeigt, die mir nicht paßt, putze ich sie weg, bevor sie noch Unheil anrichten kann.« Miss Sibyl schob die Rechte energisch in die Manteltasche und lehnte sich zurück, um nach allen Seiten freie Aussicht zu haben, aber das leise Zucken um den Mund ihres Begleiters irritierte sie. »Mir scheint, Sie machen sich über mich lustig«, meinte sie mißtrauisch und gekränkt, »aber wenn es dazu kommen sollte, werden Sie schon sehen –«

»Das ist mir wirklich nicht eingefallen«, versicherte der Oberst lebhaft. »Ich habe mich augenblicklich nur an jemand erinnert...«

Die junge Dame wandte den Kopf rasch zur Seite und schien von dieser Aufklärung nicht befriedigt, denn ihre Erwiderung klang etwas spitz und gereizt.

»So...Das ist etwas anderes. – Aber vielleicht wäre es ratsamer, aufzupassen, als sich solchen Erinnerungen hinzugeben. Ich kann ja die Augen nicht überall haben.«

Es wurde eine sehr schweigsame Fahrt, und erst, als sie die Peripherie erreicht hatten und an den letzten Häusern vorüberglitten, sah sich Sibyl wieder zu einer Bemerkung veranlaßt.

»Seit einer Viertelstunde ist ein großer Wolseley dicht hinter uns her. Wenn wir auf die Landstraße kommen, holen Sie aus Ihrem Wagen heraus, was er hergibt, und dann wird sich's ja zeigen.«

Es klang ruhig und sachlich, und der Oberst fand es überflüssig, sich von der Richtigkeit ihrer Beobachtung selbst zu überzeugen. Die Straße, die um diese Jahreszeit sehr wenig befahren war, lag nun schnurgerade vor ihnen, und nach einem leisen Aufsummen des Motors schossen sie im Hundertkilometertempo dahin. Trotzdem glitt Sibyl plötzlich über ihren Sitz in den Fond des Wagens und schaute vorsichtig durchs Rückfenster.

»Mit dem Davonfahren ist es nichts«, stellte die junge Dame fest, indem sie sich zu Passmore vorneigte, der mit verbissenen Zähnen am Steuer saß, »aber zunächst müssen wir wissen, woran wir sind. Deuten Sie den Leuten an, daß Sie sie vorlassen.«

Der Oberst nickte kurz und gab das Zeichen, aber die anderen schienen es nun gar nicht mehr so eilig zu haben, denn sie fielen in einer Entfernung von etwa zwanzig Metern mit einemmal wieder ab und glitten bescheiden hinter dem ersten Wagen her. Sibyl beobachtete das Manöver und wandte sich dann wieder nach vorne.

»Sie wollen also nicht. – Schön, das ist deutlich genug. Außerdem sind es zwei ausgemachte Galgenstricke, die vorne sitzen; den Mann hinten kann ich nicht so genau sehen.« Sie schwieg einen Augenblick und schien zu überlegen, dann brachte sie ihr glühendes Gesichtchen wieder ganz nahe an das Ohr des Fahrers. »Ich glaube, sie warten auf die scharfe Kurve am Hang. Sie kennen sie doch? Wenn wir dort einen kleinen Schubs bekommen, kollern wir mitsamt den schönen Randsteinen den Berg hinunter. Aber ich werde ihnen den Spaß verderben...«

Zum erstenmal bemerkte Sibyl Norbury in den herrischen grauen Augen Passmores einen warmen Schimmer, der sie weit verwirrter machte als alles, was um sie vorging.

»Sie sind die kaltblütigste und mutigste junge Dame, der ich je begegnet bin«, hörte sie ihn sagen, aber so sehr sie diese Anerkennung innerlich freute, hatte sie doch nur eine leichte Grimasse dafür.

»Kunststück – bei unseren jungen Damen! – Sagen Sie mir lieber, was wir machen sollen.«

»Das Einfachste. Ich werde anhalten.«

»Und die andern auch«, fiel sie unzufrieden ein. »Und dann können wir uns vielleicht stundenlang mit nüchternem Magen beobachten – So kommen wir nicht weiter. Ich glaube...« Miss

Sybil war mit ihrem Plan im reinen, aber vorerst mußte sie Passmore noch einige Anweisungen geben.

»Behalten Sie das Tempo bis zum Abhang, aber dann bremsen Sie, denn sonst brechen wir uns auch ohne freundschaftliche Nachhilfe den Hals. Um mich und was hier hinten vorgeht, kümmern Sie sich nicht, aber wenn ich Ihnen ›Gas‹ zurufe, dann legen Sie los.«

Nach kaum fünf Minuten kam die kritische Stelle in Sicht. Es war, als ob die Straße in ihrem schnurgeraden Verlauf plötzlich ein wenig anstiege, und dieses trügerische Bild hatte schon manche Katastrophe verursacht. Zwischen die ebene Strecke, die man unmittelbar vor sich hatte, und ihren Anstieg schob sich nämlich eine unsichtbare Mulde, in die es auf einem steilen Serpentinenweg hinunterging, und dieser Punkt war für alle leichtsinnigen Fahrer eine große Gefahr.

Oberst Passmore ging in ein langsameres Tempo über und fuhr gleich darauf am äußersten Straßenrand die erste Schleife. Er hatte zur Rechten eine steil abfallende Böschung, zur Linken eine Steinwand, und es ging wirklich um Haaresbreite.

Die nächste Kurve war kaum hundert Schritte weiter, aber bevor er sie noch erreichte, hörte er hinter sich ein hastiges »Sie kommen...!« und im selben Augenblick auch schon aufgeregte Hupensignale.

Bereits in der nächsten Sekunde mußte die Entscheidung fallen, aber der Mann am Steuer kam nicht dazu, ihre Folgen auszudenken...

In der nächsten Sekunde krachten in seinem Rücken knapp hintereinander zwei Schüsse, denen unmittelbar zwei andere scharfe Detonationen folgten, und dann schrie ihm eine erregte Stimme ins Ohr: »Gas!«

Das Auto schoß um die zweite Schleife in die Mulde, nahm dort noch einen Bogen und raste die ansteigende Straße hinauf.

Weder Sibyl Norbury noch Passmore hatten bisher ein Wort gesprochen, aber als sie oben angelangt waren, atmete das Mädchen tief auf und ließ ein etwas gezwungenes Lachen hören.

»Bitte, stoppen Sie einen Augenblick. Ich möchte mir die Bescherung gerne etwas näher ansehen.«

Der Oberst kam ihrem Wunsch sofort nach, und schon der erste Blick sagte ihm, daß von den Verfolgern wirklich nichts mehr zu befürchten war. Der Wolseley stand schräg an der Steinwand der Serpentine, und um ihn herum tummelten sich drei aufgeregt gestikulierende Gestalten.

»Miss Norbury«, sagte Passmore warm und herzlich, indem er ihre Rechte in beide Hände nahm, »Sie haben sich sehr tapfer gehalten, und ich bin Ihnen zu großem Dank verpflichtet. Ohne Sie —«

»Reden Sie keinen Quatsch«, unterbrach sie ihn kurz und wich zunächst wieder dem eigenartigen Blick aus, der ihre Augen suchte. Er verwirrte sie so, daß sie ihre Hand ganz vergaß und in eine krampfhafte Beredsamkeit verfiel.

»Es war ja weiter nichts dabei. Ich habe diesen Straßenrowdys nur eine kleine Lektion erteilt. Sie taten so, als ob sie die Herrschaft über ihren Wagen verloren hätten und hielten gerade auf uns zu. Da habe ich ihnen auf zehn Schritte zwei Löcher in die Vorderreifen geknallt. Erst in den linken, dann in den rechten. Wenn ich es umgekehrt gemacht hätte, könnten die Burschen jetzt dort unten ihre Knochen...«

25

Der General war bereits seit einer halben Stunde höchst ungeduldig. Nur als Mrs. Chilton in ihrer tadellosen Toilette auftauchte, wandte er den grauen Kopf beiseite, obwohl es ihn gewaltig im Halse würgte. Er hatte bei der Inspizierung des Eßtisches wirklich vier Gedecke zählen müssen, und wenn er nicht laut protestiert hatte, so hatte ihn davon nur die Ehrerbietung vor dem Prinzen von Wales abhalten können. Aber der Tag war ihm gründlich verdorben, und alle seine genialen Angriffspläne in der bewußten Sache waren ins Wanken geraten. Die Hausdame trug eine so entschlossene Miene zur Schau, daß er an den Ernst ihrer Drohung unbedingt glauben mußte, und er fühlte kein Verlangen, Mrs. Chiltons unverblümte Meinung noch ein drittes Mal zu hören.

Es war genau drei Minuten vor halb zwei, als Sibyl und Oberst Passmore eilig die Halle betraten, aber die Genugtuung des Generals über diese militärische Pünktlichkeit wurde durch seine Überraschung über die höchst unmilitärische Art der Begrüßung arg beeinträchtigt. Anstatt wie sonst strammzustehen und ein forsches »Tag, Onkel!« herauszuschmettern, flog Sibyl mit roten Wangen und strahlenden Augen auf ihn zu und küßte ihn immer wieder herzhaft auf die Wangen.

Dann stürzte sich Sibyl mit der gleichen fieberhaften Lebhaftigkeit auf die Hausdame, die das glühende Mädchen mit einem eigenartigen Lächeln in die Arme schloß, während der General seinem anderen Gast ein befreites »Guten Tag, Oberst – freue mich sehr!« entgegendonnerte.

Eine Viertelstunde später saß man bei Tisch, aber es ging dabei ziemlich steif und wenig gemütlich zu.

Nichtsdestoweniger klatschte sich der General plötzlich mit gewaltiger Lustigkeit auf das gesunde Bein, und seine Augen, die er starr auf Mrs. Chilton gerichtet hielt, schienen aus den Höhlen treten zu wollen.

»Kinder«, stieß er entschlossen hervor, »so gefällt es mir! Und ich sehe nicht ein, weshalb es nicht …«

Sibyl schlug entsetzt die Lider auf, und ihre Hand mit der Gabel machte auf halbem Wege zum Mund halt, aber Mrs. Chilton war auf der Hut.

»Ich habe Ihnen bereits wiederholt vorgeschlagen, Sir Humphrey, die Mahlzeiten nicht immer allein einzunehmen«, schnitt sie ihm mit großem Eifer das Wort ab. »Wenn wir auch gewöhnlich nur zu zweien sind, wäre es für Sie doch anregender.«

Sir Humphrey klappte mit hochrotem Gesicht einige Male den Unterkiefer auf und zu, und wer weiß, was geschehen wäre, wenn Sibyl sich nicht verschluckt und mächtig in die Serviette zu husten begonnen hätte.

»Klopfen Sie ihr ein bißchen auf den Rücken, Oberst«, rief der General besorgt, aber die junge Dame hatte den Reiz schon wieder überwunden und ließ nur noch einen tiefen Atemzug hören, der wie ein unterdrücktes Quietschen klang.

Gegen Ende der Mahlzeit machte der alte Haudegen einen neuerlichen Vorstoß, um zunächst die wachsame Mrs. Chilton zu vertreiben.

»Wir werden jetzt zu dritt einen Spaziergang durch den Park unternehmen, Oberst«, entschied er, »und dann angeln wir eine Stunde Hechte. Ich glaube, es ist dazu heute gerade das richtige Wetter.«

»Aber nicht für Ihr Knie«, sagte die Hausdame sehr bestimmt. »Außerdem vergessen Sie, daß Sie nach Tisch etwas ruhen sollen. Ich werde daher Miss Sibyl und Oberst Passmore lieber selbst begleiten.«

Sie hob auch schon die Tafel auf, und da in diesem Augenblick der Gast bat, in London anrufen zu dürfen, wurde Sir Humphrey die grimmige Erwiderung, die ihm auf der Zunge lag, abgeschnitten.

Erst als der Oberst mit Tim gegangen war, legte er keuchend los. »Mrs. Chilton, was unterstehen Sie sich? Was hat Sie mein Knie zu kümmern und was ich nach dem Essen tue? Wer hat hier zu befehlen? Sie oder ich?« Seine Stimme schwoll an. Er stampfte mit dem Krückstock auf den Boden und fauchte wie ein gereiztes Raubtier. »Aber es wird Ihnen nichts nützen, verstehen Sie mich? – Mit den Kindern gehe ich, und Sie bleiben hier.«

Mrs. Chilton war nicht gesonnen, sich diesem Befehl zu fügen, und Sir Humphrey hätte wahrscheinlich abermals sehr unangenehme Dinge zu hören bekommen, wenn in diesem Augenblick nicht Sibyl sehr energisch eingegriffen hätte. Argwöhnisch, wie sie seit dem Telefongespräch am Morgen war, hatte sie das hitzige Geplänkel mit scharfen Ohren verfolgt, und wenn sie sich auch über dessen Bedeutung nicht so ganz im klaren war, hielt sie es aus einem inneren Gefühl heraus doch für geraten, sich auf die weibliche Seite zu schlagen.

Oberst Passmore kehrte erst nach einer geraumen Weile mit einer etwas befangenen Entschuldigung zurück, und gleich darauf wurde der Rundgang durch den Park angetreten. Mrs. Chilton machte die Führerin und entwickelte eine so lebhafte Gesprächigkeit, daß ihre Begleiter überhaupt nicht zu Worte kamen. Die beiden schienen auch nicht das Bedürfnis danach zu haben. Der Oberst hörte zwar mit vollendeter Höflichkeit zu, vermochte aber eine gewisse Zerstreutheit nicht zu verbergen, und die junge Dame beschäftigte sich ausschließlich damit, alle erreichbaren trockenen Blätter mit sicheren Gertenhieben von den Bäumen zu schlagen, aber obwohl man noch über eine Stunde bis in die entlegensten Winkel des ausgedehnten Besitztums lief, geschah nichts, was Sibyls üble Laune irgendwie gerechtfertigt hätte. Sonderbarerweise wurde jedoch die Stimmung der jungen Dame dadurch nicht besser, und als Mrs. Chilton beim Parktor vom Pförtner mit einer wichtigen Frage aufgehalten wurde und Passmore diese günstige Gelegenheit benützte, um etwas nervös nach der Uhr zu sehen, bekam er eine auffallend gereizte Bemerkung zu hören.

»Sie scheinen es nicht erwarten zu können, wieder von hier fortzukommen. Aber ich hätte Ihnen gleich sagen können, daß es in ›Falcon Lair‹ nicht sonderlich unterhaltend ist.«

»Ich dachte nur an die Rückfahrt«, entschuldigte sich der Oberst höflich. »Wir werden voraussichtlich starken Nebel bekommen, und da wäre es gut, wenn wir bis dahin das ungemütlichste Stück des Weges hinter uns hätten. Am liebsten wäre es mir allerdings, wenn Sie sich entschließen würden, bis morgen in ›Falcon Lair‹ zu bleiben.«

»Ich denke nicht daran«, erklärte sie scharf. »Die Abende hier draußen sind noch langweiliger als die Tage, und wenn Sie mich im Stich lassen wollen, nehme ich irgendeinen anderen Wagen und fahre allein.«

Als sie eine Weile später mit Mrs. Chilton wieder in der Halle erschienen, stand General Norbury, auf seinen Stock gestützt, hoch aufgerichtet in der Mitte und starrte ihnen erwartungsvoll entgegen. Wenn die widerspenstige Hausdame die Sache allein in Ordnung gebracht hatte, wollte er ihr zwar gehörig den Kopf zurechtsetzen, aber doch Gnade für Recht ergehen lassen. Die Hauptsache war ja schließlich, daß seine Berechnungen und Pläne bezüglich des Großneffen die gewisse unerläßliche Grundlage erhielten...

Da er auf diese wichtige Frage in den unbefangenen Mienen der Ankommenden keine Antwort fand, wurde er ungeduldig und wandte sich kurzweg an die Hausdame.

»Ist es soweit?«

Sie verstand ihn und warf mit einem warnenden Blick den Kopf zurück.

»In zehn Minuten, Sir Humphrey«, sagte sie mit Nachdruck. »Ich werde sofort den Auftrag geben, den Tee zu servieren.«

Sie drückte auf einen Klingelknopf und ließ sich dann behaglich in einen der tiefen Sessel fallen.

»Wir haben den ganzen Park abgelaufen«, erklärte sie, »und ich bin ehrlich müde. Natürlich sind wir auch beim Teich gewesen, und ich habe Oberst Passmore Ihre Angelplätze gezeigt, aber es ist heute dort wirklich sehr unfreundlich.«

Mrs. Chilton lächelte, was ihr noch immer sehr gut stand, aber der General hatte dafür keinen Blick, sondern gab ein unartikuliertes Knurren von sich, um seiner stillen Wut, an der er zu ersticken drohte, Luft zu machen. Diese renitente Person hatte ihm den ganzen so wunderbar angelegten Feldzugsplan vereitelt. Unter diesen Umständen verlief die Teestunde womöglich noch gespannter und unerquicklicher als der Lunch, und auch die Verabschiedung, die der General Sibyl und Passmore angedeihen ließ, fiel mehr dienstlich als familiär aus.

Die Hausdame geleitete die Besucher noch an den Wagen, und als sie zurückkehrte, stand Tim, mit weißen Handschuhen angetan, steif wie ein Stock, vor dem Arbeitszimmer.

»Der Herr General wünscht Mrs. Chilton zu sprechen«, stieß er mit stieren Augen hervor und riß auch schon die Tür auf, um sie hinter der Eintretenden sofort rasch wieder zu schließen und das Ohr mit erwartungsvoller Neugierde an das Holz zu legen.

Er hatte Glück, denn Sir Humphrey donnerte derart, daß jedes Wort deutlich zu vernehmen war.

»Mrs. Chilton, was Sie heute getrieben haben, war offene Auflehnung und Sabotage. Nach den Bestimmungen des Reglements –«

»Die Bestimmungen des Reglements interessieren mich nicht«, fiel hier die Stimme der Hausdame mit einer Unerschrockenheit ein, die den lauschenden Tim entsetzt in die Knie knicken ließ. »Sie wissen, daß ich für die Soldatenspielerei hier im Hause nicht zu haben bin, und wenn Sie mir sonst nichts zu sagen haben, kann ich wieder gehen. Ich bin sehr müde, denn Sie haben mir den heutigen Tag nicht leicht gemacht. Aber nun ist die Gefahr glücklich vorüber, und ich freue mich –«

»Nichts ist vorüber«, schrie der General wütend, indem er mit dem riesigen Bleistift auf seine umständlichen Berechnungen hieb, »und Ihre Freude wird Ihnen schon vergehen.«

Der Wagen Passmores hatte inzwischen in schneller Fahrt bereits einige Meilen zurückgelegt, ohne daß zwischen den beiden Insassen auch nur ein Wort gewechselt worden wäre.

Sibyl wunderte sich, daß der Oberst mit solcher Sorglosigkeit fuhr und verschiedene Kleinigkeiten, die ihr zu denken gaben, gar nicht zu bemerken schien.

Knapp bei ›Falcon Lair‹ waren sie an dem ersten Motorradfahrer vorübergekommen, der sich um die Behebung einer Panne bemühte, und eben hatte sie bereits den dritten gezählt, der mit seiner Maschine, am Straßenrand festlag.

Das war auf einer so kurzen Strecke einigermaßen auffallend, und Miss Norbury rückte sich etwas umständlich zurecht und suchte auf den schnurgeraden Weg, der hinter ihnen lag, Ausblick zu gewinnen. Sie gewahrte in einer Entfernung von etwa einer Meile drei winzige Punkte, die hinter dem Wagen herkamen, und für alle Fälle zog sie langsam die Rechte aus der Tasche.

Die Bewegung war ganz unauffällig geschehen, aber Passmore hatte sie doch bemerkt, und um seinen Mund flog ein leichtes Lächeln.

»Sie haben wirklich ein scharfes Auge, Miss Norbury. Aber diesmal können Sie Ihre Waffe steckenlassen. Von den Motorradfahrern haben wir nichts zu befürchten – und von anderer Seite wohl auch nicht.«

Der Oberst schwieg bereits wieder, und Sibyl fand diese Erklärung äußerst knapp und unbefriedigend, aber es widerstrebte ihr weiterzufragen. Dieser Mann mit dem steinernen Gesicht, das auch nicht einen Gedanken verriet, begann sie immer mehr zu irritieren, weil sie das Empfinden hatte, daß er mit ihr wie die Katze mit der Maus spielte. Das fand die selbstbewußte Sibyl Norbury höchst empörend, und sie war in dieser Stunde entschlossener denn je, die Komödie bis zum Ende durchzuführen. Dann würde sich ja zeigen, wer von ihnen beiden am längsten durchhielt.

Sie fuhren eben in die Mulde hinab, und gleich darauf nahm der Wagen den steil aufwärts führenden Serpentinenweg. Es war nun bereits völlig dunkel, und erst als der weiße Lichtkegel der starken Scheinwerfer in die oberste Schleife fiel, konnte sich Sibyl den Schauplatz ihrer mittäglichen Heldentat näher besehen. »Unsere Freunde sind natürlich bereits längst ausgerückt«, meinte Passmore lachend, aber die junge Dame überhörte die Bemerkung und hüllte sich in hochmütiges Schweigen.

Wenige Minuten später unterbrach sie dasselbe aber ganz unvermittelt, indem sie sich lebhaft vorbeugte, und ihre Hand hastig auf den Arm des Fahrers legte.

»Dort vorn scheint etwas los zu sein...«

Sie hatte noch nicht ausgesprochen, als es zwischen den Bäumen des Gehölzes, durch das die Straße einige hundert Schritte weiter lief, grell aufblitzte und ein harter Knall durch die Luft hallte. Dann folgten rasch hintereinander noch mehrere Schüsse, und der Oberst, der gestoppt und die Scheinwerfer ausgelöscht hatte, starrte gespannt in die Dunkelheit...

Im nächsten Augenblick kam es hinter ihnen in wilder Fahrt herangerattert, und die drei Lichter, die Sibyl beobachtet hatte, flogen pfeilschnell vorüber.

Sie waren aber noch nicht an Ort und Stelle, als vorne eine kleine rote Laterne geschwungen wurde und Passmore den Wagen wieder anließ.

Das Auto schoß durch die Waldstrecke, die in lautloser Stille lag, und im Schein seiner Lichter war auch nicht der Schatten eines Lebewesens zu sehen.

Der Oberst sprach über den Zwischenfall kein Wort, und Miss Sibyl Norbury brachte es nicht über sich, mit einem Wort danach zu fragen. Aber sie mußte sehr an sich halten, um den unausstehlichen Mann an ihrer Seite, der sie so unerhört behandelte, nicht zur Rede zu stellen.

»Ich hoffe, daß Sie die Aufregungen unseres heutigen Ausfluges nicht zu sehr mitgenommen haben«, sagte Passmore herzlich, als er die junge Dame vor ihrem Haus in Park Lane absetzte. »Und ich danke Ihnen nochmals für –«

»Sie haben mir für gar nichts zu danken«, fiel ihm Sibyl kurz angebunden und sehr kühl ins Wort und wandte sich mit einem ungnädigen Kopfnicken hastig zur Haustür.

Etwa zwei Stunden später schlug in dem unscheinbaren Haus nächst dem Home Office die gedämpfte Klingel an, und ein vierschrötiger Mann mit langen Affenarmen schob sich durch die gepolsterte Tür.

Er wartete nicht erst ab, bis der Oberst eine Frage an ihn richtete, sondern brachte sofort seine Meldung vor.

»Der Wolseley-Wagen ist gegen halb vier Uhr zurückgefahren, Sir. Wir haben ihn unterwegs getroffen und den Fahrer sichergestellt. Es ist ein Bursche, der bereits einige bedenkliche Sachen auf dem Kerbholz hat. Seine beiden Begleiter haben wir dann mit der übrigen Bande in dem Wald an der Straße ausgehoben. Man hatte offenbar bereits von vornherein mit der Möglichkeit gerechnet, daß der Anschlag bei Ihrer Hinfahrt mißlingen könnte und dem ersten Auto ein zweites mit weiteren drei Mann folgen lassen, die in dem Gehölz in aller Eile eine ganz niederträchtige Falle anlegten. Es sollte vor Ihrem Wagen im letzten Augenblick ein Drahtseil gespannt werden, und die Geschichte war so geschickt angelegt, daß es sicher eine Katastrophe gegeben hätte. Wir waren aber dicht um die Burschen herum, und als sie beim Auftauchen Ihres Autos geschäftig wurden, fielen wir über sie her. Fast wäre die Sache schlimm ausgefallen, da die Kerle sofort mit Schießeisen herausrückten, aber schließlich haben wir sie doch untergekriegt. – Sie sehen nun allerdings nicht gerade gut aus«, fügte der Mann etwas zögernd hinzu, »und ich möchte fragen, was mit ihnen geschehen soll. Vorläufig liegen sie draußen in dem Haus in Mitcham.«

»Bis auf weiteres dort lassen«, entschied der Oberst. »Hoffentlich hat es bei dem Transport kein Aufsehen gegeben.«

»Nicht das mindeste, Sir. Wir fuhren ganz abgelegene Wege, und als wir bei dem Haus anlangten, war es bereits stockdunkel.«

Passmore nickte flüchtig und stellte unvermittelt eine andere Frage. »Sind Meldungen über Grubb eingelaufen?«

»Jawohl, Sir. Er hat heute erst gegen Abend das Haus verlassen, aber schon am Morgen mehrere Besuche empfangen und dann fast ununterbrochen telefoniert. Wir versuchten, an seinen Apparat Anschluß zu bekommen, aber der Mann ist zu vorsichtig.«

Der Oberst machte eine leichte, ungeduldige Handbewegung. »Ich wünsche nicht, daß er mehr beunruhigt wird, als unbedingt notwendig ist, denn sonst bricht er uns am Ende noch aus. Und eine so günstige Gelegenheit, diesen Mann ins Netz zu bekommen, dürfte sich nicht so bald wieder ergeben.«

Passmore brach kurz ab, und der massive Mann vor ihm erwartete die gewohnte entlassende Geste, als noch ein Befehl kam. »Stellen Sie von morgen mittag an alle verfügbaren Mannschaften in Bereitschaft. Der Posten über dem Arbeitszimmer Fergusons ist mit drei Leuten zu besetzen, aber diese haben sich um nichts anderes zu kümmern als um den Aufnahmeapparat. Sie selbst machen hier Dienst und disponieren nach meinen Befehlen. Ich werde Sie vielleicht zwei oder drei Tage in Atem halten, aber dafür gibt es dann voraussichtlich eine längere Ruhepause.«

»Leider«, wagte der Mann bescheiden zu bemerken, und er meinte es ehrlich. »Sonst noch etwas, Sir?«

»Nein, danke. – Das heißt« – Passmore überlegte einige Sekunden –, »lassen Sie auf dem bekannten Weg die Weisung ergehen, die Leiche von Mrs. Smith zu beschlagnahmen. Aber erst unmittelbar vor der Beerdigung. – Bis dahin werden wir hoffentlich bereits soweit sein.«

26

Die Stunden dieses Tages zählten zu den endlosesten und sorgenvollsten, die der kaltblütige Mr. Bayford während seiner abenteuerreichen Laufbahn je durchlebt hatte.

Wieder einmal stand für ihn so ziemlich alles auf einer Karte, denn falls der ›Mächtige‹ ihn im Stich ließ, hatte er den unvermeidlichen Kampf mit seinem hinterhältigen Teilhaber und dem vielleicht noch weit gefährlicheren Dritten, der ihn mit dem Drudenfuß so hartnäckig verfolgte, allein auszufechten.

Wenn die Dinge Zeit gehabt hätten, so hätte er sich vielleicht mit diesem Wagnis abgefunden, aber so drängte alles nach einer raschen Entscheidung. Nun, da sich die lang gesuchte Karte in Fergusons Händen befand, ging es um Stunden. Auch konnte dieser Oberst Passmore jeden Augenblick irgendeine Mine springen lassen, die alle seine Zukunftspläne in Fetzen riß.

Gegen halb zehn Uhr hatte er sich in seinem ruhelos arbeitenden Kopf einen Plan zurechtgelegt, der ihm ausgezeichnet schien und ihn veranlaßte, sich sofort mit Mrs. Lee in Verbindung zu setzen. Dieses Eisen war augenblicklich so weich, daß er es ganz nach Belieben schmieden konnte, und wenigstens diese Chance wollte er sich für alle Fälle sichern.

Die verliebte Dame nahm die zeitige Überrumpelung sehr nett auf, und Bayford bekam minutenlang alle möglichen Kosenamen und Zärtlichkeiten und dazwischen sehr sehnsuchtsvolle Seufzer zu hören. Er schnitt dabei höchst ungeduldige und saure Grimassen, schlug aber einen gleich schmachtenden Ton an, als er endlich zu Worte kam.

»Ob ich an dich denke, Liebste? Deshalb habe ich dich ja eben angerufen. Und deshalb möchte ich dir einen Vorschlag machen. – Ich weiß zwar nicht, wie du ihn aufnehmen wirst«, fuhr er etwas zögernd fort, »denn er ist ein bißchen romantisch, aber in meiner Verfassung kommt man auf alle möglichen tollen Einfälle.«

»Romantisch...«, echote die Witwe begeistert zurück. »Oh, wie reizend! – Natürlich bin ich bereits einverstanden.«

»Nicht so rasch, meine Teure. Vorläufig weißt du ja noch gar nicht, worum es sich handelt. – Wenn ich dich nun wirklich beim Wort nähme?«

»Nimm mich beim Wort!« stieß die aufgeregte Frau hingebungsvoll hervor, und Bayford glaubte sogar ihre hastigen Atemzüge zu hören. »Es ist sicher etwas Schönes und Liebes...«

»Für mich allerdings«, erwiderte er bedeutsam. »Ich fürchte nämlich, daß mir die Zeit bis zu dem bewußten Tag doch zu lang werden dürfte, wenn wir unsere Vorbereitungen in aller Ruhe treffen wollen. Meine Geschäfte können mich möglicherweise auch noch drei bis vier Wochen in Anspruch nehmen, und auch du wirst voraussichtlich ebenso lange brauchen...«

»Nein«, widersprach Mrs. Lee hastig. »Ich kann bereits morgen fertig sein, wenn es notwendig ist.«

»Um so besser. Ich möchte dir nämlich vorschlagen, daß wir uns schon in den nächsten Tagen trauen lassen. In aller Stille und ohne sonderliche Formalitäten. – Ich kenne einen Geistlichen, der sich gewiß ein Vergnügen daraus machen wird, uns dabei behilflich zu sein. – Dann ordnen wir gemeinsam, was noch zu ordnen bleibt, und wenn uns die Laune ankommt, können wir jeden Augenblick in die Welt fliegen.«

Mrs. Lee äußerte entzückte Zustimmung. Diese Sache war also auf dem besten Wege, und Bayford war entschlossen, sie so rasch wie möglich zu Ende zu führen. Wenn dann die anderen Dinge vielleicht doch schiefgingen und er gezwungen war, England mit größtmöglicher Beschleunigung den Rücken zu kehren, bedeutete Mrs. Lee mit ihrer gefüllten Reisekasse und ihren ansehnlichen Kreditbriefen für ihn wenigstens einigen Trost und eine gewisse Bürgschaft für die Zukunft.

Mr. Grubb war von einer geradezu unheimlichen Pünktlichkeit. Schlag zehn klingelte das Telefon, und als Bayford sich hastig meldete, vernahm er die sanfte, bezwingende Stimme, die er seit dem verflossenen Abend nicht mehr aus dem Ohr bekam.

Der ›Mächtige‹ begann in seiner knappen, bestimmten Art sofort von dem Wesentlichsten zu sprechen.

»Ich habe mich also entschieden und werde die Angelegenheiten im Sinne unserer gestrigen Besprechung zu erledigen trachten. Natürlich muß ich die Bedingung stellen, daß Sie unsere Vereinbarungen genauestens einhalten und nun selbst weiter nichts unternehmen. Sollte sich irgend etwas ereignen, was von Wichtigkeit ist, so benachrichtigen Sie mich. Nur telefonisch, bitte, und so kurz und allgemein wie möglich. Von mir werden Sie am Abend vielleicht schon weiteres hören. Ich weiß, daß die Sache drängt und habe alles danach eingerichtet. – Also, sagen wir um sieben Uhr. – Danke!«

Nach einem kleinen Imbiß und einem Glas Portwein fühlte Bayford sich wie neugeboren, und die Welt hatte für ihn wiederum ein freundlicheres Gesicht. Mr. Grubb als Bundesgenosse bedeutete nach allem, was er über den Mann wußte, fast schon den sicheren Erfolg.

In dieser gehobenen Stimmung erinnerte sich Bayford des schönen Mädchens in Rot aus der Bar und sagte sich, daß nun der geeignete Augenblick gekommen war, sich mit diesem Abenteuer zu beschäftigen.

Er hatte der vor Neugierde, Sehnsucht und Ungeduld fiebernden Mrs. Lee zusagen müssen, den Lunch mit ihr einzunehmen, aber bis dahin blieb ihm noch genügend Zeit, einen Umweg zu machen und Tyler aufzusuchen. Er wollte den Mann zwar aus gewissen Gründen bei der Sache aus dem Spiel lassen, aber vielleicht konnte ihm jener durch die eine oder die andere Andeutung nützlich sein.

Der ›verliebte Lord‹ war noch nicht ganz empfangsfähig, als er den tadellosen Bayford in die unordentliche kleine Etagenwohnung einließ, und vermochte seine etwas ängstliche Überraschung nicht zu verbergen.

»Ich wollte einmal nach Ihnen sehen«, erklärte ihm sein Gönner unbefangen, »und ein paar Worte unter vier Augen mit Ihnen sprechen. – Vor allem: Was macht das Geschäft? Glauben Sie, damit wieder hochkommen zu können?«

»Das wird sich erst zeigen«, meinte Tyler mit einem unsicheren Achselzucken. »Jedenfalls gebe ich mir alle Mühe, aber die Konkurrenz scheint einem auch da das bißchen Verdienst gehörig sauer machen zu wollen. Wenn ich nicht so energisch und geschickt ins Zeug gegangen wäre...«

»Die Konkurrenz? Wieso?« fragte Bayford mit gleichgültiger Anteilnahme, indem er Tyler gnädig eine seiner Zigaretten anbot.

»Wenn Sie heute oder morgen in die Bar kommen sollten«, wisperte der blasse Mann mit wichtigtuender Vertraulichkeit, »so sehen Sie sich das Theater eine Weile an, und Sie werden sofort merken, was vorgeht. – Mein Auftraggeber scheint nicht der einzige zu sein, der sich mit der Sache beschäftigt.«

»Haben Sie etwas darüber gehört?«

Tyler fuhr mit der Hand durch die dicke Rauchsäule, die er gegen die Decke geblasen hatte.

»Nicht ein Wort. Darüber spricht man nicht, und außerdem dürften die Leute des andern über ihren Auftraggeber wohl ebensowenig wissen, wie ich über den meinen. Das geht mich schließlich auch nichts an. Worüber ich mich aufrege, ist nur, daß die Burschen es so frech und unfair treiben und einem die Damen mit allen möglichen Mitteln abspenstig machen wollen. Die Rote hat mir beispielsweise erzählt...«

»Die Rote – richtig...«, warf Bayford leichthin ein und klemmte das Monokel umständlich ins Auge. »Ich glaube, ich habe Ihnen schon gesagt, daß mir das Mädchen gefällt.«

Der ›verliebte Lord‹ wurde plötzlich sehr zurückhaltend.

»Allerdings... aber...«

Sein Besucher tat den Einwand, bevor er noch ausgesprochen war, mit einer kurzen Handbewegung ab.

»Ich weiß, die Geschichte paßt Ihnen nicht so recht, aber Sie haben dabei gar nichts zu befürchten. Ich gedenke Ihnen die Schöne lediglich für einige Stunden zu entführen – dann steht sie Ihnen wieder zur Verfügung. – Pflegen Sie sie nach Schluß nach Hause zu bringen?«

»Nein«, erklärte Tyler, »das hat sie immer abgelehnt. Sie macht sich stets in großer Eile und Heimlichkeit allein davon, und ich weiß nicht einmal, wo sie wohnt.«

»So«, sagte Bayford kurz und strich sich nachdenklich über das glatte, spitze Kinn. »Und wann kommt sie gewöhnlich?«

»Zwischen zehn und elf.«

Der andere nickte und traf Anstalten, sich zu verabschieden.

»Wenn sie also« – er überlegte einen Augenblick und verzog dann das Gesicht zu einem unangenehmen Grinsen –, »sagen wir, morgen ausbleiben sollte, so wissen Sie, woran Sie sind. – Wann soll die große Reise losgehen?«

»Sonnabend«, erwiderte der blasse Mann hastig. »Sie können sich denken, wie sehr mir daran gelegen ist, daß das erste Geschäft möglichst rasch und glatt abgewickelt wird.«

»Natürlich«, pflichtete ihm Bayford bei und reichte dem besorgten Mann herablassend zwei Finger der Rechten. »Ich bin sogar überzeugt, daß Ihnen das Mädchen dann noch sicherer sein wird als bisher.«

Diesmal gestattete sich der ›verliebte Lord‹ eine verständnisvolle Grimasse, und der Herr mit dem Monokel machte sich in glänzendster Laune wieder auf den Weg.

Er bedurfte dieser Laune, denn er wurde in den nächsten Stunden von Mrs. Lee ganz außerordentlich in Anspruch genommen. Wenn sie ihn nicht gerade stürmisch liebkoste, brachte sie ihm ihr Entzücken über seinen Vorschlag immer wieder in einem überschwänglichen Wortschwall zum Ausdruck, und Bayford ließ das eine wie das andere mit dem nachsichtigen Lächeln eines Verliebten über sich ergehen.

»Es liegt mir natürlich fern, mich in deine Angelegenheiten mischen zu wollen«, bemerkte er höchst taktvoll und zurückhaltend, »aber da wir die Absicht haben, England möglicherweise für längere Zeit zu verlassen, wäre es vielleicht geraten, deinem Anwalt entsprechende Weisungen zu erteilen und dir vor allem ein gewisses unmittelbares Verfügungsrecht über deine angelegten Gelder zu sichern.«

»Dir!« bestimmte Mrs. Lee rasch und mit Nachdruck, »Du weißt ja, daß ich von solchen Dingen nichts verstehe.«

Schon gegen fünf Uhr war er wieder in seiner Wohnung, und eine halbe Stunde später empfing er einen grobknochigen älteren Gentleman, der in der Dunkelheit über den Hof gekommen war.

»Ich hätte ein Geschäft für Sie«, begann er ohne weitere Umschweife. »Wenn Sie sich genau an meine Weisungen halten, ist es völlig ungefährlich, trägt aber zwanzig Pfund ein. Allerdings müssen Sie dabei einen verläßlichen Gehilfen haben.«

»Schießen Sie los, Sir«, drängte der Mann erwartungsvoll, und Bayford sagte, was vorläufig zu sagen war.

»Es handelt sich um ein Mädchen in Stratford, das Sie hierherzubringen haben. Sie wird nicht gerade freiwillig gehen, und Sie müssen es sehr geschickt und flink anfangen, aber ich habe mir sagen lassen, daß Sie in solchen Dingen Erfahrung besitzen. Natürlich brauchen Sie ein geeignetes Auto. Die Auslagen bekommen Sie selbstverständlich besonders ersetzt. – In einer halben Stunde kann alles erledigt sein.«

»Aber ich kann dann vielleicht zehn Jahre an die Geschichte glauben«, knurrte der Knochige wenig begeistert zurück. »Ich kenne die Gesetze. Und dem Kameraden muß ich ja auch einen Teil abgeben. – Unter vierzig Pfund wird es also nicht zu machen sein.«

»Dreißig«, erwiderte Bayford mit einer Bestimmtheit, die verriet, daß dies sein letztes Wort war, und der andere gab sich mit einem verdrießlichen Brummen zufrieden.

»Also morgen abend, pünktlich acht Uhr, in dem kleinen Restaurant gegenüber der Stratford Station. Ihr Begleiter soll mit dem Wagen in einiger Entfernung halten, und wenn wir fertig sind, können Sie das Weitere mit ihm verabreden.«

Bayford hing in der nächsten Stunde so angenehmen Träumereien nach, daß ihn der vereinbarte neuerliche Anruf Grubbs völlig überraschte.

Die Stimme des ›Mächtigen‹ klang diesmal weit weniger gelassen als am Morgen, obwohl er sich nur auf wenige Worte beschränkte.

»Ich habe mit Ihnen zu sprechen. Erwarten Sie mich in einer Stunde beim Middlesex-Hospital, Nordtrakt. Halten Sie sich dicht am Rande des Gehsteiges bereit, ich werde Sie im Vorüberfahren in meinen Wagen aufnehmen.«

Es verlief alles genau nach Verabredung, denn Bayford war ein sehr gewandter Mann, und in demselben Augenblick, in dem die unscheinbare Taxe ihn fast streifte, schwang er sich auch schon durch den aufklappenden Schlag neben den Führersitz.

Sekundenlang stutzte er betreten, denn er blickte in ein unbekanntes, bärtiges Gesicht, aber Mr. Grubb ließ ein leises Lachen hören.

»Eine gute Maske, nicht wahr?« meinte er. »Auch mein Wagen hat sich sehr verändert, seitdem ich von zu Hause abgefahren bin. Das heißt, mein Auto fährt eben jetzt mit einem Mann, der mir zum Verwechseln ähnlich sieht, gemächlich über den Piccadilly-Circus. – Solche Kleinigkeiten können von großer Wichtigkeit sein, besonders...«

Er sprach nicht aus, sondern lenkte den Wagen vorsichtig in eine Seitengasse und nahm die Unterhaltung erst nach einer Weile wieder auf.

»Ich habe Sie bemüht, weil ich einige Fragen an Sie stellen wollte. – Zunächst: Wissen Sie vielleicht etwas Näheres über Oberst Passmore?«

»Leider nicht«, erklärte Bayford mit einigem Unbehagen. »Ich habe ihn bloß einmal flüchtig gesehen und ein zweites Mal ebenso flüchtig gesprochen.«

»Und welchen Eindruck haben Sie von ihm?«

Der Herr mit dem Monokel dachte einige Sekunden nach, bevor er sein Urteil abgab. »Den eines Abenteurers gefährlichster Sorte...«

»...gefährlichster Sorte«, wiederholte Grubb mit eigenartigem Nachdruck. »Damit mögen Sie recht haben. – Ich muß Ihnen nämlich gestehen, daß er uns bereits eine empfindliche Schlappe beigebracht hat. Wir versuchten heute dreimal, ihn zu erledigen, aber jeder der Anschläge mißlang. – Dafür sind fünf unserer besten Leute spurlos verschwunden.«

Diese Neuigkeiten waren danach angetan, auch Bayford einigermaßen bedenklich zu stimmen.

»Wie erklären Sie sich das?« forschte er besorgt, erhielt, aber eine ausweichende Antwort.

»Ich werde zunächst die betreffende Gegend und alle Polizeistationen absuchen lassen, zweifle jedoch, daß dies von Erfolg sein wird. Es muß etwas Besonderes geschehen sein, und ich weiß nun, daß wir mit dem Mann kein leichtes Spiel haben werden. Aber ich werde mein möglichstes tun. Nur wird es vielleicht gut sein, vorerst die andere Sache mit Ihrem Teilhaber zu erledigen, um in den Besitz der Karte zu gelangen. Davon hängt ja schließlich alles Weitere ab. – Sie wollten mir übrigens noch einige wichtige Andeutungen machen.«

»Ja, wegen des Schreibtisches.« Die Stimme Bayfords klang etwas gepreßt, aber er war ganz bei der Sache und begann umständlich den Mechanismus zu erklären.

Grubb hörte eine Weile höflich zu, dann winkte er mit der Linken leicht ab. »Ich weiß davon. – Eine jener Spielereien, die keinen Wert haben. Ich habe heute während der Mittagspause den Tisch von einem Fachmann in Augenschein nehmen lassen. Wenn man das Möbelstück auch nur um einen halben Zoll verrückt, wird es aus dem elektrischen Kontakt gehoben und ist völlig gefahrlos zu behandeln. Pflegt unser Mann die Abende außer Haus zu verbringen?«

»Nein, nur wenn ich ihn dazu auffordere. Er ist sehr ungesellig und sitzt am liebsten daheim, trinkt eine Unmenge von Whisky und raucht dazu eine Zigarre nach der andern.«

»Seine Wohnung stößt an das Kontor?«

»Ja. Er hat daneben zwei Räume, deren letzter als Schlafzimmer dient.«

Die Wißbegierde des ›Mächtigen‹ schien damit befriedigt, denn er widmete sich plötzlich ausschließlich seinem Wagen, den er kreuz und quer durch die Gassen steuerte.

Bayford empfand dieses Schweigen als höchst bedrückend; die Unterredung hatte überhaupt seine Zuversicht arg herabgestimmt. Er glaubte an seinem neuen Bundesgenossen mit einemmal eine gewisse Unsicherheit zu bemerken, die sich unwillkürlich auch auf ihn übertrug und ihm schließlich eine ängstliche Frage auf die Lippen drängte.

»Glauben Sie, daß die heutigen Vorgänge, die Sie erwähnten, irgendwelche unliebsamen Folgen haben können?«

»Das wird sich ja bald zeigen.« Grubb sprach wieder in seiner kühlen, überlegenen Art, die auf Bayford bei der ersten Begegnung einen so bezwingenden Eindruck gemacht hatte. »Jedenfalls muß man darauf vorbereitet sein. – Aber wollen Sie sich deshalb nicht weiter beunruhigen. Ich kann mir denken, daß Ihnen das Schicksal der armen Mrs. Smith ohnehin genug Aufregung verursacht haben dürfte…«

Die letzten Worte trafen den Herrn mit dem Monokel so unvorbereitet, daß er ihren Sinn nicht sofort zu fassen vermochte; er empfand nur ein gewisses Unbehagen, daß der ›Mächtige‹ auch über diese seine Beziehungen unterrichtet schien.

Es stand für ihn fest, daß Polly Smith nicht gestorben war, wie man eben normalerweise stirbt. Er dachte unwillkürlich an die Drohungen, mit denen man ihn und Ferguson zu schrecken versucht hatte, und an den letzten Abend in der Gesellschaft der erregten Frau und an alles, was sie ihm anvertraut hatte…

Und es kam ihm zum Bewußtsein, daß Mr. Smith nun nicht nur ein Erbe von siebenunddreißigtausend Pfund besaß, sondern ein noch weit reicherer Mann war…

»Sie kennen jedenfalls auch Mr. Smith«, sagte gerade in diesem Augenblick Grubb so ganz nebenbei. »Ein fanatischer Musiker, wie ich gehört habe, und auch sonst ein etwas seltsamer Herr. – Aber wir sind in der Nähe Ihrer Wohnung, und es wird gut sein, daß wir uns hier trennen. Morgen hören Sie wieder von mir…«

Der ›Mächtige‹ verlangsamte die Fahrt, und als sie durch eine stockdunkle Gasse kamen, sprang Bayford elastisch und lautlos auf das Pflaster.

Er war noch immer etwas benommen und stand einen Augenblick unschlüssig; dann wandte er sich nach rechts, von wo ein fahler gelber Lichtstreifen durch den hereinfallenden abendlichen Nebel schimmerte.

Er hatte ungefähr fünfzig Schritte zu gehen, aber knapp vor dem Ziel hielt er mit einem jähem Ruck inne und starrte mit verzerrtem Gesicht zu Boden: Von den dunklen, nassen Steinen hob sich, riesengroß und wie von Geisterhand hingeworfen, scharf und grell das verdammte Zeichen ab. Und zum erstenmal kam über Bayford bei diesem Anblick ein Angstgefühl, das ihn in förmlicher Flucht weitertrieb.

Das alte Haus in Lambeth lag verlassen, und der dicke kleine Mann mit dem geröteten Gesicht und dem geraden Scheitel, der kurz vor Mitternacht die knarrende Holztreppe heraufkeuchte, hatte keine Veranlassung zu irgendwelchem Mißtrauen. Seine Sinne waren allerdings augenblicklich auch nicht sonderlich empfänglich, denn Fred Slater war seit vierundzwanzig Stunden bemüht, sich Mut anzutrinken.

Der Auftrag des ›Padischah‹ zwang ihn zu einer Sache, zu der er heute nicht mehr die Nerven hatte. Das mit den Matrosen war damals etwas ganz anderes gewesen. Er hatte an das Fläschchen, das ihm ein schlitzäugiger Bursche für einige Gläser Brandy angehängt hatte, nicht so recht geglaubt, und als er es zum erstenmal versuchte, war dies eigentlich bloß aus Neugierde geschehen. Erst als alles so leicht und unauffällig gegangen war, hatte er sich darauf verlegt, die Geschichte einträglich zu gestalten, aber schließlich war er dabei doch fast um seinen Hals gekommen.

Um diesen ging es nun wiederum bei der Geschichte, die der ›Padischah‹ sich in den Kopf gesetzt hatte und bei der er selbst die Kastanien aus dem Feuer holen sollte. Bayford und Ferguson und vielleicht auch der Rotbärtige waren keine einfachen Seeleute, um die man nicht viel Wesens machte, und selbst wenn alles glatt ablief, würde es doch bedenklichen Lärm geben. Und vielleicht würde man sich dann an Fred Slater erinnern...

Der dicke, kurzatmige Mann wünschte seinem geheimnisvollen Herrn die Pest an den Hals, und je mehr er erkannte, daß er unbedingt parieren mußte, desto grimmiger wurden seine halblauten Flüche und desto ausgiebiger die Schlucke Alkohol, die er nahm. Slater entzündete mit zittrigen Händen den Lichtstumpf in dem Flaschenhals und schielte dann mit verglasten Augen nach dem Kamin. Wenn vielleicht das Zeug doch nicht dort war...

Aber es war dort. Als er sich schwerfällig danach bückte, brannte ihm das Fläschchen wie Feuer in der Hand, und er ließ es schnell in die Tasche gleiten.

Das Telefon summte, und er knurrte heiser das Losungswort und seine Nummer in den Apparat, aber fast gleichzeitig ließ sich auch schon der Lautsprecher vernehmen.

»Haben Sie die Sache gefunden?«

»Jawohl«, knurrte Slater zögernd und widerwillig, wurde jedoch sofort daran erinnert, daß er an seinen heiklen Auftrag glauben mußte.

»Dann sputen Sie sich, denn es ist keine Zeit zu verlieren. Zuerst den Mann in der Bar. Er ist sehr groß und hager und hat einen viereckig gestutzten roten Bart. Sie können ihn nicht verkennen, und da er immer allein sitzt, wird es Ihnen auch nicht allzuschwer werden, an ihn heranzukommen. – Bei den beiden anderen müssen Sie dann eine günstige Gelegenheit auskundschaften. Geht es nicht mit dem Fläschchen, so vielleicht anders. – Sie verstehen mich?«

Der Unsichtbare ließ eine kurze Pause eintreten, und der dicke Mann trat unruhig von einem Fuß auf den andern und befeuchtete die trockenen Lippen.

»Ich werde tun, was ich kann«, krächzte er verzweifelt in die Muschel.

»Alles in Ordnung, Flack«, sagte in derselben Minute Oberst Passmore auf dem silbergrauen Boot, indem er den Kopfhörer abnahm, »Sie können sich jetzt auf den Weg machen. Beeilen Sie sich, damit Sie noch vor dem besagten Mann dort eintreffen. – Und nochmals: Sie haben nicht mit der Wimper zu zucken.«

In der Bar ›Tausendundeine Nacht‹ war alles, wie es immer gewesen war, und doch lag über dem lauten, bunten Treiben eine beklemmende Stimmung. Sie sprach aus den Mienen der Gäste, den Flüsterworten, die hier und dort heimlich getauscht wurden, und vor allem aus den scheuen Blicken, die sich immer wieder nach der verhangenen Loge richteten, in der sonst Mrs. Smith gethront hatte.

Die Bar besaß so etwas wie einen Geschäftsführer, dem bisher nur eine untergeordnete Stellung zugefallen war, der aber nun seine Zeit für gekommen erachtete. Er hatte sich am Nachmittag bei Mr. Smith melden lassen, um diesem sein Beileid auszusprechen und ihn dann zu fragen, wie es mit dem Geschäft zu halten sei.

Sehr ergriffen war Miss Harper, denn als angehende Künstlerin hielt sie etwas auf Gefühl und gab diesem mit einem schmerzlichen Augenaufschlag Ausdruck.

»Oh«, seufzte sie tonlos, »wie entsetzlich! In so jungen Jahren… Und hier ist alles so, als ob nichts geschehen wäre…«

Sie griff hastig nach der Puderdose, um die Spuren der Rührung aus ihrem Puppengesicht zu wischen, und Mr. Tyler beeilte sich, sie zu trösten.

»Ja, so ist das Leben«, sagte er mit philosophischer Ergebenheit. Er fand, daß dies sehr gut klang und als Schlußpunkt der unerquicklichen Unterhaltung gelten konnte. Es gab mit den Damen viel wichtigere Dinge zu besprechen als den Tod von Mrs. Smith, und je näher der entscheidende Tag kam, desto nervöser wurde er. Dabei bereiteten ihm der sehnige ›Reiter‹ und der Mann mit dem klassischen Künstlerkopf heute noch mehr Sorge als am Abend vorher. Er hatte eben nur mit vieler Mühe Miss Harper endlich für eine Weile in Sicherheit bringen können, aber die Rote tanzte noch immer mit ihrem zudringlichen neuen Kavalier, und der ›verliebte Lord‹ verfolgte das Paar mit argwöhnischen Blicken. Das unaufhörliche Geflüster des Gentleman wollte ihm nicht gefallen und ebensowenig der herausfordernde Ausdruck in dem Gesicht des Mädchens.

Sein Mißtrauen war nur zu begründet, denn der unternehmende ›Reiter‹ ging eben zum entscheidenden Angriff über, und seine Partnerin entwickelte keinen sonderlichen Widerstand.

»Sie haben mir einen Autoausflug zugesagt«, erinnerte er nachdrücklich. »Für wann darf ich also meine Vorkehrungen treffen?«

»Für Sonntag«, gab das Mädchen ohne weitere Überlegung mit verheißungsvoll blitzenden Augen zurück. »Da habe ich frei, und auch zu Hause gibt's nichts zu tun.«

»Um welche Stunde und wo kann ich Sie abholen?« drängte er beglückt.

»Sagen wir um elf Uhr bei Saint Mary an der Battersea-Square-Pier. Aber kommen Sie nicht mit so einem klapprigen alten Taxi, sondern mit einem Wagen, der etwas vorstellt und in dem man sich sehen lassen kann. Wenn schon, denn schon.«

»Natürlich«, stimmte der Gentleman zu, war aber von diesem etwas anspruchsvollen Wunsch nicht gerade begeistert. »Sie sind sehr lieb, und ich hoffe, daß wir bei dieser Gelegenheit gute Freunde werden. – So gute Freunde, daß Sie mir Ihre Zukunft anvertrauen…«

Er sah ihr mit einem heißen Blick in die schillernden Augen, und sie ließ ein belustigtes Kichern hören.

»Die vertraue ich Ihnen ohne weiteres an. – Wenn Sie mein Geld gewollt hätten, hätte ich es mir vielleicht überlegt.«

Der ›Reiter‹ hatte für diese Bemerkung nur ein etwas krampfhaftes Schmunzeln, aber bei diesem prächtigen Mädchen durfte man nicht jedes Wort auf die Waagschale legen. Schließlich hatte er sie nun dort, wo er sie haben wollte, und das Weitere war für einen Mann von seinen Künsten und Erfahrungen nur eine Kleinigkeit.

Steve Flack war vor etwa zwanzig Minuten in seiner ganzen Länge aufgetaucht und hatte anfangs einige Schwierigkeiten gehabt, einen passenden Platz zu ergattern. Mitten in der aufgeputzten Gesellschaft wollte er als bescheidener Mann nicht sitzen, und in den gemütlichen Nischen war nichts frei.

Aber nach einer Weile führte ein Herr seine Dame zum Tanz, und der Steuermann benützte die Gelegenheit, sich sofort häuslich niederzulassen. Er säuberte eigenhändig den Tisch, indem er die Gläser einfach nebenan abstellte und belegte dann den einen Stuhl mit seinem Hinterteil und den anderen mit seinen ansehnlichen Füßen.

»Whisky ohne!« kommandierte Flack kurz und in seinem tiefsten Baß, und als das Glas kam, beschnüffelte er es zunächst eine Weile höchst mißtrauisch. Nun, da die arme Mrs. Smith nicht mehr war, konnte man nicht wissen...

Aber der Whisky war gut...

Steve saß nun bereits beim vierten Glas, und da ließ sich wohl schon ein Urteil abgeben. Es war überhaupt alles in schönster Ordnung. Sein Schützling war da wie immer, und der bewußte Bursche, der es auf seinen Trunk abgesehen haben sollte, ließ sich nicht blicken.

Ein kleiner, dicker Mann strich an ihm vorüber, wischte sich mit einem unsauberen Taschentuch die Stirn und sah krampfhaft nach der anderen Seite. Dann kam er wieder zurück, und nach einer Weile nahm er zum drittenmal den Weg...

Steve Flack kehrte mit einem Ruck seinem Glas den Rücken und blinzelte in das Parkett, wo ihn irgend etwas ganz besonders zu interessieren schien. Das hinderte ihn aber nicht, genau zu beobachten, wie der kleine Dicke plötzlich dicht an der Wand entlangkam, bis er knapp am Tischchen stand und dann plötzlich mit der Hand eine hastige, weit ausholende Bewegung machte.

Alles das geschah in wenigen Sekunden, und schon im nächsten Augenblick schien der Mann vom Boden verschlungen zu sein. Der Steuermann steckte sich zunächst sehr umständlich eine frische Zigarre an und schielte dann nach seinem Whisky. Er war goldgelb und klar wie früher, aber der Teufel mochte wissen, wie er nun schmeckte...

Steves Hand tastete etwas zaghaft nach dem Glas, aber dann tat sie einen entschlossenen Griff und beförderte den Becher zu dem breiten Spalt oberhalb des gesträubten Bartes.

Flack schüttete das verdächtige Zeug hinunter, ohne eine Schluckbewegung zu machen, und aus zwei verschiedenen Winkeln des Saales verfolgten zwei Augenpaare jede seiner Bewegungen und Grimassen mit fieberhafter Spannung.

Erst nachdem er eine gehörige Portion Rauch in den Schlund nachgejagt hatte, wagte der Steuermann vorsichtig mit der Zunge zu prüfen und konnte zu seiner Beruhigung feststellen, daß dem Whisky nichts Schreckliches geschehen war. Immerhin empfahl es sich aber, rasch ein frisches Glas nachzutrinken, und er reckte seinen langen Arm wie einen Signalmast hoch in die Luft, um die Bedienung herbeizuwinken

Aber plötzlich gewahrte er etwas, was ihn den Mast rasch wieder einziehen und zunächst an seine Pflicht denken ließ, die ihm sogar über den Whisky ging.

29

Das Mädchen in Rot war in diesem Augenblick zu einem Entschluß gekommen.

Den ganzen Abend über hatte sie sich die Sache gründlich durch den Kopf gehen lassen, und nun nestelte ihre Hand an dem Turban, um dort einen der glitzernden Pfeile anzustecken. Kaum war dies geschehen, stand der Logendiener neben dem Tischchen. »Der Herr läßt bitten«, flüsterte er, um bereits wieder weiterzueilen, und einige Minuten später verließ auch das Mädchen unbefangen und unauffällig seinen Platz.

Die zweite Begegnung ging fast in der gleichen Weise vor sich wie die erste.

»Sie wünschten mich dringend zu sprechen«, empfing sie der große Mann mit korrekter Höflichkeit, und diesmal versuchte die Rote nicht wieder, die Flucht zu ergreifen. Sie ließ sich vielmehr sofort nieder und legte in ihrer breitesten Mundart los.

»Jawohl, sehr dringend. Wenn ich jedoch gewußt hätte, daß Sie mich so lange warten lassen würden, hätte ich mir's überlegt. Die Sache mit dem Pfeil ist faul. Aber das kann mir schließlich schnuppe sein, denn ein zweites Mal werde ich ihn nicht mehr brauchen. In ein paar Tagen haue ich ab, und ich wollte Ihnen nur vorher noch einiges sagen, worauf Sie so neugierig waren. Schließlich haben Sie mich ja dafür ganz anständig bezahlt, und ich bin keine solche, die etwas umsonst haben will.«

Sie schöpfte nach dieser etwas langatmigen Einleitung eine Sekunde Luft und erwartete irgendeine hastige Frage, aber diese kam nicht, sondern ihr Gegenüber hüllte sich in ein gelassenes Schweigen, das sie etwas aus dem Konzept brachte.

»Also, wie gesagt, Sonnabend geht es los«, begann sie neuerlich mit einem energischen Anlauf. »Ich werde Tänzerin und gehe auf eine Tour. Wenn schon aus der Heirat nach drüben nichts geworden ist, so komme ich doch wenigstens so hinüber, und das ist vielleicht noch gescheiter. Wer weiß, was in mir steckt und wozu ich es noch bringen kann. Vielleicht komme ich einmal sogar zum Film und fahre in meinem eigenen Auto.«

»Und das alles ist bereits abgemacht?« ließ sich endlich die ruhige Stimme des großen Mannes vernehmen.

»Mit Handschlag«, bekräftigte sie ernsthaft, »und da bleibt es dabei. Die blonde Puppe, die an meinem Tisch sitzt, geht übrigens auch mit, und unser Freund hat uns versprochen, daß es sehr lustig werden wird. – Haben Sie ihn schon gesehen? Er ist zwar nicht ganz nach meinem Geschmack«, bemerkte sie so nebenbei, »aber alles kann man nicht verlangen. Der andere, der elegante Braune, würde mir besser gefallen, bei dem schaut jedoch nicht viel heraus. Er hat mich nur zu einer Autopartie eingeladen und möchte, daß ich ihm meine Zukunft anvertraue. Das ist ein bißchen schäbig, und deshalb wird er Sonntag warten, bis er schwarz wird.«

Sie hatte mit so großer Lebhaftigkeit und sehr freimütig darauflosgeplaudert und traf nun Anstalten, wieder zu gehen.

»Das ist alles, was ich Ihnen erzählen kann«, bemerkte sie, indem sie sich erhob, »und ich glaube nicht, daß es für das schöne Geld reicht, das Sie es sich haben kosten lassen.«

»Im Gegenteil«, wehrte der Mann im Schatten ab, »ich stehe noch in Ihrer Schuld. Ihre Auskünfte sind für mich sehr wertvoll, und es ist an mir, mein Versprechen zu halten.«

»Was für ein Versprechen?« platzte sie überrascht und etwas mißtrauisch heraus.

»Das hier!«

Er reichte ihr ein kleines Etui, aber sie zögerte einen Augenblick, bevor sie danach griff. Dafür sprudelte sie von naivem Entzücken und wortreicher Dankbarkeit über, als sie einen Blick hineingeworfen und die kostbare Nadel mit kritischen Augen geprüft hatte.

»Donnerwetter, das ist eine feine Sache! Sie müssen es sehr dick haben, wenn Sie solche Geschenke machen können. Und noch dazu für nichts und wieder nichts. Dafür werde ich auch immer an Sie denken, wenn ich das Ding anstecke«, versicherte sie gönnerhaft. »Meine Kolleginnen werden vor Neid zerspringen.«

»Wir werden uns also nicht mehr sehen?« fragte der große Mann leichthin.

»Nein«, erwiderte sie hastig und bestimmt, »das glaube ich kaum. Selbst wenn ich an den letzten Abenden noch hierherkommen sollte, weiß ich nicht, ob ich mich freimachen kann, und außerdem hätte es auch keinen Zweck, da wir ja mit unserem Geschäft zu Ende sind.«

Er machte keinen Einwand, sondern bot ihr höflich die Hand.

»Dann wünsche ich Ihnen das Allerbeste.«

»Danke«, stieß die Rote kurz hervor, schlug flüchtig ein und schlüpfte davon.

Steve Flack war auf dem Posten wie immer, und das Mädchen hatte noch nicht den Ausgang erreicht, als er auch schon breitbeinig hinterherstelzte.

Diesmal starrte ihm aus dem Saal nur ein Augenpaar nach, in dem ungläubige Verwunderung und ratloses Entsetzen lagen.

Für fünf der flüchtigen Schritte, die die Rote im Schatten der Häuser tat, benötigte der Steuermann bloß einen, und er konnte sich daher Zeit lassen.

Als er um die nächste Ecke bog, war seine Schutzbefohlene gerade bei ihrem Wagen, und wenige Augenblicke später verschwand das Schlußlicht bereits in der Ferne.

Damit war Steves Arbeit für diese Nacht zu Ende, und während er seine lange, hagere Gestalt dicht an den Mauern hinschob, überlegte er, in welchem gemütlichen Lokal er noch etwas Vergnügen suchen könnte.

Die Gassen, durch die er kam, waren nur spärlich beleuchtet und wie ausgestorben, aber nach kaum hundert Schritten wußte Steve Flack, daß jemand hinter ihm her war. Er hatte dafür ein sicheres Gefühl und vermochte sogar die Entfernung abzuschätzen, in der sich der unsichtbare Verfolger hielt.

Flack wich dem Schein der trübseligen Laterne, der eben auf seinen Weg fiel, vorsichtig aus, und seine Rechte umklammerte liebevoll den Gummiknüppel, der in der Tasche seiner Joppe steckte.

Als seine lange, hagere Silhouette den Rand des Lichtkegels streifte glitt hinter ihm ein Schatten blitzschnell vorwärts, hielt an und streckte den Arm vor...

In der nächsten Sekunde gab es fast gleichzeitig einen harten Schlag, einen gedämpften Knall, und eine scharfe Stimme sagte: »Bemühen Sie sich nicht, ›Padischah‹!«

Steve fuhr jäh herum, und einen Augenblick wußte er sich nicht zu erklären, was los war. Aber dann gewahrte er die verschwommenen Umrisse einer Gestalt, die mit mächtigen Sätzen einer Seitengasse zuflog, und schon schnellte er weit ausgreifend hinterdrein.

Eben als er in den richtigen Schwung kam, faßte eine Hand so kräftig nach ihm, daß er sich wie ein Kreisel drehte.

»Lassen Sie ihn!« gebot die scharfe Stimme von vorhin, »es ist noch nicht an der Zeit. Halten Sie aber die Augen und Ohren offen, denn er meint es verdammt ernst, und ich kann nicht immer hinter Ihnen drein sein...«

30

»Daß du dich auch wieder einmal um mich kümmerst«, sagte Ferguson ein wenig gekränkt, als sich Bayford um die Mittagsstunde ohne Anmeldung im Kontor einstellte. »Brauchst du etwa Geld?«

»Danke«, erwiderte er unbefangen, »ich bin wirklich nur gekommen, um nach dir zu sehen und zu fragen, ob es etwas Neues gibt. Ich werde dich nicht lange aufhalten, denn du hast wohl alle Hände voll zu tun.«

»Allerdings«, bestätigte der vierschrötige Mann mit wichtigtuendem Augenzwinkern, »heute und morgen sind die entscheidenden Tage. Wenn nichts dazwischenkommt, dürfte in vierundzwanzig Stunden alles zur Einschiffung bereit sein.«

»Und dann?« fragte Bayford leichthin.

»Dann schicke ich die Depeschen ab, durch die unsere Agenten erst erfahren, wo sie die Ware abzuliefern haben. Das ist eine Sache von wenigen Stunden, und sobald die ›dicke Zigarre‹ von ihren Leuten die telegrafische Bestätigung der Übernahme erhält, ist für uns das Geschäft perfekt. Ab Schiff geht alles auf ihre Gefahr.«

Bayford nickte zerstreut. »Eigentlich könnte ich wieder einmal in Kensington vorsprechen. Es ist um diese Jahreszeit furchtbar schwer, den Tag totzuschlagen.«

Ferguson nahm diesen Einfall mit großem Eifer auf. »Tue das. Ich müßte sonst telefonieren, und dabei kann man nicht so deutlich sein. Du kannst ihr auch sagen, daß sie die Schecks bereithalten soll, denn wir brauchen dringend Geld. Das Geschäft hat alle unsere Barmittel in Anspruch genommen. Aber vielleicht schon übermorgen...« Er rieb sich die großen, fleischigen Hände und grinste Bayford vielsagend an. »Und du wirst auch zufrieden sein. Wenn ich die Sache vom Halse habe, will ich es mich etwas kosten lassen.«

»Schön, ich werde dich daran erinnern. – Früher bist du wohl nicht für einen Abend zu haben?«

»Nein, heute und morgen nicht. Es kann doch noch die eine oder andere wichtige Nachricht kommen, und außerdem...« Er brach unvermittelt ab und blickte seinen Teilhaber mit unruhigen Augen an. »Du hast mir noch gar nichts von Mrs. Smith gesagt. Ich habe davon in den Zeitungen gelesen...«

»Da ist nicht viel zu sagen.« Bayford hob gefühlvoll die Schultern. »Ein sehr trauriger Fall. Wahrscheinlich war sie leidend und dazu die anstrengende Lebensweise...«

»Und unser Geschäft?« fragte er endlich.

»Das geht natürlich weiter. Ich glaube, wir werden schon in der nächsten Woche den ersten Gewinn einstreichen können. Darüber will ich eben auch mit der ›dicken Zigarre‹ sprechen.«

Er sah sich, schon halb im Gehen, ganz mechanisch noch einmal in dem Raum um, aber der andere drängte ihn ungeduldig zur Tür.

»Hier sieht es etwas unordentlich aus, ich weiß«, meinte er übellaunig. »Gestern ist die Aufwartefrau plötzlich krank geworden und hat einen Ersatz gestellt, der alles Oberste zuunterst kehrt. Aber ich habe andere Dinge zu tun, als mich mit dieser Gesellschaft herumzuschlagen.«

Mit einer ähnlichen Entschuldigung wurde Bayford eine Stunde später in Kensington empfangen.

»Sie treffen mich mitten in meinen Reisevorbereitungen«, erklärte Mrs. Melendez, indem sie auf eine Reihe von Koffern und Berge von verschiedenen Dingen wies, die ringsherum zum Einpacken bereitlagen. »Ich besorge das immer selbst, denn auf das Dienstpersonal kann man sich nicht verlassen. Ich hoffe, daß Sie mir gute Nachrichten bringen. Wenn Sie nicht selbst gekommen wären, hätte ich Ferguson angerufen, um ihm meine Meinung zu sagen. Seinetwegen werde ich mir hier nicht den Tod holen. Das englische Klima um diese Jahreszeit vertrage ich nicht, und wenn Ihr Teilhaber sich etwas mehr beeilt hätte, wäre ich schon längst wieder drüben. – Wie steht es also?«

»Er glaubt, die Sache nun binnen zwei Tagen zu Ende zu bringen«, erklärte er, und die fette Frau griff erleichtert nach der Zigarre, um einige tiefe Züge zu tun.

»Gott sei Dank! Vor Abschluß dieses Geschäftes wäre ich nicht gerne abgereist, denn wenn ich unterwegs bin, will ich alles in Ordnung wissen. Und Montag nacht muß ich unterwegs sein…«

Mrs. Melendez machte eine Pause und klopfte umständlich die Asche ab. Dies schien Bayford der geeignete Augenblick, um auf den Scheck zu sprechen zu kommen.

»Sagen Sie Ferguson, daß er ein lausiger Krämer ist«, stieß sie gereizt und verächtlich hervor. »Bin ich ihm schon etwas schuldig geblieben? Aber das sieht ihm ähnlich. Die Ware ist noch nicht geliefert, und er drängt bereits wegen des Geldes. Das ist unsolid, und solche Leute liebe ich nicht. Überhaupt« – sie richtete ihre verschleierten Augen forschend auf ihr Gegenüber –, »warum machen Sie sich nicht selbständig? Überlegen Sie sich das einmal. Auf mich können Sie dabei rechnen. Sie sind ein Mann von Welt und nicht so ungehobelt wie Ihr Teilhaber.«

Sie lehnte sich sekundenlang mit geschlossenen Augen zurück, und ihr großes Gesicht mit den Hängebacken schien noch gelber als sonst. Dann neigte sie sich plötzlich dicht zu ihrem Besucher und dämpfte ihre tiefe Stimme zu einem kaum hörbaren Flüstern. »Haben Sie von Mrs. Lee irgend etwas erfahren?«

»Nein«, gab Bayford etwas befremdet zurück, weil ihn ihr Benehmen überraschte, die Antwort schien sie jedoch trotz ihrer Entschiedenheit nicht zu befriedigen.

»Wissen Sie, warum ich es so eilig habe wegzukommen?« murmelte sie erregt. »Weil mir die Dinge hier plötzlich nicht gefallen wollen. Es ist zwar nichts geschehen, aber ich habe seit Tagen ein eigenartiges Gefühl, und ich gebe etwas auf Ahnungen.«

Sie befeuchtete die aufgeworfenen Lippen, und das breite Perlenband um den kurzen, dicken Hals schien ihr zu eng zu werden, denn sie fingerte nervös daran herum.

»Sie werden sehen, daß sich etwas zusammenbraut«, fuhr sie dann in ängstlicher Hast fort. »Schon die Geschichte mit dem ›Schlepper‹ hat mich besorgt gemacht, denn man weiß nie, was aus solchen Dingen entsteht. Und jetzt wieder die Sache mit Mrs. Smith…Es wird so Verschiedenes gemunkelt, und ich fange an, mich zu fürchten. – Sie müssen nämlich wissen, daß man unlängst vor meinem Haus ein Zeichen entdeckt hat, das von schlimmer Bedeutung ist. Gerade an dem Tag, an dem Sie zum letztenmal hier waren. Es sah aus wie ein Stern und soll mit bösen Geistern zusammenhängen…«

Mrs. Melendez zog zitternd die üppigen Schultern zusammen. Sie war zwar eine nüchterne und tatkräftige Frau ohne jede Sentimentalität, aber dafür besaß sie andere Schwächen. Und auch Mr. Bayford, der zwar weder von Ahnungen noch von Träumen und Geistern etwas hielt, fühlte sich plötzlich nicht wohl, als er an den Drudenfuß erinnert wurde. Trotzdem bewahrte er seine Gelassenheit und versuchte die besorgte Frau zu beruhigen.

»Ich glaube, Sie messen diesen Dingen zuviel Bedeutung bei. Sie hängen sicher in keiner Weise zusammen und…«

»Das lasse ich mir nicht nehmen«, widersprach ihm Mrs. Melendez hartnäckig, indem sie mit ihrem beringten Zeigefinger entschieden in die Luft stach. »Ich bin sonst nicht gerade schreckhaft, aber wenn es mich einmal packt, so hat dies einen Grund. Glauben Sie mir, es ist besser, man bereitet sich auf alle Möglichkeiten vor. – Seit gestern liegt meine Jacht unten bei Greenhithe unter Dampf, und ich werde vielleicht schon morgen nacht an Bord gehen. Dort fühle ich mich sicherer als hier, und wenn es Unannehmlichkeiten geben sollte, bin ich in wenigen Stunden außer Landes. Geschieht nichts, um so besser. Dann nehme ich Montag nacht die Gesellschaft aus dem Heim mit. Wir fahren unter amerikanischer Flagge, und die Papiere sind in Ordnung.«

Der Herr mit dem Monokel hatte für diese vertraulichen Mitteilungen das lebhafteste Interesse, und plötzlich sah er hier eine Gelegenheit, die auch ihm unter Umständen sehr dienlich sein konnte.

»Sie haben wirklich für alles vorgesorgt«, meinte er mit einem neidvollen Seufzer. »Uns anderen würde es nicht so leichtfallen, wenn…«

Er sprach nicht zu Ende, und die Frau des Hauses hüllte sich in eine dicke Rauchwolke.

»Sie nehme ich mit, wenn es notwendig sein sollte«, erklärte sie dann unvermittelt. »Aber nur Sie, verstanden?«

»Sie sind sehr gütig«, sagte er. »Aber unter dieser Bedingung muß ich leider verzichten.«

»Was soll das heißen? – An wen denken Sie?«

»An meine Frau«, gab Bayford leichthin zurück. »Mrs. Lee...«

Die ›dicke Zigarre‹ verharrte einige Augenblicke starr wie eine Statue, dann aber gerieten ihre Hängebacken und ihr mächtiges Kinn in gewaltige Bewegung.

»Bayford«, stieß sie keuchend hervor, »Sie sind der tüchtigste Halunke, der mir in zwei Weltteilen untergekommen ist... Das ist natürlich etwas anderes...« Ihre ausbrechende Heiterkeit drohte sie zu ersticken. »Mrs. Lee...! Großartig...«

Sie patschte mit beiden Händen auf die gewaltigen Knie, und ihr kurzatmiges Lachen klang so ansteckend, daß auch Mr. Bayford in ein belustigtes Meckern ausbrach.

Seine gute Laune hielt allerdings nicht lange an, und als er das stille Haus verließ, lag sein hageres Gesicht in sehr bedenklichen Falten. Die plötzliche Ängstlichkeit von Mrs. Melendez war nicht ganz ohne Eindruck auf ihn geblieben und hatte auch seine Sorgen und Befürchtungen wieder lebendig werden lassen. Bei der Sache mit Ferguson und auch bei jener mit Passmore konnte sehr leicht ein verhängnisvoller Fehler unterlaufen, und er wollte sich nicht darauf verlassen, daß der ›Mächtige‹ ihn dann unbedingt decken würde.

Mrs. Melendez' Anerbieten hätte ihm nicht gelegener kommen können. Hier blieb ihm für den schlimmsten Fall ein gefahrloser und bequemer Weg, um spurlos vom Schauplatz zu verschwinden, und es galt nur noch, auch Mrs. Lee durch eine möglichst harmlose Erklärung für diese Fahrt zu gewinnen.

Das war kein Kunststück, denn die verliebte Witwe hörte kaum zu, sondern nickte nur begeistert. Sie hätte mit diesem herrlichen Mann die Hochzeitsreise auch auf einem schmierigen Frachtdampfer gemacht, und nur für die Besitzerin der Jacht zeigte sie aus gewissen Gründen einiges Interesse.

»Woher kennst du die Dame?« forschte sie. »Ist sie hübsch?«

»Mrs. Melendez ist eine entfernte Verwandte von mir«, erklärte ihr Bayford bereitwilligst. »Eine Kusine zweiten Grades mütterlicherseits, und wir kennen uns schon von Jugend auf.«

Mrs. Lee war beruhigt.

»Wenn du eine Viertelstunde früher gekommen wärest, hättest du meinen Anwalt hier angetroffen«, vertraute sie ihm mit wichtiger Miene an. »Der Mann war nicht wegzubekommen und wollte unbedingt wissen, was los ist, aber ich habe unser Geheimnis nicht mit einem Wort verraten. Er soll ebenso überrascht werden wie die andern.«

»Sehr gut«, lobte Bayford hastig und erleichtert, und Mrs. Lee war ungemein stolz, daß sie seinen Beifall fand.

»Du siehst, ich richte mich ganz nach deinen Wünschen, und meine Angelegenheiten sind nun völlig in Ordnung.« Sie brachte geschäftig einen dicken Briefumschlag herbei, den sie ihm aushändigte. »Hier sind alle notwendigen Dokumente und Vollmachten, aber ich muß dich bitten, sie an dich zu nehmen, denn in diesen Dingen bin ich unbeholfen wie ein Kind.«

»Und wie wird das mit dem Komitee werden?« erkundigte er sich, um rasch von etwas anderem zu sprechen.

»Oh«, gestand Mrs. Lee, »dafür habe ich jetzt wirklich keinen Kopf. Als mir heute die Redaktion mitteilte, daß ihr die bewußten Enthüllungen für die nächste Woche angekündigt worden seien, wußte ich im ersten Augenblick nicht einmal, worum es sich handelte. – Das kommt davon...«

Mr. Bayford benützte die Gelegenheit, die Papiere an sich zu nehmen.

31

Mr. Smith wurde durch den Trauerfall außerordentlich in Anspruch genommen und bot bei allen diesen Gelegenheiten ein Bild hilfloser Zerfahrenheit. Er hatte weder den herbeigeholten Ärzten noch später dem Leichenbeschauer auf ihre routinemäßigen Fragen eine halbwegs klare Auskunft zu geben vermocht, und auch in den anderen Dingen, die an ihn herantraten, wußte er sich keinen Rat. Er empfing die unterschiedlichsten Leute, hörte ihnen teilnahmslos zu und beschränkte sich dann auf irgendeine rätselhafte Geste, mit der jeder anfangen konnte, was er wollte. Glücklicherweise handelte es sich hierbei durchwegs um Dinge von wenig Belang, und man bemühte sich, dem völlig gebrochenen Mann so gut wie möglich zu helfen.

Der arme Smith warf auch auf die Karte, die ihm eben überreicht wurde, keinen Blick, aber als kaum eine Minute später Mr. Bayford gemessen über die Schwelle trat, schien dies doch einigen Eindruck auf ihn zu machen. Er brach seinen aufgeregten Marsch jäh ab, legte den Kopf zur Seite, und seine farblosen Fischaugen lagen starr hinter den starken Brillengläsern.

»Sie sehen mich fassungslos«, begann Bayford, indem er, ohne eine Aufforderung abzuwarten, den nächsten Stuhl einnahm, »und je mehr ich darüber nachdenke, desto weniger kann ich glauben, daß...« Er ließ den Satz unvollendet und schüttelte bewegt und grübelnd den Kopf. »Mrs. Smith fühlte sich am letzten Abend gesund und frisch wie immer, und ich habe von ihr überhaupt nie eine Klage über ihr Befinden gehört. – Wir haben sogar noch eine geschäftliche Angelegenheit erledigt«, fügte er so ganz nebenbei hinzu, »an der ihr sehr viel gelegen war.«

»Ja, Polly war immer für Geschäfte«, meinte Smith wehmütig und setzte sich dann wieder in Marsch, wobei er mit dem Kopf und den Händen krampfhafte Bewegungen ausführte und die Anwesenheit des anderen ganz zu vergessen schien.

Bayford ließ ihm eine Weile Zeit, dann brachte er sich in Erinnerung.

»Dieses letzte Geschäft bedarf allerdings noch des Ausgleichs«, deutete er unverfroren an. »Mrs. Smith wollte die Sache gestern regulieren – aber gestern...« Er seufzte gefühlvoll und wischte sich mit dem blütenweißen Seidentuch die feuchte Stirn, denn es war ihm in diesem Augenblicke, von dem so viel abhing, wirklich etwas warm.

»Es handelt sich um fünftausend Pfund«, erklärte er endlich entschlossen.

Mr. Smith hatte in seinem ruhelosen Spaziergang neuerlich mit einem Ruck haltgemacht und stand mit gebeugtem Rücken und hängenden Armen da.

»Ich habe mit Pollys Angelegenheiten nie etwas zu tun gehabt«, stieß er mit ängstlicher Hast hervor. »Wenn Sie sich an ihren Vermögensverwalter wenden wollen...«

»Vorläufig möchte ich das nicht«, erklärte der Herr mit dem Monokel bedächtig und betrachtete angelegentlich seine gepflegten Nägel. »Ich habe meine Gründe dafür und nehme an, daß Sie sie billigen werden, wenn Sie sie gehört haben.« Er hob plötzlich den Blick und sah herausfordernd in die verschwommenen Pupillen, die auf ihn gerichtet waren. »Mrs. Smith hätte nämlich die Sache sogar noch am selben Abend in Ordnung gebracht, wenn sie nicht von etwas anderem so außerordentlich in Anspruch genommen gewesen wäre: Es scheint zwischen ihr und Ihnen kurz vorher eine ernste Meinungsverschiedenheit gegeben zu haben; wegen der angelegten Gelder. Sie hat mir die Sache sehr ausführlich erzählt, und ich glaube nicht, daß davon noch ein Vierter wissen muß. – Deshalb habe ich mich vorerst an Sie gewandt...«

Der rücksichtsvolle Gentleman schwieg, und Mr. Smith war diese peinliche Erinnerung so nahegegangen, daß er an dem Flügel hatte Halt suchen müssen. Endlich versuchte er sich mit einem verzerrten Lächeln aufzurichten und spitzte den Mund, als ob er pfeifen wollte, brachte aber keinen Ton hervor und schüttelte wehmütig den Kopf.

»Ein schreckliches Mißverständnis«, murmelte er. »Polly war so eigen und ließ sich nichts erklären.« Er seufzte tief auf, legte die Hand aufs Herz und hatte mit einemmal wieder seine würdevolle Pose und seinen öligen Tonfall. »Und ich habe sie so geliebt...!«

»Eben deshalb«, meinte Bayford mit einem nachdrücklichen Nicken etwas unklar. »Ich kann mir denken, daß dieses Mißverständnis Sie bedrückt, und wir wollen daher nicht weiter darüber sprechen. – Es handelt sich, wie gesagt, um fünftausend Pfund, und ich möchte Sie bitten, mir über diesen Betrag einen Scheck auszustellen.«

»Verzeihen Sie«, stotterte Smith hastig, »aber Sie werden verstehen...«

Er schritt wie ein Nachtwandler zu dem großen Schreibtisch und begann aufgeregt in einer der Schubladen zu kramen.

Bayford hatte die Rechte in die Tasche des Überrocks versenkt und verfolgte mißtrauisch und gespannt jede Bewegung des andern. Als ihm die Sache zu lange währte, glaubte er allen Möglichkeiten vorbeugen zu müssen.

»Ich nehme an, daß Sie lediglich Ihr Scheckbuch suchen«, sagte er bestimmt und deutlich. »Etwas anderes wäre zwecklos, denn ich bin darauf vorbereitet.«

»Das Scheckbuch, jawohl«, bestätigte Smith und wühlte noch hilfloser und verzweifelter herum. Mit einemmal ertönten von seinen gespitzten Lippen die ersten Takte eines Siegesmarsches, und er warf triumphierend das Heft auf den Tisch.

»Wieviel sagten Sie doch gleich?« fragte er äußerst höflich.

»Fünftausend Pfund«, erwiderte Bayford mit geschäftsmäßiger Gelassenheit, und der andere füllte sorgsam das Blatt aus.

Der Herr mit dem Monokel nahm es entgegen, ohne die Rechte von der Waffe in seiner Tasche zu lassen, und seine Nerven kamen erst etwas zur Ruhe; als er den Häuserblock der Bar ein beträchtliches Stück hinter sich hatte.

32

Kaum zwanzig Schritte hinter ihm stapfte Steve Flack des Weges daher, und sein roter Bart war ununterbrochen in grimmiger Bewegung. Das kam von den halblauten Flüchen, die der Steuermann vom Stapel ließ, seitdem er an diesem Vormittag das Viertel der Bar wie ein aufgeregter Spürhund umkreiste.

Es gab zwar augenblicklich hier für ihn nichts zu tun, und es war auch sonst nicht seine Art, sich die Füße abzulaufen, wenn dies keinen Zweck hatte, aber die verdammte Geschichte in der verflossenen Nacht ließ ihm keine Ruhe. Er mußte sich die Stelle etwas näher ansehen, an der er fast hätte daran glauben müssen.

Aber solange er auch herumstrich, er bekam weder den einen noch den anderen zu Gesicht, und der einzige Bekannte, auf den er stieß, war schließlich Mr. Bayford, der eben in ziemlicher Eile aus dem Tor der Bar schoß.

Der Steuermann hatte von der verwünschten Gegend genug und heftete sich zunächst einmal an die Fersen des eleganten Herrn. Er hielt dabei aus alter Gewohnheit vorsichtig Distanz und machte sich auch so dünn wie möglich, aber bei einer Quergasse wäre ihm doch beinahe ein Mißgeschick widerfahren. Er konnte sich gerade noch in eine Mauernische drücken, um dem kleinen dicken Mann auszuweichen, der behutsam um die Ecke bog und Bayford mit gespannter Miene nachblickte.

Steve Flack kämpfte einen furchtbaren Kampf, denn er wollte sofort einen Liter Themsewasser saufen, wenn das nicht… Und er hatte das feiste Genick so nahe vor sich, daß er nur einen Sprung tun und einen seiner langen Arme auszustrecken brauchte… Der Steuermann schloß krampfhaft die Augen, um der Versuchung Herr zu werden, und als er endlich wieder zu blinzeln begann, konnte er gerade noch beobachten, wie der elegante Herr in dem Restaurant verschwand und der andere eine Weile unschlüssig stehenblieb. Aber dann trippelte auch der kleine Dicke auf das Lokal zu, und Steve stieß in ausbrechendem Jagdfieber den stichelhaarigen Bart in die Luft.

In diesem Augenblick schob sich ein Arm in den seinen, und als er blitzschnell herumfuhr, hatte er einen Anblick, der sich ihm wie ein Alp auf die Brust legte. Dabei war Inspektor Miles von Scotland Yard ein einziges strahlendes Lächeln und von so ausgesuchter Höflichkeit, daß er den etwas zerbeulten Hut hoch über die mächtige Glatze schwang.

»Oh, Mr. Flack«, lispelte er mit seiner dünnen Stimme erfreut, indem er nach der herabhängenden Hand des andern fischte und sie herzlich schüttelte. »Das nenne ich einen glücklichen Tag. Seit drei Jahren schaue ich mir auf Schritt und Tritt die Augen aus, ob ich meinen alten Freund nicht vielleicht einmal zu Gesicht bekomme, und gerade heute… Haben Sie schon gefrühstückt?«

Der Steuermann hatte erst nur den einen Wunsch, so rasch wie möglich loszukommen, aber die hastige Frage klang so einladend, und er verspürte so ehrlichen Hunger, daß er sich die Sache zu überlegen begann.

»Das gerade nicht«, bemerkte er zurückhaltend.

»Das trifft sich großartig. Ich auch nicht. Und dort drüben haben wir ein Restaurant, in dem es allerlei gute Dinge gibt. Lassen Sie mich nur aussuchen.«

Der zappelige Inspektor war ganz begeistert und hielt seinen alten Bekannten mit einem so festen Griff gefaßt, als ob jener vielleicht doch noch versuchen könnte, ihm zu entschlüpfen.

Miles schien sich in dem Lokal sehr gut auszukennen, denn er schob seinen Gast durch eine Nebentür in einen kleinen Raum, der von dem eigentlichen Speisesaal durch eine Glaswand getrennt war und offenbar hauptsächlich von eiligen Geschäftsleuten der Nachbarschaft besucht wurde. Augenblicklich waren die meisten Tische leer, und der Inspektor steuerte in eine Ecke, in der man völlig verborgen saß, aber das ganze Restaurant übersehen konnte.

Aber erst nachdem er die Speisekarte gründlich studiert und Dinge gewählt hatte, die Steve Flack schon beim Anhören das Wasser im Munde zusammenlaufen ließen, fand Miles einiges Interesse für seine Umgebung und blinzelte mit lebhaften Augen durch die Glaswand. Dabei klopfte er mit der Rechten dem Steuermann höchst freundschaftlich auf die Schulter, während er mit der Linken vergnügt auf seiner Glatze trommelte.

»Gemütlich, was?« fragte er. »Ich esse hier wenigstens dreimal in der Woche – aber niemals dort drüben. Man wird hier viel besser bedient, und in der geschniegelten Gesellschaft fühle ich mich auch nicht so recht wohl. Unsereiner sieht daneben zu schäbig aus. – Zum Beispiel neben dem Herrn mit dem Glas im Auge, der dort in der Mitte sitzt«, fuhr er unbefangen fort. »Schauen Sie sich nur einmal um. Dagegen bin ich mit meinem Anzug, den ich schon das vierte Jahr trage, der reinste Landstreicher. Und ich brächte in seiner Nähe auch nicht einen Bissen hinunter, weil ich immerfort zusehen müßte, wie er es macht, daß ihm beim Essen das Monokel nicht in die Soße fällt. – Sie kennen ihn doch?«

Die Frage kam blitzschnell, vermochte aber Flack nicht zu überrumpeln, denn dessen Gedanken weilten bei der bestellten Schildkrötensuppe. Er saß manierlich und respektvoll, wie es sich in der Gesellschaft eines Gewaltigen von Scotland Yard schickte, und schielte erwartungsvoll nach der Tür, durch die der Kellner doch endlich kommen mußte. Auf die Frage selbst hatte er nur ein zerstreutes Kopfschütteln, aber Miles nahm ihm dies nicht übel.

Der Schildkrötensuppe ließ Steve Flack ein zwei Handteller großes Beefsteak und dann noch einen ansehnlichen Nachtisch folgen, und dabei hatte er ständig den Mund so voll, daß jedes Wort von seinen Lippen eine Katastrophe gebracht hätte. Aber einmal wurde der Steuermann bei der Eile, mit der er das Geschäft betrieb, doch fertig, und als ein frisches Glas Bier vor ihnen stand, rückte Miles auch noch mit einer Zigarre heraus.

»So, nun stecken Sie sich noch ein Kraut an«, drängte er freundlich, »und dann wollen wir –«

So wichtig ihm die Sache war, so brach er mit einer blitzartigen Bewegung doch jäh ab, weil er etwas gewahrte, was ihm noch wichtiger schien.

Er hatte die ganze Zeit über die Augen verstohlen auf den Nebenraum gerichtet, und die höchst befremdete Miene Bayfords, als der Kellner ihn offenbar ans Telefon rief, war ihm nicht entgangen. Aber kaum war der Herr mit dem Monokel durch die Tür verschwunden, als eine Gestalt auftauchte, die den Inspektor alles andere vergessen ließ.

Ein kleiner, dicker Mann mit einem aufgedunsenen Gesicht kam eilig vom anderen Ende des Saales her, sah sich hastig um, als ob er jemand suchte, und machte schließlich bei dem Platz, den noch vor wenigen Minuten Bayford eingenommen hatte, unschlüssig halt. Dann streckte er die Hand mit dem Hut mit einer fahrigen Bewegung über den Tisch, hob enttäuscht die Schultern und verschwand hierauf ebenso rasch, wie er gekommen war.

Miles starrte ihm mit verkniffenem Gesicht nach, und als im nächsten Augenblick der Herr mit dem Monokel wieder zurückkehrte, machte der Inspektor Miene aufzuspringen.

Aber Flack legte ihm die schwere Hand nachdrücklich auf den Arm.

»Lassen Sie ihn das Zeug ruhig aussaufen«, sagte er stoisch und begann dann wieder an seiner Zigarre zu ziehen, während Miles unruhig auf seinem Sitz hin und her rückte und krampfhaft seinen kahlen Schädel rieb.

»Flack«, stieß er endlich aufgeregt hervor, »haben Sie zugesehen? Und haben Sie den Burschen erkannt? – Fred Slater... Sie werden sich ja noch an die Geschichte erinnern...« Er rückte plötzlich ganz dicht an den anderen heran, und sein faltiges, graues Gesicht war so sanft, wie der Rotbart es noch nie gesehen hatte. »Ich bin immer Ihr Freund gewesen«, versicherte er ganz unvermittelt, aber höchst treuherzig, »und wenn es nach mir gegangen wäre, täten Sie noch heute bei uns Dienst. Und statt Ihnen damals wegen der Kleinigkeit das Genick zu brechen, hätte ich Sie avancieren lassen. Jawohl, das hätte ich getan«, bekräftigte er, »denn solche Leute wie Sie haben wir nicht viele. Und das sehen jetzt auch die andern ein, die gegen Sie waren...«

»Wegen meines roten Bartes, der ihnen nicht schön genug war«, flocht Steve Flack mit dumpfem Grollen ein, »und weil ich keine Disziplin hatte, wie sie sagten, und dann wegen des dummen Ohrs...«

Er erinnerte sich, daß der Mann, der neben ihm saß und plötzlich so freundlich tat, ihn bis aufs Blut schikaniert hatte, und er wußte, daß nun endlich die Stunde gekommen war, da er ihm das heimzahlen konnte. Das reichliche Mittagsmahl hatte er glücklich verzehrt, und auf ein Glas Bier mehr oder weniger wollte er es nicht ankommen lassen.

»Hauptsächlich wegen des Ohrs«, erklärte Miles vertraulich und nachdrücklich. »Es ist eben für unsereinen eine böse Geschichte, wenn man nach so einem Nichtsnutz faßt und es bleibt einem das Ohr in der Hand.«

»Warum hat der Bursche so lange herumgerissen, bis es weg war?« protestierte der Steuermann gekränkt. »Ich habe nur meine Pflicht getan und festgehalten. Aber dafür hat man mich mit Schimpf und Schande zum Teufel gejagt. – Wo ich zwanzig Jahre straflos auf See gefahren bin und nach dem Krieg mit vollen Ehren abgemustert habe.«

Der Inspektor nickte verständnisvoll, dann aber ließ er ein verschmitztes Kichern hören.

»Dafür können Sie jetzt als freier Mann mit einer eigenen Jacht spazierenfahren«, flüsterte er mit einem vergnügten Augenzwinkern. »Es gehört doch Ihnen, das silbergraue Boot, wie? Wahrscheinlich haben Sie es sich von den sechzig Schilling Pension gekauft, die Sie monatlich bekommen. Wir wissen schon längst davon, und eigentlich sollte man sich das Ding einmal etwas näher ansehen...«

Der boshafte, lauernde Blick seines ehemaligen Vorgesetzten wollte Flack gar nicht gefallen, aber trotzdem blieb er völlig gleichmütig.

»Das können Sie tun. Nur lassen Sie es mich vorher wissen, denn bei dem verdammten Nebel, den wir jetzt auf dem Fluß haben, könnte es sonst ein Malheur geben. Ich habe unlängst den Schuster, der mir ein Paar neue Stiefel brachte, ins Wasser geschmissen, weil ich ihn nicht gleich erkannt habe...«

Diese Einladung klang nicht sehr ermunternd, aber die Aufmerksamkeit des Inspektors war eben wieder von Bayford in Anspruch genommen, der gerade eilig und mit einer bedenklichen Falte zwischen den Brauen das Lokal verließ. Der angebliche Telefonanruf, über dessen Zweck er sich nicht klarwerden konnte, hatte ihn aus seiner Ruhe aufgestört, und er fand es geraten, für alle Fälle das Feld zu räumen.

Miles sah ihm mit einem ratlosen Kopfschütteln nach und nahm dann wieder Flack in Arbeit.

»Sie haben wirklich recht behalten. Ich wollte schon dazwischenfahren, denn ich habe ganz deutlich beobachtet, daß Slater etwas in das Weinglas gespritzt hat. Und das ist bei diesem Burschen kein Spaß. – Aber Sie wissen jedenfalls mehr von der Geschichte, die da vorgeht, und aus alter Freundschaft könnten Sie mir die eine oder die andere Andeutung machen, damit man sich danach richten kann und nicht gar so dämlich dasteht, wenn es zum Klappen kommt. – Wie bei den letzten Fällen, bei denen ihr uns nichts übriggelassen habt... Sie wissen schon.«

Er verdrehte vorwurfsvoll die Augen und malte mit dem Zeigefinger magische Zeichen auf seine Glatze, aber Steve trank zunächst gelassen sein Glas aus und gab dann den Rauch der Zigarre langsam von sich.

»Kann mir nicht denken, Sir, was Sie meinen«, brummte er unbefangen aus der dichten Wolke heraus.

»Tun Sie doch nicht so...!« Der Inspektor wurde sichtlich ungeduldig und ärgerlich. »Ganz so blind sind wir denn doch nicht. Und wenn Sie nicht mit sich reden lassen, werden wir eben auf andere Weise hinter Ihre Schliche kommen. – Daß Sie in der Nähe waren, als vor ein paar Nächten der Ausländer hier in der Gegend niedergestochen wurde, wissen wir schon – und daß der Mann mit dem Monokel und Fred Slater irgend etwas damit zu tun haben, ist mir jetzt auch klar. Da wird es vielleicht gar nicht so schwer sein, sich das übrige zusammenzureimen und Ihnen und Ihrem Herrn diesmal den Bissen vor der Nase wegzuschnappen.«

Er grinste tückisch, aber den Rotbart rührte das alles nicht.

»Das täte ich an Ihrer Stelle auch«, gab er sogar zu. »Und wenn Sie dann in Pension sein werden und gerade nichts anderes zu tun haben sollten, können wir auf meinem Kahn den ganzen Tag Karten spielen.«

Für Inspektor Miles hatte das Wort ›Pension‹ einen höchst unangenehmen Klang, denn er war ein ehrgeiziger Mann, der wenigstens noch ein Jahrzehnt arbeiten wollte. Wenn daher die Dinge so lagen...

Er beeilte sich, die knochige Rechte des Steuermanns gönnerhaft und beruhigend zu tätscheln, aber innerlich verfluchte er den verschlagenen roten Hund, der nicht einmal für ein so gutes und teures Mittagessen ein bißchen Erkenntlichkeit aufbrachte.

33

Oberst Passmore wußte seit dem frühen Morgen, daß sein Haus dicht von Spähern umstellt war, die ihm sogar von dem Dach eines gegenüberliegenden Gebäudes in die Zimmer guckten.

Die Überwachung störte ihn vorläufig nicht, nur vermied er es, die verschiedenen Anordnungen, für die ihm nun der Zeitpunkt gekommen schien, dem Telefon anzuvertrauen. Er sprach fast eine halbe Stunde in einen kleinen Sender, der neben dem Geheimfach in der Täfelung angebracht war, und jede seiner knappen Weisungen bildete eine neue Masche zu dem Netz, das er auswarf.

»Das wäre vorläufig alles«, schloß er endlich. »Die Leute für die Flugplätze haben erst morgen abzugehen, dagegen sind die Boote in Grays sofort zu bemannen und bereitzustellen. Etwaige wichtige Meldungen können Sie mir um vier Uhr mündlich erstatten. Um diese Stunde wird sich auch ein Herr mit der bekannten Legitimation einfinden, den ich bitten lasse, zu warten, falls ich nicht pünktlich sein kann.«

Der Oberst sicherte den Apparat, und als seine Augen ganz mechanisch wieder einmal zu den Spiegeln wanderten, konnte er an seinen Aufpassern eine gewisse erwartungsvolle Spannung wahrnehmen.

Ihre Aufmerksamkeit galt einem äußerst eleganten Wagen, der eben vor dem Hause stoppte, und einem geschmeidigen Herrn, der bereits im nächsten Augenblick im Tor verschwand... Passmore konnte sein Bild nur für den Bruchteil einer Sekunde erhaschen, aber das genügte.

»Sagen Sie Mr. Grubb, daß ich ihn bereits erwarte«, befahl er dem Diener, der auf sein Klingelzeichen erschienen war, »und lassen Sie ihn ohne weitere Anmeldung ein.«

Der Mann hielt sich genau an den Auftrag, und der ›Mächtige‹ vermochte seine Überraschung über diesen Empfang nicht ganz zu verbergen. Aber als er dem Oberst gegenüberstand, lag auf seinem gelben Gesicht ein unbefangenes Lächeln.

»Es ist mir sehr angenehm, daß Sie auf meinen Besuch vorbereitet waren«, sagte er, indem er sein Gegenüber mit einem raschen Blick aus den tiefliegenden Augen musterte, »denn das dürfte meine Aufgabe wesentlich erleichtern.« Er nahm den ihm angebotenen Platz ohne weiteres ein und begann mit den langen, dünnen Fingern zu spielen. »Vor allem brauche ich wohl über die Gründe meines Kommens nicht viel Worte zu verlieren, da Ihnen diese ja bekannt zu sein scheinen.«

»Vielleicht«, gab der Oberst gemessen zu. »Wenn es Sie aber nicht allzusehr anstrengt, möchte ich sie doch gerne noch ausdrücklich von Ihnen hören.«

Diese Aufforderung gefiel Grubb nicht, denn sie schien ihm etwas hinterhältig. Überhaupt hätte er sich diesen Gegner anders gewünscht. Der Mann legte zuviel Zurückhaltung und Ruhe an den Tag, und solche Leute waren schwer zu behandeln.

»Wenn Sie darauf bestehen, bitte«, erklärte er trotzdem entgegenkommend. »Es handelt sich also um Mr. Bayford, der mich zu Rate gezogen hat. Ich bin Anwalt –«

»Gewesen«, ergänzte Passmore leichthin, aber der andere tat diese etwas pedantische Feststellung mit einem belustigten Lächeln und einer kurzen Handbewegung ab.

»Das tut nichts zur Sache. Wenn ich auch meinen Beruf nicht mehr ausübe, weil sich zwischen meinen Ansichten und jenen der Behörden einige Unstimmigkeiten ergeben haben, so bin ich doch immer noch in der Lage, meinen Klienten mit meinen bescheidenen juristischen Kenntnissen und meinem Rat beizustehen. – Diesmal dürfte es sich wohl bloß um das letztere handeln«, fuhr er launig fort, »denn einen Rechtsfall kann ich aus dem, was mir Mr. Bayford mitgeteilt hat, nicht konstruieren.«

»Mr. Bayford hat Sie also über alles unterrichtet?«

Passmore saß mit kühlem Gesichtsausdruck in seinen Sessel zurückgelehnt, und seine Zwischenfrage klang ganz sachlich und harmlos, aber Grubb wich ihr geschickt aus.

»Er hat sich mir gegenüber beklagt«, betonte er. »Er fühlt sich durch Ihr sonderbares Verhalten belästigt und herausgefordert und hat mich gefragt, was er tun soll. Aber ohne die Beweggründe und Zwecke zu kennen, die Sie verfolgen, wollte ich mich nicht äußern. Deshalb habe ich mir zunächst einmal die Freiheit genommen, Sie aufzusuchen. Vielleicht ergibt unsere Aussprache die Möglichkeit einer Verständigung, was ich sehr aufrichtig begrüßen würde. Derartige Dinge pflegen nämlich manchmal zu höchst bedenklichen Auseinandersetzungen zu führen, deren Tragweite sich nicht absehen läßt. Das möchte ich auf alle Fälle verhüten, und wenn Sie mir irgendwelche Vorschläge machen wollten...«

Der ›Mächtige‹ brach mit einer verbindlichen Geste ab, denn er glaubte, glücklich an dem Punkt angelangt zu sein, wo der andere endlich Farbe bekennen mußte. Aber Passmore enttäuschte ihn.

»Nein, das will ich nicht«, sagte er bestimmt. »Ich habe mich mit Ihrem Klienten darüber bereits einmal unterhalten, und es bleibt bei dem, was ich ihm in Aussicht gestellt habe: An dem Tage, an dem es mir paßt, wird er in dem Drudenfuß hängenbleiben. Und die ›Belästigungen‹ und ›Herausforderungen‹, von denen Sie sprechen, haben lediglich den Zweck, Mr. Bayford von Zeit zu Zeit daran zu erinnern.«

Grubb hatte betreten und verständnislos die Brauen hochgezogen, denn zum erstenmal hörte er von dem Drudenfuß, und das Wort fand in seinem romantischen Gemüt einen beklemmenden Widerhall. Bayford hatte sehr wohl gewußt, weshalb er über diese Kleinigkeit mit Stillschweigen hinweggegangen war und sich sogar bei der Erwähnung des Zeichens auf der Karte nur auf eine oberflächliche Andeutung beschränkt hatte.

Dafür war ihm nun der ›Mächtige‹ nichts weniger als dankbar, denn es brachte ihn für Sekunden etwas außer Fassung.

»In dem Drudenfuß?« fragte er besorgt, und die Art, wie sein Gegenüber den Kopf neigte, war nicht danach angetan, ihn zu beruhigen.

»In dem Drudenfuß, jawohl: Wenn Ihr Klient Sie darüber im unklaren gelassen haben sollte, so würde ich Ihnen empfehlen, sich die Geschichte erzählen zu lassen. Sie ist sehr wichtig und sehr ernst, denn sie wird Mr. Bayford schließlich den Kopf kosten.«

Der ›Mächtige‹ räusperte sich leicht, dann verzog er das fahle Gesicht zu einem kalten Grinsen.

»Das wollen wir doch erst abwarten«, meinte er mit einem Achselzucken. »Sie üben anscheinend eine sehr entschiedene und rasche Justiz, aber ich will nicht annehmen, daß Sie gesonnen sind, sie auch zu vollstrecken...«

»Je nachdem«, wich der Oberst aus, und Grubb nagte enttäuscht an der Unterlippe, weil er eine klare Antwort erhofft hatte.

»Das soll heißen?« forschte er vorsichtig.

»Daß ich mich auch dazu entschließen könnte, wenn Ihr Mann sich zu weiteren Unvorsichtigkeiten von der Art der gestrigen hinreißen lassen sollte. Warnen Sie ihn also, wenn Sie ihm einen guten Dienst erweisen wollen.«

Der ›Mächtige‹ tat äußerst überrascht. »Davon weiß ich nichts«, versicherte er lebhaft.

»Nicht alles«, schränkte Passmore ein, und zum erstenmal bemerkte Grubb das unangenehme Spiel der scharfen Linien um den harten Mund. »Aber wenn ich mich mit Mr. Bayford endgültig auseinandersetze, werden wir auch darüber ausführlicher sprechen. Bis dahin müssen Sie schon Geduld haben.«

Der Ton Passmores verriet, daß er die Unterredung damit für beendet betrachtete, aber der andere verharrte unbeweglich auf seinem Platz. In den nächsten Sekunden mußte er einen entscheidenden Entschluß fassen, denn die Gefahr, die der Mann vor ihm bedeutete, war ihm nun völlig klar.

Endlich schreckte er mit einem verlegenen Lächeln auf und schüttelte enttäuscht den Kopf.

»Ich hatte mir unsere Aussprache erfreulicher und ergebnisreicher vorgestellt«, sagte er, indem er ein kleines Notizbuch hervorzog und dann nach seinem Füllfederhalter griff. »Vielleicht kommen wir doch noch zu einer Einigung, wenn Sie mich noch einige Minuten anhören wollen...«

Er begann umständlich in dem Buch zu blättern, strich zwei leere Blätter glatt und setzte dann Daumen und Zeigefinger an den Verschluß der Feder.

Oberst Passmore sah sekundenlang zu, wie die Kappe sich drehte, dann hob er plötzlich die Hand.

»So, Mr. Grubb, nun bemühen Sie sich nicht weiter. Ich kenne den Scherz, nur weiß ich nicht, ob Sie sich für eine flüssige oder eine gasförmige Füllung entschieden haben und welche freundlichen Absichten Sie mit mir hatten. Das möchte ich natürlich gerne erfahren, und deshalb muß ich Sie bitten, Ihr nettes amerikanisches Patent hier in diese Schublade zu legen. Dabei möchte ich Sie darauf aufmerksam machen, daß sich in Ihrem Rücken die Mündung einer Präzisionswaffe befindet, deren Abzug der kleine Knopf unter meiner Hand bildet. – Seien Sie also hübsch vernünftig.«

Der ›Mächtige‹ saß einen Augenblick zusammengekauert wie ein sprungbereites Raubtier, und in den tiefliegenden dunklen Augen glomm ein gefährliches Licht auf. Aber dann ließ er den unscheinbaren Halter in das Fach fallen und erhob sich artig. »Es tut mir leid, daß ich nicht mehr Glück gehabt habe«, sagte er höflich, indem er sich zum Gehen wandte.

»Davon bin ich überzeugt«, erwiderte Passmore ebenso höflich, und diesmal lag sogar so etwas wie ein Lächeln um seinen Mund, das Mr. Grubb von all den unliebsamen Dingen der letzten halben Stunde am unangenehmsten berührte.

Eilig und behende, wie er gekommen war, schoß er wieder aus dem Haus und schwang sich in den Wagen. Aber bevor er den Anlasser drückte, lüftete er den Hut und fuhr sich mit dem Taschentuch über den kahlen Schädel.

Der Oberst sah deutlich den leuchtenden weißen Fleck, und im nächsten Augenblick stand er in gespannter Erwartung dicht an der Wand zwischen den Fenstern, durch die das letzte spärliche Licht des düsteren Nachmittages fiel.

Sekunden später trat das vorhergesehene Ereignis ein. Durch die Scheiben prasselte ein eherner Hagel und fuhr mit hartem Schlag in den Schreibtisch und den Stuhl, den Passmore noch vor kurzem eingenommen hatte.

Die Beobachter auf dem Dach und ihre Scharfschützen hatten tadellose Arbeit geleistet. Der Oberst zählte in einem Kreis von zwei Meter Durchmesser acht Einschläge, die ihn unbedingt erledigt hätten, und er mußte zugeben, daß der ›Mächtige‹ ein nicht zu unterschätzender Gegner war.

Aber nach diesem etwas kühnen Stückchen, das die ganze Nachbarschaft alarmiert haben mußte, war wohl für eine Weile jede Gefahr vorüber. Und tatsächlich waren nicht nur die Leute von dem gegenüberliegenden Dach, sondern auch die übrigen Aufpasser plötzlich spurlos verschwunden.

Nichtsdestoweniger wußte Passmore, daß er nach wie vor unter schärfster Bewachung stand, aber als er eine halbe Stunde später auf die Straße trat, geschah dies mit sorgloser Unbefangenheit. Er schlenderte bis zum nächsten Droschkenstandplatz und stieg nachdenklich in den ersten Wagen, den ihm ein besonders dienstbeflissener Chauffeur aufriß.

In Victoria Street stieg er aus, bog um die nächste Ecke, verschwand dort in einer Passage und betrat an deren Ende einen Friseurladen. Nachdem er abgelegt hatte, sagten sich die beiden Männer, die ununterbrochen dicht hinter ihm hergewesen waren, daß sie nun wohl eine Weile ausschnaufen durften.

Es war auf die Minute vier Uhr, als in dem unscheinbaren Haus unweit des Home Office die gedämpfte Klingel anschlug, und der vierschrötige Mann mit den Affenarmen wandte sich respektvoll an den Herrn von militärischer Haltung, der ihm kurz vorher eine eigenartig beschnittene, leere Karte überreicht hatte.

»Wollen Sie, bitte, eintreten, Sir.«

Die ersten Worte zwischen Passmore und dem Besucher wurden mit einer gewissen Zurückhaltung gewechselt, dann lud der Oberst seinen Gast höflich zum Sitzen ein und sprach allein weiter, während der andere gespannt zuhörte.

»Was ich Ihnen hier übergebe, ist die Originalkarte, und ihre Einzeichnungen sind zweifellos zuverlässig. Ich habe zu einem bestimmten Zweck eine Art Kopie angefertigt, aber dort ist das Pentagramm etwas verschoben. Ich erwähne dies nur, damit Sie für alle Fälle darüber unterrichtet sind. Im übrigen nehme ich an, daß die Angelegenheit mit aller Beschleunigung betrieben werden wird.«

»Wir sollen schon heute nacht mit einem Zerstörer abgehen«, erklärte der andere eifrig. »Das Außenministerium hat sich bereits mit der beteiligten Regierung ins Einvernehmen gesetzt.«

»Ausgezeichnet«, sagte Passmore, indem er dem militärischen Herrn verabschiedend die Hand schüttelte. »Ich wünsche Ihnen besten Erfolg.«

In der nächsten Viertelstunde studierte der Oberst eingehend eine große Karte der Umgebung von London, dann klingelte er nach dem breitschultrigen Mann.

»Etwas Neues?«

»Jawohl, Sir«, bekam er zur Antwort, »vom ›Padischah‹. Wir haben seine Spur ziemlich weit zurückverfolgen können. Bevor er herüberkam, trieb er sich mehrere Jahre in Argentinien herum und hat in Buenos Aires in der Pension ›Paris‹ und in anderen ähnlichen Häusern eine gewisse Rolle gespielt. Er soll drüben auch verheiratet gewesen sein, aber plötzlich verschwand er, und es gab damals einen großen Skandal, weil er ein ziemliches Vermögen mitgehen ließ. Wo er dieses später angebracht hat, konnten wir noch nicht feststellen. Jedenfalls ist er sehr heruntergekommen in London aufgetaucht, und wenn er nicht das Glück gehabt hätte, die besagte Frau kennenzulernen, wäre er wahrscheinlich schon längst unter die Räder gekommen, da er eine Leidenschaft für alle möglichen Rauschgifte hat.«

Passmore hatte für diese Neuigkeiten wenig Interesse, denn solche Einzelheiten waren nun nicht mehr von Belang. Damit mochte sich später Scotland Yard beschäftigen, um an der Sache auch ein Vergnügen zu haben. Für seine Zwecke genügte das Beweismaterial, das er bereits in Händen hatte, vollkommen, und er mußte sich gestehen, daß ihm dabei der Zufall und sein altes Glück wieder einmal in fast unheimlicher Weise zu Hilfe gekommen waren. Wenn er schon jetzt, kaum zwei Wochen nach seiner Rückkehr, in der Lage war, zu dem entscheidenden Schlag ausholen zu können, so dankte er dies einzig und allein dem Drudenfuß. Die Begegnung mit Bayford hatte ihm nicht nur die Möglichkeit geboten, die alte Geschichte wieder aufzugreifen, sondern er war dadurch auch mitten in das Nest geraten, das er aufstöbern wollte.

Nun handelte es sich nur darum, daß seine Kette dicht hielt, wenn er mit dem Kesseltreiben einsetzte.

»Ich hoffe, daß unsere Leute auf dem Posten sein und sich zu keiner Voreiligkeit hinreißen lassen werden«, sagte er eindringlich. »Der kleinste Fehler kann alles verderben. Bei den Beziehungen Grubbs müssen wir sogar sehr vorsichtig sein, damit uns die Gesellschaft nicht doch noch durch die Lappen geht. Wie der Mann arbeitet, haben Sie ja heute nachmittag erfahren.«

Dem Vierschrötigen war diese Erinnerung nicht sehr angenehm, und er bekam einen roten Kopf.

»Jawohl, Sir«, brummte er grimmig. »Der Schurke geht gleich aufs Ganze. Wenn Ihr Befehl nicht gewesen wäre —«

»So hätten Sie eine Dummheit gemacht, ich weiß«, unterbrach ihn der Oberst kurz. »Wenn auch nur einer von den Burschen ahnt, daß wir auf Schritt und Tritt hinter ihm her sind, so fliegt der ganze Schwarm vor der Zeit aus, und wir haben das Nachsehen. Lassen Sie sie treiben, was sie wollen, nur erfahren müssen wir davon. – Das gilt auch bezüglich des Mädchens in Stratford«, fügte er mit besonderem Nachdruck hinzu, »das nicht einen Augenblick ohne Überwachung bleiben darf, aber sonst in nichts zu behindern ist.«

Der Befehl war klar und deutlich, und der Mann mit den Affenarmen gab ihn schon nach wenigen Minuten ebenso klar und deutlich weiter. Aber gerade deshalb wußten einige Stunden später die Leute in Stratford nicht, wie sie sich eigentlich verhalten sollten.

34

Mr. Rosary hatte an diesem Nachmittag dringende Geschäfte gehabt, und da es gerade so paßte, hatte er auf dem Rückweg auch noch mit einigen alten Freunden in Whitechapel einen kleinen Plausch abgehalten. Dabei war es später geworden als sonst, und als er die Station verließ, lagen die Straßen des Vorortes bereits in nächtlicher Verlassenheit. Ein heller Himmel und ein steifer Nordost deuteten auf den nahenden ersten Frost, und Rosary griff mit lautlosen Schritten eilig aus, um unter sein schützendes Dach zu kommen.

Einmal stockte sein Fuß, weil ein ebenso eiliger Mann, der ihm bekannt vorkam, seinen Weg kreuzte. Er sah ihm überrascht nach, wiegte verwundert mit dem Kopf und setzte sich dann wieder in Trab.

Um sein Heim zu erreichen, mußte er noch eine lange, enge Gasse passieren und dann unten um die Ecke biegen, um die eben eine andere Gestalt auftauchte. Diese hielt sich dicht an den Häusern, aber schon nach wenigen weiteren Schritten wußte Rosary, wen er vor sich hatte. Das war eine angenehme Begegnung, denn er hatte seiner Nachbarin heute nicht guten Abend wünschen können, und wenn es auch recht kalt war, ein paar Minuten konnte man immerhin stehenbleiben und ein bißchen plaudern. Vor allem wollte er ihr sagen, daß sie sich in acht nehmen sollte, weil er eben –

Mr. Rosarys Gedankengang riß jäh ab, denn vor seinen Augen spielten sich Dinge ab, die alle seine Sinne lähmten.

Hinter dem Mädchen war plötzlich ein unbeleuchtetes Auto erschienen, und gleichzeitig trat der Roten aus der Seitengasse ein Mann in den Weg. Bevor sie sich über dessen Absichten noch klarzuwerden vermochte, reckte er blitzschnell die Faust gegen ihr Gesicht, und im nächsten Augenblick glitt sie taumelnd in seine Arme.

Der Wagen war bereits längst verschwunden, als Rosary endlich aus seiner Erstarrung erwachte. Er fuhr mit den Händen in die Luft und machte krampfhaft den Mund auf und zu, aber der Schreck saß ihm noch immer so in den Gliedern, daß er nur ein unartikuliertes Gurgeln hervorzubringen vermochte. Aber dann rang sich schließlich doch der erste Hilfeschrei, von seinen Lippen, und die nächsten klangen noch deutlicher und verzweifelter. Er wußte zwar nicht, was das helfen sollte, aber jedenfalls war es das einzige, was er tun konnte, und er bemühte sich mit allen seinen Kräften.

»Mensch, was ist los?« fuhr ihn plötzlich eine ärgerliche Stimme an. »Warum brüllen Sie so?«

Der aufgeregte Mann fühlte sich kräftig am Arm gefaßt und gehörig durchgebeutelt, und das brachte ihn wieder völlig auf den Damm.

»Wer wird nicht brüllen, wenn so etwas geschieht?« sprudelte er hervor. »Vor meinen Augen haben sie sie gepackt und mit Gewalt in das Auto geschleppt, und Gott weiß, was sie mit ihr vorhaben. Aber die Herren werden mir helfen, einen Polizeibeamten suchen, und ich werde ihm alles sagen, was ich gesehen habe, und man wird die schrecklichen Räuber gewiß bald fangen, wenn man auf mich hört. Und außerdem werde ich sofort an die Themse fahren, und der Herr auf dem Schiff wird seine mächtige Hand ausstrecken...«

Mr. Rosary sprach teils zu den beiden vertrauenerweckenden Männern, die er vor sich hatte, um ihnen die Sache zu erklären, teils zu sich selbst, um sich in seiner Verzweiflung etwas aufzurichten, und war eigentlich noch nicht so recht im Schwung, als ihm der Faden abgeschnitten wurde. Einer seiner Zuhörer leuchtete ihm bei den letzten Worten blitzschnell ins Gesicht, entschuldigte sich aber sofort höflich.

»Oh, Mr. Rosary«, sagte er überrascht. »Ich habe Sie nicht gleich erkannt. – Was hat es also gegeben?«

Der schmächtige Mann ließ sich nicht zweimal auffordern, die Geschichte nochmals zu wiederholen, aber er faßte sich diesmal etwas kürzer und klarer, und die beiden hörten ihm mit gespannter Aufmerksamkeit zu. Dann traten sie einige Schritte beiseite und berieten hastig.

»Ich fürchte, daß das eine brenzlige Sache für uns werden kann«, meinte der eine bedenklich. »Eigentlich hätten wir dichter hinter ihr her sein sollen, obwohl das schließlich auch nichts genützt hätte, da wir ja doch nicht dazwischenfahren durften. – Aber das kommt von diesen verdammt gescheiten Befehlen, bei denen man nie so recht weiß, woran man ist.«

Er schob den Hut aus dem Gesicht und kraute sich ratlos hinter dem Ohr, aber der andere hatte einen Vorschlag, der sich hören ließ.

»Das Beste wäre vielleicht, einer von uns bringt Rosary aufs Boot. Er will ja sowieso hin, und es kommt mir vor, als ob er von allem mehr wüßte als wir.«

Wenige Minuten später saß der noch immer höchst aufgeregte, blasse Mann in einem kleinen Wagen, den die beiden herbeigezaubert hatten, und mußte sich krampfhaft an seinem Sitz festhalten, um bei der wahnsinnigen Fahrt nicht umzufallen. Nur einmal hielt sein Begleiter bei einer Telefonzelle an, dann ging es womöglich noch halsbrecherischer durch die City.

Steve Flack stand, angetan mit seinem Ölzeug und dem Südwester, bereits am Steuer des silbergrauen Bootes und wartete auf den Befehl, klarzumachen, als er unten das dringliche Klingeln des geheimnisvollen kleinen Apparats und gleich darauf die Stimme seines Herrn vernahm. Dann knarrte die Treppe, und Oberst Passmore war auch schon an seiner Seite.

»Wir müssen noch warten«, erklärte er erregt. »Wenn Rosary kommt, sofort hinunter mit ihm.«

Der Steuermann war gewohnt, solche Befehle sehr genau zu nehmen, und der etwas zarte Mr. Rosary hatte daher in der nächsten Viertelstunde eine sehr unangenehme und beängstigende Prozedur zu bestehen. Zunächst wurde er von seinem Begleiter förmlich aus dem Auto gerissen, dann durch enge Winkel und über eine halsbrecherische Pier geschleift und schließlich auf ein schaukelndes Deck gestoßen, wo zwei andere Arme nach ihm griffen und ihn wie ein Gepäckstück nach unten beförderten.

Erst auf dem Stuhl vor dem Holzgitter fühlte er sich endlich geborgen, aber er hatte noch nicht ordentlich Atem schöpfen können, als ihn die Stimme hinter der Holzwand schon drängte.

»Was ist in Stratford geschehen?«

Der immer dienstbeflissene Mann begann zum drittenmal zu erzählen. Sehr genau und ausführlich, denn man konnte doch nicht wissen, was dabei von Wichtigkeit war und was nicht, und als er glaubte, daß seine Worte für das höchst dramatische Geschehen vielleicht nicht ausreichen könnten, sprang er auf und deutete äußerst lebendig an, wie sich alles zugetragen hatte. Der Bericht war so anstrengend, daß Rosary schließlich ganz erschöpft war, aber er sollte noch immer keine Ruhe finden.

»Und sonst wissen Sie nichts?« forschte die Stimme hinter der Holzwand eindringlich.

Rosary strich bedächtig durch seinen Bart und schüttelte den Kopf.

»Natürlich weiß ich auch sonst noch verschiedenes«, begann er mit großer Vorsicht. »Ich weiß, daß Mr. Bayford an dem schönen Mädchen großen Gefallen gefunden hat, aber sie ist eine anständige Dame und hat ihm eine Ohrfeige gegeben. Und ich weiß, daß Mr. Bayford heute abend in Stratford gewesen ist, denn ich habe ihn mit diesen meinen eigenen Augen gesehen – aber ich will damit nichts gesagt haben.«

Er hob abwehrend beide Hände, ließ aber die Rechte sofort wieder sinken, um nach dem Briefumschlag zu greifen, der durch das Gitter kam. Mr. Rosary hätte zwar sofort das ganze Geld, das darin war, und sogar noch mehr dafür gegeben, wenn er seine Nachbarin in Sicherheit gewußt hätte, aber der große Herr hinter der Wand würde die Sache gewiß auch so in die Hand nehmen.

Mr. Bayfords bescheidene Etagenwohnung lag in tiefstem Dunkel, und die vier Leute, die seit Stunden den Häuserblock so umkreisten, daß immer einer von ihnen auf jeder Seite war, hatten Mühe, ihre Aufmerksamkeit wachzuhalten.

Es war kurz nach zehn Uhr, als an der rückwärtigen Front eine lange, hagere Gestalt auftauchte, deren viereckiger Bart in die Luft starrte.

Der erste Bummler, der ihr begegnete, bekam einen freundlichen Klaps auf die Schulter, daß er fast in die Knie knickte.

»Altes Sumpfhuhn, warum liegst du nicht schon längst in der Klappe?« grölte Steve Flack, um im Flüsterton hastig hinzuzufügen: »Ist er zu Hause?«

»Bin eben auf dem Wege«, gab der andere lachend zurück und schob seine Pfeife von einem Mundwinkel in den anderen. »Nein«, kam es dabei zwischen seinen Zähnen hervor, »seit sechs Uhr fort und noch nicht zurück.«

Steve teilte zum Abschied noch einen kameradschaftlichen Puff in die Rippen aus, dann schob er sich breitbeinig weiter. Er traf noch zwei Bekannte, die er in seiner liebenswürdigen Art begrüßte, aber erst bei dem Dritten hielt er sich länger auf.

»Man wünschte, ein Affe zu sein, um wenigstens Flöhe knacken zu können«, beklagte sich der Mann trübselig. »Seitdem ich hier herumrenne, habe ich nichts anderes gesehen, als daß man in dem alten Laden auf der anderen Seite einen Ballen abgeladen hat...«

Der rote Bart klappte jäh herunter, und erst nach Sekunden wieder hinauf.

»Daß dich der...«, stieß Steve Flack zischend hervor und war im nächsten Augenblick verschwunden.

Die Tür des Ladens in der kleinen Seitengasse war mit einem Vorhängeschloß gesichert und doppelt versperrt, dem Burschen, der sich in der folgenden Viertelstunde daran zu schaffen machte, bereitete dies jedoch keinerlei Schwierigkeiten. Aber dem großen Mann, der neben ihm stand, dauerte es trotzdem zu lange, und er hatte alles mögliche auszusetzen.

»Sputen Sie sich. Und wenn es soweit ist, bleiben Sie hier an der Tür. Flack steht drinnen im Hof.«

Als es soweit war und die Tür sich in den Angeln drehte, schob sich der große Mann vorsichtig durch den Spalt, und der andere pflanzte sich draußen auf die Schwelle.

In der nächsten Sekunde vernahm er drinnen ein heftiges Gepolter, danach traf ihn etwas unters Kinn, daß er direkt in den Himmel schauen mußte, und als er den Kopf endlich wieder herunterbrachte, konnte er nur noch erkennen, wie ein Schatten pfeilschnell um die Ecke verschwand...

Der Bursche schielte betroffen und schuldbewußt nach der Tür, aber der Anblick, der sich ihm dort bot, beruhigte ihn etwas: Oberst Passmore klopfte sehr sorgfältig den Staub ab, den er bei seiner jähen Beförderung in einen Haufen alten Gerumpels aufgelesen hatte, und um seinen Mund spielte ein so ungefährliches Lächeln, daß auch der andere glaubte, sich ein Grinsen gestatten zu dürfen.

Auch Steve Flack grinste und gluckste vor Vergnügen, als er kurz darauf den seltsamsten und sympathischsten Vorschlag anhörte, der ihm je gemacht worden war.

»Es geht aber alles auf Ihre Haut«, wurde er gewarnt. »Sie sind von dieser Minute an außer Dienst, und was Sie tun, haben Sie selbst zu verantworten. Es soll auch nur eine kleine Lektion sein, nicht mehr. Merken Sie sich das!«

Diese Nebensächlichkeiten interessierten den Steuermann nicht weiter, denn es ging vor allem um eine Kiste Zigarren und eine Flasche Whisky vom besten und außerdem um einen Spaß, wie er ihn schon lange nicht gehabt hatte.

Erst gegen elf Uhr hielt es Mr. Bayford für an der Zeit, zu Hause nach dem Rechten zu sehen. Sein Mann hatte ihn wissen lassen, daß alles glatt abgegangen war und daß das Mittel, mit dem er das Mädchen bewußtlos gemacht hatte, mindestens drei Stunden wirken würde. Da ließen sich in aller Ruhe noch einige Vorbereitungen für das gemütliche Beisammensein treffen, und Bayford ordnete alles mit großem Sachverständnis und in zuversichtlichster Stimmung. Nun, da die Schöne sich in seiner Gewalt befand, würde sie wohl mit sich reden lassen. Wenn aber nicht... Sie lag drüben in dem notdürftig eingerichteten Kontor neben dem Lagerraum, und dort konnte sie sich schließlich sträuben, soviel sie wollte...

Nach einem letzten Blick auf sein stimmungsvolles Arrangement schlich Mr. Bayford über die Holztreppe in den Nebenhof, schloß geräuschlos die Hintertür zu dem Laden auf und verhielt einen Augenblick lauschend den Atem. Dann trat er vorsichtig ein und knipste seine Taschenlampe an...

Was weiter geschehen war, blieb für Bayford bis zu seiner unangenehmen letzten Stunde ein ungelöstes Rätsel.

Er fühlte sich plötzlich von einer eisernen Klammer am Kragen gefaßt, dann klatschte ihm links und rechts etwas schmerzhaft ins Gesicht, und schließlich kam er sich vor, wie ein Papierball an der Gummischnur. Er bekam einen mächtigen Puff in den Rücken, flog nach vorne, wurde von der Gummischnur wieder zurückgerissen und flog neuerlich, bis er schließlich sogar zum Fußball avancierte und unter einem kräftigen Tritt krachend in einem Winkel landete...

Als Mr. Bayford spät nach Mitternacht zu seiner Wohnung hinaufschlich, fiel sein erster Blick auf einen etwas unbeholfenen, aber dafür riesengroßen Drudenfuß an der Hintertür, und zu den heftigen Schmerzen, die er in allen Gliedern verspürte, gesellte sich nun auch noch ein würgendes Gefühl im Hals, das ihm Tränen in die verschlagenen Augen trieb.

Der dicke Fred Slater war an diesem Abend endlich so weit, daß die Welt für ihn jeden Schrecken verloren hatte. Sogar der ›Padischah‹ konnte ihm den Buckel hinunterrutschen und die ganze Polizei dazu. Er hatte einen Rausch, der ihn zwar etwas unbeholfen machte, seinem inneren Menschen aber eine solche Courage verlieh, daß er es ohne weiteres mit der ganzen Hölle aufgenommen hätte. Nicht einmal die zwei Gestalten, die fortwährend um ihn herumtanzten und ihn angrinsten, konnten ihm mehr bange machen. Zuerst hatte es ihm allerdings nicht recht geheuer geschienen, daß der Rotbart und der andere sich auf ihren eigenen Füßen davongemacht hatten, denn er hatte die beiden doch mit seinem Fläschchen glatt erledigt, aber wenn man das Gehirn ordentlich ausspült, sieht man alles viel klarer und gar nicht so schrecklich. Fred unterhielt sich nun sogar zuweilen halblaut mit den beiden Gestalten und nannte die eine einen ›alten roten Ziegenbock‹ und der anderen drohte er eine Ohrfeige an, wenn sie nicht ruhig sitzen bleiben würde.

Er war mit dieser anregenden Gesellschaft so beschäftigt, daß er das erste Schnarren des Telefons völlig überhörte, und erst als die Klingel anhaltend ratterte, schob er die beiden unsichtbaren Gestalten mit einer energischen Handbewegung beiseite und nahm einen geraden Anlauf gegen den Kamin. Er hätte zwar dabei fast den Apparat heruntergerissen, aber schließlich fand er doch den Hörer und lallte mit schwerer Zunge, aber mutig wie noch nie, seine Meldung in die Muschel. Und weil er so guter Laune war, fügte er gemütlich hinzu: »Quassel dich aus, alter Junge...«

Es dauerte diesmal lange, bevor der Lautsprecher sich schmetternd hören ließ.

»Du bist ja völlig besoffen, du Schwein!«

»Jawohl...sozusagen...«, glaubte der kleine Dicke vergnügt bestätigen zu müssen, worauf er eine Flut von überstürzten Flüchen und Verwünschungen zu hören bekam, die ihn aber so langweilten, daß er die Augen schloß und zu dösen begann.

Ganz von ferne hörte er dann noch so etwas von »abrechnen« und »morgen« und »Oxford«, worauf er ganz automatisch »Jawohl« ins Telefon murmelte.

Erst als ihm der stützende Arm abglitt und er mit dem Kinn in die Gabel des Apparates fuhr, wurde es in Slaters Schädel wieder etwas klarer, und gerade in diesem Augenblick ließ sich der Lautsprecher neuerlich, vernehmen.

»Vergessen Sie nicht«, brüllte der Unsichtbare, »morgen Oxford! – Oxford, verstanden? Und pünktlich um Mitternacht will ich die ganze Bande hier haben. Es darf nicht einer fehlen. Und wenn Sie mir wieder betrunken kommen, drehe ich Ihnen den Kragen um...«

»Jawohl, Oxford«, stammelte der kleine, dicke Mann plötzlich ernüchtert und sehr kleinlaut. »Und alle morgen um Mitternacht...«

»Schluß!« rief Oberst Passmore in den kleinen Apparat, dessen Drähte von dem silbergrauen Boot über die Ufermauer zu dem verlassenen Haus führten.

35

»Sehen Sie zu, daß Ihnen kein Fehler unterläuft, denn es geht um eine wichtige Sache«, sagte der junge Kommissar, den Miles nicht leiden mochte, in seiner etwas arroganten Art. »Sie haben nicht mehr zu tun, als ich Ihnen eben mitgeteilt habe, aber das muß auf die Minute und in jeder Einzelheit klappen.«

Er machte eine entlassende Handbewegung, wie sie der Chef nicht gnädiger machen konnte, und der Inspektor zog sich zurück. Hinter der Tür aber fauchte er wie ein gereizter Kater und rieb sich die Glatze. Was er seinerzeit dem Sergeanten gegenüber ahnungsvoll geäußert hatte, war nun eingetreten. Er war gelb vor Neid, blau vor Wut und grün vor Galle, und dabei durfte et in den nächsten vierundzwanzig Stunden wohl kaum ein Auge schließen, ohne auch nur eine Ahnung von dem Warum und Wozu dieser Schinderei zu haben.

Am einfachsten war noch die Sache mit Mr. Smith, und nachdem er sich mit dem Coroner des Bezirks telefonisch verabredet hatte, machte er sich sofort auf den Weg nach Summers Town.

Der trauernde Witwer, der eben im Begriff war, sich für die Beerdigung umzukleiden, empfing die beiden Herren mit derselben zerstreuten Höflichkeit, die er in den letzten Tagen für alle Besucher übrig gehabt hatte, und der wißbegierige Miles sah sich einigermaßen enttäuscht. Aber vielleicht erfuhr er doch das eine oder das andere, wenn er es geschickt anstellte.

»Es tut uns leid, Ihnen Unannehmlichkeiten bereiten zu müssen«, begann er mit ernstem Gesicht, »aber der Coroner, Mr. Garner, ist zu dem Entschluß gekommen, die Leiche von Mrs. Smith nicht freizugeben. So ist es doch?« wandte er sich sehr förmlich an seinen Begleiter, und als dieser ernsthaft nickte, richteten sich die lauernden Blicke des Inspektors wieder auf den Mann, den die Sache anging. »Es wird also am besten sein«, fuhr er fort, »wenn wir gleich durch die Leute vom Bestattungsinstitut die Überführung in die Anatomie veranlassen.«

Mr. Smith starrte mit schiefem Kopf vor sich hin und schlug mit dem Zeigefinger einen langsamen, feierlichen Takt. Endlich erwachte er aber doch und blinzelte seine Besucher mit unbefangener Liebenswürdigkeit an.

»Jawohl, meine Herren, wie Sie wünschen«, sagte er mit einer höflichen Verbeugung. »Ich danke Ihnen sehr.«

Unten an der Treppe machte der Inspektor mit verkniffenem Gesicht halt und deutete nach oben. »Was halten Sie davon?«

Der Coroner, ein einfacher praktischer Arzt, zuckte gleichmütig mit den Achseln.

»Verrückt. – Wie überhaupt die ganze Geschichte. Ich glaube nämlich kaum, daß man bei der Obduktion etwas anderes finden wird als bei der Leichenschau, aber wenn die Herren es so haben wollen, meinetwegen.«

Er lüftete sehr förmlich den Hut und ging seines Weges, während Miles heftig schimpfte, weil er nun um nichts klüger war als zuvor.

Am wenigsten berührt von der ganzen Sache zeigte sich Mr. Smith, denn er saß bereits fünf Minuten später wieder träumend am Klavier und schlug von Zeit zu Zeit einen Ton an, dessen Klang er mit kritischem Ohr verfolgte.

Mit diesem Spiel vertrieb er sich den halben Nachmittag, während die Dienstboten unter aufgeregtem Tuscheln die Köpfe zusammensteckten. So unauffällig auch alle behördlichen An- ordnungen durchgeführt worden waren, die Verschiebung der Beisetzung hatte sich natürlich nicht verheimlichen lassen, und die verstörten Leute raunten einander die schrecklichsten Ver- mutungen ins Ohr.

Auch der Geschäftsführer fing einiges davon auf, und das veranlaßte ihn, den Plan, mit dem er sich seit vierundzwanzig Stunden trug, möglichst rasch zu betreiben. Der Augenblick schien nicht gerade günstig gewählt, denn Mr. Smith befand sich in seinem musikalischen Dämmer- zustand, aber der Mann ging unbeirrt und mit sachlicher Knappheit auf sein Ziel los.

»Es wäre möglich, daß Sie sich mit dem Gedanken tragen, die Bar abzugeben«, begann er ohne weitere Umschweife, »und ich würde das begreiflich finden, denn Sie sind ein großer

Künstler, dem solch ein Betrieb keine Befriedigung gewähren kann. Jedenfalls stelle ich mich Ihnen zur Verfügung. Ich habe ein Konsortium an der Hand, das bereit wäre, das Geschäft sofort zu übernehmen und den Kaufpreis bar auf den Tisch zu legen. In einer Stunde könnte alles erledigt sein«, versicherte er und sah erwartungsvoll auf Mr. Smith, der noch immer auf den Tasten herumtippte.

Erst nach einer Weile brach er jäh ab, strich sich über die Stirn und schüttelte wehmütig mit dem Kopf.

»Diese Erinnerungen…«, murmelte er zusammenhanglos »Jawohl… Überall sehe ich ihr geliebtes Bild. Das würde ich nicht ertragen können.« Er machte eine kleine Pause, um dann plötzlich nüchtern und klar zu fragen: »In einer Stunde, sagten Sie? Gut. Und bar auf den Tisch? – Wieviel?«

Der überraschte Geschäftsführer nannte eine Summe, die er sich als Mindestangebot zurechtgelegt hatte, aber Mr. Smith war zu unpraktisch, um an ein Feilschen zu denken. Er nickte gleichmütig, und der andere schoß davon, um das Eisen nicht kalt werden zu lassen.

Die Frist von einer Stunde war noch nicht verstrichen, als Mr. Smith seine Unterschrift unter die Verkaufsurkunde setzte und seine weiße Hand auf das ansehnliche Paket von Hundertpfundnoten legte.

Als er wieder allein war, verschloß er sorgfältig alle Türen und barg die Scheine in einer kleinen Kassette, die bereits ein dickes Bündel amerikanischen Geldes enthielt. Nachdem er noch geraume Zeit in seinem Schreibtisch gekramt und verschiedene Papiere verbrannt hatte, verließ er gegen Abend mit einer Aktentasche das Haus und fuhr mit dem nächsten Bus in Richtung Kensington davon.

Mr. Bayford hatte nach der aufregenden Nacht einen ebenso aufregenden Tag, weil ihm die Furcht bereits arg im Genick saß. Die Sache mit dem Mädchen hatte ihm zum Bewußtsein gebracht, daß sein Gegner hartnäckig hinter ihm her war, und er sah keine Möglichkeit, sich dagegen zu schützen. Auch von seinem neuen Bundesgenossen erwartete er in dieser Hinsicht nicht mehr viel, und als Mr. Grubb ihn um die Mittagsstunde wieder zu einer Besprechung in den Wagen aufnahm, wurde er völlig herabgestimmt.

Der ›Mächtige‹ war sehr ernst, und was er sprach, klang nicht gerade angenehm.

»Ich weiß nun, woran wir mit dem bewußten Dritten sind«, sagte er ohne nähere Erklärung, »und halte es für das beste, daß wir die Karte so rasch, wie möglich in unseren Besitz bringen. Ich habe bereits für heute alles Nötige veranlaßt. Gelingt die Sache, so sehen wir uns genau morgen in vier Wochen im ›Hotel Esplanade‹ in Antwerpen. Früher möchte ich nichts unternehmen, und es wird auch gut sein, daß wir bis dahin völlig außer Verbindung bleiben. Soviel Vertrauen müssen Sie schon zu mir haben. – Und wenn ich Ihnen noch einen Rat geben darf«, fügte Grubb sehr nachdenklich hinzu,, »so trachten Sie Oberst Passmore schnellstens aus den Augen zu kommen. Er hat keine sonderlich freundlichen Absichten mit Ihnen, und ich fürchte, er ist der Mann, sie auch auszuführen. Ich habe alles mögliche versucht, um ihm beizukommen, aber es ist leider mißlungen. Und mehr möchte ich nicht wagen, weil wir sonst alles aufs Spiel setzen.«

Der Rat war deutlich, und da Bayford das Gefühl hatte, daß er auch wirklich angebracht war, begann er sofort, sich damit eingehend zu beschäftigen. Schließlich hielt ihn ja wirklich nichts mehr zurück, sobald die Angelegenheit mit Ferguson in Ordnung gebracht war, und außerdem bot ihm die Einladung von Mrs. Melendez eine Gelegenheit zum Rückzug, wie er sich sie günstiger nicht wünschen konnte. Wenn in der kommenden Nacht alles gut ging, konnte er im Laufe des morgigen Tages durch die Aufgabe der Depeschen das große Geschäft Fergusons zu Ende führen und für sich und Mrs. Lee dann sofort die Gastfreundschaft der ›dicken Zigarre‹ in Anspruch nehmen.

Der Herr mit dem Monokel fühlte sich zwar wie zerschlagen, und besonders eine Beule am Hinterkopf bereitete ihm empfindliche Schmerzen, aber er riß sich zusammen, denn er hatte nun keine Minute zu verlieren. Vor allem galt es für ihn, rasch einiges Geld in die Hand zu bekommen, und sein nächster Weg war daher zur Bank, auf die Mr. Smith den Scheck ausgestellt hatte. Die Prüfung dauerte lange, und Bayford begann sich plötzlich sehr unbehaglich zu fühlen. Wenn ihn dieser verschlagene Schurke doch hinters Licht geführt hatte.

»Ist etwas nicht in Ordnung?« fragte er betroffen, als er das Papier tatsächlich wieder ausgehändigt bekam.

Der Mann am Schalter hob leicht die Schultern. »Ja und nein. Der Scheck trägt das Datum von übermorgen. Es dürfte sich vielleicht um ein Versehen handeln, aber wir können ihn natürlich nicht früher honorieren.«

Diese Auskunft bedeutete für den geldbedürftigen Mr. Bayford einen argen Schlag und setzte ihn um so mehr in Verwirrung, als er nicht wußte, was er von der Sache zu halten hatte. War dem zerstreuten Smith wirklich nur ein Irrtum unterlaufen, oder hatte er damit eine bestimmte Absicht verfolgt?

Bayford wollte sich in dieser wichtigen Frage raschestens Klarheit schaffen, aber ein zweiter Besuch bei dem seltsamen Mann schien ihm nicht geraten. Vielleicht rechnete jener sogar damit und hatte seine Vorkehrungen getroffen.

Der Herr mit dem Monokel zog daher einen telefonischen Anruf vor, hatte jedoch kein Glück. Die Leitung war offenbar nicht in Ordnung, und nach einer halben Stunde gab Bayford sein vergebliches Bemühen mit einem grimmigen Fluch auf. So wichtig die Angelegenheit war, konnte er damit nicht die Zeit vertrödeln, denn es gab noch eine Menge anderer Dinge zu erledigen.

Zunächst mußte er Mrs. Lee veranlassen, sich bereitzuhalten. Dabei erinnerte er sich, daß er für die Trauung noch gar keine Vorbereitungen getroffen hatte, und soweit er den kommenden Tag übersah, würde ihm auch kaum die hierfür notwendige Zeit übrigbleiben. Er selbst legte zwar auf diese Formalität keinen Wert, aber Frauen waren in diesem Punkt meist von einer geradezu lächerlichen Kleinlichkeit.

Aber während er nach dem Berkeley Square fuhr, fiel ihm ein Ausweg ein.

Die romantische Mrs. Lee war nicht kleinlich und fand die Idee, die er ihr vorsichtig andeutete, ›einfach himmlisch‹.

»Eine Trauung auf einer Jacht!« flötete sie begeistert. »Wie stimmungsvoll!«

»Oder irgendwo unterwegs«, meinte Bayford leichthin, um für alle Fälle einen längeren Spielraum zu gewinnen, aber die glückselige Witwe verschloß ihm den Mund mit einem langen dankbaren Kuß, und Mr. Bayford spürte unter der stürmischen Umarmung alle die blutunterlaufenen Flecke, die ihm das Abenteuer der verflossenen Nacht eingebracht hatte. Er schnitt ein so verzweifeltes Gesicht, daß es sogar der verzückten Witwe auffiel.

»Was ist dir, Liebster?« forschte sie erschreckt und teilnahmsvoll, und der Herr mit dem Monokel hatte neuerlich einen Einfall.

»Oh, nur ein bißchen Ärger«, entschuldigte er sich. »Es ist auch wirklich zu dumm! Da ordnet man alles bis ins kleinste, und dann werden einem alle Pläne durch eine alberne Kleinigkeit umgestoßen.«

Er machte eine abwehrende Handbewegung, aber Mrs. Lee sah ihn so bekümmert und mitfühlend an, daß er sich verpflichtet fühlte, ihr das fatale Versehen, das mit dem Scheck unterlaufen war, näher zu erklären.

»Dabei sollte das unser Reisegeld sein«, schloß er verdrießlich, »und wenn es mir bei der Kürze der Zeit nicht gelingt, andere Mittel flüssig zu machen, müssen wir wohl oder übel bis übermorgen warten. – Leider wird dann aus dem Vergnügen der Jachtfahrt nichts, denn...«

»Es wird – es wird...«, jubelte Mrs. Lee und beeilte sich, Mr. Bayfords sorgenvolles Gesicht vor allem einmal durch einige herzhafte Küsse zu glätten. Dann trippelte sie gewichtig davon, und als sie nach einer längeren Weile zurückkehrte, strahlte ihr Gesicht von neckischer Verschmitztheit. Sie steckte blitzschnell erst die eine, dann die andere ihrer krampfhaft geschlossenen Patschhände in seine Taschen und kicherte dabei so belustigt, daß es der gutherzige Mann nicht über sich bringen konnte, ihr den Spaß zu verderben. Er lächelte völlig ahnungslos über ihr kindliches Spiel, aber als er wieder im Wagen saß, nahm er mit großem Interesse eine Inventur seiner Taschen vor, die ihn sehr befriedigte. Es waren zwar keine fünftausend Pfund, immerhin brauchte er sich jedoch nun mit dummen Geldsorgen nicht mehr den Kopf zu beschweren.

Als er endlich nach Kensington kam, war es bereits Abend geworden, aber er bemerkte schon von weitem das hoch mit Koffern beladene Auto, das fahrbereit vor dem Haus von Mrs. Melendez stand. Der Anblick ließ ihn unruhig werden, denn wenn er die ›dicke Zigarre‹ nicht mehr antraf, gab es für ihn zumindest große Schwierigkeiten, bevor er sich mit ihr in Verbindung setzen konnte.

Aber seine Sorge war unbegründet, Mrs. Melendez war zwar bereits reisefertig, überwachte jedoch zunächst noch den Abtransport ihres Gepäcks. Sie empfing Bayford in der Diele, und in ihren schläfrigen Augen lag eine besorgte Frage.

»Ich freue mich, daß ich Ihnen noch adieu sagen kann«, begrüßte sie ihn hastig. »Hoffentlich bringen Sie mir keine unangenehme Nachricht.«

»Je nachdem«, erwiderte er, aber sein Lächeln beruhigte sie einigermaßen. »Ich möchte Sie nämlich mit Ihrer freundlichen Einladung beim Worte nehmen, wenn wir Ihnen nicht allzusehr zur Last fallen.«

Sie sah ihn erst verständnislos an, dann aber erinnerte sie sich und bekam es wieder mit der Angst zu tun.

»Ist etwas Besonderes vorgefallen, daß Sie es auf einmal so eilig haben?« forschte sie mißtrauisch.

»Nichts anderes, als daß wir es nicht erwarten können, unsere Hochzeitsreise anzutreten«, gab er mit einem zynischen Grinsen zurück. »Joanna fand Ihre Einladung, von der ich ihr Mitteilung machte, so nett, daß sie nicht mehr davon abzubringen war. Vielleicht haben Sie also ein bescheidenes Plätzchen für uns. – Ehe ich es vergesse«, fügte er blinzelnd hinzu, »Sie sind eine entfernte Verwandte von mir, und wir kennen uns bereits von Kindheit an.«

Mrs. Melendez fühlte sich völlig beruhigt und griff nun die Sache mit großem Eifer auf.

»Gut«, sagte sie, »das läßt sich machen. Platz ist ja auf der ›Najade‹ genug, und ein wenig Komfort für ein junges Ehepaar haben wir auch.« Sie ließ ihre starken gelben Zähne sehen und drohte schalkhaft mit dem dicken Zeigefinger. »Sie sollen zufrieden sein, denn ich werde mich selbst um alles kümmern. – Offen gestanden ist mir dieses Arrangement sehr angenehm«, fuhr sie freimütig fort. »Sie wissen ja, daß mir die Dinge nicht ganz geheuer vorkommen, und da könnte mir kein Gast willkommener sein, als gerade Mrs. Lee. Sie ist sehr bekannt und angesehen, und wo eine solche Katze sitzt, wird man keine Mäuse suchen. – Es bleibt also dabei. Ich bin in zwei Stunden an Bord, und Sie können dann kommen, wann Sie wollen. Je früher, desto besser, denn man kann nicht wissen…Am Ufer oberhalb West Thurrock liegt eine kleine Barkasse mit einem blauen Wimpel, die Sie zum Schiff bringen wird.«

Die ›dicke Zigarre‹ war plötzlich so guter Laune, daß sie dem Besucher noch eine kokette Kußhand nachsandte, die Mr. Bayford mit einem heißen Blick erwiderte. Die massive Frau schloß unter diesem Blick betroffen die schweren Lider, und ihre Hängebacken bekamen den Ton von mattem Kupfer; aber als sich die Tür hinter dem Mann mit dem Monokel geschlossen hatte, verscheuchte sie diese seltsame Anwandlung mit einer energischen Handbewegung und setzte neuerlich die Dienerschaft in Bewegung, um endlich von dem Boden wegzukommen, der ihr unter den Füßen brannte.

Der Lenker eines Taxis, das schon seit länger als einer Stunde etwa fünfzig Schritte gegenüber auf einen Fahrgast wartete, reckte hinter Bayford den Hals, aber erst, als der Wagen von Mrs. Melendez aus der Gartenpforte rollte und gleich darauf auch das Auto mit dem Gepäck sich in Bewegung setzte, wurde der Mann lebendiger. Er barg die kleine Handtasche, die er neben sich stehen hatte, unter der Polsterung seines Sitzes und fuhr mit abgeblendeten Lichtern hinter den beiden Wagen her. In der gleichen Entfernung, die er hielt, und mit der gleichen Unauffälligkeit folgte ihm ein Motorradfahrer, der plötzlich von irgendwoher gekommen war, und eine große Gestalt in einem hochgeschlossenen Wettermantel sah dem Zuge gespannt nach.

»Ich glaube, der Schwarm gerät nun in Bewegung«, wandte sich Oberst Passmore an den Vierschrötigen mit den Affenarmen, »und Sie können Scotland Yard das Zeichen geben. Die Männer für Lambeth haben pünktlich um elf Uhr zur Stelle zu sein, aber Inspektor Miles hat erst einzugreifen, wenn der Anruf durch den Lautsprecher erfolgt. – Ist auf dem Fluß alles in Ordnung?«

»Jawohl, Sir. Die Boote stehen seit sechs Uhr im Dienst und sind über die Signale genau unterrichtet. Auch die Zeichen für die Lichter sind vorbereitet.«

»Sehr gut«, sagte Oberst Passmore, und wieder einmal lag um seinen Mund das abgründige Lächeln, das sogar dem ›Mächtigen‹ so mißfallen hatte.

36

Allan Ferguson war Tag und Nacht mit seinen Plänen und Vorbereitungen beschäftigt, und das nahm ihn so in Anspruch, daß er sich wirklich bald am Ende seiner Kräfte fühlte. Er wurde immer fahriger, schreckhafter und gereizter, und jede Kleinigkeit konnte ihn aus dem Häuschen bringen.

An diesem Abend ärgerten ihn die schweren Schritte, die plötzlich über ihm herumtappten und dumpf durch die lautlose Stille seines Arbeitszimmers klangen. Zuerst hob er unwillig den Kopf, dann sprang er wütend auf, und als er unter dem Lüster einige winzige Mörtelstücke auf dem Teppich bemerkte, klingelte er dem Hausmeister, der seit einigen Tagen aushilfsweise Dienst tat.

»Was haben Sie da oben für eine Elefantenherde?« brüllte er ihn an. »Die Kerle werden mir noch den Plafond auf den Kopf trampeln.« Er wies empört auf die Kalkspuren, und der andere betrachtete sich, sichtlich betroffen, die Bescherung.

»Es sind sonst sehr ordentliche Leute, Sir«, versicherte er hastig, »und ich werde das natürlich sofort abstellen.«

Er stieg wirklich in großer Eile die Treppe hinauf und klingelte, worauf ein bärtiges Männergesicht mit einer Brille in der Tür erschien. Der Hausmeister nahm höflich seine Mütze ab und schob sich in den Vorraum, wo er im Flüsterton erregt losbrach.

»Zum Teufel, was treibt ihr denn hier: Ferguson beklagt sich über euren Lärm, und sein Teppich ist voll Mörtel. Wenn er Lunte riecht, können wir eiligst einpacken.« Er trat, ohne eine Antwort abzuwarten, in das erste Zimmer, das wie ein dürftig eingerichtetes Kontor aussah, und öffnete dann die Tür zu dem Nebenraum, den er mit einem raschen, forschenden Blick überflog. Es stand hier nur ein langer Tisch mit Telefonapparaten, verschiedenen Schachteln und einem Kästchen, das an einen Steckkontakt angeschlossen war und wie ein Uhrwerk tickte. Ein zweiter Draht lief zu einem niedrigen schwarzen Blechzylinder, der in der Mitte des Zimmers in den Fußboden eingelassen war.

Einer der beiden Leute, die hier in dem Raum weilten, trug Kopfhörer, der zweite lag auf dem Boden und sah aufmerksam in einen verstellbaren Spiegel, der den Zylinder schräg abschloß. »Wir mußten leider die Trommel auswechseln, da sie nicht mehr glatt lief«, erklärte mittlerweile der Mann mit der Brille entschuldigend. »Dabei hat er sich seit Mittag immer nur für wenige Minuten aus dein Zimmer entfernt, und wir müssen froh sein, daß es so abgelaufen ist.«

Der ›Hausmeister‹ schloß leise wieder die Tür und ließ sich auf einen der Stühle im ersten Raum nieder.

»Nun, da er einmal aufmerksam geworden ist, heißt es doppelt vorsichtig sein«, schärfte er dem anderen ein, »aber lange wird es wohl nicht mehr dauern.« Er dämpfte seine Stimme noch mehr, und sein Gesicht bekam einen sehr ernsten Ausdruck. »Vielleicht geht schon heute nacht etwas Besonderes vor, denn um das Haus lungern einige Gestalten herum, die mir nicht gefallen wollen. Also, halten Sie sich bereit, und sowie sich eine Gelegenheit gibt, machen Sie sich über den Schreibtisch. Den Zimmerschlüssel haben Sie ja, und mit der Schublade wissen Sie auch umzugehen. – Zuerst die Depeschen, dann die Listen und Bücher. Es müssen aber haarscharfe Aufnahmen sein.« Er nickte kurz und stieg ziemlich geräuschvoll wieder nach unten, und Ferguson hatte den ganzen weiteren Abend keine Veranlassung mehr, sich über irgendwelche Störung zu beklagen. Er konnte in aller Ruhe seine Papiere ordnen und sich dann aus dem Kursbuch und den letzten Schiffslisten verschiedene Notizen machen. Dabei füllte sich das Zimmer mit immer dichteren Rauchwolken, und sein feistes Gesicht begann von dem schweren Whisky, den er Glas um Glas hinunterstürzte, immer feuriger zu glühen.

Endlich schien er mit seinen Reiseplänen im reinen zu sein, denn er schob mit einem breiten Schmunzeln die Fahrpläne zur Seite, steckte die Notizen zu sich und lehnte sich mit schläfrigen Augen zurück. Dann fiel ihm noch etwas ein, und er machte sich an dem Geheimfach zu schaffen. Als die Lade heraussprang, holte er aus der unteren Abteilung die Spezialkarte hervor und barg sie in seiner Brusttasche, hierauf legte er die Depeschen bereit und betrachtete mit sichtlicher Befriedigung noch einmal die bunten Fähnchen in der Lade.

Es war nun alles soweit, und er konnte sich mit den letzten Weisungen an seine Agenten auf den Weg machen.

Der nächtliche Spaziergang zum Telegrafenamt hatte für den trägen Mann nichts sonderlich Verlockendes, und er schob ihn noch eine geraume Weile hinaus. Aber schließlich raffte er sich doch auf und begann zunächst seine mächtigen Glieder zu strecken und mit schweren, etwas unsicheren Schritten auf- und abzumarschieren. Dann blickte er nach der Uhr, die einige Minuten nach elf zeigte, und wandte sich nach dem Nebenzimmer, um Überrock und Hut zu holen...

Der Vorhang, der die tiefe Türnische völlig verdeckte, fiel hinter ihm zu, aber der Stoff war noch nicht ganz zur Ruhe gekommen, als er auch schon wieder in lebhafte Bewegung geriet. Ein kurzer, dumpfer Laut, wie ein verzweifeltes Aufstöhnen, drang sekundenlang hinter dem wallenden, dicken Samt hervor, dann glitt der massige Körper Fergusons, von unsichtbaren Händen gestützt, in das Zimmer zurück. Aus dem aufgetriebenen, blauroten Gesicht starrte ein Paar gebrochener Augen und durch die Glieder ging ein letztes Zucken...

Minutenlang herrschte Totenstille, und nur von irgendwoher klang ein leises Surren und Knacken.

Auf einmal aber teilte sich der Vorhang neuerlich, um drei lautlose Schatten durchzulassen. Zwei machten sich mit Ferguson zu schaffen, der dritte glitt zum Schreibtisch, der noch immer offenstand. Sie arbeiteten mit Gummihandschuhen, und jeder ihrer Handgriffe geschah rasch und mit ruhiger Sicherheit. Plötzlich hielt der eine von ihnen inne, warf einen raschen Blick auf das zusammengefaltete Blatt, das er aus der Tasche des Leblosen gezogen hatte, und wandte sich hastig nach dem Nebenraum.

»Ich glaube, ich habe sie«, tuschelte er aufgeregt.

»Licht aus!« kam es befehlend zurück, und gleich darauf knackte auch schon der Schalter.

Ein kleiner kreisrunder Schein tauchte aus der Portiere, und eine Hand streckte sich nach der Karte aus...

In diesem Augenblick flammte an der Decke ein stechender Schein auf, der das ganze Zimmer sekundenlang in blendendes weißes Licht tauchte.

»Zum Teufel«, zischte eine entsetzte Stimme – dann lag alles wieder in tiefstem Dunkel, und lautlos, wie er gekommen war, zerstob der Spuk.

Der bärtige Mann mit der Brille, der im Obergeschoß aufgeregt ins Telefon sprach, hatte eine feuchte Stirn, und die Hand, die den Hörer hielt, zitterte.

»Sie haben ihn erwürgt«, stieß er hervor. »Er hat die Schnur noch um den Hals. Dann mußte ich Vakuumblitz verwenden.«

»Glauben Sie, daß alles gelungen ist?«

»Ich hoffe es«, gab der Bärtige zurück. »Aber da wir jetzt ruhig abmontieren dürfen, kann ich es Ihnen in einer Viertelstunde ganz genau sagen.«

»Gut«, kam es gelassen zurück. »Und dann machen Sie unten die Aufnahmen. Sie haben ja nun die ganze Nacht vor sich.«

Gegen elf Uhr nachts hielt ein Taxi, an dem der Schmutz einer weiten Fahrt über Land klebte, vor einem kleinen Haus nächst der Vauxhall-Brücke. Der Fahrer schloß einen angebauten Schuppen auf, brachte den Wagen hinein und verschwand dann mit seiner Aktentasche über einen verwahrlosten Hof im Flur. Nach einer knappen Viertelstunde erschien er wieder, ging zu dem kaum dreißig Schritte entfernten Flußufer hinunter und band ein Boot los. Er stieß ab, tat einige kräftige Ruderschläge und ließ sich dann von der Strömung langsam treiben. Über dem Wasser lag ein undurchdringlicher Dunstschleier, aber der Mann brauchte keine Sicht, denn er hatte den Weg bereits ungezählte Male gemacht und hatte ihn im Gefühl.

Nach etwa zwanzig Minuten steuerte er wieder gegen das Ufer, und gleich darauf lief der Kahn mit einem leisen Knirschen auf. Der Mann legte an einem rostigen Haken in dem Mauerwerk an und tastete mit dem Fuß vorsichtig nach den aufwärtsführenden Stufen. Die erste und zweite nahm er mit der Sicherheit langer Gewöhnung, auf der dritten glitt er auf einer schlüpfrigen Masse aus und plumpste wie ein Sack ins Wasser. Einige Sekunden später tauchte ein Stück weiter sein Kopf wieder auf, und seine Arme paddelten mit flinken Bewegungen der Ufermauer zu. Er hatte sie fast schon erreicht, als plötzlich eine Riesenhand nach seinem Kragen griff.

Der arme Mann pustete geräuschvoll und schnappte nach Luft, und Steve Flack sah ihm mit lebhafter Neugierde in das triefende Gesicht.

»Bei meiner Seele, er ist's!« sagte er zu Patrick, der an den Rudern saß, und diese Feststellung beschäftigte ihn so, daß er den Arm, der das strampelnde Bündel hielt, aus Zerstreutheit wieder ins Wasser tauchte. Er dachte an seine erste Begegnung mit dem Mann mit dem Messer, an den Schweinehund, der sich an seinem Whisky zu schaffen gemacht hatte und an die vorletzte Nacht, da ihm sein Freund um ein Haar das Lebenslicht ausgeblasen hätte.

Das waren höchst unangenehme Gedanken, die den Bart des Steuermanns in grimmiger Bewegung hielten, aber schließlich erinnerte sich Steve doch an das Rettungswerk und hob seinen Arm wieder etwas hoch.

Inspektor Miles von Scotland Yard steckte seit länger als einer Stunde mit acht handfesten Leuten in dem verfallenen Haus in Lambeth, und noch peinigender als die Spannung war sein Bangen vor einer ganz bestimmten Möglichkeit. Wenn die Sache fehlschlug, war er morgen ein erledigter Mann.

Endlich kamen schwere Schritte durch den Flur und die Treppe herauf, und hinter der rissigen Tür zeigte sich ein schwacher, flackernder Lichtschein.

Fred Slater schlich eine Weile mit zittrigen Knien umher, und seine verquollenen Äuglein suchten unstet und ängstlich jeden Winkel ab. Seine gestrige Courage war ihm in einem lichten Augenblick völlig abhanden gekommen, und er war so bange geworden, daß er sogar den Suff vergessen hatte. Der ›Padischah‹ war ein hinterlistiger Hund, bei dem man sich vorsehen mußte. Dazu kam noch die Sache mit dem Fläschchen, die er sich nicht erklären konnte, bei der aber irgend etwas nicht geheuer war.

Der kleine, dicke Mann schwitzte vor Angst, und erst als sich nach und nach die anderen einstellten, die er mit großer Beflissenheit zusammengetrommelt hatte, begann er sich etwas sicherer zu fühlen. Und da der Alte seine verdammten Augen und Ohren überall hatte, konnte er sich vielleicht bei ihm wieder in gutes Licht setzen, wenn er den Leuten zunächst einmal selbst gründlich die Meinung sagte.

Er zählte die eleganten Gentlemen, die verdrießlich und schweigsam den Raum füllten, etwas umständlich mit dem Finger ab, und als er bis neun gekommen war, nickte er befriedigt. »Stimmt«, sagte er. »Ich hätte es auch keinem geraten, sich zu drücken. Wenn ich etwas befehle, gibt es so etwas nicht. Und der Chef –«

Dem sehnigen ›Reiter‹ ging die Geduld aus.

»Halt den Mund, du alter Säufer!« schrie er wütend. »Glaubst du, ich bin in dieses stinkende Rattenloch gekommen, um deine Wichtigtuereien anzuhören? Sieh lieber zu, daß dieses Affentheater nicht zu lange dauert. Ich habe meine Zeit nicht gestohlen, und wenn dein Chef nicht auf die Minute pünktlich ist...«

Diesmal wurde dem unhöflichen ›Reiter‹ selbst das Wort abgeschnitten, da das Schnarren des Telefons sich hören ließ.

Die meisten der ›Schlepper‹ hatten bereits die eine oder andere Zusammenkunft mitgemacht und wußten, was nun kommen würde. Zumeist pflegte sie der ›Padischah‹ gehörig abzukanzeln und dann immer in ihrem Lohn zu drücken, bevor er davon sprach, worum es sich eigentlich handelte. Und obwohl sie alle wußten, daß es dabei mit ganz natürlichen Dingen zuging, verfehlte die Stimme des unsichtbaren Chefs nie ihre Wirkung.

Slater schoß eilig zum Apparat, und sein Ton war ehrerbietig und dienstfertig, wie schon lange nicht, als er sich meldete und die Parole abgab. Aus alter Gewohnheit hielt er den Hörer krampfhaft ans Ohr gepreßt, aber es währte einige Sekunden, bis eine Antwort kam.

»Haben Sie die ganze Gesellschaft beisammen?« schallte es endlich blechern und hohl durch den Raum, und unwillkürlich flogen aller Augen scheu über die kahlen Wände und zur Decke, um das Rätsel vielleicht doch zu ergründen.

»Jawohl, Sir«, beeilte sich mittlerweile der kleine Dicke zu versichern. »Es sind alle hier. Schon seit einer Viertelstunde.« Wieder trat eine kurze Pause ein, bevor der Lautsprecher fortsetzte.

»Gut, dann passen Sie also auf! Inspektor Miles, schreiten Sie ein!«

Die letzten Worte hallten durch das ganze Haus und schienen es in seinen Grundmauern zu erschüttern. Die morsche Tür polterte krachend ins Zimmer, und der elegante Herr, der sich lässig dagegen gelehnt hatte, flog dem versteinerten Slater vor die Füße. Dann brach ein schwarzer Haufen herein, und zehn baumlange Männer fegten die Leute des ›Padischah‹ in eine Ecke, bevor diese überhaupt begriffen, was vorging.

Der Inspektor stand in der Mitte und strahlte über das ganze Gesicht. Die Geschichte war gegangen wie am Schnürchen, und nun sollte ihm noch einer sagen, daß er sein Handwerk nicht verstand. Der Erfolg machte ihn ungemein liebenswürdig.

»Entschuldigen Sie, Gentlemen, daß wir so hereingeplatzt sind«, kicherte er launig. »Fein gemacht, was? Nun halten Sie nur noch hübsch die Hände hoch, damit es nicht ein böses Mißverständnis gibt.«

Die Gesellschaft gehorchte mit großer Eilfertigkeit, denn Gewalt gehörte nicht zu ihren Aufgaben und war auch völlig aussichtslos. Da mußte man sich schon wieder einmal darauf verlassen, daß die Gesetze Maschen hatten, durch die ein geschickter Mensch ganz gut hindurchschlüpfen konnte.

Miles sah einem nach dem anderen mit hämischem Grinsen ins Gesicht, und als er zu Fred Slater kam, wurde er besonders freundlich.

»Sieh da, mein Dicker«, sagte er, indem er den Hut abnahm und sich lebhaft die Glatze rieb, »gerade gestern habe ich mir gedacht, wann wir wohl wieder einmal zusammenkommen werden. – Als ich Sie in dem Restaurant gesehen habe, wo Sie so komische Dinge trieben...«

Er blinzelte vielsagend, aber Fred Slater wurde blaugrau und mußte an der Wand Halt suchen, weil ihm die Knie den Dienst versagten.

Eine Viertelstunde später verließ ein dicht besetztes Polizeiauto die kleine Gasse in Lambeth, und fast um dieselbe Minute beförderte unten am Fluß Steve Flack ein tropfendes und zappelndes Bündel mit einem kräftigen Schwung auf eine sandige Stelle.

»So, mein Bursche«, rief er ihm nach, »mehr kann ich heute nicht für dich tun. Sieh zu, daß du rasch irgendwo ins Bett kommst, sonst verkühlst du dich noch zu Tode, bevor man dich henken wird.«

Er war mit seinem freundschaftlichen Rat noch nicht zu Ende, als der Mann auch schon aufschnellte und mit Riesensätzen in der Dunkelheit verschwand.

Noch in derselben Nacht lenkte der Mann mit der Aktentasche seinen kotbespritzten Wagen wieder aus dem Schuppen nächst der Vauxhall-Brücke, fuhr über den Fluß und dann am linken Ufer nach Osten. Erst unten vor West Thurrock hielt er an und verschwand für eine Weile in der Dunkelheit. Als er zurückkehrte, bog er mit dem Auto von der Landstraße ab und nahm einen ausgefahrenen Weg zur Themse. Hier stoppte er neuerlich, ordnete einige Gegenstände, die im Wagen lagen, stieg dann aus, ließ den Motor wieder anspringen und schaltete plötzlich die höchste Geschwindigkeit ein.

Eine dunkle Masse schoß surrend und ratternd in die undurchdringliche Nebelwand – dann vernahm das aufmerksam lauschende Ohr des Mannes ein Krachen und Klirren und schließlich einen gewaltigen Schlag ins Wasser.

Nach einer weiteren halben Stunde tauchte der Mann mit seiner Aktentasche an einem der kleinen Themsearme auf, wo ein Boot mit einem blauen Licht an dem kurzen Mast dicht am Ufer lag. Die beiden verschlafenen Matrosen, die, in ihr Ölzeug gehüllt, auf den Bänken hockten, fuhren mißtrauisch hoch, aber der Fremde raunte ihnen einige Worte zu, und als er noch einen Händedruck folgen ließ, hängten sie eilig die Ruder ein. Es ging mit der rauschenden

Ebbe etwa zwei Meilen stromab und dann in das ruhigere Wasser einer Bucht, wo sich vor ihnen plötzlich die Umrisse eines Schiffsrumpfes schattenhaft aus dem Nebel schoben.

Der Mann mit der Aktentasche kletterte gewandt an Bord, aber Mrs. Melendez erfuhr erst beim Frühstück von der Ankunft des Gastes. Sie hatte endlich wieder einmal eine Nacht ohne beunruhigende Träume verbracht, und das Gefühl der Sicherheit versetzte sie in eine äußerst behagliche Stimmung, die auch die Nachricht von dem unerwarteten Besuch nicht zu beeinträchtigen vermochte. Entweder hatte sich Bayford bereits eingestellt, oder es war irgendeiner von ihren Leuten, der in einer belanglosen Sache kam.

Immerhin war Mrs. Melendez einigermaßen neugierig und tat einige lebhafte Züge aus ihrer Zigarre, während sie erwartungsvoll zur Tür blickte.

Das gedämpfte Licht in der geräumigen Kajüte ließ sie zunächst nur eine undeutliche Silhouette erkennen, aber plötzlich ging es wie ein elektrischer Schlag durch ihren wuchtigen Körper, und sie stieß mit weitaufgerissenen Augen den Kopf vor.

»Du...?« kam es heiser aus ihrem dicken Hals, und in ihrem unruhigen Blick lag ein Gemisch von Bestürzung, Wut und Furcht.

Aber der Mann war von dieser Begegnung nach sechs Jahren weit weniger berührt.

»Ja, ich«, sagte er mit einem unverfrorenen Lächeln, indem er sich ohne sonderliche Umstände am Frühstückstisch niederließ. »Entschuldige, daß ich mich nicht angemeldet habe, aber...«

Mrs. Melendez begann die lähmende Überraschung zu überwinden.

»Du Schuft! Du Dieb!« zischte sie wütend. »Was suchst du hier?«

»Dich«, gab er liebenswürdig zurück. »Das heißt, ich will mich dir keineswegs aufdrängen«, fuhr er bescheidener fort, als er in das verzerrte Gesicht der Frau sah, »sondern möchte dich nur bitten, mich eine Strecke Wegs mitzunehmen.«

»Den Teufel werde ich!« fauchte sie, indem sie ihn lauernd beobachtete. »Wahrscheinlich ist man hinter dir her. Aber auf mich darfst du nicht zählen. Der Tag, an dem sie dich henken, wird der schönste meines Lebens sein.«

Sie fletschte bösartig die Zähne, und zum erstenmal verriet der Mann einiges Unbehagen. Er zuckte nervös mit dem Kopf und schien noch um einen Ton blasser, aber dann begann er zu blinzeln, und um seinen Mund erschien ein drohendes Lächeln.

»Das wohl kaum«, meinte er gedehnt. »Schließlich gehören wir zusammen, und wenn mir etwas Derartiges widerfahren sollte, würdest du jedenfalls deine Witwenjahre in einer etwas weniger angenehmen Umgebung vertrauern müssen, als du sie gewohnt bist.«

Mrs. Melendez verstand die versteckte Drohung sehr wohl und wußte, daß er auch der Mann war, sie auszuführen. Sie erinnerte sich an ihre schlimmen Träume und wurde etwas kleinlauter. Aber von einer Sache, die sie nicht verwinden konnte, mußte sie doch noch sprechen.

»Was hast du mit meinem Geld gemacht, du Lump?« stieß sie keuchend hervor. »Es waren über dreißigtausend Goldpesos. Und der Schmuck war fast ebensoviel wert.«

»Darüber wollen wir lieber nicht sprechen«, schlug er vor. »Wie ich weiß, hast du das Geld leicht verschmerzt, und mir hat es leider nicht viel genützt. Wie gewonnen, so zerronnen. Da es dich freuen dürfte, will ich dir sagen, daß es mir eine Zeitlang hundeelend gegangen ist und daß ich gehörig arbeiten mußte.«

Die dicke Frau ließ ein gereiztes, heiseres Lachen hören.

»Arbeiten! – Du und arbeiten!« krächzte sie giftig. »Seit ich dich kenne, warst du nie etwas anderes als ein nichtsnutziger geldgieriger Zuhälter.«

»War ich«, unterstrich er mit Würde, ohne über ihre Liebenswürdigkeiten sonderlich gekränkt zu sein, »aber ich habe von dir einiges gelernt und mich schließlich ganz gut in das Geschäft gefunden.«

Sie sah ihn überrascht an und begann dann an ihrer erloschenen Zigarre zu kauen.

»Wo?« fragte sie plötzlich halblaut, und als er mit einer kurzen Kopfbewegung nach dem Kajütenfenster deutete, sagte sie mit großer Bestimmtheit: »Also – der ›Padischah‹...«

Er bestritt dies weder, noch gab er es zu, sondern kam auf Dinge zu sprechen, die ihm augenblicklich wichtiger waren.

»Ich hoffe, daß ich das Logis, das man mir heute nacht angewiesen hat, behalten kann. Es genügt für meine Ansprüche vollkommen, und ich möchte weder Umstände bereiten, noch Aufsehen erregen.

Mrs. Melendez wußte, was es mit dieser Bescheidenheit ihres so plötzlich wieder aufgetauchten Gatten für eine Bewandtnis hatte, und all die bangen Ahnungen und Besorgnisse, vor denen sie auf die Jacht geflüchtet war, erwachten in ihr nun von neuem. Wenn die Polizei seine Spur fand, konnte sie durch diesen rücksichtslosen Schurken trotz aller ihrer umsichtigen Vorkehrungen noch in allerletzter Stunde in des Teufels Küche geraten. »Ich wünschte, du hättest dir das Genick gebrochen, als du hierher kamst«, sprudelte sie ihrem Gegenüber haßerfüllt in das fahle Gesicht, und der Mann verstand sie.

»Das habe ich auch getan«, feixte er, aber die ›dicke Zigarre‹ war zu sehr mit ihren Gedanken beschäftigt, um sich über den Sinn dieser albernen Bemerkung den Kopf zu zerbrechen. Sie dachte nur daran, daß sie so rasch wie möglich fort mußte, und wenn augenblicklich die Nacht und nicht ein sonniger Wintermorgen über dem Strom gelegen hätte, hätte sie noch in dieser Minute das Signal nach der Kapitänskajüte gegeben.

37

Inspektor Miles sollte mit seinen Vorahnungen recht behalten. Er befand sich nun seit zweiundzwanzig Stunden im Dienst, und erst jetzt, um sechs Uhr morgens, kam er dazu, sich in seinem Büro in Scotland Yard mit einem Brötchen und heißem Tee zu stärken. Er kam sich nach der Arbeit, die er in dieser Nacht geleistet hatte, ungeheuer wichtig vor, aber die wirklich restlose Befriedigung blieb ihm versagt. Daran trug der junge Kommissar die Schuld, der sich immer wieder eingemischt hatte, wenn der Inspektor den Zusammenhängen ein bißchen auf den Grund kommen wollte. Das war bei der ersten Vernehmung der Gesellschaft aus Lambeth geschehen und dann noch einmal etwa eine Stunde später, als auf etwas geheimnisvolle Weise von irgendwoher fünf sehr heruntergekommene Männer hereingebracht worden waren. Es waren alte ›Kunden‹ von Scotland Yard, und Miles war begierig zu erfahren, was sie nun wieder ausgefressen haben mochten, aber die rechte Hand des Chefs bremste auch hier wiederum den Eifer des Inspektors.

»Sie haben nichts anderes zu tun, als die Personalien aufzunehmen«, sagte der elegante junge Herr in seiner hochnäsigen Art. »Der Akte schließen Sie dann auch den Bericht über Ihre Ergebnisse in Lambeth bei und was Sie sonst im Laufe des Tages zu tun bekommen werden.«

Miles hörte sich das mit verkniffenen Lippen an. Bei diesen Fällen waren keine Lorbeeren zu holen, wohl aber konnte man sich dabei das Genick brechen, und der Inspektor warf sich mit sehr ärgerlichen und kummervollen Gedanken auf das abgenützte Sofa, um etwas von dem versäumten Schlaf nachzuholen.

Er war kaum eingenickt, als er auch schon wieder aufschreckte. Er sah in das frischrasierte jugendliche Gesicht des Kommissars, der einen belebenden Duft von Lavendelwasser mit in den stickigen Raum gebracht hatte.

»Es tut mir leid, Sie stören zu müssen, aber die Sache ist leider dringend, da es sich um einen Mord handelt. Nehmen Sie sich einen Sergeanten mit, und stellen Sie fest, was sich durch Lokalaugenschein feststellen läßt. Das Opfer ist ein gewisser Ferguson. Was Sie sonst noch wissen müssen, finden Sie auf diesem Zettel.«

Der ›Hausmeister‹ erwartete den Inspektor bereits, vermochte aber keine Angaben von irgendwelchem Wert zu machen.

»Ich habe von der Sache durch die Reinemachefrau erfahren, die vor einer Stunde gekommen ist«, erklärte der Mann unbefangen. »Oben bin ich noch nicht gewesen, denn zu helfen gibt es da wohl nichts mehr, und ich habe mir sagen lassen, daß man dadurch höchstens die Arbeit der Polizei stört.«

Auch aus der Reinemachefrau, die mit verstörten Augen im Zimmer des Hausmeisters saß, war nichts als eine Schilderung des grausigen Anblickes herauszubringen, der sich ihr geboten hatte, und der Inspektor machte sich daran, seinem Auftrag nachzukommen.

Viel war es allerdings nicht, was sich durch den ersten Augenschein feststellen ließ. Lediglich über den Weg, den die Täter genommen hatten, gab es kaum einen Zweifel. Sie waren von dem Nachbarhaus über den Lichthof und die Feuerleiter gekommen und hatten das Fenster des Badezimmers zum Einstieg in die Wohnung benützt. Einige Fußspuren auf dem Teppich des Schlafzimmers waren gewiß von Wert, aber Miles wußte nicht, ob er sich schon jetzt mit dieser umständlichen Arbeit beschäftigen sollte.

»Ich werde die Wohnung absperren und den Schlüssel an mich nehmen«, erklärte er dem Hausmeister – »und Sie«, fügte er zu dem Sergeanten hinzu, »bleiben bis auf weiteres hier.«

»Ob man nicht vielleicht Mr. Bayford davon verständigen sollte«, erlaubte sich der Hausmeister vorzuschlagen. »Er ist der Teilhaber von Mr. Ferguson, und das Zimmer, in dem der Ermordete liegt, ist eigentlich das Geschäftskontor. Es sind auch noch drei Angestellte da, die aber erst um neun Uhr kommen und in einem abgetrennten Raum arbeiten.«

»Natürlich ist er zu verständigen«, gab Miles zu, und so erreichte Mr. Bayford einige Minuten später endlich der Anruf, den er bereits seit Stunden mit ängstlichem Bangen erwartet hatte.

Wie die Sache abgelaufen war, wußte er bereits seit zwei Uhr nachts, da er nach einem etwas appetitlosen, aber sehr ausgedehnten Dinner in ›Simpson's Tavern‹ nach Hause zurückgekehrt war. Dieses Abendessen hatte ihm für alle Fälle ein unanfechtbares Alibi geschaffen, aber er konnte dessen nicht froh werden, seitdem er bei der Heimkehr an seiner Tür nicht nur die Botschaft seines Bundesgenossen, sondern auch wieder einmal ein Zeichen seines hartnäckigen Gegners vorgefunden hatte: Um den vereinbarten unscheinbaren Kreidepunkt an seiner Schwelle war ein dicker Drudenfuß gezogen, und der Herr mit dem Monokel hatte die ganze weitere Nacht in fieberhafter Erregung darüber nachgegrübelt, ob hier nur ein Zufall vorlag oder ob die beiden Zeichen in ihrer Bedeutung in irgendeiner Verbindung standen.

Mr. Bayford war ein sehr kaltblütiger Mann, aber der Augenblick, in dem er Fergusons Kontor betrat, ging doch etwas über seine Kräfte. Seine Schritte waren sehr unsicher, und als er aus den Augenwinkeln den großen, starren Körper auf dem Fußboden gewahrte, bedeckte sich seine Stirn mit dicken Schweißperlen.

Inspektor Miles besah sich den Mann, und sofort kam ihm die gestrige Episode in dem Restaurant in Erinnerung. Sicher hatte er abermals ein neues Glied der geheimnisvollen Geschichte vor sich, aber der Teufel mochte wissen, wo und wie es einzufügen war.

Der Kriminalbeamte bekam es wieder einmal mit dem Ehrgeiz und der Neugierde zu tun, hatte aber mit seinen Bemühungen wenig Erfolg. Der Herr mit dem Monokel befand sich in einer Gemütsverfassung, wie sie jeden gesitteten und empfindsamen Bürger derartigen Verbrechen gegenüber befällt, und vermochte kaum zu sprechen.

»Armer Ferguson!« war das einzige, was er immer wieder mit tiefer Ergriffenheit hervorzubringen vermochte, um dann verzweifelt den Kopf zu schütteln und sich das graue Gesicht zu trocknen.

»Glauben Sie, daß ein Raubmord vorliegt?« fragte der Inspektor schließlich etwas ungeduldig, mußte aber ziemlich lange auf die Antwort warten, denn der andere ließ seinen verlorenen Blick durch den Raum gehen und dachte gründlich nach.

»Das wäre die einzige Möglichkeit«, meinte Bayford endlich. »Wie ich sehe, ist das Geheimfach des Schreibtisches offen, und Ferguson pflegte darin zuweilen einen größeren Betrag aufzubewahren.«

»Bei der ersten oberflächlichen Durchsuchung habe ich nur Vormerkhefte und einige Papiere darin gefunden«, erklärte Miles, und zum erstenmal zeigte Mr. Bayford für das Gehörte eine raschere Aufnahmefähigkeit.

»Jawohl«, bestätigte er mit einem lebhaften Nicken, »das sind unsere wichtigsten Geschäftsunterlagen. Sie beziehen sich auf unseren Überseehandel, und ohne diese Vormerkungen könnten wir nicht arbeiten.« Er schielte nach den Depeschen, die offen auf dem Schreibtisch lagen, und sagte sich, daß für ihn nun der entscheidende Augenblick gekommen war. »Wenn Sie gestatten, möchte ich sie daher gleich in Verwahrung nehmen.«

»Nein, das kann ich nicht gestatten«, gab der Inspektor kurz zurück, »das wäre gegen die Vorschrift. Erst muß eine Kommission her, und die soll entscheiden, was herausgegeben werden darf.«

Das war nicht in Bayfords Sinn, dem es um jede Minute ging.

»Also vielleicht wenigstens die Depeschen, die Sie vor sich liegen haben«, drängte er. »Wie Sie sehen, sind sie bereits zur Aufgabe vorbereitet, und jede Verzögerung kann für uns einen Verlust von Tausenden von Pfunden bedeuten. – Ich bemerke dies ausdrücklich, weil ich mir in diesem Fall unbedingt den Schadenersatzanspruch vorbehalten müßte.«

Das Wort ›Schadenersatzanspruch‹ hatte für Miles keinen angenehmen Klang. Das waren immer höchst heikle Fälle, und selbst, wenn man nur seine Pflicht getan hatte, wurde man bei den Ohren genommen. Der Inspektor dachte an den hochnäsigen Kommissar, und sein Gesicht verzog sich zu einer hämischen Grimasse, als er das Telefon abhob. Mochte sich der junge Herr die Finger verbrennen.

Er brachte die Angelegenheit in aller Kürze vor, aber erst nach einigen Minuten erhielt er Bescheid.

»Mr. Bayford ist in jeder Hinsicht entgegenzukommen.«

Die Antwort kam so laut, daß die Weisung im ganzen Zimmer zu hören war, und dem Herrn mit dem Monokel war es, als ob sich ein erfrischendes Bad über ihn ergossen hätte. Er fühlte sich mit einemmal wieder aller seiner Befürchtungen und Sorgen ledig, denn wenn ihn Scotland Yard so überaus höflich behandelte, war noch lange keine wirkliche Gefahr im Anzuge.

Eine halbe Stunde später schob er die Depeschen lässig durch einen Schalter des Telegrafenamtes, und der Beamte zählte bedächtig, aber interesselos die Worte. Es war erst neun Uhr, und Bayford berechnete, daß bis zum Abend Mrs. Melendez sie unbedingt in Händen haben mußte, selbst wenn einmal eine kleine Verzögerung eintrat.

Die kleine Verzögerung trat bereits hier ein, aber sie betrug nur wenige Minuten. Auf dem Wege zu den Apparaten gingen die Depeschen durch die Hände eines Mannes, der sie zunächst mit einer fotografischen Kopie verglich, worauf er jedem Telegramm ein zweites anheftete, das er vorbereitet vor sich liegen hatte.

Und genau, wie er sie gelegt hatte, schrieb der Angestellte die Blätter mit pedantischer Sorgfalt ab.

Der ›Mächtige‹ befand sich seit dem frühen Morgen mit seinem Wagen, den ein hochherrschaftlicher Chauffeur lenkte, ununterbrochen unterwegs, aber es war schwer, sich über den Zweck dieser Rundfahrt Mr. Grubbs klarzuwerden. Er begann bei der London Bridge und dirigierte dann das Auto von einem der großen Bahnhöfe zum andern. Überall stieg er aus, studierte eine Weile die Fahrpläne, und in King's Cross stellte er sich sogar bei einem der Schalter an. Er löste eine Karte und schickte sich dann an, den Bahnsteig zu betreten, aber im letzten Augenblick überlegte er sich die Sache doch noch und kehrte zu seinem Wagen zurück.

Nachdem er dasselbe umständliche Manöver am Nachmittag noch ein zweites Mal ausgeführt hatte, kam Mr. Grubb zu der beruhigenden Überzeugung, daß der Boden unter seinen Füßen noch nicht so heiß war, wie er gefürchtet hatte, und daß ihm alle Wege offenstanden. Er hatte nicht das geringste Anzeichen einer Überwachung feststellen können, sondern überall nur seine Leute, die er für den schlimmsten Fall aufgeboten hatte, auf ihren Posten gefunden.

Das bedeutete für den ›Mächtigen‹ eine große Erleichterung, denn während der verflossenen Nacht hatte er das Spiel fast schon verloren gegeben. Der stechende Lichtkegel, der ihn in dem Zimmer des toten Ferguson getroffen hatte, eben als er die wertvolle Karte in Empfang nahm, hatte ihm noch stundenlang im Gehirn gesessen und dort wenig erfreuliche Bilder entwickelt.

Aber wenn bis jetzt noch nichts geschehen war, hatte diese Sache vielleicht doch nicht jene Bedeutung, die er ihr beimaß. Bei Anbruch der Dunkelheit verließ ein einfacher Arbeiter das Haus des ›Mächtigen‹ durch den Lieferantenausgang und wartete an der nächsten Ecke geduldig einen Bus ab. Er mußte fünfmal umsteigen, bis er zur Southwark Station kam, und Inspektor Miles, der hier schon eine sehr geraume Weile harrte, wurde bereits unruhig.

Er hatte nach kurzem Nachmittagsschlaf den dritten Auftrag dieses endlosen Tages erhalten und war sich diesmal völlig bewußt, worum es ging. Er war nicht gerade bescheiden und traute sich etwas zu, aber wenn ihm noch gestern irgend jemand gesagt hätte, daß er einmal den ›Mächtigen‹ in die Hand bekommen werde, hätte er dies wohl arg bezweifelt. Nun aber war es soweit, und wenn Miles auch nicht wußte, wieso und weshalb, so wußte er doch alles, was ihm augenblicklich zu wissen not tat.

Der Bahnhof war von Angestellten und Arbeitern, die eben um diese Stunde nach allen Seiten heimwärts strömten, dicht belagert, aber als der Gesuchte auftauchte, fand ihn der Inspektor sofort heraus. Die Beschreibung, die er erst hier auf dem Bahnhof telefonisch erhalten hatte, stimmte bis auf die kleinste Einzelheit, und es galt nun nur noch, einen günstigen Augenblick abzuwarten, um nicht allzu großes Aufsehen zu erregen.

Miles verständigte sich mit seinen zwei Kriminalbeamten durch einen raschen Blick, und als der ›Arbeiter‹ sich dem Bahnsteig zuwandte, nahmen sie ihn unauffällig in die Mitte.

»Wollen Sie bitte mitkommen«, tuschelte ihm der Inspektor rücksichtsvoll zu, aber der Mann sah ihn völlig verständnislos an und ging ruhig seines Weges weiter.

Das veranlaßte Miles, energischer zu werden. »Machen Sie keine Geschichten, Mr. Grubb, sonst –«

Er kam nicht dazu, den Satz zu vollenden, denn plötzlich schoß ein eiliger Trupp zwischen ihm und dem andern durch, und gleich darauf kam es ringsherum zu einer sehr hitzigen Keilerei, die aber für den Inspektor das Gute hatte, daß ihm sein Mann im wahrsten Sinn des Wortes wieder in die Arme geworfen wurde.

Diesmal griffen die Kriminalbeamten rasch zu, und der besorgte Miles legte Mr. Grubb eigenhändig die Handfesseln an und schubste ihn zu dem bereitstehenden Auto.

Unterwegs kam dann dem Inspektor erst voll zum Bewußtsein, was er wieder geleistet hatte, und er blähte sich vor dem ›Mächtigen‹ wie ein Frosch.

»Nun, Mr. Grubb«, fragte er hämisch, »wie fühlen Sie sich jetzt? Sie haben wohl geglaubt, Scotland Yard ewig an der Nase herumführen zu können? Aber ich hatte mir geschworen –«

»Erzählen Sie mir bitte keine Geschichten, Inspektor Miles«, schnitt ihm der Mann, der zwischen den beiden Kriminalbeamten saß, höflich, aber entschieden das Wort ab. »Ich kenne mich in Scotland Yard einigermaßen aus und weiß beispielsweise, daß in ihrer Akte geschrieben steht: ›Bei genauer Anleitung ein zuverlässiger Beamter, aber von geringer Intelligenz und ohne Initiative. – Zur Beförderung nicht geeignet.‹ Diesem treffenden Urteil kann ich mich nur anschließen, wenn Sie auf meine Meinung Wert legen sollten.«

Inspektor Miles war es, als hätte er einen Keulenschlag auf den Kopf bekommen, denn von dieser unfreundlichen Beschreibung wußte er bisher nichts. Dem hochnäsigen Kommissar sah solch eine Niedertracht ähnlich.

Mr. Grubb konnte während der weiteren Fahrt ungestört seinen Gedanken nachhängen und sich auf die Gelegenheit vorbereiten, die jeder Augenblick bringen mußte. Aber die Gelegenheit blieb seltsamerweise aus. Etwa auf halbem Wege hätte zwar ein von einem betrunkenen Chauffeur gelenkter und von ebensowenig nüchternen Packern besetzter Lastwagen das Auto fast angefahren, aber sechs stämmige Burschen von einem folgenden Lastwagen hatten den Zusammenstoß noch in der letzten Minute verhütet und unter der radaulustigen Gesellschaft rasch Ordnung gemacht.

Als die Westminster Bridge in Sicht kam, wußte Mr. Grubb, daß es für ihn augenblicklich keine Chance mehr gab und daß er die Partie gegen seinen geheimnisvollen Rivalen verloren hatte. Aber das sollte eben so sein, und der ›Mächtige‹ war nicht der Mann, sich gegen das Fatum aufzulehnen.

»Selbstverständlich lege ich gegen meine Verhaftung entschiedenst Verwahrung ein«, sagte er eine Viertelstunde später zu dem jungen Kommissar, der sich seine Vernehmung vorbehalten hatte.

Der gepflegte Herr hob lächelnd die Achseln. »Natürlich. – Aber sie ist auf Grund eines vollkommen ordnungsmäßigen Befehls erfolgt.«

»Weshalb?«

»Das zu erfahren haben Sie selbstverständlich ein Recht.« Der Kommissar nahm einen Bogen zur Hand und warf einen Blick darauf. »Wegen mehrfachen Mordanschlages und vollbrachten Mordes oder Beihilfe zum Mord«, sagte er dann.

Mr. Grubb bewahrte seine überlegene Ruhe. »Und die Beweise?«

Wieder lächelte der Kommissar.

»Ich weiß nur von einem«, sagte er dann, »aber ich glaube, dieser dürfte genügen.«

»Davon bin ich zwar nicht so überzeugt«, wandte der ›Mächtige‹ mit unerschütterlicher Gelassenheit ein, »aber jedenfalls wird sich Oberst Passmore alle Mühe gegeben haben, seine absurde Anklage zu begründen.«

»Wer?« fragte der junge Kommissar so verständnislos und ehrlich verwundert, daß Grubb betroffen aufhorchte.

»Oberst Passmore«, wiederholte er noch einmal, aber der Name schien dem eleganten Herrn nicht das mindeste zu sagen.

»Ich verstehe wirklich nicht, was Sie meinen. Im übrigen können Sie sich über alle diese Dinge später mit dem Richter unterhalten.«

Der Kommissar gab dem Wachtmeister, der hinter dem Gefangenen stand, ein kurzes Zeichen, und der mächtige Mr. Grubb trat in eine neue Etappe seines bewegten Lebens, die erst nach zwölf Jahren ihr Ende finden sollte.

38

»Wenn ich geahnt hätte, wer dieser ›Padischah‹ ist«, raunte Mrs. Melendez dem Herrn mit dem Monokel völlig unvermittelt zu, als sie in dem kleinen Speisesaal der Jacht einen Augenblick allein waren, »so hätte ich es mich tausend Pfund kosten lassen, um dem Burschen das Handwerk für immer zu legen.«

»Sie wissen es also jetzt?« fragte Bayford weit mehr artig als interessiert, weil für ihn seit dem Augenblick, da er vor zwei Stunden mit Mrs. Lee an Bord gekommen war, alle diese Dinge der Vergangenheit angehörten.

Mrs. Melendez spuckte die Spitze der Zigarre, die sie abgebissen hatte, grimmig in eine Ecke.

»Ob ich es weiß! Aber davon zu sprechen ist jetzt nicht die Zeit. Ich will Ihnen nur sagen, daß dieser Schuft ein niederträchtiges Stückchen ausgeführt hat und daß wir deshalb schon heute nacht losfahren. Der Kapitän meint, so um drei Uhr sei die beste Zeit. Inzwischen können wir auch noch die Gesellschaft von Greenhithe aufnehmen. – Bis dahin werde ich kein Auge zumachen.« Sie paffte aufgeregt an ihrer Zigarre und wedelte mit der großen weißen Hand in dem Rauch herum. »Gott sei Dank, daß wenigstens unser Geschäft noch in Ordnung gekommen ist«, meinte sie dann erleichtert. »Vor einer Weile kam die letzte Depesche, und der geizige Ferguson kann jetzt seinen Scheck haben. Ich schicke –«

Bayford hob den Blick und sah die verdrießliche Frau ernst und bedeutsam an.

»Sie werden wohl mit mir abrechnen müssen«, fiel er vorsichtig ein. »Es ist nämlich leider so gekommen, wie ich es befürchtet habe. – Alle Abendblätter sind bereits voll davon. Allerdings sprechen sie von einem Raubmord, während ich glaube, daß…« Mrs. Melendez glich einer riesigen gelben Wachsfigur, und nur die dicken Lider zuckten leise. Endlich bewegten sich auch die wulstigen Lippen, aber die Worte, die sie formten, kamen aus einer zugeschnürten Kehle.

»Ein Raubmord…So…« Sie starrte mit entsetzten Augen vor sich hin und begann zusammenhangloses Zeug zu murmeln. »Der Agent – und Mrs. Smith – und jetzt Ferguson…« Plötzlich richtete sie sich auf und schlug mit der Faust kräftig auf den Tisch. »Hol's der Teufel«, sagte sie gefaßt, »was werde ich mir mit diesen Geschichten den Kopf schwer machen? Wenn das gestern geschehen wäre, hätte mich vielleicht vor Angst der Schlag getroffen, aber jetzt können mich diese verdammten Banditen gern haben.«

In diesem Augenblick kehrte Mrs. Lee zurück, die rasch eine ärgerliche Unterlassung wieder gutgemacht hatte. Sie war zu dem ersten Dinner an Bord nur mit kleinem Schmuck erschienen und wäre am liebsten in den Boden versunken, als sie plötzlich der mit glitzernden Kostbarkeiten behangenen und besteckten Argentinierin gegenübergestanden hatte. Sie kam sich geradezu nackt vor und vermochte keinen Bissen hinunterzubringen. Was mußte Mrs. Melendez von ihr denken und vor allem, wie leicht konnte Bayford sich durch die Äußerlichkeit beeinflussen lassen. Sie waren leider noch nicht getraut, und solange man einen Mann nicht fest in der Hand hatte, konnte eine Kleinigkeit das größte Unheil anrichten.

Mrs. Lee huschte daher bei der ersten günstigen Gelegenheit davon, und als sie wieder erschien, konnte sie sich wirklich sehen lassen. Ihre Büste war zwar nicht ganz so umfangreich wie jene von Mrs. Melendez, aber immerhin bot sie genügend Platz, um die Juwelenauslage, die auf ihr prangte, zu voller Geltung zu bringen; außerdem repräsentierten die beiden runden Handgelenke und die kurzen, dicken Finger einen Wert von einigen tausend Pfund.

Die Gastgeberin war höflich und neidlos genug, dies zu bemerken.

»Es sind sehr schöne Sachen, die Sie da haben«, sagte sie mit ehrlicher Bewunderung. »Ich kenne mich darin aus, denn früher war ich auch wie versessen auf dieses Zeug, aber seitdem mir ein hundsgemeiner Schuft mit den schönsten Stücken durchgegangen ist…«

Da die Gefahr drohte, daß seine ›Verwandte‹ in ihrem Groll ihre vornehme Herkunft und gute Erziehung vergessen könnte, gestattete sich Bayford ein nachdrückliches Räuspern, und Mrs. Melendez steckte knurrend die Zigarre in den Mund. Glücklicherweise hatte Mrs. Joanna nichts anderes vernommen, als daß sie ihren Zweck erreicht hatte, und das gab ihr endlich ihre gute Laune wieder.

Gegen zehn Uhr hob Mrs. Melendez die Tafel auf.

»Ich hoffe, daß Sie gut schlafen werden, Mrs. Lee«, sagte sie höflich, »obwohl es heute vielleicht noch ein bißchen unruhig zugehen wird. Ich nehme nämlich noch eine kleine Gesellschaft auf, aber die wird uns weiter nicht stören.«

Soviel glaubte sie augenblicklich ihrem Gast mitteilen zu müssen, das Weitere war Bayfords Sache.

Sie nickte Mrs. Lee lächelnd zu, und die Hauptaktionärin der Pension ›Paris‹ und ähnlicher Häuser in Buenos Aires und die Präsidentin des Komitees zur Bekämpfung des Mädchenhandels schüttelten einander freundschaftlichst die fleischigen Hände.

Als der aufmerksame Herr mit dem Monokel Mrs. Joanna zu ihrer Kajüte geleitete, hatte er noch einige peinliche Minuten zu überstehen. Die Witwe sah sich rasch in dem halberleuchteten Gang um, dann hängte sie sich schwer an Bayfords Hals, und nur das Bewußtsein, daß er Millionen in den Armen hielt, gab diesem die Kraft, die Last nicht abzuschütteln.

Im nächsten Augenblick trieb das Rollen einer nahen Tür Mrs. Lee eilig in ihre Kajüte. Die ›dicke Zigarre‹ kam in einem schweren Pelzmantel und mit dicht verhülltem Kopf durch den Gang, um an Deck zu gehen, und Bayford schloß sich ihr an.

»Es ist ein Bote von Greenhithe gekommen«, murmelte sie hinter dem Shawl hervor. »Hoffentlich kann es nun bald losgehen.« Als Mrs. Melendez schwerfällig die letzte Treppenstufe nahm, löste sich ein Mann aus dem Dunkel und überreichte ihr einen dicken Briefumschlag. Sie riß ihn auf und las unter der nächsten Lampe zunächst einen Zettel, worauf sie die übrigen Papiere zu sich steckte.

»In Ordnung«, brummte sie mit ihrer tiefen Stimme. »Sorgen Sie dafür, daß es keinen unnützen Aufenthalt gibt.«

Sie machte eine ungeduldige verabschiedende Handbewegung, und der Mann verschwand über Deck.

Gleich darauf ratterte ein Motorboot los, und einige Sekunden später schoß eine grüne Lichtkugel vom Wasser gegen den Himmel.

Als sie erlosch, wandte sich drüben am anderen Ufer bei Greenhithe ein großer Mann in einem schweren Wettermantel an einen der Leute, die ihn in respektvoller Entfernung abwartend umstanden.

»Es ist soweit«, sagte er kurz. »Sie sperren an der engsten Stelle bei Grays ab. Das Boot mit den Mannschaften von Scotland Yard nehmen Sie in die Mitte, ich selbst werde mich im Kielwasser der Jacht halten. Die Signale kennen Sie ja.«

Als nächster kam der vierschrötige Mann mit den Affenarmen daran.

»Sie bleiben mit Ihren Leuten bei dem Heim, bis die ganze Gesellschaft ausgeflogen ist. Dann nehmen Sie sich der Vorsteherin und der Magd an. Und von der nächsten Viertelstunde an darf in dem Hause nichts geschehen, ohne daß Sie davon erführen. Wie Sie das anstellen, ist Ihre Sache.«

Oberst Passmore machte eine kleine Pause, bevor er mit einer Frage schloß. »Schon hier?«

»Erledigt, Sir, vor ungefähr einer Stunde.«

»Und?«

»Jawohl, Sir«, erwiderte der andere neuerlich, und diesmal bedeuteten die zwei so unverfänglichen Worte für den vom Mißgeschick verfolgten ›verliebten Lord‹ weitere fünf Jahre seines jungen Lebens.

Dabei hatte sich der Abend für Mr. Tyler ungemein glücklich angelassen. Die vereinbarte Zusammenkunft mit den beiden Mädchen in Chelsea war programmgemäß und ohne jede Verzögerung verlaufen. Die Rote hatte mit einem bescheidenen Handköfferchen bereits vor dem Hause gewartet, und auch Miss Harper war, kaum daß der Wagen gehalten hatte, reisefertig heruntergekommen.

Es wurde eine sehr angenehme Fahrt, und der unternehmende junge Mann war bei glänzender Laune. Auch wenn er den erhaltenen Vorschuß abrechnete, trug ihm dieses erste Geschäft einen Betrag ein, mit dem sich einige Zeit leben ließ.

»Es tut mir sehr leid, daß ich mich den Damen heute und morgen kaum werde widmen können«, sagte er, »aber Montag sehen wir uns dann auf dem Schiff bestimmt wieder – wenn nicht etwas ganz Besonderes dazwischenkommen sollte«, fügte er als vorsichtiger Mann hinzu. »Dann reise ich eben mit dem nächsten Dampfer nach. Im übrigen werden Sie ja gut aufgehoben sein und ganz nette Gesellschaft finden – aber ich möchte Ihnen doch einige Vorsicht empfehlen. Vor allem geben Sie auf Ihre Ersparnisse und Wertsachen acht. – Falls Sie es wünschen, bin ich auch gerne bereit, diese in Verwahrung zu nehmen«, erbot er sich zuvorkommend.

Die Rote ließ ein Gelächter hören, daß die Scheiben des Autos klirrten.

»Ersparnisse und Wertsachen!« quietschte sie vergnügt. »Mann, für wessen Tochter halten Sie mich? Mein ganzer Schmuck ist keine fünf Schilling wert, und an die drei Pfund, die ich besitze, soll sich einer herantrauen – er zahlt das Doppelte für Pflaster und Bandagen.«

Mr. Tyler lächelte etwas trübe, aber die blonde Puppe entschädigte ihn für seine Enttäuschung.

»Ich besitze achtzig Pfund«, gestand sie bescheiden, »und möchte sie wirklich nicht gerne verlieren. Wenn Sie also so gütig sein wollten...« Sie begann auch schon hastig in ihrem Täschchen zu kramen, und der ›verliebte Lord‹ hielt ihr lässig zwei Finger hin.

»Also achtzig Pfund«, sagte er, indem er die Scheine in die Tasche schob. »Natürlich werde ich Ihnen darüber eine Bestätigung geben.«

Die Leiterin des Heims hatte in diesen Stunden zuviel zu tun, um sich an die gewohnte Schablone zu halten. Anstatt Mr. Manchester, wie sie ihn nannte, und seinen Begleiterinnen den üblichen salbungsvollen und umständlichen Empfang zu bereiten und sofort an die notwendigen Formalitäten zu gehen, beschränkte sich Mrs. Owen diesmal auf eine sehr eilige Abfertigung.

»Sie kommen gerade vor Torschluß, meine Herrschaften«, stieß sie aufgeregt hervor. »Das Schiff geht bereits heute nacht ab. Es lohnt sich also gar nicht, daß Sie erst zu Bett gehen«, meinte sie zu den beiden Mädchen, »aber ich werde Ihnen ein Zimmer anweisen lassen, damit Sie sich wenigstens etwas ausruhen können.«

Wie an allen solchen aufgeregten Tagen hatte Mrs. Owen eine rote Nase und ein rotes Kinn und mußte ununterbrochen ihre Medizin nehmen. Sie goß auch jetzt davon ungefähr zwölf Teelöffel in ein Glas, schwenkte es herum und schüttete dann die gelbe Flüssigkeit mit verzerrtem Gesicht hinunter.

»Das Zeug schmeckt schrecklich«, erklärte sie dem ›verliebten Lord‹, der es für Whisky gehalten hatte, »aber ich muß es nehmen, um mich auf den Füßen halten zu können. Das kommt von diesen verdammten Überraschungen. Bedenken Sie – achtundvierzig Stunden früher! Und dabei habe ich es erst heute mittag erfahren. Was es da noch zu tun gibt!« Sie erinnerte sich, weshalb der Besuch noch hier war und suchte nach einem Briefumschlag, den sie bereits vorbereitet hatte. »Hier haben Sie Ihr Honorar. Zehn Prozent davon habe, ich mir gleich abgezogen, denn das ist bei uns so üblich.«

Mr. Tyler wurde ebenso kurz zur Tür hinausgeschoben wie die Mädchen, und Mrs. Owen griff bereits wieder nach der Medizinflasche.

»Lassen Sie für alle Fälle die Hunde los, wenn der Herr weg ist«, rief sie einer knochigen Frau nach. »Es sind zwar nur noch ein paar Stunden, aber es kann nichts schaden.«

Nach fünf Minuten ging im Garten ein Riesenradau los. Ein wildes Rudel brach durch die Büsche und rannte mit wütendem, heiserem Bellen die Mauern ab.

»Was haben denn die verdammten Biester heute?« fragte Mrs. Owen ärgerlich.

»Weiß ich's?« gab die Frau zurück, bequemte sich aber doch, noch einmal vor die Tür zu treten und durch die Finger einen schrillen Pfiff loszulassen. Gleich darauf kam es von allen Seiten angeflogen, und vier riesige Wolfshunde legten sich aufgeregt knurrend vor die Schwelle.

Mittlerweile war Mr. Tyler gerade bei dem Taxi angelangt, das am Ortseingang auf ihn wartete. Er wollte sich noch eine Zigarette anzünden, aber im Schein des Hölzchens gewahrte er plötzlich dicht vor sich ein Gesicht, das ihn an den unangenehmsten Augenblick seines bisherigen Lebens erinnerte.

»Wir kennen uns bereits, Mr. Tyler«, sagte der Mann höflich, »und ich muß Ihnen daher wohl nicht erst viel erklären. – Steigen Sie gefälligst ein, aber vorher...«

Der Mann griff in die Tasche, und der ›verliebte Lord‹ blieb auch in diesem Augenblick der vollendete Gentleman und legte hübsch brav die Hände übereinander.

Die beiden Mädchen in Nummer acht saßen auf den harten Bettstellen und hingen ihren Gedanken nach. Miss Harper lächelte dabei zuweilen selig vor sich hin, aber in dem Gesicht der Roten lag ein nachdenklicher Zug. Sie hatte angenommen, zwei Tage Zeit zu haben, und nun sollte es schon in wenigen Stunden losgehen. So weit wollte sie die Geschichte doch nicht mitmachen, denn es war fraglich, ob es dann überhaupt noch eine Gelegenheit gab, herauszukommen.

Das Mädchen machte sich daran, die starke Tür zu untersuchen, die die Frau bei ihrem Weggang wohl aus Versehen abgesperrt hatte, aber der Riegel war so verkleidet, daß man nicht an ihn heran konnte. Außerdem war auf dem Gang noch ein hohes Holzgatter, das wahrscheinlich auch verschlossen war, und schließlich war noch mit dem Haupttor zu rechnen, neben dem sich das Kontor der rotnasigen Herbergsmutter befand.

Alles das hatte sich die Rote genau eingeprägt, und es schien ihr daher geratener, es mit dem Weg durch das Fenster zu versuchen. Es lag zwar ein starkes Eisengitter davor, aber das hatte schließlich nichts zu bedeuten.

Endlich war die Rote mit ihrer Arbeit fertig geworden. Das Gitter, das wohl schon über hundert Jahre seinen Dienst getan hatte, hing nur noch auf einer Seite in den Bändern, und ein geschmeidiger Körper konnte sich ganz leicht durchzwängen. Die Entfernung bis zum Boden betrug nicht mehr als ungefähr drei Meter, und das war kein halsbrecherischer Sprung.

Die Rote tat noch einen Blick durch das Zimmer und stopfte ihre dicke Handtasche in den enganliegenden Mantel.

»Also, was ist's?« wandte sie sich nochmals an ihre Gefährtin. »Ich helfe Ihnen hier hinunter und draußen bei der Mauer wieder hinauf.«

Die Puppe rührte sich nicht, denn sie wäre um nichts auf der Welt aus einem Fenster gesprungen und über eine Mauer geklettert.

Die andere wartete eine Minute, dann zuckte sie wortlos die Achseln, schwang sich gewandt auf das Fensterbrett und zwängte sich vorsichtig durch die Lücke zwischen Mauer und Gitter. Sie sprang so leicht und sicher ab, daß sie nicht einmal schwankte, als sie sich unten aufrichtete und einen Augenblick anhielt, um über den einzuschlagenden Weg schlüssig zu werden. Nach links wollte sie nicht, denn dort war die Haustür, und auf die Seite, wo sie stand, mußten die Fenster der Vorsteherin hinausgehen. Sie machte also rechtsum und flog rasch über den Rasen.

Zwischendurch gab es überall Gebüsch und vereinzelte Bäume, und der Weg zur Mauer schien ihr sehr lang, aber endlich sah sie ihr Ziel hinter einigen Stämmen auftauchen.

Sie hatte kaum mehr als vierzig Schritte bis dorthin und verlangsamte daher bereits ihren Lauf, als sie plötzlich ein seltsames Geräusch in ihrem Rücken sekundenlang lauschend innehalten und dann in voller Flucht weiterstürmen ließ. Hinter ihr knackte es in den Büschen, als ob die Zweige niedergesichelt würden, und dazwischen vernahm sie ein fliegendes, heiseres Lechzen und gieriges Jaulen.

Auf eine derartige Gefahr war sie nicht vorbereitet gewesen, und während sie mit Riesensprüngen weiterstürmte, zerrte sie an der dicken Handtasche, die sie in den Mantel gestopft hatte, und die die einzige Rettung barg.

Wenn es überhaupt noch eine Rettung gab...Sie sah von rechts her bereits einen langgestreckten Schatten auftauchen – und die Tasche mit der Waffe hatte sich unverrückbar verklemmt...

Noch zehn, noch acht Schritte trennten sie von der Mauer, die ihre allerletzte Hoffnung war – da sah sie mit entsetzten Augen, wie auch dort sich plötzlich dunkle Schatten loslösten... In vollem Lauf machte sie eine jähe Wendung – und verspürte einen Schlag gegen die Stirn, der sie wie vom Blitz gefällt zusammenbrechen ließ...

Der offene Rachen des ersten Hundes zersplitterte zwei Spannen vor der Gestalt am Boden unter einem wohlgezielten, furchtbaren Hieb, der die Nase traf. Dann folgten blitzschnell noch drei, vier dumpfe Schläge, und durch das Gras ging ein eiliges Schleifen.

Zehn Minuten später kniete hinter einer dichten Hecke außerhalb der Mauer Oberst Passmore neben dem bewußtlosen Mädchen, das man auf seinen Mantel gebettet hatte. In seinem harten, unbeweglichen Gesicht lag ein so seltsamer Zug, daß der Mann mit den Affenarmen glaubte, sich rechtfertigen zu müssen.

»Ich hoffe, es ist ihr nichts Ernstliches geschehen«, meinte er mit aufrichtiger Sorge. »Wir waren rechtzeitig zur Stelle, aber plötzlich änderte das Mädchen die Richtung und prallte gegen einen Baum.«

»Die Dame!« berichtigte ihn der Oberst mit einer Schärfe, daß es dem Vierschrötigen durch alle Glieder fuhr. Dann tastete Passmore noch einmal mit zarten Fingern den garstigen blutunterlaufenen Fleck ab, der in dem schönen, bleichen Gesicht von der Stirn bis unter das Auge lief, und legte eine kalte Kompresse auf.

»Sie fahren mit der Dame nach ›Falcon Lair‹«, befahl er, indem er sich aufrichtete. »Hier werde ich alles selbst in Ordnung bringen. Nehmen Sie meinen Wagen, und lassen Sie ihn fahren, was er hergibt. Unterwegs halten Sie bei Sir Guy und bitten ihn in meinem Namen, Sie zu begleiten. Über die Dinge, die hier vorgefallen sind, haben Sie nicht ein Wort zu verlieren. – Verstanden?«

»Sehr wohl, Sir«, stieß der Mann dienstbeflissen hervor, aber es klang nicht überzeugend.

Tatsächlich kannte er sich in der Geschichte nicht mehr aus. Sir Guy war einer der Leibärzte des Königs und der Chefarzt der Polizei, und ›Falcon Lair‹ war ein großer Herrensitz – und dieses Mädchen aus Stratford...

Es war ein Uhr nachts, als Mrs. Owen beinahe das frische Glas Medizin aus der Hand gefallen wäre, weil das Telefon in die Stille ihres Zimmers schrillte. Sie stürzte aber das gelbe Tränklein doch noch rasch hinunter, bevor sie den Hörer aufnahm.

Es war nur das eine Wort »Fertig«, das sie zu hören bekam, aber sie wußte, was es zu bedeuten hatte.

»Die Hunde herein«, fuhr sie die Frau an, die in dem Nebenraum schnarchte.

Gleich darauf gellte ihr Pfiff durch den Garten, nach einer Weile ein zweiter und dann ein dritter und vierter.

Endlich erschien die knochige Person wieder, und auf ihrem breiten Gesicht lag ein hämisches Grinsen.

»Die Biester sind nicht da«, berichtete sie. »Wahrscheinlich sind sie wieder einmal ausgebrochen, und wir werden wieder blechen können. – Das letzte Mal haben sie drei Schafe gerissen.«

Das war für Mrs. Owen eine schreckliche Aussicht, aber jetzt hatte sie an andere Dinge zu denken. Sie griff nach dem mächtigen Schlüsselbund und eilte mit der Frau in den Flur. Überall wurden die Holzgatter aufgerissen, die die Gänge abschlossen, und dann kamen die einzelnen Zimmer an die Reihe. Zehn Minuten später war unten im Gang ein seltsamer Zug formiert.

Es ging durch den Garten zur Mauer, die an den Fluß stieß, und dann einige Stufen hinunter, wo die Gesellschaft eilig und nicht gerade sanft in schmierige Boote verstaut wurde.

In kleinen Abständen zogen diese über den Strom und hielten auf das blaue Licht zu, das von Thurrock herüberleuchtete.

Mrs. Melendez saß völlig angekleidet in ihrer Kajüte und verfolgte mit ungeduldiger Spannung die Zeiger der kleinen Standuhr. Wenn alles glatt ablief, wofür sie ja vor dem Bild ihres Schutzheiligen zwei dicke, duftende Wachskerzen angezündet hatte, mußte es jede Minute soweit sein, und dann hatte mit dem grauenden Morgen all das furchtbare Bangen der letzten Tage ein Ende. – Und dann würde sich vielleicht auch eine Gelegenheit finden, mit dem niederträchtigen Lumpen abzurechnen, der unten in einer Kabine steckte.

Als sie das Surren der Motorboote vernahm und das gepeitschte Wasser immer lauter an die Schiffswand klatschte, schlug sie dankbar ein großes Kreuz und setzte dann mit Behagen eine

Zigarre in Brand. Bei solchen Gelegenheiten zeigte sie sich nie an Deck, denn das war kein Anblick für ihr weiches Gemüt...

Die dicke gelbe Frau fuhr plötzlich hoch, denn sie hörte den Schiffstelegrafen erregt ticken, und draußen klang ein lauter, langgezogener Ton über das Wasser...

Einen Augenblick war sie wie gelähmt – dann warf sie den Pelzmantel um und keuchte davon. Vor sich sah sie bereits eine elastische Männergestalt die Treppe hinauffliegen, aber in ihren Füßen lag es wie Blei, und ihr ohnehin kurzer Atem versagte ihr den Dienst.

Als sie endlich oben ankam, war sie in Schweiß gebadet, und ihre flimmernden Augen vermochten das Bild, das sich ihnen bot, nicht gleich aufzunehmen.

Das Schiff lief noch immer, aber die Maschinen arbeiteten langsamer, und ein grüner Lichterhalbkreis, der vor dem Bug auf dem Wasser tanzte, kam immer näher.

In diesem Augenblick scholl von dorther auch wieder hohl und blechern der langgezogene Laut durch die Nacht:

»Wasserpolizei. – Im Namen des Königs! – Stop!«

Bayford starrte wie ein Verzweifelter um sich, um einen Weg zur Flucht zu finden, denn in dieser Gesellschaft wollte er nicht angetroffen werden. Das gab Scherereien, die ihm aus gewissen Gründen nicht passen konnten.

Mr. Bayford zischte einen fürchterlichen Fluch hervor und fuhr in blinder Wut nach der Hüfte – aber er brachte die Hand nicht mehr nach vorne.

Das Deck wimmelte von schweigsamen Männern, die eilig und geschickt ihre Arbeit taten.

Der fremde Mann unten in der Kajüte hatte, als der Spektakel begann, lauschend den Kopf erhoben und einen raschen Blick durch das runde Fenster geworfen. Dann hatte er sich mit einem Riemen seine Aktentasche umgegürtet und war behende ins Wasser geglitten. Er schwamm lautlos wie ein Fisch, aber plötzlich fühlte er im Nacken einen harten Griff, den er schon einmal verspürt hatte. Er konnte nicht weiter darüber nachdenken, denn der Griff hielt ihn zunächst eine ziemliche Weile unter Wasser, aber schließlich zog Steve Flack doch an und brachte diesmal seinen Fang sofort ins Trockene.

»Sie sind ein komischer Kauz, Mr. Smith«, sagte er verwundert, indem er die triefende Gestalt einfach auf die Planken fallen ließ, »daß Sie ausgerechnet im Dezember und ausgerechnet in der Nacht immer in der Themse spazierengehen. Nun werden wir Sie aber ein paar Wochen hübsch trocken halten.« Mr. Smith neigte den Kopf zur Seite und spitzte die bläulichen Lippen, brachte aber keinen Ton hervor.

Mrs. Joanna Lee fand man erst, als man die Tür ihrer Kajüte aufgebrochen hatte. Sie lag mit krampfhaft geschlossenen Augen und verstopften Ohren unter der Daunendecke. Ihr romantisches Gemüt hatte dem ersten romantischen Erlebnis nicht standzuhalten vermocht. Sie bot jammernd ihr ganzes Vermögen für das nackte Leben, und als dies abgelehnt wurde, begann sie verzweifelt um Hilfe zu schreien. Es kostete Mühe, sie zu beruhigen, als dies aber endlich doch einigermaßen gelungen war, verstand sie wiederum nicht, was man eigentlich von ihr wollte.

Ein Beamter brachte es ihr mit der ihm ausdrücklich eingeschärften Schonung bei, und Mrs. Lee tat prompt das, was eine bestimmte Sorte von Frauen in solchen Fällen zu tun pflegen – sie fiel in Ohnmacht.

39

Wenn Sir Humphrey nicht das tückische Knie plagte, schlief er wie ein Murmeltier, und von der etwas lärmenden Geschäftigkeit, die in der verflossenen Nacht über eine Stunde in ›Falcon Lair‹ geherrscht hatte, war daher nicht ein Laut an sein Ohr gedrungen.

Erst nach dem Frühstück erfuhr er einiges darüber, als Mrs. Chilton wieder einmal unangemeldet in sein Zimmer trat.

»Ich habe Ihnen etwas zu sagen, Sir Humphrey. – Sibyl ist hier...«

Etwas in ihrem Ton machte den General ein bißchen unsicher.

»Fein«, meinte er. »Soll herunterkommen.«

»Das wird kaum gehen. – Sie hat eine riesige Beule am Kopf. So groß.« Die Hausdame zeigte ihre geballte Hand. »Und ganz blutunterlaufen...«

Sir Humphrey hörte mit gespitzten Ohren zu und rückte unruhig in seinem Stuhl hin und her. Etwas in dem blassen Gesicht der Frau, in ihren Augen und in ihrer Stimme gefiel ihm immer weniger. Wegen einer Beule brauchte sie ihn nicht so eigen anzusehen, und er sagte ihr dies auch.

»Das nächste Mal wird es ein Loch im Kopf sein«, fuhr Mrs. Chilton hartnäckig fort. »Und dann werden Sie alter Narr mit Ihrer verrückten Erziehung daran schuld sein. Das wollte ich Ihnen nur gesagt haben.«

Mrs. Chilton schlug die Tür hinter sich zu, und Sir Humphrey riß nervös an seinem Kragen.

Oben drückte die Hausdame vorsichtig eine Klinke nieder und steckte behutsam den Kopf durch die Tür.

»Um Gottes willen, Sibyl«, sagte sie erschreckt und vorwurfsvoll, »was treiben Sie denn? Der Arzt hat doch angeordnet, daß Sie zwei Tage zu Bett zu bleiben habe, weil Sie unbedingt Ruhe brauchen.«

»Was weiß so ein alter Doktor, was ich brauche«, wehrte die junge Dame respektlos ab und ließ die Feder weiter über das Papier gleiten.

»Was schreiben Sie denn da so Dringendes?« fragte Mrs. Chilton wirklich neugierig und kam näher.

Sibyl hob das Gesicht, das auch mit der unschönen Bandage, die fast über die ganze eine Hälfte reichte, noch immer entzückend aussah, und blinzelte mit dem einen freien Auge.

»Etwas sehr Interessantes. Aber Sie bekommen es erst zu lesen, wenn es gedruckt ist.«

Die Hausdame seufzte bekümmert und strich ihr mit mütterlicher Zärtlichkeit über das Haar.

»Wann werden Sie diese Streiche endlich sein lassen, Sibyl?« fragte sie ernst.

Das eine Auge wich ihrem Blick scheu aus, aber dann polterte plötzlich ein Stuhl, und an Mrs. Chiltons Hals hing ein bitterlich schluchzendes Geschöpf.

»Bald, liebste Mrs. Chilton. – Beten Sie, daß es recht bald ist... Ach, ich bin ja so...«

Die gute Mrs. Chilton tröstete und lächelte. »Sie sind erregt, Kindchen, und brauchen wirklich Ruhe. Also, hübsch wieder zu Bett, und am Nachmittag werden wir uns dann aussprechen.«

Sibyl nickte lebhaft, aber sie folgte dem Rat nicht.

Kaum war Mrs. Chilton verschwunden, zog sie aus ihrem Kleid andächtig ein in Form einer Binde zusammengelegtes Taschentuch hervor und preßte es an die Lippen, genau an der Stelle, wo die Buchstaben O. P. eingestickt waren.

Von der eine Meile entfernten Abtei begann gerade die Mittagsglocke zu bimmeln, als sich Tim an der Tür stramm aufbaute.

»Herr General, melde gehorsamst, Herr Oberst Passmore.«

»Reglementsmäßiger Empfang!« schnarrte Sir Humphrey zurück, und Tim zeigte wieder einmal, was er konnte, und schon drei Minuten später stand alles bereit.

»Ich komme mich nach dem Befinden von Miss Norbury erkundigen«, erklärte der Oberst unbefangen. »Ich habe von Sir Guy gehört...«

Der General schüttelte ihm sehr lange und kräftig die Hand.

»So? Sie haben gehört?« stieß er etwas zerstreut und abgehackt hervor. »Ich habe auch davon gehört. Eine Beule, jawohl...Ich habe den Racker zwar noch nicht gesehen, aber...«

In diesem Augenblick fuhr durch das Strategengehirn Sir Humphreys blitzgleich ein Gedanke – so gewaltig und genial, daß er fast selbst davor erschrak. Er klingelte Tim.

»Wo ist Mrs. Chilton?« fragte er vorsichtig.

»Sie schläft und will erst um ein Uhr geweckt werden.«

Sir Humphreys rotes Gesicht war ein einziges satanisches Grinsen, als er am Arm Passmores und des Dieners den schwierigen Weg nach dem Oberstock einschlug. Er fluchte dabei heute nicht und polterte nicht einmal, und alles ging so lautlos wie möglich. Vor einer der Türen machte der General ein lebhaftes Zeichen, und der Oberst klopfte gehorsam an. Auf das leise »Herein« öffnete er und wollte Sir Humphrey den Vortritt lassen, aber plötzlich fühlte er sich ins Zimmer gestoßen, und im Schloß drehte sich energisch der Schlüssel...

Miss Sibyl Norbury blinzelte eine Weile, dann wischte sie sich das eine strahlende Auge, und als das alles nichts nützte, wollte sie eine kleine Grimasse schneiden. Aber es gelang ihr nur mit der einen Gesichtshälfte, weil die andere furchtbar spannte; und da sie nun wirklich nicht mehr wußte, wie sie sich in diesem schrecklichen Augenblick verhalten sollte, kreuzte sie rasch die Arme auf den Tisch und barg das Gesicht darin.

»Ich schäme mich so«, flüsterte sie verzweifelt. »Gerade im Gesicht...Nun kann ich einen Monat wie ein geschecktes Kalb herumlaufen...«

Er hob zärtlich ihren feinen Kopf, sah lächelnd in das strahlende eine Auge und küßte sie dann glückselig auf den Mund.

»Du bist so schön und süß, Sibyl«, flüsterte er, »daß dir auch das nicht schaden kann.«

Erst nach einer sehr, sehr langen Weile kamen sie dazu, auch über gewöhnliche Dinge zu sprechen und sich mit den Blättern zu befassen, die auf dem Tisch lagen. Sie lasen sie Wange an Wange und mit einigen längeren Unterbrechungen durch, aber als sie endlich doch fertig waren, griff Passmore die Papiere auf und steckte sie zu sich.

»Die interessante Geschichte hast du wohl für mich geschrieben?« meinte er dankbar.

»Nein, für die Zeitung«, widersprach sie entschieden. »Ich bekomme dafür zehn Pfund.«

»Nicht zehn Pence, Liebling«, gab er schadenfroh zurück. »Ich habe den heutigen Abendblättern bereits einen viel fetteren Bissen in den Rachen geworfen.«

»Schäbiger Konkurrent«, sagte sie enttäuscht und verstimmt. »Aber ich habe mir gleich am ersten Tag so etwas gedacht.«

»Und ich habe mir damals auch etwas gedacht«, deutete er geheimnisvoll an.

»Was?« forschte sie mißtrauisch.

»Daß du das herrlichste Geschöpf der Welt bist und daß du mein werden mußt...«

Das tröstete sie einigermaßen über den Verlust der zehn Pfund.

Noch einmal schoß Mrs. Chilton in diesen Stunden in das Arbeitszimmer Sir Humphreys, und zwar diesmal nicht nur unangemeldet, sondern sogar ohne überhaupt anzuklopfen.

»Ich habe gehört, daß Oberst Passmore gekommen ist«, stieß sie hervor. »Wo ist er?«

Der General verzog den Mund von einem Ohr zum anderen, fletschte die Zähne und wies mit seinem langen Bleistift grinsend nach der Decke.

»Wo?« rief die Hausdame erregt.

»Oben«, brüllte Sir Humphrey zurück. »Oben«, wiederholte er nochmals, und sein Feixen wurde immer triumphierender. »Bei Sibyl – eingesperrt...Und den Schlüssel habe ich hier.« Er klopfte herausfordernd auf seine Tasche, aber plötzlich wurde er kleinlauter. Mrs. Chilton stand hoch aufgerichtet wie eine Statue vor ihm, und ihr Gesicht schien aus Stein.

»Sir Humphrey, geben Sie den Schlüssel heraus oder...«

Der General fuhr mit einem hastigen Griff nach dem Fach und warf den Schlüssel maulend auf den Tisch. Ein Frauenzimmer mit solchen Augen konnte alles mögliche anstellen.

Mrs. Chilton steckte oben den Schlüssel geräuschlos ins Schloß und klopfte. Als sie keine Antwort erhielt, trat sie ein, war aber schon in der nächsten Sekunde wieder unten und schoß in aufgeregter Geschäftigkeit durch das Haus.

An diesem Tag gab es in ›Falcon Lair‹ eine allgemeine Amnestie, zweitens ein Frühstück nach Punkt sechs der von General Norbury erlassenen Verpflegungsvorschriften und drittens ein Galadiner, wie es eigentlich sonst nur für den Besuch hoher und höchster Herrschaften vorgesehen war.

40

Mr. Maurice Rosary war an diesem frischen Januartag seit fünf Uhr morgens unterwegs, weil er noch eine wichtige Sache zu besorgen hatte, bevor er nach Folkestone fuhr.

Diese wichtige Sache war ein Blumenstrauß von der Größe eines kleinen Wagenrades, denn der brave Mann aus Stratford wußte, was sich gehörte, und außerdem – was war schon so ein Blumenstrauß, wenn er Bilanz zog?

Seit vielen Tagen wirbelte ihm der Kopf von den Dingen und Zahlen, die auf ihn einstürmten, und er konnte damit nicht zurechtkommen. Auch jetzt rechnete er ununterbrochen: Vierundzwanzig Pfund in den Umschlägen, die er von dem großen Herrn auf dem Schiff bekommen hatte, dann fünfzig Pfund vor einigen Tagen mit einer wundervoll riechenden Karte, auf der geschrieben stand: ›Dem Freund und Retter, Mr. Rosary – seine Nachbarin‹, und noch einmal fünfzig Pfund mit einer Karte, die nicht roch, aber auch sehr schön war, weil darauf zu lesen stand: ›Dem braven, zuverlässigen Mr. Rosary – O. P.‹ Und endlich, vorgestern, ein großer Brief mit einer langen Aufschrift und einem so vornehmen Siegel, daß er sich gar nicht getraut hatte, es aufzumachen. Aber dann hatte er es doch ehrfurchtsvoll aufgebrochen und hatte gelesen und wieder gelesen: ›Mr. Maurice Rosary als Anteil für die Wiederbeschaffung staatlichen Gutes / ein Prozent / £ 5872.-.-‹ Mit solchen Ziffern zu rechnen, war keine Kleinigkeit, und als der schmächtige Mann auf der Pier in Folkestone ankam, stimmte seine letzte Aufstellung mit der von einer halben Stunde vorher schon wieder um zwanzig Pfund nicht. Aber zwanzig Pfund waren schließlich eine Bagatelle, und Mr. Rosary wollte sich damit nicht den großen, feierlichen Augenblick verderben, da er der jungen Lady, die seine Nachbarin gewesen war und die eigentlich eine feine Dame war, seine Glückwünsche darbringen wollte.

Er war bei ihr eingeladen gewesen in ›Falcon Lair‹ und hatte dort fast so guten Tee und Zwieback bekommen wie bei ihr in Stratford, und sie war genauso freundlich zu ihm gewesen wie in ihrem kleinen Zimmer, und ein General hatte ihm auf die Schulter geklopft.

Der gute Mr. Rosary hatte so viel zu rechnen und zu denken, daß die Stunden, die er warten mußte, im Fluge verstrichen, aber als die Lady an der Pier auftauchte, bemerkte er sie doch sofort. Sie trug einen kostbaren Mantel und einen wunderschönen Hut, und sie lachte, daß man alle ihre herrlichen Zähne sah.

Mr. Rosary schwang in der einen Hand seine neue Melone, in der anderen den Blumenstrauß, und als die schöne junge Frau, der alle Blicke bewundernd folgten, vor ihm stand, ließ er seinen wohleingelernten Spruch los:

»Gott segne Sie, Mylady, und Ihren hohen Herrn Gemahl« – dabei schielte er neugierig nach dem großen, vornehmen Mann an ihrer Seite, den er noch nie gesehen hatte – »und Ihre Kinder und Kindeskinder ...«

Sie nahm den großen Blumenstrauß und schüttelte Mr. Rosary lang und herzlich die Hand, und auch der große Herr tat das, und dann gingen sie aufs Schiff, und Mr. Rosary schwenkte ununterbrochen und mit großer Lebhaftigkeit seinen Hut.

Der eine der überwachenden Kriminalbeamten an der Landungsbrücke richtete sich stramm auf und stieß seinen Kollegen an.

»Hast du ihn gesehen?« raunte er ihm hastig zu. »Was habe ich dir damals gesagt? – Der Sturmvogel! – Kaum war er zurück, hat er diesmal den Mädchenhändlern in der ganzen Welt einen großen Coup verpatzt. ›Ein vernichtender Schlag gegen den internationalen Mädchenhandel‹, haben die Zeitungen geschrieben. Allein in Old Bailey gab es drei Todeskandidaten und zusammen rund hundertfünfzig Jahre Zuchthaus. – Und jetzt hat er wohl etwas Neues vor, weil er wieder hinübergeht«, schloß der Mann erwartungsvoll.

»Aber nicht das, was Sie glauben«, mischte sich der erfahrene Inspektor ein, der hinter ihnen stand. »Diesmal geht er mit seiner jungen Frau.«

Die Schrauben begannen bereits zu arbeiten, als ein Mann im Laufschritt über die Brücke gestürmt kam. In der einen Hand schwang er einen riesigen Brief, und seine Augen flogen suchend über das Deck.

»Tim«, rief Sibyl mit besorgter Überraschung, und Passmore ging ihm eilig entgegen, um ihm das Schreiben abzunehmen. Er riß es hastig auf, überflog es und kam dann mit einem eigentümlichen Zucken um den Mund zurück.

»Was gibt es?« fragte die junge Frau ernst.

Er reichte ihr wortlos das Blatt, das von der Hand des Generals mit großen Buchstaben bemalt war und legte seinen Arm wieder in den ihren.

Sibyl Passmore las:

›Oberst Passmore. – Bei Berechnung Irrtum unterlaufen. Da Juli nicht dreißig, sondern einunddreißig Tage, erwarte bewußte Meldung bereits 14. Oktober. – General Norbury.‹

»Das verstehe ich nicht«, sagte sie ratlos. »Was soll das heißen?«

Er lächelte verschmitzt und beugte sich dann zu ihrem Ohr.

Im nächsten Augenblick bekam er eine leichte Ohrfeige, und die junge Frau blickte schmollend zur Seite.

»Daß der Onkel einfach unmöglich ist, wußte ich schon lange«, sagte sie empört, »aber daß du dich auf solche Verpflichtungen einläßt...«

Fünfzig Schritte von dem Kanaldampfer entfernt lag ein festlich bewimpeltes silbergraues Boot, und Steve Flack und der schweigsame Patrick standen frisch gewaschen und in ihren besten Anzügen an der Reling. Der Steuermann strich seinen stichelhaarigen, kantigen Bart kräftig gegen die Nase und stieß dabei den Rauch der drei Zigarren aus, die er an diesem Vormittag bereits geschmaucht hatte.

Aber nun war es wohl an der Zeit, dem Sohn seiner seligen Schwester das zu sagen, was er ihm als ehrlicher Schotte sagen mußte.

»Patrick«, begann er feierlich und nachdrücklich, »wenn das Schiff mit dem Herrn und der jungen Lady vorbeikommt, so hast du so laut ›Hipp, hipp, hurra!‹ zu schreien, als ob du zehn Pfund, hundert Zigarren und drei Flaschen Whisky bekommen hättest. Das ist allerhand, und dafür kann man schon das Maul gehörig aufreißen. – Und wenn ich die Sachen an mich genommen habe«, schloß er etwas nebenbei, »so war das nur deshalb, weil ich nicht zugeben kann, daß der Sohn meiner seligen Schwester ein Lump wird. Übrigens erbst du ja ohnehin einmal alles, was ich hinterlasse.«

Ende